ACESSE AQUI A ÓRBITA DESTE LIVRO.

O CONTO DE ZOE

SÉRIE GUERRA DO VELHO
VOLUME 4

O conto de Zoe

TÍTULO ORIGINAL:
Zoe's Tale

COPIDESQUE:
Cê Oliveira

REVISÃO:
Fernanda Grabauska
Bárbara Prince

COORDENAÇÃO:
Giovana Bomentre

CAPA:
Pedro Inoue

PROJETO GRÁFICO E DIAGRAMAÇÃO:
Desenho Editorial

ILUSTRAÇÃO:
Sparth

DIREÇÃO EXECUTIVA:
Betty Fromer

DIREÇÃO EDITORIAL:
Adriano Fromer Piazzi

PUBLISHER:
Luara França

EDITORIAL:
Andréa Bergamaschi
Bárbara Reis
Caique Gomes
Débora Dutra Vieira
Juliana Brandt
Luiza Araujo

COMUNICAÇÃO:
Gabriella Carvalho
Giovanna de Lima Cunha
Júlia Forbes
Maria Clara Villas

COMERCIAL:
Giovani das Graças
Gustavo Mendonça
Lidiana Pessoa
Roberta Saraiva

FINANCEIRO:
Adriana Martins
Helena Telesca

DADOS INTERNACIONAIS DE CATALOGAÇÃO NA
PUBLICAÇÃO (CIP) DE ACORDO COM ISBD

S635c   Scalzi, John
O conto de Zoe / John Scalzi ; traduzido por Adriano
Scandolara. – São Paulo : Aleph, 2023.
344 p. ; 16cm x 23cm.

Tradução de: Zoe's Tale
ISBN: 978-85-7657-581-8

1. Literatura americana. 2. Ficção. 3. Ficção científica.
I. Scandolara, Adriano. II. Título.

2023-1032   CDD 813
                  CDU 821.111(73)-3

ELABORADO POR ODILIO HILARIO MOREIRA
JUNIOR - CRB-8/9949

ÍNDICES PARA CATÁLOGO SISTEMÁTICO:
1. Literatura americana : Ficção 200
2. Literatura americana : Ficção 821.111(73)-3

COPYRIGHT © JOHN SCALZI, 2008
COPYRIGHT © EDITORA ALEPH, 2023
(EDIÇÃO EM LÍNGUA PORTUGUESA PARA O BRASIL)

TODOS OS DIREITOS RESERVADOS. PROIBIDA
A REPRODUÇÃO, NO TODO OU EM PARTE,
ATRAVÉS DE QUAISQUER MEIOS SEM A
DEVIDA AUTORIZAÇÃO.

Rua Bento Freitas, 306, cj. 71, São Paulo/SP
CEP: 01220-000 • Tel.: 11 3743-3202
www.editoraaleph.com.br

Para Karen Meisner e Anne KG Murphy.
E especialmente para Athena, mais que tudo.

O CONTO DE ZOE

PRÓLOGO

Ergui o tablet PDA do meu pai e acompanhei a contagem regressiva junto com as outras duas mil pessoas na sala:

– Cinco! Quatro! Três! Dois! Um!

E então não houve ruído algum, porque a atenção de todo mundo – e eu digo todo mundo *mesmo* – estava colada aos monitores salpicados pela área comum da *Magalhães*. Nas telas, que até então mostravam céus estrelados, surgiram um breu e um vazio enquanto todos prendiam a respiração, esperando pelo que viria depois.

Surgiu um planeta, verde e azul.

E todos nós *surtamos*.

Porque era o *nosso* planeta. Era Roanoke, nosso novo lar. Seríamos as primeiras pessoas a aterrissarem ali, as primeiras pessoas a colonizá-lo, as primeiras pessoas a viverem suas vidas lá. E comemoramos essa primeira visão do planeta, nós, os dois mil colonos de Roanoke, todos apinhados naquela área comum, se abraçando e se beijando e cantando "Old Lange Syne", porque, bem, o que mais se pode cantar na chegada a um novo mundo? Um novo mundo, novos começos, um ano novo, uma vida nova. Tudo novo. Abracei minha melhor amiga, Gretchen, e berramos no microfone que eu estava usando para a contagem regressiva, depois ficamos pulando para cima e para baixo que nem umas idiotas.

Quando paramos de pular, veio um sussurro ao meu ouvido:

– Que coisa bonita – disse Enzo.

Me virei para olhar para ele, esse menino lindo, maravilhoso, que eu estava considerando namorar seriamente. Ele era uma combinação perfeita: bonito de fazer o coração palpitar e, ao que parecia, desprovido de qualquer noção desse fato, porque havia passado a última semana tentando me encantar usando suas *palavras* – palavras! Logo palavras! Como se não tivesse recebido seu exemplar do Manual dos Meninos Adolescentes, que ensina a ser completamente incapaz de se comunicar na presença de meninas.

Eu gostei do esforço dele. E gostei do fato de que, ao sussurrar aquelas palavras, ele estava olhando para mim, não para o planeta. Lancei um olhar de relance para os meus pais que, a seis metros de distância, se beijavam para comemorar a nossa chegada. Pareceu uma boa ideia. Estendi minha mão até a nuca de Enzo para puxá-lo na minha direção e tasquei um beijão nos lábios dele. Nosso primeiro beijo. Mundo novo, vida nova, namorado novo.

O que posso dizer? Me deixei levar pelo momento.

Enzo não reclamou:

– "Admirável mundo novo, que tem tais habitantes"[*] – disse ele, assim que eu o deixei voltar a respirar.

Sorri, com meus braços ainda em torno do pescoço dele. Comentei:

– Você guardou essa até agora, né?

– Talvez – confessou ele. – Queria que você tivesse um momento de qualidade no primeiro beijo.

Estão vendo? A maioria dos meninos de dezesseis anos teria usado o beijo como uma desculpa para botar a mão direto nos meus peitos. Ele usou como desculpa para citar Shakespeare. Nada mau.

– Você é tão fofo – respondi, então beijei-o de novo e, com um empurrão de brincadeira, me atirei na direção dos meus pais, interrompendo o momento de carinho deles para exigir atenção. Os dois eram os líderes da nossa colônia e logo mal teriam tempo para respirar. Era melhor aproveitar a companhia deles enquanto ainda dava. Nós nos abraçamos e demos risada, depois Gretchen me puxou de volta para perto dela.

---

[*] Versão extraída da edição brasileira do livro *Comédias: teatro completo*, traduzida por Carlos Alberto Nunes (Rio de Janeiro: Agir, 2008. p. 55). [N. de E.]

— Olha só o que eu tenho aqui — falou, enfiando o PDA dela na minha cara, com um vidcap do meu beijo no Enzo.

— Que bichinho *ruim* você é — falei.

— Incrível — respondeu Gretchen. — Parece mesmo que você está tentando engolir o rosto dele *inteiro*.

— Para! — reclamei.

— Está vendo? Olha só. — Gretchen apertou um botão e o vidcap começou a rodar em câmera lenta. — Bem ali. Você está *massacrando* o menino. Como se os lábios dele fossem de *chocolate*.

Tentei muito não rir, porque ela tinha razão quanto a isso, na verdade.

— Sua sem-vergonha — falei. — Me dá isso aí.

Tomei o tablet dela com uma mão só, apaguei o arquivo e o devolvi.

— Pronto. Obrigada.

— Ah, não — lamentou Gretchen, com a voz mansa, pegando o PDA de volta.

— Já aprendeu sua lição sobre violar a privacidade dos outros? — perguntei.

— Ah, sim — respondeu Gretchen.

— Que bom — falei. — Claro que você já repassou para todo mundo que a gente conhece antes de mostrar para mim, não foi?

— Talvez — disse Gretchen, levando a mão à boca, com os olhos arregalados.

— Bicho ruim — repeti, com admiração.

— Obrigada — respondeu Gretchen e fez uma reverência.

— Só não esqueça que eu sei onde você mora — falei.

— Lembrarei para o resto da nossa vida — disse Gretchen, depois demos aqueles gritinhos constrangedores de adolescente e nos abraçamos de novo. Isso de morar o resto da vida com o mesmo grupo de duas mil pessoas gerava o risco de ser um tédio absoluto, mas não com Gretchen por perto.

Encerramos nosso abraço e então olhei ao redor para ver com quem mais eu queria comemorar. Enzo estava ali à espreita, nos fundos, mas era esperto a ponto de saber que alguma hora eu voltaria para perto dele. Olhei meio por cima e avistei a assistente dos meus pais, Savitri Guntupalli, conversando sobre algo muito sério com meu pai. Savitri: uma mulher esperta e engenhosa, capaz de ser engraçada pra caramba, mas que estava sempre trabalhando. Eu me enfiei entre ela e o meu pai e exigi um abraço. Sim, eu gostava muito de abraços. Sabe como é, olha só: é uma ocasião única na vida a de poder ver seu novo mundo pela primeira vez.

– Zoë – meu pai pediu –, posso pegar meu PDA de volta?

Eu estava com o tablet dele porque meu pai havia marcado a hora exata em que a *Magalhães* faria o salto do sistema Fênix para Roanoke, e o usei para contar os últimos minutos antes disso. Tinha o meu próprio PDA, claro – estava no meu bolso. Sem dúvida o vidcap do meu beijo com Enzo já me aguardava entre as mensagens, assim como aguardava nas mensagens de todos os nossos amigos. Fiz uma nota mental de planejar minha vingança contra Gretchen. Doce e inclemente vingança. Com testemunhas. E animais do campo. No entanto, por ora, devolvi o PDA ao meu pai, dei-lhe um beijinho na bochecha e voltei para Enzo.

– E aí... – disse Enzo, com um sorriso. Meu Deus, ele estava falando em monossílabos. A parte racional do meu cérebro já me dava um sermão sobre como estar apaixonada faz tudo parecer melhor do que é. Já a parte irracional (o que significa a maior parte de mim) estava mandando a parte racional ir ver se eu estava na esquina.

– E aí... – respondi, sem nem a metade do charme dele, mas Enzo não pareceu ter reparado.

– E aí que eu estava conversando com o Magdy – continuou Enzo.

– Ah, não – falei.

– O Magdy não é tão ruim assim – disse Enzo.

– Claro, se por "não tão ruim" você quiser dizer "*péssimo*" – rebati.

– E ele contou que estava conversando com a tripulação da *Magalhães* – disse Enzo, seguindo em frente (todo charmoso). – Falaram para ele que tem um observatório no andar da tripulação que geralmente fica vazio. Disse que tem uma bela vista do planeta.

Dei uma olhadinha por cima do ombro de Enzo e avistei Magdy num diálogo animado com Gretchen (ou um *monólogo*, dependendo do ponto de vista).

– Não acho que seja o planeta que ele queira ver – respondi.

Enzo olhou de volta.

– Talvez não – falou –, mas, para ser justo com o Magdy, certas pessoas não estão exatamente se esforçando para não serem vistas também.

Minha reação foi levantar a sobrancelha. Era bem verdade, mas eu sabia que a Gretchen gostava mesmo era da paquera.

– Mas e você? – perguntei. – O que é que *você* espera ver?

Enzo me desarmou com um sorriso e levantou as mãos:

– Zoë – disse ele –, eu acabei de *beijar* você. Acho que vou querer um pouco mais disso antes de passar adiante.

– Aaah, muito bem – respondi. – Essa aí funciona com todas as outras meninas também?

– É a primeira vez que eu testo em alguém – disse Enzo. – Você que me diga.

Cheguei a corar, de verdade, e lhe dei um abraço.

– Está funcionando bem até agora – falei.

– Que bom – disse Enzo. – Além disso, sabe como é. Já vi os seus guarda-costas. Não estou a fim de ser alvo nas práticas de tiro deles.

– O quê? – perguntei, fingindo estar chocada. – Você não tem medo de Hickory e Dickory, tem? Nem estão aqui.

Na verdade, Enzo tinha um motivo perfeitamente válido para morrer de medo dos Obins, que já deviam ter uma vaga desconfiança quanto a ele e nem pensariam duas vezes antes de enfiá-lo numa eclusa de ar se fizesse qualquer bobagem comigo. Mas não havia motivo para ele ficar sabendo disso ainda. É uma boa regra no geral: quando o seu relacionamento só tem alguns minutos de vida, é bom não apavorar o novo recruta.

Em todo caso, Hickory e Dickory ficaram de fora dessa celebração. Sabiam que a maioria dos seres humanos fica nervosa com sua presença.

– Na verdade, eu estava pensando nos seus pais – disse Enzo. – Só que parece que eles também não estão aqui.

Ele apontou com um meneio da cabeça na direção onde John e Jane estavam alguns minutos antes. Agora nenhum dos dois estava lá. Eu vi Savitri saindo da área comum também, como se de repente precisasse estar em outro lugar.

– Fico me perguntando aonde eles foram – falei, meio que para mim mesma.

– São os líderes da colônia – disse Enzo. – Talvez tenham que começar a trabalhar agora.

– Talvez – respondi. Era raro que John ou Jane desaparecessem sem me avisar aonde estavam indo. Coisa de educação mesmo. Lutei contra a vontade de mandar uma mensagem para eles.

– Então, o observatório... – disse Enzo, voltando para o assunto. – Você quer dar uma olhada?

– Fica no convés da tripulação – respondi. – Você acha que vai dar problema?

– Talvez – disse Enzo. – Mas o que é que eles podem fazer? Botar a gente pra andar na prancha? Na pior das hipóteses, vão nos mandar vazar de lá. E até que isso aconteça dá para termos uma vista e tanto.

– Beleza – concordei. – Mas se o Magdy começar a virar um bicho cheio de tentáculos, eu vou embora. Tem coisas que eu não preciso ver.

Enzo deu risada.

– Justo – respondeu, enquanto eu me aconchegava nele um pouquinho. Até então estava ótima essa coisa toda de ter um namorado novo.

Passamos um tempo comemorando com os amigos e familiares. Depois, assim que as coisas se acalmaram, seguimos Magdy e Gretchen pela *Magalhães*, rumo ao observatório da tripulação. Pensei que talvez fosse difícil a gente passar pela área da tripulação, mas não só foi fácil como um membro da equipe ainda segurou a porta para entrarmos.

– A segurança não é dos maiores problemas na *Magalhães* – disse Gretchen para mim e Enzo. Depois ela reparou que estávamos de mãos dadas e deu um sorrisinho. Ela era ruim, claro, mas também estava feliz por mim.

O observatório ficava no local anunciado, mas, para a tristeza dos planos de Magdy, não estava tão vazio quanto o prometido. Havia quatro membros da tripulação da *Magalhães* em uma das mesas, envolvidos numa conversa. Lancei um olhar de relance para Magdy, que parecia ter acabado de engolir um garfo. Eu mesma achei graça da situação. Coitadinho do Magdy. Era pura frustração.

– Olha só – disse Enzo, sem largar minha mão, enquanto me guiava até a imensa janela. Roanoke preenchia a vista, um verde lindíssimo, plenamente iluminado pelo sol atrás de nós. Era de tirar o fôlego, ainda mais em pessoa do que nos monitores. Ver algo com os próprios olhos faz toda a diferença.

Acho que foi a coisa mais bonita que já tinha visto. *Roanoke*. Nosso mundo.

– Lugar *errado* – ouvi, vagamente, da conversa na mesa à minha esquerda.

Olhei de soslaio. Os quatro membros da equipe da *Magalhães* estavam tão envolvidos na própria conversa e tão próximos que a maior parte dos seus corpos parecia estar sobre a mesa e não nos assentos. Um deles estava sentado de costas para mim, mas pude ver os outros três, dois homens e uma mulher. Havia uma expressão sombria nos seus rostos.

Tenho o hábito de ficar ouvindo a conversa alheia. Não é um mau hábito, a não ser que você seja pego no pulo. O jeito de evitar ser flagrado é lhes garantir que a sua atenção esteja voltada para alguma outra coisa. Soltei a mão de Enzo e dei um passo na direção da janela do observatório. Assim pude ficar mais perto da mesa, ao mesmo tempo evitando que Enzo viesse sussurrar no meu ouvido. Mantive a atenção visual em Roanoke.

– Não tem como alguém simplesmente *errar* assim – disse um dos membros da tripulação. – E nem a pau que o *capitão* ia cometer esse erro. Se ele quisesse, conseguiria colocar a *Magalhães* em órbita até em volta de um cascalho.

O tripulante de costas para mim falou algo baixinho, que não deu para ouvir.

– Conversa *fiada* – disse o primeiro tripulante. – Quantas naves sumiram nos últimos vinte anos? Nos últimos cinquenta? *Ninguém mais* se perde.

– O que você tem em mente?

Eu me sobressaltei, o que fez com que Enzo fizesse o mesmo.

– Desculpa – disse ele, enquanto eu virava em sua direção, com um olhar exasperado.

Levei o indicador ao meu lábio para calá-lo, depois apontei com os olhos para a mesa atrás de mim. Enzo olhou sobre meu ombro.

– O *quê?* – ele fez com a boca.

Balancei a cabeça um pouquinho, para lhe dizer que não era para ele me distrair mais, o que foi respondido com um olhar estranho. Peguei a mão dele de novo, para demonstrar que eu não estava chateada, mas depois voltei a concentrar minhas atenções na mesa.

– ... calma. Não sabemos de nada ainda – disse outra voz, agora (acho) a da mulher. – Quem mais sabe disso?

Mais um sussurro do tripulante de costas para mim.

— Bom. Que continue assim — respondeu ela. — Vou abafar tudo no meu departamento se eu ouvir qualquer coisa, mas só vai dar certo se todos nós colaborarmos.

— Não vai impedir a tripulação de comentar — respondeu outro.

— Não, mas vai diminuir os boatos, e isso já serve até descobrirmos o que aconteceu de verdade — disse a mulher.

Mais um sussurro.

— Bem, se for verdade, aí temos um problema ainda maior, não é? — falou a mulher, e toda a pressão sobre ela de repente ficou evidente em sua voz. Estremeci um pouco, o que Enzo pôde sentir pela minha mão. Ele olhou para mim, preocupado, e eu dei um abraço sério nele. Por isso acabei perdendo o fio da meada da conversa, mas, por ora, era o que eu queria. As prioridades mudam.

Houve o som de cadeiras sendo arrastadas. Eu me virei e os membros da tripulação — era bem claro que eram oficiais, na verdade — já estavam a caminho da porta. Afastei-me de Enzo para chamar a atenção do oficial mais próximo, aquele que estava de costas antes. Cutuquei seu ombro, ao que ele se virou e pareceu bem surpreso ao me ver.

— Quem é você? — disparou.

— Aconteceu alguma coisa com a *Magalhães*? — perguntei. O melhor modo de descobrir as coisas é não se deixar distrair, por exemplo, com perguntas sobre a sua identidade.

O homem fez uma verdadeira carranca. Eu já vi as pessoas usando essa palavra por escrito, mas até agora nunca tinha visto alguém fazer ao vivo.

— Você escutou a nossa conversa.

— A nave se perdeu? — perguntei. — A gente sabe onde está? Tem algo errado com a nave?

Ele deu um passo para trás, como se as perguntas o estivessem atingindo. Eu deveria ter dado um passo à frente, para pressioná-lo.

Mas não dei. Ele recobrou a compostura e olhou para atrás de mim, para o Enzo e para a Gretchen e o Magdy, que estavam todos olhando para nós. Então se deu conta de quem éramos e ficou sério.

— Vocês, crianças, não deveriam estar aqui. Vão embora, ou vou ter que chamar os seguranças. Voltem para suas famílias.

E então deu meia-volta para ir embora. Eu fui atrás dele de novo:

— Senhor, espera — falei, mas ele me ignorou e saiu do observatório.

– O que está rolando? – Magdy me perguntou, do outro lado da sala. – Não quero me encrencar só porque você irritou algum membro aleatório da tripulação.

Disparei um olhar para ele e me virei a fim de admirar a paisagem pela janela de novo. Roanoke ainda estava lá, azul e verde. Mas, subitamente, já não era tão bonito. De repente era um lugar estranho. Ameaçador, de repente.

Enzo levou a mão ao meu ombro. Perguntou:

– O que foi, Zoë?

Eu continuava olhando pela janela e respondi:

– Acho que a gente se perdeu.

– Por quê? – perguntou Gretchen, chegando ao meu lado. – Do que eles estavam falando?

– Não consegui ouvir tudo – respondi. – Mas parece que estavam dizendo que a gente não está onde deveria estar. – Então apontei para o planeta. – Aquilo ali não é Roanoke.

– Que loucura – disse Magdy.

– Claro que é loucura – falei. – Não quer dizer que não possa ser verdade.

Então saquei o tablet do bolso e tentei me conectar com meu pai. Sem resposta. Tentei me conectar com minha mãe.

Sem resposta.

– Gretchen – falei –, você quer tentar ligar para o seu pai?

O pai de Gretchen estava no conselho colonial encabeçado pelos meus pais.

– Ele não responde – disse ela, depois de um minuto.

– Não quer dizer que seja algo ruim – comentou Enzo. – A gente acabou de fazer um salto espacial até um planeta novo. Talvez eles estejam ocupados com isso.

– Talvez ainda estejam *comemorando* – disse Magdy.

Gretchen lhe deu um tapa na cabeça.

– Você é infantil *mesmo*, Magdy – disse ela.

Esfregando a lateral da cabeça, Magdy se calou. Aquela noite não estava, de modo algum, transcorrendo como ele tinha planejado. Gretchen então se voltou para mim e perguntou:

– O que você acha que a gente deve fazer?

— Não sei – respondi. – Eles estavam comentando algo sobre não deixar a tripulação falar nada. Significa que talvez alguns deles possam saber o que está acontecendo. Não vai demorar muito até chegar aos colonos.

— Já chegou – disse Enzo. – *Nós* somos os colonos.

— Podíamos contar para alguém – disse Gretchen. – Acho que os seus pais e o meu pai precisam saber, pelo menos.

Olhei para o tablet dela, de canto de olho, e disse:

— Acho que eles já sabem.

— Precisamos garantir – disse ela. Então deixamos o observatório e fomos atrás dos nossos pais.

Não os encontramos. Estavam numa reunião do conselho. Mas encontrei – ou melhor, fui encontrada por – Hickory e Dickory.

— Acho que preciso ir embora – disse Enzo, depois de ser encarado por um minuto inteiro, sem uma piscada sequer. Não era para ser um ato de intimidação. É só que eles realmente não piscam. Eu lhe dei um beijinho na bochecha, e Enzo foi embora com o Magdy.

— Vou ficar de olho – disse Gretchen. – Ouvir o que o pessoal anda dizendo.

— Beleza – respondi. – Eu também. – Balancei o PDA. – Me avisa se descobrir qualquer coisa.

Então ela foi embora. Eu me voltei para Hickory e Dickory:

— Vocês – falei. – Vocês estavam nos seus aposentos mais cedo.

— Viemos procurá-la – disse Hickory. Era o mais tagarela da dupla. Não era como se Dickory não falasse, mas era sempre uma surpresa ouvir sua voz.

— Por quê? – perguntei. – Até então eu estava perfeitamente a salvo. Estou perfeitamente a salvo desde que saímos da Estação Fênix. A *Magalhães* está inteiramente a salvo de qualquer ameaça. A única função de vocês ao longo de toda essa viagem é deixar o Enzo cagado de medo. Por que estão me procurando agora?

— As coisas mudaram – respondeu Hickory.

— O que você quer dizer com isso? – perguntei, mas então meu tablet vibrou. Era a Gretchen.

— Que rápido – falei.

— Acabei de esbarrar na Mika – disse ela. – Você *não vai* acreditar no que ela me contou que um membro da tripulação falou para o irmão dela.

Os colonos adultos talvez não tivessem ideia de nada ou fossem bons em guardar segredo, mas a fábrica de boatos adolescentes de Roanoke estava a todo vapor. Ao longo da hora que se passou, o que a gente "descobriu" foi o seguinte:

Que durante o salto para Roanoke, a *Magalhães* chegou perto demais de uma estrela e foi atirada para fora da galáxia.

Que houve um motim e o primeiro oficial exonerou o capitão Zane do comando por motivos de incompetência.

Que o capitão Zane deu um tiro no próprio primeiro oficial traidor ali mesmo na ponte de comando e disse que também atiraria em quem tentasse ajudá-lo.

Que os sistemas computacionais falharam logo antes do salto e que a gente não sabia onde estava.

Que a nave havia sofrido um ataque alienígena e que estávamos à deriva no espaço enquanto eles decidiam se iam ou não dar o golpe de misericórdia.

Que Roanoke era um planeta venenoso, inóspito à vida humana, e que morreríamos ao aterrissarmos.

Que houve um vazamento do reator na sala de máquinas, seja lá o que isso significasse, e que a *Magalhães* estava a isto aqui de explodir.

Que ecoterroristas haviam hackeado os sistemas computacionais da *Magalhães* e mandado a nave para outra direção a fim de evitar que a gente estragasse mais um planeta.

Não, espera, na verdade foram os colonos-piratas clandestinos que hackearam os sistemas e planejavam roubar os suprimentos da nossa colônia, porque os deles já estavam acabando.

Não, espera, eram os membros amotinados da tripulação que iam roubar os suprimentos e nos abandonariam no planeta.

Não, espera, não era nem a tripulação amotinada, nem piratas clandestinos, nem ecoterroristas, só um programador idiota que errou o código e agora a gente não sabia onde estava.

Não, espera, não tem nada errado, é só o procedimento padrão. Não tem coisa alguma errada, agora parem de atormentar a tripulação e deixem a gente *trabalhar*, pelo amor.

Quero deixar isto bem claro: sabíamos que a maior parte desses boatos era baboseira sem sentido. Mas o que havia por baixo de toda essa baboseira sem sentido era igualmente importante: desconforto e confusão haviam se espalhado pela tripulação da *Magalhães*, e de lá para nós. A coisa andava rápido e gerava um número incontável de mentiras – não porque as pessoas estivessem mentindo de propósito, mas porque tentavam encontrar sentido ali. Havia acontecido algo. Algo que não deveria acontecer.

No meio disso tudo, nem o menor sinal do meu pai ou da minha mãe, nem do pai de Gretchen, nem do conselho colonial, cujos membros haviam todos sido convocados, de repente, para uma reunião.

A sala comum, até então deserta após as comemorações do novo mundo, começou a encher de novo. Desta vez, as pessoas não estavam comemorando. Ostentavam expressões confusas, preocupadas e tensas. Algumas estavam começando a ficar com raiva.

– Isso não vai dar certo – Gretchen me disse assim que nos reencontramos.

– Como você está? – perguntei.

Ela deu de ombros:

– Tem alguma coisa acontecendo, isso é certeza. Está todo mundo nervoso e isso está *me* deixando nervosa também.

– Não vai surtar comigo – falei. – Ou não vai ter ninguém para me segurar quando eu perder as estribeiras.

– Ah, bem, se é para *o seu* conforto, então – disse Gretchen, revirando os olhos de um jeito dramático. – Bem. Pelo menos agora não vou precisar enxotar o Magdy.

– Gosto de como você consegue enxergar o lado positivo de qualquer situação – respondi.

– Obrigada – disse ela. – E você?

– Sinceramente? – perguntei, ao que ela fez que sim com a cabeça. – Com um medo do cacete.

– Graças a Deus – falou. – Não sou só eu, então. – E esticou o dedão e o indicador e marcou um espacinho minúsculo entre os dois. – Durante essa última meia hora eu estive a isto aqui de fazer xixi nas calças.

Dei um passo para trás. Gretchen riu.

O sistema de som da nave foi acionado:

– Aqui é o capitão Zane – afirmou uma voz masculina. – Esta é uma mensagem geral para os passageiros e a tripulação. Toda a tripulação deverá se reunir nas salas de conferências de seus respectivos departamentos dentro de dez minutos, 2330 no horário da nave. Todos os passageiros deverão se reunir na sala comum dos passageiros dentro de dez minutos, 2330 no horário da nave. Passageiros, esta é uma reunião obrigatória. Vocês serão orientados pelos líderes da sua colônia.

Então, silêncio.

– Vamos – eu disse à Gretchen, apontando para a plataforma onde, no começo da noite, eu e ela contamos os segundos até chegar ao nosso novo mundo. – A gente precisa encontrar um bom lugar.

– Vai estar lotado – disse ela.

Eu apontei para Hickory e Dickory.

– Estaremos acompanhadas. Você sabe que, com essa escolha, as pessoas abrem o espaço que a gente quiser.

Gretchen olhou para eles e percebi que ela também não tinha lá muito amor pelos dois.

Minutos depois, um fluxo de pessoas do conselho chegou de uma das portas laterais da área comum e subiu até a plataforma. Gretchen e eu estávamos na fileira da frente, com Hickory e Dickory atrás de nós, com pelo menos um metro e meio de cada lado. Guarda-costas alienígenas são bons em criar a própria zona-tampão.

Um sussurro chegou ao meu ouvido:

– Ei – disse Enzo.

Olhei para ele e sorri:

– Fiquei me perguntando se você estaria aqui – falei.

– É uma reunião para todos os colonos – respondeu ele.

– Não digo aqui, no geral – respondi. – Mas *aqui*.

– Ah – disse Enzo. – Eu decidi correr o risco de ser esfaqueado pela sua escolta.

– Fico feliz por isso – falei e peguei a mão dele.

Sobre a plataforma, John Perry, o líder da colônia, meu pai, deu um passo à frente e apanhou o microfone que ainda estava lá desde o começo da noite. Seus olhos se cruzaram com os meus no que ele se abaixou para pegá-lo.

O negócio com meu pai é o seguinte: ele é um sujeito esperto, é bom no que faz, e seus olhos dão a impressão, praticamente o tempo todo, de que está prestes a dar uma gargalhada. Ele acha graça na maioria das coisas. *Faz graça com a maioria das coisas.*

Quando olhou para mim ao pegar o microfone, havia uma sombra em seus olhos, um peso e uma seriedade que eu nunca tinha visto antes. Ao olhar para eles, fui lembrada de sua idade real, por mais jovem que ele pudesse parecer. Pois, apesar do bom humor, era um homem que havia enfrentado mais de uma crise na vida.

E outra crise se apresentava a ele. Desta vez, conosco. *Por conta de todos nós.*

Os outros iriam descobrir assim que ele abrisse a boca, mas eu soube ali mesmo – quando vi qual era a verdade quanto à nossa situação.

Estávamos perdidos.

PARTE 1

O disco voador pousou no nosso quintal e um homenzinho verde saiu de dentro dele.

Foi o disco voador que chamou a minha atenção. Homens verdes não são raridade lá de onde eu venho. Todo mundo das Forças Coloniais de Defesa era verde; é parte do procedimento de engenharia genética que fazem neles para lutarem melhor. A clorofila na pele fornece aquela energia adicional para dar uma surra de primeira nos alienígenas.

Não recebíamos muita gente das Forças Coloniais de Defesa em Huckleberry, a colônia onde eu morava. Era uma colônia já bem estabelecida, e fazia algumas décadas que não sofríamos um ataque sério. Mas a União Colonial se desdobrava em duas para que todos os colonos tenham ciência das FCD, e o meu conhecimento sobre eles era maior que o da maioria das pessoas.

No entanto o disco voador... Bem. *Aquilo* era novidade. Nova Goa é uma comunidade rural. Era tudo tratores e colheitadeiras e carroças puxadas por animais, além dos ônibus públicos quando queríamos alguma adrenalina numa visita à capital da província. Um meio de transporte aéreo de verdade era mesmo uma raridade. Um desses, pequeno o suficiente para comportar um único passageiro, pousar no nosso quintal definitivamente não era uma ocorrência cotidiana.

— Você quer que a gente, Dickory e eu, vá lá encontrá-lo? – perguntou Hickory.

Estávamos observando, de dentro da casa, enquanto o homem verde saía do meio de transporte.

Olhei para Hickory.

— Você acha que é uma ameaça real? Acho que, se ele quisesse nos atacar, poderia ter simplesmente jogado uma rocha na casa enquanto sobrevoava.

— Sou sempre a favor da prudência – disse Hickory. A parte que ficou de fora dessa frase era *"com qualquer coisa que envolva você"*. Era muita fofura... e paranoia.

— Vamos, em vez disso, tentar a primeira linha de defesa – falei, caminhando até a porta telada. Babar, o vira-lata, estava apoiado com as patas da frente sobre a tela, amaldiçoando o destino genético que o privou de polegares opositores ou capacidade cerebral para puxar a porta em vez de empurrá-la. Eu a abri, e o animal disparou como um míssil babão, teleguiado e peludo. Para o crédito do homem verde, ele se ajoelhou para receber Babar como se fosse um velho amigo, sendo recompensado por isso com uma camada generosa de saliva de cachorro.

— Que bom que ele não é solúvel em água – falei para Hickory.

— Babar não é um grande cão de guarda – disse Hickory, enquanto observava o homem verde brincar com meu cão.

— Não é mesmo – concordei. – Mas, se algum dia você precisar deixar algo *bem* úmido, ele dá conta do recado.

— Me lembrarei disso para referência futura – respondeu Hickory, daquele jeito vago, especialmente projetado para lidar com meu sarcasmo.

— Isso – respondi e abri a porta de novo. – E agora fica aí por enquanto, por favor.

— Como quiser, Zoë – concordou Hickory.

— Obrigada – agradeci e saí até a varanda.

A essa altura, o homem verde já estava chegando nos degraus da varanda, enquanto Babar pulava atrás dele.

— Gostei do seu cachorro – ele me disse.

— Compreendo – respondi. – Já o cachorro meio que te tolera.

— Como você sabe? – perguntou.

— Você não acabou *completamente* coberto de saliva — respondi.

Ele riu.

— Vou me esforçar mais da próxima vez — disse.

— Lembre-se de trazer uma toalha — alertei.

O homem verde fez um gesto na direção da nossa casa.

— É aqui que mora o major Perry?

— Espero que sim — respondi. — Todas as coisas dele estão aqui.

Essa resposta me rendeu uma pausa de uns dois segundos.

Pois é, por acaso, eu *sou* uma criaturinha bem sarcástica. Obrigada por perguntar. É o resultado de todos esses anos morando com meu pai. Ele se considera bastante espirituoso. Não sei o que acho *disso*, pessoalmente, mas digo que me deixou muito rápida para sacadas e gracinhas. É só você levantar a bola para mim que eu corto. Acho um charme, bem divertido. O papai também. Talvez nisso a gente seja minoria. No mínimo, é interessante ver como as outras pessoas reagem. Há quem ache fofo. Outros, nem tanto.

Imagino que o meu amigo verde entrava nesse último grupo, porque sua resposta foi mudar de assunto:

— Desculpe — disse ele —, acho que eu não sei quem você é.

— Sou a Zoë — respondi. — Filha do major Perry. E da tenente Sagan.

— Ah, sim — disse ele. — Peço desculpas. Imaginei que você fosse mais nova.

— Eu costumava ser — respondi.

— Devia ter reparado que você era filha do Perry — ele disse. — Você é a cara dele.

Resista a essa vontade, disse a parte mais educada do meu cérebro. *Resista. Deixa pra lá.*

— Obrigada — falei. — Eu sou adotada.

Meu amigo verde ficou ali um bom minuto, fazendo aquilo que as pessoas fazem assim que pisam na jaca: ficando paralisadas com um sorriso no rosto enquanto o cérebro gira as engrenagens e tenta descobrir como sair desse *faux pas*. Se eu chegasse perto, era provável que desse para ouvir seu lobo frontal fazendo *clique, clique, clique, clique*, tentando reiniciar.

Está vendo agora? Que maldade, disse a parte educada do meu cérebro.

Mas, sério, não tinha *como*. Se o sujeito chama o meu pai de "major Perry", é provável que saiba quando meu pai foi dispensado do serviço militar, uns oito anos atrás. Soldados das FCD são inférteis, como resultado da engenharia genética visando a eficácia em combate, sabe como é – nada de filhos indesejados. Por isso, a primeira oportunidade de procriar que ele teria seria se o colocassem em um corpo novo, normal, ao término do seu tempo de serviço. E aí tem toda a parte dos nove meses de gestação e tal. Eu até podia ser um pouco menor do que a média da minha idade, aos quinze, mas eu lhes garanto que não parecia ter *sete anos*.

Honestamente, acho que tem um limite para o remorso que alguém pode sentir numa situação como essa. Um marmanjo assim devia ser capaz de lidar com matemática básica.

Ainda assim, tem um limite também para o tempo que dá para deixar um cara desses no vácuo.

– Você chamou o meu pai de "major John Perry" – comentei. – Conhece ele do exército?

– Sim – respondeu ele, aparentemente feliz pelo fato de a conversa estar progredindo de novo. – Só que faz um tempinho. Não sei se eu o reconheceria.

– Imagino que ele esteja igual – respondi. – Talvez um tom de pele diferente.

Ele riu disso.

– Imagino que seja verdade – falou. – Ser verde dificulta um pouco para se misturar na multidão.

– Acho que ele jamais vai conseguir se misturar aqui – respondi, imediatamente me dando conta das diversas interpretações dessa declaração que poderiam fazê-lo me levar a mal.

Claro que o meu visitante não demorou nem um segundo para fazer isso.

– Ele não se mistura? – perguntou, depois se abaixou para fazer carinho em Babar.

– Não foi o que eu quis dizer – respondi. – É que a maioria das pessoas aqui em Huckleberry são da Índia, lá na Terra, ou nasceram aqui de pessoas que vieram da Índia. É uma cultura diferente daquela em que ele cresceu, só isso.

– Compreendo – disse o homem verde. – Tenho certeza de que ele se dá bem com as pessoas daqui. O major Perry é assim. Tenho certeza de que é por isso que tem o emprego que tem aqui. – Meu pai era um ombudsman e ajudava as pessoas a contornarem a burocracia do governo. – Acho que eu só fico curioso para saber se ele gosta daqui.

– Como assim? – perguntei.

– Só fico em dúvida se ele está gostando da aposentadoria do universo, só isso – respondeu ele e olhou para mim.

No fundo do meu cérebro, algo fez *plim*. De repente percebi que a nossa conversa bacana e casual havia se tornado um tanto menos casual, de algum modo. Nosso visitante verde não estava ali para uma visita social.

– Acho que ele gosta, normal – respondi, me segurando para não dizer mais nada. – Por quê?

– Só curiosidade – disse ele, fazendo carinho em Babar de novo. Resisti à vontade de chamar meu cachorro para mais perto. – Nem todo mundo consegue fazer uma transição perfeita da vida militar para a vida civil – afirmou, olhando ao redor. – Essa parece ser uma vida bem pacata. É uma mudança bem grande.

– Acho que ele gosta, normal – repeti, dando às palavras uma ênfase que, a não ser que o meu visitante verde fosse um completo tapado, ia fazê-lo perceber que era hora de tocar adiante.

– Que bom – disse ele. – E você? Gosta daqui?

Abri a boca para responder e já fechei, com a mesma rapidez. Porque, bem. Tinha *sim* uma dúvida ali.

A ideia de viver numa colônia humana é mais emocionante do que a realidade. Algumas pessoas novas ao conceito pensam que a gente das colônias salta de planeta em planeta o tempo todo, talvez morando em um, trabalhando em outro e tirando férias num terceiro: o planeta turístico de Feriadus, talvez. A realidade era, infelizmente, muito mais tediosa. A maioria dos colonos passava a vida inteira em seu planeta natal, sem jamais sair de lá para ver o restante do universo.

Não é *impossível* sair de planeta em planeta, mas geralmente você precisa de um motivo para isso: se for membro da tripulação de uma nave comercial, transportando frutas e cestos de vime entre as estrelas, ou se arranjar um emprego na própria União Colonial e começar uma carreira gloriosa de burocrata interestelar. Se for atleta, tem as Olimpíadas Coloniais a cada quatro anos. De vez em quando, um ator ou músico famoso faz uma grande turnê entre colônias.

No entanto, na maior parte das vezes, você nasce no planeta, mora no planeta, morre no planeta e o seu fantasma fica ali e perturba seus descendentes no planeta. Imagino que não haja nada de ruim nisso – digo, a maioria das pessoas, em sua vida cotidiana, não chega a ir mais longe, em grande parte das vezes, do que algumas dúzias de quilômetros do lugar onde mora, não é? E as pessoas raramente visitam a maior parte da superfície do próprio planeta quando decidem vagar por aí. Se você nunca viu o que tem para ver no seu *próprio* planeta, não entendo como daria para reclamar, de verdade, de não poder ver um *outro* planeta inteiro.

Mas ajuda muito se for um planeta *interessante*.

Caso alguém em Huckleberry fique sabendo do que eu disse: amo Huckleberry, de verdade. E amo Nova Goa, a cidadezinha onde morávamos. Uma cidade-colônia rural, agrícola, é um lugar bem divertido para passar a infância. É a vida na fazenda, com cabras e galinhas e campos de trigo e sorgo, comemorações de colheita e festivais de inverno. Não existe uma criança de oito ou nove anos que não ache isso tudo imensuravelmente divertido. Mas então você vira adolescente e começa a pensar em todas as coisas que poderia *fazer* da sua vida, aí olha para as opções disponíveis. E aí tudo isso de fazenda, cabra e galinha – e as mesmas pessoas com que você conviveu sua vida inteira e continuará convivendo a vida toda – começa a parecer um pouco menos interessante em termos de experiência total. Ainda é tudo a mesma coisa, claro. É essa a questão. Foi *você* quem mudou.

Sei que esse papo todo de angústia adolescente não seria nada diferente com qualquer outro adolescente de cidade pequena que já existiu em toda a história do universo conhecido. Mas quando a "cidade grande" de uma colônia – a capital distrital, a cidade de Missouri – tem todo o mistério e romance de uma composteira, aí não é absurdo nutrir esperanças de ir para outro lugar.

Não quero dizer que haja algo de *errado* com a cidade de Missouri (não tem nada de errado também com compostagem, o que é bem importante, na real). Talvez seja melhor dizer que são os tipos de lugares aos quais a gente *volta*, depois de sair e passar um tempo na cidade grande ou no universo grande e malvadão. Uma das coisas que eu sei a respeito da minha mãe é que ela adora Huckleberry. Mas antes de morar aqui, ela foi soldado das Forças Especiais. Das coisas que fez e viu, ela não fala muito, mas pela minha experiência sei um pouquinho a respeito. Não consigo imaginar uma vida inteira assim. Acho que ela diria que já viu o suficiente do universo.

Eu também já vi um pouco do universo, antes de virmos para Huckleberry. Mas, diferentemente da Jane – minha mãe –, não acho que eu esteja pronta para dizer que Huckleberry é tudo que quero da vida.

Só que eu não tinha certeza se estava muito a fim de falar sobre essas coisas, um *mínimo* que fosse, para o verdão ali, que já estava me deixando desconfiada. Homens verdes caindo do céu, perguntando sobre o estado psicológico de membros variados da sua família, incluindo você, já bastam para deixar a gente paranoica quanto ao que está acontecendo. Ainda mais quando você nem pegou o *nome* do sujeito, como eu de repente me dei conta de ser o caso. Ele havia chegado longe assim na discussão da minha vida familiar sem nem dizer quem era.

Talvez seja apenas algo que acabou deixando de lado por inocência – não era uma entrevista formal, afinal de contas –, mas já soavam sinais de alarme o bastante em minha cabeça para eu decidir que meu amigo verde havia recebido sua cota de informações gratuitas por ora.

O homem verde me olhava atento, esperando que eu respondesse. Dei de ombros, com o máximo da minha apatia. Eu tinha quinze anos. É a flor da idade para dar de ombros.

Ele parou de insistir.

– Imagino que seu pai não esteja em casa – falou.

– Ainda não – respondi, depois verifiquei meu tablet e mostrei para ele. – Seu expediente terminou faz uns minutos. Ele e a minha mãe provavelmente estão voltando para casa.

– Certo. E sua mãe é a policial aqui, certo?

– Isso – confirmei. Jane Sagan, mulher da lei das fronteiras. Exceto a parte das fronteiras. Fazia sentido para ela.– Você conhece a minha mãe também? – perguntei. As Forças Especiais eram uma coisa totalmente distinta da infantaria normal.

– Só de renome – respondeu, mais uma vez naquele jeito pseudocasual.

Uma dica para vocês, galera: nada é mais transparente do que alguém forçando uma atitude casual sem sucesso. A atitude do meu amigo verde aqui passou a um quilômetro de distância do casual, e eu cansei de sentir que estava sendo sondada.

– Acho que vou dar um passeio – comentei. – Minha mãe e meu pai provavelmente estão ali pela rua. Vou avisar que você chegou.

– Eu acompanho você – o homem verde se ofereceu.

– Não precisa – falei e gesticulei na direção da varanda e do balanço. – Você chegou de viagem. Pode se sentar e relaxar.

– Tudo bem – disse ele. – Se não incomoda que eu fique aqui enquanto você sai.

Acho que, na cabeça dele, isso tinha graça. Eu dei um sorriso.

– Acho que vai ficar bem aí – respondi. – Tem companhia.

– Você vai deixar o cachorro comigo – disse ele e se sentou.

– Melhor ainda – respondi. – Vou deixar você com meus dois amigos.

Foi então que eu gritei para dentro de casa e chamei Hickory e Dickory. Depois fiquei ali, em pé longe da porta, observando meu visitante. Não queria perder a expressão em seu rosto quando os Obins aparecessem.

Ele *até* que não chegou a fazer xixi nas calças.

O que era um feito e tanto, na medida do possível. Não é como se os Obins – que é o que Hickory e Dickory são – fossem *exatamente* como o cruzamento entre uma aranha e uma girafa, mas é perto o suficiente disso para fazer o cérebro humano disparar o alerta de *se borrar todo*. A gente acaba se acostumando depois de um tempo. Mas a questão é que demora um pouquinho.

– Conheça Hickory – falei, apontando para o Obin que estava à minha esquerda, depois apontei para o da direita – e Dickory. São Obins.

– Sim, eu sei – disse meu visitante, com o tipo de tom de voz que você esperaria de um animal bem miudinho tentando fingir que não é nada de mais ser encurralado por uma dupla de predadores grandões. – Hm. Então. *Estes* são os seus amigos?

– *Melhores* amigos – respondi com o que me pareceu ser a dose exata de babação desmiolada. – E *adoram* receber convidados. Ficarão felizes em lhe fazer companhia enquanto eu procuro os meus pais. Não é, gente? – falei para Hickory e Dickory.

– Sim – disseram, em uníssono. O tom de voz de Hickory e Dickory é razoavelmente monótono, para começo de conversa. Quando eles são monótonos em uníssono, há um efeito adicional (e maravilhoso!) de pavor.

– Por favor, digam "oi" para o nosso convidado – pedi.

– Olá – disseram, de novo em uníssono.

– Ah – disse o homem verde. – Oi.

– Que ótimo, todo mundo já fez amizade – falei e desci da varanda. Babar saiu de perto do nosso amigo verde para me acompanhar. – Estou indo, então.

– Tem *certeza* de que você não quer que eu a acompanhe? – perguntou o homem verde. – Não me incomodaria.

– Não, por favor – respondi. – Não quero que você fique com a impressão de que precisa se levantar ou coisa assim.

Meus olhos casualmente recaíram sobre Hickory e Dickory, como se eu quisesse sugerir que seria uma pena se os Obins tivessem de fazer picadinho dele.

– Que ótimo – disse ele e se acomodou no balanço. Acho que captou a mensagem. Está vendo? É *assim* que se adota o estilo pseudocasual.

– Que ótimo – falei. Então Babar e eu partimos para a estrada a fim de encontrar os meus pais.

2

Eu subi no telhado pela janela do meu quarto e olhei para trás, para Hickory:

— Me passa os binóculos? — pedi.

E foi o que elu fez...

(Obins: elus — nem elas, nem eles. Porque são intersexo. Significa que têm órgãos femininos e masculinos. Vai lá, pode dar sua risadinha. Eu espero. Pronto? Que bom.)

... e aí elu saiu pela janela comigo. Já que você provavelmente nunca viu uma coisa dessas, vou lhe dizer que é uma cena bem impressionante observar um Obin se desdobrar para passar por uma janela. Muito gracioso. Não é nada realmente análogo a qualquer movimento humano que se possa descrever. Existem *alienígenas* no universo. E eles são *bem* alienígenas.

Hickory tinha ficado no telhado comigo; Dickory estava do lado de fora da casa, mais ou menos de olho em mim, caso eu tropeçasse ou ficasse deprimida do nada e caísse ou pulasse do telhado. Esse é o procedimento padrão quando saio pela janela: uma dessas duas figuras vai comigo e a outra fica no chão. E não é como se *disfarçassem*; quando eu era pequena, minha mãe e meu pai mandavam Dickory sair pela porta e ficar ali de bobeira logo embaixo do telhado, depois gritavam das escadas para eu voltar ao meu quarto. Ter amigos alienígenas paranoicos tem um lado negativo.

Só para registrar: eu nunca caí do telhado.

Bem, *uma vez* só. Quando eu tinha dez anos. Mas havia circunstâncias atenuantes. Não vale.

Em todo caso, não precisava me preocupar com John ou Jane me mandando voltar para dentro desta vez. Eles pararam de fazer isso quando virei adolescente. Além do mais, eles eram o motivo de eu estar no telhado, para começo de conversa.

— Estão ali — falei e apontei, para ajudar Hickory. Meus pais e meu amigo verde estavam em pé no meio do campo de sorgo, a alguns metros da casa. Levantei meus binóculos e eles deixaram de ser apenas borrões para se tornarem pessoas reais. O homem verde estava de costas para mim, mas dizia alguma coisa, porque tanto Jane como John olhavam para ele atentamente. Alguma coisa fez mexer o sorgo nos pés de Jane, e então Babar levantou a cabeça. Minha mãe se curvou para coçar a orelha dele.

— Me pergunto sobre o que eles estão conversando — comentei.

— Estão distantes demais — disse Hickory.

Eu me virei para ele a fim de fazer algum comentário, tipo *não brinca, gênio*. Depois olhei para o implante de consciência em seu pescoço e lembrei que, além de fazer com que Hickory e Dickory se tornassem criaturas sencientes — com uma ideia de quem são —, esses instrumentos também serviam para aprimorar seus sentidos, em sua maior parte dedicados a evitar que eu me metesse em encrenca.

Também fui lembrada de que seus colares de consciência eram o motivo de estarem ali, para começo de conversa. Meu papai — meu pai biológico — os criou para os Obins. Também me lembrei do porquê de *eu* estar ali. Ainda estar ali, digo. Viva.

Mas achei melhor não entrar nesses méritos.

— Pensei que essas coisas fossem úteis — falei, apontando para o colar.

Hickory tocou o objeto de leve.

— Os colares fazem muitas coisas — disse. — Permitir que ouçamos uma conversa a centenas de metros de distância e no meio de uma lavoura não é uma delas.

– Então vocês são inúteis – respondi.

Hickory fez que sim com a cabeça.

– Se você diz – respondeu, daquele jeito apático.

– Não tem graça zoar vocês – falei.

– Sinto muito – disse Hickory.

E a questão era que Hickory sentia muito, *de verdade*. Não é fácil ser uma criatura engraçada e sarcástica quando todo o seu ser depende, em sua maior parte, de uma máquina que você usa no pescoço. A geração da própria identidade prostética exige mais concentração do que era de se esperar. Manejar um sarcasmo bem equilibrado muito além disso é pedir demais.

Eu me estiquei e dei um abraço em Hickory. Era engraçado. Hickory e Dickory estavam lá para mim, para me conhecer, aprender comigo, me proteger e, se fosse o caso, até morrer por mim. E aqui estava eu, querendo *protegê-los* e me sentindo meio triste por eles também. Meu papai – meu pai biológico – lhes deu consciência, algo que faltava nos Obins e que eles vinham procurando ao longo de toda a história da espécie.

Mas não é como se a consciência fosse *fácil* para eles.

Hickory aceitou meu abraço e fez carinho de leve na minha cabeça. É um ser que fica tímido quando eu demonstro afeto de repente. Tomo cuidado para não pegar pesado demais com os Obins. Pode bagunçar a consciência deles se eu ficar emotiva demais. São sensíveis aos momentos em que fico muito exaltada. Por isso dei um passo para trás e olhei para os meus pais de novo pelos binóculos. Agora John dizia alguma coisa, com aquele meio sorrisinho que era sua marca registrada. O sorriso sumiu quando nosso visitante voltou a falar.

– Me pergunto quem ele é – falei.

– É o general Samuel Rybicki – disse Hickory, o que me fez olhar de volta.

– Como é que você sabe disso? – perguntei.

– É nosso dever saber quem visita você e sua família – disse Hickory, tocando de novo seu colar. – Pesquisamos informações sobre ele assim que pousou. Constam em nosso banco de dados. É um contato entre as suas Forças Coloniais de Defesa e o Departamento de Colonização. É ele quem coordena a proteção das novas colônias humanas.

– Huckleberry não é uma nova colônia – declarei.

Não era mesmo, já havia sido colonizada fazia uns cinquenta ou sessenta anos quando nós chegamos. Era tempo mais que suficiente para aparar todas as arestas assustadoras que as novas colônias enfrentam e para que a população humana se tornasse grande demais para os invasores conseguirem varrer o planeta de uma vez. Com sorte, digo.

– O que você acha que ele quer dos meus pais? – perguntei.

– Não sabemos – disse Hickory.

– Ele não disse nada para vocês enquanto esperava John e Jane chegarem – concluí.

– Não – Hickory confirmou. – Ele ficou calado.

– Bem, é claro – falei. – Provavelmente ficou cagado de medo de vocês.

– Não houve indício de fezes – afirmou Hickory.

Eu segurei o riso.

– Às vezes questiono a suposta falta de senso de humor de vocês – comentei. – O que eu quis dizer é que ele ficou intimidado demais para conseguir dizer qualquer coisa.

– Presumimos que fosse essa a sua intenção quando nos pediu que lhe fizéssemos companhia – disse Hickory.

– Bem, sim – respondi. – Mas se eu soubesse que era um general, talvez não tivesse sido tão dura com ele – continuei, apontando para os meus pais. – Não quero que eles tomem bronca porque achei que seria engraçado mexer com a cabeça do sujeito.

– Acho que alguém da patente dele não viria até aqui para ser impedido por você – disse Hickory.

Uma lista de réplicas espirituosas começou a pipocar na minha cabeça, implorando para serem usadas. Ignorei todas elas e, em vez disso, perguntei:

– Você acha que ele está aqui para alguma missão séria?

– É um general – disse Hickory. – E está aqui.

Voltei a olhar pelos binóculos. General Rybicki – agora eu sabia seu nome – havia se virado um pouquinho e eu conseguia ver seu rosto com mais clareza. Estava conversando com Jane, mas depois se voltou para o meu pai para lhe dizer alguma coisa. Foquei na minha mãe por um minuto. Seu rosto estava travado – o que quer que estivesse acontecendo, ela não estava lá muito feliz.

Minha mãe virou a cabeça um pouquinho e de repente estava me encarando diretamente, como se soubesse que eu a estava observando.

– Como que ela faz *isso*? – perguntei.

Quando Jane era das Forças Especiais, tinha um corpo ainda mais geneticamente modificado do que o dos soldados regulares. Porém, assim como meu pai, ao ser dispensada, ela foi colocada em um corpo humano normal. Não tem mais capacidades sobre-humanas. Só é observadora a um nível assustador. O que quase dá na mesma. Nunca conseguia me safar de praticamente *nada* quando era criança.

Sua atenção voltou ao general Rybicki, que se dirigia a ela de novo. Olhei para Hickory.

– O que eu queria saber é o porquê de estarem conversando num campo de sorgo – comentei.

– O general Rybicki perguntou aos seus pais se havia algum lugar onde poderiam conversar em particular – disse Hickory. – Ele frisou que gostaria de poder falar longe de Dickory e de mim.

– Vocês gravaram tudo quando estavam com ele? – perguntei.

Hickory e Dickory possuíam aparelhos de gravação em seus colares que registravam sons, imagens e dados emocionais. Essas gravações eram enviadas aos outros Obins, para que pudessem sentir a experiência de passar um tempo comigo. Esquisito? Pois é. Invasivo? Às vezes, mas no geral não muito. A não ser que eu começasse a *pensar* nisso, e aí me prendesse ao fato de que, pois é, uma raça alienígena inteira estava vivenciando a minha puberdade pelos olhos de Hickory e Dickory. Não há nada que chegue perto de dividir a sua menarca com um bilhão de intersexo. Acho que foi a primeira vez *da espécie toda*.

– Não estávamos gravando – afirmou Hickory.

– Beleza, que bom – falei.

– Estou gravando agora – disse Hickory.

– Ah. Bem, não sei se você deveria – respondi, gesticulando na direção dos meus pais. – Não quero arranjar encrenca para *eles*.

– Está permitido sob o nosso tratado com o seu governo – disse Hickory. – Temos permissão para gravar tudo que vocês nos permitirem gravar e relatar todas as nossas experiências. Meu governo sabia que o general Rybicki havia chegado para visitar no momento em que Dickory e eu solicitamos a verificação dos dados dele. Se o general Rybicki quisesse que sua visita fosse sigilosa, deveria ter encontrado seus pais em outro lugar.

Optei por não pensar muito no fato de que porções significativas da minha vida estavam sujeitas a negociações de tratados.

– Não acho que ele sabia que estavam aqui – falei. – Pareceu surpreso quando eu instiguei vocês para cima dele.

– A ignorância dele quanto à nossa presença ou quanto ao tratado dos Obins com a União Colonial não é um problema nosso – disse Hickory.

– Acho que não mesmo – respondi, meio angustiada.

– Você prefere que nós paremos de gravar? – perguntou Hickory. Dava para ouvir um certo tremor na voz delu. Se eu não tomasse cuidado com a maneira de demonstrar irritação, arriscaria disparar uma cascata emocional para Hickory. E isso seria algo como um colapso emocional temporário ali mesmo no telhado. Não seria nada bom. Elu poderia cair e quebrar seu pescocinho serpenteante.

– Não faz mal – falei, tentando dar às minhas palavras um tom conciliador que não coincidia de verdade com meus sentimentos. – Está tarde demais para isso agora, em todo caso.

Hickory relaxou visivelmente. Eu segurei um suspiro e olhei para os meus sapatos.

– Estão voltando para a casa – disse Hickory, com um gesto na direção dos meus pais. Eu acompanhei a mão delu: meus pais e o general Rybicki de fato estavam vindo na nossa direção. Pensei em voltar para dentro, mas aí vi minha mãe olhando diretamente para mim de novo. Pois é, ela havia de fato me flagrado mais cedo. Eram boas as chances de que soubesse que eu estive lá o tempo todo.

Meu pai não olhou para cima ao longo do trajeto. Já estava absorto em seus pensamentos. Quando isso acontecia, era como se o mundo desabasse ao seu redor: ele não conseguia enxergar mais nada até terminar de resolver o que estava resolvendo. Suspeitei que ele não iria dar muito as caras naquela noite.

Ao deixarem o campo de sorgo, o general Rybicki parou e apertou a mão do meu pai, enquanto minha mãe se manteve fora do alcance de um aperto de mão. Depois voltou para o seu flutuador. Babar, que seguiu os três até o campo, foi na direção do general para receber um último carinho.

Babar recebeu seu carinho quando o general chegou à nave dele e aí voltou trotando para a casa. O flutuador abriu a porta para receber o general.

Ele parou, olhou diretamente para mim e acenou. Antes de eu sequer pensar no que estava fazendo, acenei de volta.

– *Muito* esperta – disse para mim mesma. O flutuador, com o general Rybicki lá dentro, decolou e o levou para onde ele tinha vindo.

O que é que você quer da gente, general?, pensei e me surpreendi ao ter pensado "na gente". Mas fazia todo o sentido. Fosse lá o que ele quisesse com meus pais, era algo que me envolvia também.

3__

– Você gosta daqui? – Jane me perguntou enquanto lavávamos a louça depois do jantar. – De Huckleberry, quero dizer.

– Não é a primeira vez que me perguntam isso hoje – respondi, pegando e enxugando o prato que ela me passou.

Isso a fez torcer o nariz de leve.

– O general Rybicki perguntou isso para você – afirmou ela.

– Aham – confirmei.

– E o que você disse? – perguntou Jane.

– Eu falei que gostava daqui – respondi, colocando o prato limpo no armário e esperando o próximo.

Jane não soltava o prato.

– Mas você gosta mesmo? – perguntou.

Eu suspirei, fazendo um pouquinho mais de drama.

– Tudo bem, eu desisto – falei. – O que está rolando? Você e o meu pai estavam que nem zumbis no jantar hoje. Sei que vocês não repararam porque estavam concentrados demais, mas passei a maior parte do jantar tentando arrancar algo além de um resmungo de vocês. Babar está melhor de conversa do que os dois.

– Desculpa, Zoë – disse Jane.

– Eu te perdoo – respondi –, mas ainda quero saber o que está rolando.

Fiz um gesto na direção da mão dela, para lembrá-la de que eu ainda estava esperando o prato. Ela o entregou e disse:

– O general Rybicki pediu ao seu pai e a mim para sermos os líderes de uma nova colônia.

Era a minha vez de não largar o prato.

– Uma nova colônia...

– Sim – disse Jane.

– Tipo, "em outro planeta", nesse sentido de nova colônia – confirmei.

– Sim – concordou Jane.

– Nossa – respondi.

– Sim – falou ela, sabendo como extrair o máximo que dava de uma única palavra.

– Por que ele pediu a vocês? – perguntei e voltei a secar a louça. – Sem querer ofender, mãe, mas você é policial de uma vilazinha minúscula. E o papai é ombudsman. É meio que um salto.

– Não me ofendi – disse Jane. – Perguntamos a mesma coisa. O general Rybicki disse que a experiência militar que nós tivemos contava. John foi major e eu fui tenente. E se precisarmos de mais experiência, Rybicki acredita que pegaríamos rapidinho, antes de botarmos os pés na nova colônia. Quanto a "por que nós?", é porque não é uma colônia normal. Os colonos não são da Terra, são dos dez planetas mais velhos da União Colonial. Uma colônia de colonos. A primeira de todas.

– E nenhum dos planetas que mandarão colonos quer que outro planeta tenha alguém no papel de liderança – arrisquei dizer.

Jane sorriu.

– Isso mesmo – concordou ela. – Somos os candidatos do meio. A solução que vai gerar menos protestos.

– Saquei – respondi. – É bacana que eles queiram vocês.

Continuamos lavando a louça em silêncio por alguns minutos.

– Você não respondeu à minha pergunta – disse Jane depois de um tempo. – Você gosta daqui? Quer continuar em Huckleberry?

– Eu tenho poder de voto? – perguntei.

– Claro que tem – disse Jane. – Se aceitarmos a proposta, teríamos que sair de Huckleberry pelo tempo de ao menos alguns anos-padrão, enquanto botamos a colônia para funcionar. Mas, para sermos realistas, significaria sair daqui de vez. *Todos nós* teríamos que sair daqui de vez.

– *Se* – falei, um pouco surpresa. – Vocês não disseram que sim.

– Não é o tipo de decisão que dá para tomar no meio de um campo de sorgo – disse Jane, olhando direto para mim. – Não é algo que dá para simplesmente dizer que sim. É uma decisão complicada. Ficamos a tarde toda repassando as informações, vendo quais eram os planos da União Colonial para a nova colônia. E aí precisamos pensar nas nossas vidas aqui. A minha, a de John e a sua.

Abri um sorriso.

– Eu *tenho* uma vida aqui? – perguntei. Era para ser uma piada.

Mas Jane massacrou minha piadinha.

– Falando sério, Zoë – disse ela, e o sorriso deixou o meu rosto. – Estamos aqui já faz metade da sua vida. Você tem amizades. Conhece este lugar. Tem um futuro aqui, se quiser. *Pode* ter uma vida aqui. Não é algo que se possa descartar levianamente.

Então mergulhou a mão na pia, procurando algum outro prato sob as bolhas de sabão.

Olhei para Jane. Havia algo no seu tom de voz. Não era por minha causa. Eu disse:

– É *você* quem tem uma vida aqui.

– É verdade – disse Jane. – Eu gosto daqui. Gosto dos nossos vizinhos e nossos amigos. Gosto de ser policial. Nossa vida aqui me cai bem – afirmou enquanto me entregava a caçarola que havia acabado de lavar. – Antes de virmos para cá, eu tinha passado a vida inteira nas Forças Especiais. Em espaçonaves. Aqui é a primeira vez que moro num *planeta*. É importante para mim.

– Então por que é que isso está em questão? – perguntei. – Se você não quer ir, então é melhor não irmos.

– Eu não disse que *não iria* – respondeu Jane. – Disse que tenho uma vida aqui. Não é a mesma coisa. Há bons motivos para irmos. E não é uma decisão que caiba a mim tomar.

Sequei e guardei a caçarola. Então perguntei:

– O que é que meu pai quer?

– Não me contou ainda – respondeu minha mãe.

– Você sabe o que *isso* quer dizer – falei. – Meu pai não é nada sutil quando tem algo que ele não quer fazer. Se ele se deu ao trabalho de pensar a respeito, é provável que queira ir.

– Eu sei – disse minha mãe, enquanto enxaguava os talheres. – Está tentando achar um jeito de me dizer o que quer. Iria ajudar se ele soubesse o que *nós* queremos antes.

– Certo – concordei.

– Foi por isso que perguntei se você gostava daqui – disse Jane, mais uma vez.

Pensei nisso enquanto secava o balcão da cozinha.

– Eu gosto daqui – respondi, enfim. – Mas não sei se quero tocar *minha vida* aqui.

– Por que não? – perguntou Jane.

– Aqui não tem muito de *aqui*, não é? – comentei, gesticulando na direção geral de Nova Goa. – As opções de vida são limitadas. Dá para ser fazendeira, fazendeira, dona de loja e fazendeira. Talvez um cargo no governo que nem você e meu pai.

– Se a gente for para essa nova colônia, suas opções serão as mesmas – disse Jane. – A vida de colonos de primeira onda não é muito romântica, Zoë. A ênfase é na sobrevivência, preparando a nova colônia para a segunda onda de colonos, o que significa muito trabalho braçal e agrícola. Fora alguns papéis especializados que já estão designados, não há muito espaço para mais nada.

– Sim, mas pelo menos seria um lugar *novo* – enfatizei. – Seria o trabalho de construir um novo mundo. Aqui estamos só mantendo um mundo velho. Seja sincera, mãe. As coisas andam meio lentas por aqui. Um grande dia para você é quando alguém se mete em briga. O ponto alto do dia do meu pai é resolver a briga por um bode.

– Tem coisas piores – disse Jane.

– Não precisa ser uma guerra declarada – falei. Mais uma piada.

E mais uma vez, outra paulada da minha mãe.

– Será um mundo-colônia novinho em folha – disse ela. – São os que estão mais suscetíveis a ataques, porque têm menos pessoas e menos defesa da parte das FCD. Você sabe disso tanto quanto qualquer outra pessoa.

Eu cheguei a piscar, realmente surpresa. Sabia disso *de fato*, igual a qualquer outra pessoa. Quando eu era criança – antes de ser adotada por

Jane e John –, o planeta onde eu morava (ou melhor dizendo, a órbita dele, já que eu morava na estação espacial) foi atacado. Omagh. Jane quase nunca trazia isso à tona, porque sabia o impacto que pensar a respeito causava em mim. Perguntei:

– Você acha que é isso que vai acontecer?

Jane deve ter percebido o que estava passando pela minha cabeça.

– Não, acho que não – disse ela. – Esta será uma colônia incomum. É uma colônia de teste, de certo modo. Haverá pressão política para que ela seja bem-sucedida, o que significa defesas melhores, entre outras coisas. Acho que seremos mais bem defendidos do que a maioria das outras colônias que estão começando agora.

– Bom saber – respondi.

– Mas ainda seria possível sofrer um ataque – disse Jane. – John e eu lutamos juntos em Coral. Foi um dos primeiros planetas que os seres humanos colonizaram e *ainda assim* foi atacado. Nenhuma colônia está totalmente a salvo. Há outros perigos também. Colônias podem ser aniquiladas por predadores e vírus locais. O mau tempo pode matar as lavouras. Os colonos também podem estar despreparados. A colonização, a colonização *de verdade*, não isto que estamos fazendo aqui em Huckleberry, é um trabalho duro e constante. Alguns dos colonos podem fracassar e levar o resto da colônia consigo. Pode acontecer de ter líderes ruins tomando decisões ruins.

– Não acho que precisaremos nos preocupar com o último item da lista – falei, tentando aliviar o clima.

Jane não mordeu a isca.

– Estou contando para você porque não é um plano sem riscos – disse ela. – O risco está aí. E não é pouco. Se formos fazer isso, precisamos ir de olhos bem abertos para ele.

Isso tudo era a cara da minha mãe. O senso de humor dela não era tão ausente que nem o de Hickory e Dickory – eu *consigo* fazê-la rir, de fato. Mas não a impede de ser uma das pessoas mais sérias que já conheci na vida. Quando quer a atenção de alguém sobre algo que considera importante, ela dá um jeito de conseguir.

É uma boa qualidade de se ter, mas naquele momento estava me deixando seriamente desconfortável. O que devia ser parte do plano dela, sem dúvida.

— Mãe, eu sei disso – comentei. – Sei dos riscos. Sei que muitas coisas podem dar errado. Sei que não vai ser fácil.

Fiquei esperando.

— Mas... – disse Jane, me dando a brecha pela qual sabia que eu estava esperando.

— Mas, se tiver você e o meu pai na liderança, acho que valeria arriscar – continuei. – Porque eu confio em vocês. Não aceitariam a missão se não achassem que dariam conta. E sei que não me fariam correr riscos desnecessários. Se vocês dois decidirem ir, eu também quero. Definitivamente quero.

De repente tomei ciência do fato de que, enquanto eu falava, minha mão havia vagado até chegar no meu peito e tocava, de leve, o pequeno pingente que pousava nele: um elefante de jade, que Jane me deu. Afastei a mão dele, um pouco envergonhada.

— E não importa o que aconteça, começar uma nova colônia não seria *um tédio* – respondi, para encerrar, meio sem graça.

Minha mãe sorriu, tirou o tampão da pia e secou as mãos. Depois deu um passo na minha direção e beijou o topo da minha cabeça. Eu era baixinha e ela era alta, por isso era natural que ela fizesse isso.

— Vou deixar seu pai ruminar isso mais umas horas – falou. – E aí aviso da nossa posição.

— Obrigada, mãe – agradeci.

— E desculpa pelo jantar – comentou ela. – Seu pai fica absorto em si às vezes e eu fico absorta em observá-lo absorto.

— Eu sei – falei. – Você bem que devia só dar um tabefe e mandar ele sair dessa.

— Vou botar isso na lista para o futuro – disse Jane, me dando um beijinho rápido e depois se afastando. – Agora vai lá fazer seu dever de casa. Ainda não saímos do planeta...

E então saiu da cozinha.

4

Deixem-me contar sobre o elefante de jade.

    O nome da mamãe – da minha mãe biológica – era Cheryl Boutin. Ela morreu quando eu tinha cinco anos. Estava fazendo trilha com uma amiga e sofreu uma queda. Minhas lembranças dela são o que era de se esperar: fragmentos nevoentos da mente de uma criança de cinco anos, sustentados por algumas imagens e vídeos preciosos. Não era muito melhor quando eu era mais nova. Os cinco anos são uma péssima idade para ficar sem mãe e tentar se lembrar de como ela era.

    Uma coisa que eu tinha dela era uma versão de pelúcia do elefante Babar, que mamãe me deu no meu aniversário de quatro anos. Eu estava doente e precisei passar o dia inteiro de cama. Não fiquei nada feliz e reclamei para todo mundo, porque esse era o tipo de criança que eu era. Mamãe me surpreendeu com uma pelúcia do Babar, e então ficamos abraçadinhas e ela leu as histórias dele para mim até eu pegar no sono, deitada no colo dela. É a lembrança mais vívida que tenho de nós duas até hoje. Não tanto visualmente, mas o som baixinho e caloroso de sua voz e a suavidade de sua barriga enquanto eu me deitava e pegava no sono, enquanto ela acariciava a minha cabeça. A sensação da mamãe e o sentimento de seu amor e conforto.

    Sinto saudades dela. Ainda. Até hoje. Até agorinha mesmo.

Depois que mamãe morreu, eu não conseguia mais ir a lugar algum sem o Babar. Era minha conexão com ela, minha conexão com o amor e o conforto que eu não possuía mais. Estar longe do Babar era estar longe daquilo que me restava dela. Eu tinha cinco anos. Era o meu modo de lidar com a perda. Era o que evitava que eu me afundasse em mim mesma, acho. Como eu disse, os cinco anos são uma péssima idade para ficar sem mãe. Penso que seria uma bela idade para se perder se você não tomar cuidado.

Logo depois do velório da mamãe, papai e eu saímos de Fênix, onde nasci, e fomos para Covell, uma estação espacial que orbita em torno de um planeta chamado Omagh, onde ele era pesquisador. De vez em quando, o seu trabalho envolvia sair de Covell para fazer viagens a negócio. Quando isso acontecia, eu ficava com minha amiga Kay Greene e os pais dela. Uma vez, papai saiu de viagem, estava com pressa e se esqueceu de botar o Babar na mala para mim. Quando percebi (não demorou muito), comecei a chorar e entrar em pânico. Para me acalmar, e porque ele me amava *de verdade*, sabe, prometeu trazer para mim uma pelúcia da Celeste quando voltasse de viagem. Pediu que eu fosse corajosa até lá. Eu disse que seria sim, e ele me deu um beijo e me mandou ir brincar com Kay. E eu fui.

Fomos atacados enquanto ele estava viajando. Demorou um tempão até eu poder revê-lo. Ele se lembrou da promessa e me trouxe uma Celeste. Foi a primeira coisa que fez quando eu o vi.

Ainda tenho a Celeste. Mas não tenho o Babar.

Com o tempo, virei órfã. Fui adotada pelo John e pela Jane, a quem eu chamo de "pai" e "mãe", mas não de "papai" e "mamãe", porque esses apelidos reservo para Charles e Cheryl Boutin, meus primeiros pais. John e Jane entendem bem. Não ligam que eu faça essa distinção.

Antes de nos mudarmos para Huckleberry – logo antes –, Jane e eu fomos para um shopping na cidade de Fênix, capital de Fênix. Íamos comprar sorvete, mas no caminho passamos por uma loja de brinquedos e eu entrei correndo para brincar de esconde-esconde com Jane. Tudo correu lindamente até eu entrar num corredor com animais de pelúcia e ficar frente a frente com Babar. Não o *meu* Babar, claro. Mas era parecido o suficiente para me fazer parar e ficar ali, só encarando.

Jane chegou por trás, por isso não pôde ver o meu rosto.

— Olha – disse ela. – É o Babar. Você quer que eu compre para combinar com a sua Celeste?

Então esticou a mão e pegou um elefante da prateleira.

Eu gritei e dei um tapa na mão dela, depois saí correndo da loja. Jane me alcançou e me abraçou enquanto eu soluçava, ninando-me no seu ombro e acariciando a minha cabeça como minha mamãe fez enquanto lia as histórias do Babar para mim no meu aniversário. Eu me acabei de chorar e, depois contei para ela do Babar que minha mamãe me deu.

Jane entendeu o porquê de eu não querer outro Babar. Não seria certo ter outro. Não seria certo colocar algo por cima daquelas lembranças da minha mamãe. Fingir que outro Babar poderia substituir o que ela me deu. Não era o brinquedo em si. Era *tudo em torno* do brinquedo.

Pedi que Jane não contasse ao John sobre o Babar e o que havia acontecido. Eu estava angustiada o suficiente por ter desabado na frente da minha nova mãe. Não queria arrastar meu novo pai nisso também. Ela prometeu. Depois me deu um abraço e fomos buscar sorvete, e eu praticamente me fiz vomitar por comer uma banana split inteira. O que na minha cabeça de oito anos era uma *coisa boa*. Um dia bem memorável, de modo geral.

Uma semana depois, Jane e eu estávamos no deque de observação da NFCD *Américo Vespúcio*, encarando o mundinho azul e verde chamado Huckleberry, onde passaríamos o restante de nossas vidas... ou, pelo menos, era o que pensávamos. John havia nos deixado sozinhas a fim de cuidar de alguma questão de última hora antes de pegarmos nossa nave de transporte até a cidade de Missouri, de onde iríamos para Nova Goa, nosso novo lar. Jane e eu estávamos de mãos dadas, apontando para as características na superfície do planeta, tentando enxergar a cidade de Missouri de lá da órbita geoestacionária. Não dava. Mas demos bons chutes.

— Tenho algo para você – Jane me disse, após decidirmos onde era a cidade de Missouri, ou onde *devia* ser, em todo caso. – Algo que eu queria dar antes de aterrissarmos em Huckleberry.

— Espero que seja um cachorrinho – respondi. Fazia umas semanas que eu estava dando essa indireta.

Jane riu.

— Nada de cachorrinho! – disse ela. – Pelo menos até estarmos acomodadas. Beleza?

— Ah, tudo bem – respondi, decepcionada.

— Não, é isso aqui — disse Jane, colocando a mão no bolso, de onde tirou uma correntinha de prata com algo verde-pálido na ponta.

Peguei a correntinha e olhei para o pingente.

— É um elefante — falei.

— É sim — disse Jane, ajoelhando-se para que ficássemos cara a cara. — Eu comprei em Fênix logo antes de partirmos. Vi numa loja e me fez pensar em você.

— Por causa do Babar — respondi.

— Sim — concordou Jane. — Mas por outros motivos também. A maioria das pessoas que moram em Huckleberry são de um país na Terra chamado Índia, e muitas delas são hindus. É uma religião. Elas têm um deus chamado Ganesha, que tem cabeça de elefante. Ganesha é o deus hindu da inteligência e eu acho que você é bem esperta. Ele também é o deus dos novos começos, o que faz sentido também.

— Porque estamos começando nossas vidas lá — falei.

— Isso — respondeu Jane, no que ela tomou o pingente e o colar das minhas mãos e pôs a correntinha de prata ao redor do meu pescoço, prendendo atrás. — Tem aquele dito que diz que "um elefante nunca esquece". Você já ouviu? — Fiz que sim com a cabeça. — John e eu temos orgulho de sermos seus pais, Zoë. Estamos felizes que você seja parte da nossa vida agora e que vá nos ajudar a constituir nossa vida por vir. Mas sei que nenhum de nós iria querer que você se esquecesse da sua mamãe e do seu papai.

Ela se afastou e tocou o pingente com delicadeza.

— Isso é para se lembrar do quanto *nós* amamos você — disse Jane. — Mas espero que sirva para lembrar o quanto a sua mamãe e o seu papai também amaram você. Você é amada por dois pares de pais, Zoë. Não se esqueça do primeiro só porque está conosco agora.

— Não vou — falei. — Prometo.

— O último motivo pelo qual eu quis dar isso a você é para continuar a tradição — disse Jane. — Sua mamãe e seu papai lhe deram, cada um, um elefante. Eu quis dar um também. Espero que goste.

— Eu amei — respondi, depois me atirei nos braços de Jane. Ela me segurou e me abraçou. Ficamos assim por um tempo e eu chorei um pouquinho também. Porque eu tinha oito anos, podia fazer isso.

Uma hora saí do abraço e olhei para o pingente de novo.

– Do que ele é feito? – perguntei.

– É de jade – disse Jane.

– Tem algum significado? – perguntei.

– Bem – respondeu Jane –, imagino que o significado seja que eu acho jade uma pedra bonita.

– O meu pai vai me dar um elefante também? – perguntei. Meninas de oito anos entram bem rápido no modo aquisição.

– Não sei – disse Jane. – Não falei com ele sobre isso, porque você pediu que eu não falasse. Acho que ele não sabe dos elefantes.

– Talvez ele descubra – falei.

– Talvez sim – respondeu Jane. Ela ficou ali e tomou a minha mão de novo, enquanto admirávamos Huckleberry mais uma vez.

Cerca de uma semana e meia depois, após terminarmos a mudança para Huckleberry, meu pai chegou pela porta trazendo algo pequeno que se mexia nas suas mãos.

Não, não era um elefante. *Pensa* um pouco, gente. Era um cachorrinho.

Eu dei um gritinho de alegria – eu podia, tinha oito anos, lembrem-se disso –, e John passou o filhote para mim. Na hora o filhote cobriu minha cara de lambidas.

– Aftab Chengelpet acabou de desmamar uma ninhada, por isso eu pensei em dar um novo lar a um dos filhotes – disse meu pai. – Sabe, mas só se você quiser. Apesar de que não me lembro de você demonstrar *entusiasmo* por uma criaturinha dessas. Sempre podemos devolver.

– Não se atreva – respondi, entre lambidas caninas.

– Tudo certo – disse meu pai. – Mas lembre-se de que ele é sua responsabilidade. Vai ter que alimentá-lo e gastar energia com ele e cuidar dele.

– Pode deixar – respondi.

– E castrá-lo e pagar a faculdade dele – continuou meu pai.

– O quê? – respondi.

– John – interveio minha mãe de sua cadeira, onde estava lendo.

– Esses últimos dois não precisa – falou meu pai. – Mas você vai *ter que* escolher um nome para ele.

Segurei o cachorrinho com os braços estendidos, a fim de poder dar uma boa olhada nele. Ele continuou tentando lamber a minha cara a distância, sacudindo-se todo na minha mão por conta do embalo da cauda.

– Quais são bons nomes de cachorro? – perguntei.

– Spot. Rex. Fido. Campeão – respondeu meu pai. – São os nomes clichês, pelo menos. No geral as pessoas miram em algo mais marcante. Quando eu era criança, tive um cachorro que o meu pai chamava de Shiva, o Destruidor de Sapatos. Mas não acho que seria adequado numa comunidade de pessoas que vieram da Índia. Talvez alguma outra coisa – ele continuou, apontando para o meu pingente de elefante. – Reparei que você tem curtido elefantes ultimamente. Já tem uma Celeste. Por que não batizá-lo de Babar?

Eu pude ver Jane, atrás do meu pai, tirando os olhos do que estava lendo para me olhar, lembrando-se do que aconteceu na loja de brinquedos e esperando para ver como eu iria reagir.

Eu explodi numa gargalhada.

– Então isso é um sim – disse meu pai, depois de um minuto.

– Eu gostei – falei, abraçando meu novo filhote, e depois estendi os braços de novo. – Olá, Babar.

Babar deu um latidinho feliz, depois fez xixi na minha camiseta.

E essa é a história do elefante de jade.

5__

Houve um toque à minha porta, uma batida meio *ratatá* que ensinei a Hickory quando eu tinha nove anos e fiz delu um membro secreto do meu clubinho secreto. Dickory virou membro secreto de um outro clubinho secreto completamente diferente. O mesmo valeu para a minha mãe, o meu pai e Babar. Ao que parecia, aos meus nove anos, minha obsessão era com clubinhos secretos. Eu não saberia nem dizer mais a essa altura qual era o nome do clube. Mas Hickory ainda usava a batida que eu ensinei sempre que encontrava a porta do meu quarto fechada.

– Pode entrar – falei, enquanto olhava pela janela.

Hickory entrou e disse:

– Está escuro aqui.

– É o que acontece quando anoitece e a luz está apagada – respondi.

– Escutei você perambulando – disse Hickory. – Vim ver se precisava de alguma coisa.

– Como um copo de leite morno? – respondi. – Estou bem, Hickory. Obrigada.

– Então vou deixar você em paz – disse Hickory, afastando-se.

– Não – rebati. – Fica aqui um minutinho. Olha só.

Hickory veio até mim e ficou do meu lado na janela. Estava olhando para onde eu apontei, as duas figuras na estrada na frente de casa. Minha mãe e meu pai.

— Ela está lá faz um tempo já — disse Hickory. — O major Perry se juntou a ela faz uns minutos.

— Eu sei — respondi. — Eu o vi saindo.

Também ouvi quando ela saiu, cerca de uma hora antes, o rangido das dobradiças da porta telada me tirou da cama. Mas eu nem estava dormindo mesmo. Pensar sobre como seria sair de Huckleberry e colonizar algum lugar novo deixou o meu cérebro atento e me fez ficar andando para lá e para cá. Começou a cair a ficha da ideia de ir embora. Fiquei mais inquieta do que imaginava que ficaria.

— Vocês sabem da nova colônia? — perguntei a Hickory.

— Sabemos — disse elu. — A tenente Sagan nos informou mais cedo, esta noite. Dickory também solicitou mais informações ao nosso governo.

— Por que vocês chamam meus pais pela patente? — perguntei a Hickory. Meu cérebro procurava por tangentes no momento e me pareceu que era uma boa saída. — Minha mãe e meu pai. Por que não os chama de "Jane" e "John" igual todo mundo?

— Não seria adequado — disse Hickory. — É íntimo demais.

— Vocês moram com a gente já faz *sete anos* — respondi. — Vocês *deviam* poder arriscar um pouquinho de intimidade.

— Se é o seu desejo que eles sejam chamados de "John" e "Jane", então nós o cumpriremos — disse Hickory.

— Podem chamar como quiserem — falei. — Só estou dizendo que, se vocês *quiserem* chamar pelo nome, podem.

— Nós nos lembraremos disso — disse Hickory, mas duvidei que haveria qualquer mudança de protocolo tão cedo.

— Vocês virão conosco, certo? — perguntei, mudando de assunto. — Para a nova colônia.

Não presumi que Hickory e Dickory *não* iriam conosco, mas, quando pensei a respeito, percebi que não era uma presunção muito inteligente.

— Nosso tratado o permite — disse Hickory. — Quem decide é você.

— Bem, claro que eu quero que vocês venham — respondi. — Mais fácil a gente deixar o Babar para trás do que ir sem vocês.

– Fico feliz de estarmos na mesma categoria que o seu cão – disse Hickory.

– Acho que isso não soou legal – admiti.

Hickory ergueu um de seus membros.

– Tudo bem – respondeu. – Sei que você não estava sugerindo que Dickory e eu somos como animais de estimação. Você queria sugerir que Babar é parte do lar. Você não iria embora sem ele.

– Ele não é só parte do lar – respondi. – Ele é da família. Babão e não muito esperto, mas da família. Família ainda assim. Vocês também são. Estranhes, alienígenas, de vez em quando meio invasivos. Mas família.

– Agradeço, Zoë – disse Hickory.

– De nada – respondi, ficando tímida de repente. As conversas com Hickory estavam esquisitas naquele dia. – É por isso que eu perguntei por que vocês chamam meus pais pela patente. Sabe como é, isso não é normal numa *família*.

– Se somos de fato parte de sua família, é seguro afirmar que não é uma família normal – respondeu Hickory. – Por isso é difícil determinar o que seria normal para nós.

Isso me arrancou uma risada de fazer porquinho.

– Bem, isso é verdade – respondi e pensei por um momento. – Qual é o *seu* nome, Hickory? – perguntei.

– Hickory – foi a resposta.

– Não, digo, qual era o seu nome *antes* de vir morar com a gente? – expliquei. – Você deveria ter um nome antes de eu chamar você de Hickory. E Dickory também, antes de eu dar esse nome a elu.

– Não – respondeu. – Você esqueceu. Antes do seu pai biológico, os Obins não possuíam consciência. Não possuíamos um conceito de eu, nem a necessidade de nos descrevermos, fosse para nós mesmos ou para os outros.

– Assim fica difícil fazer qualquer coisa que envolva mais de dois de vocês – respondi. – Tem limites para a funcionalidade do "ei, você aí".

– Possuíamos descritores, para ajudar no trabalho – disse Hickory. – Mas não eram a mesma coisa que um *nome*. Quando você deu um nome a Dickory e a mim, nos deu nossos nomes verdadeiros. Nós passamos a ser os primeiros Obins a terem nomes.

– Queria saber disso na época – respondi, depois de digerir o que foi dito. – Nesse caso teria escolhido nomes que não tivessem saído de uma cantiga infantil.

– Eu gosto do meu nome – disse Hickory. – É um nome popular entre os Obins. Hickory e Dickory são populares, na verdade.

– Há outros Hickorys entre os Obins? – perguntei.

– Ah, sim – disse Hickory. – Vários milhões a esta altura.

Não tinha como eu ter uma resposta inteligível para isso. Voltei minha atenção aos meus pais de novo, que ainda estavam abraçados na estrada.

– Eles se amam – disse Hickory, acompanhando meu olhar.

Olhei de volta e disse:

– Não era exatamente aonde eu queria que essa conversa fosse, mas... beleza.

– Faz diferença – disse Hickory. – No modo como eles conversam entre si. Como se comunicam um com o outro.

– Imagino que sim – respondi.

A observação de Hickory era um eufemismo. Na verdade, John e Jane não apenas se amavam. Os dois eram loucos um pelo outro, bem daquele modo que é ao mesmo tempo comovente e constrangedor para uma filha adolescente. Comovente, porque quem é que não quer que os seus pais se amem, da cabeça aos pés? Constrangedor porque, bem... são *pais*. Não deviam se comportar assim, que nem patetas, um com o outro.

Esse amor era demonstrado de modos diferentes. O meu pai era o mais óbvio, mas acho que minha mãe tinha sentimentos mais intensos do que os dele. O pai foi casado antes, sua primeira esposa morreu lá na Terra. Há uma parte do seu coração que ainda está com ela. Ninguém mais, porém, tinha a posse do coração de Jane. John era o único proprietário, pelo menos da parte que pertence ao marido. Não importa como se explique, não existe nada que um não faria pelo outro.

– É por isso que estão ali – falei para Hickory. – Na estrada agora, digo. Porque se amam.

– Como assim? – perguntou Hickory.

– Você mesmo disse – respondi. – Faz diferença no modo como eles se comunicam. – Aqui de novo apontei para os dois. – Meu pai quer ir e liderar a colônia – comentei –, se não quisesse, teria simplesmente dito "não".

É assim que ele funciona. Passou o dia todo mal-humorado e angustiado porque é o que ele quer e sabe que há complicações. Porque a *Jane* adora morar aqui.

— Mais do que você ou o major Perry — disse Hickory.

— Ah sim — respondi. — Foi onde ela se casou, onde constituiu família. Huckleberry é a sua terra natal. Ele diria que não, se ela não lhe tivesse dado permissão para dizer sim. É isso que ela está fazendo lá.

Hickory espiou lá fora de novo, as silhuetas dos meus pais.

— Poderia tê-lo dito dentro de casa — respondeu.

— Não — falei, balançando a cabeça. — Veja como ela está olhando para cima. Antes de meu pai sair, ela também estava fazendo isso, ficar parada ali, olhando para as estrelas. Procurando a estrela, talvez, em torno da qual orbita o nosso novo planeta. Mas o que está fazendo de verdade é se despedir de Huckleberry. Precisa que ele a *veja* fazendo isso. Minha mãe sabe disso. É parte do motivo de ela estar lá fora. Avisar para ele que está pronta para deixar este planeta para trás. Está pronta porque ele está pronto.

— Você disse que isso era parte do motivo de ela estar lá fora — disse Hickory. — E qual a outra?

— A outra parte? — perguntei, ao que Hickory fez que sim com a cabeça. — Ah, bem. Ela precisa dizer adeus pessoalmente também. Não é como se estivesse fazendo isso só por causa do meu pai — continuei, observando Jane. — Muito de quem ela é, foi aqui que se tornou. E talvez a gente nunca mais retorne. É difícil deixar o seu lar para trás. Difícil para *ela*. Acho que está tentando encontrar um jeito de abrir mão. E isso começa com a despedida.

— E você? — perguntou Hickory. — Precisa se despedir?

Pensei a respeito por um minuto.

— Não sei — admiti. — É engraçado, eu já morei em quatro planetas. Bem, três planetas e uma estação espacial. Aqui foi onde fiquei mais tempo, por isso acho que é o meu lar, mais do que qualquer outro deles. Sei que vou sentir saudades de algumas coisas daqui. Sei que vou sentir saudades dos meus amigos. Mas, mais do que qualquer uma dessas coisas... estou é *empolgada*. É algo que quero. Colonizar um novo mundo. Eu *quero* fazer isso. Estou empolgada e nervosa e com um pouco de medo, sabe?

Hickory não disse nada em resposta. Do lado de fora da janela, minha mãe havia se afastado um pouco de meu pai, e ele estava dando meia-volta para retornar à casa. Então ele parou e olhou de volta para minha mãe. Ela estendeu a mão na direção dele, que veio até ela, tomou sua mão e então os dois caminharam pela estrada juntos.

— Adeus, Huckleberry — falei, aos sussurros. Depois dei as costas à janela e deixei meus pais terem o seu momento juntos.

6

— Eu não sei como seria *possível* você ficar entediada — disse-me Savitri, apoiada no corrimão do observatório enquanto olhávamos para a *Magalhães* da Estação Fênix. — O lugar é *ótimo*.

Eu olhei para ela, fingindo estar desconfiada:

— *Quem* é você e o que você fez com Savitri Guntupalli?

— Não sei o que quer dizer com isso — respondeu Savitri, com um tom seco.

— A Savitri que *eu* conheço era sarcástica e amarga — respondi. — Você está toda boba, que nem uma colegial. Portanto: não é possível que seja a Savitri. Você é alguma coisa alienígena medonha, toda empolgada e camuflada, e eu odeio você.

— Questão de ordem — disse Savitri. — Você é a colegial e nunca fica toda boba. Faz anos que a gente se conhece e não acho que eu já tenha visto você toda boba em qualquer ocasião. É uma pessoa quase inteiramente desprovida de bobagem.

— Beleza, você fica ainda mais boba do que uma colegial — rebati. — O que piora as coisas ainda mais.

— Fico *mesmo* — disse Savitri —, obrigada por reparar.

— Hrrrunf — respondi, revirando os olhos para acrescentar uma camada a mais de drama, então me concentrei no corrimão do observatório com um mau humor renovado.

Eu não estava irritada de verdade com a Savitri. Ela tinha um motivo excelente para estar empolgada: havia passado a vida inteira em Huckleberry e agora estava, enfim, em *algum* outro lugar: na Estação Fênix, *a* estação espacial, a maior coisa que os seres humanos já construíram na sua história, pairando acima de Fênix, o planeta que era o lar da União Colonial inteira. Desde que eu a conheci – o que significa desde que ela começou a ser assistente do meu pai, lá em Nova Goa, em Huckleberry –, Savitri cultivava um ar de sabichonice generalizada, que é um dos motivos pelos quais eu a adoro e admiro. É preciso ter exemplos de vida, sabe.

Mas, depois de partirmos de Huckleberry, seu entusiasmo por enfim poder ver um pouco mais do universo começou a subir à cabeça dela. Ficava emocionada demais, sem reservas, com qualquer coisa. Chegou até a acordar cedo para observar enquanto atracavam a *Magalhães*, a nave que iria nos levar a Roanoke, à Estação Fênix. Eu estava feliz por ela, por ficar tão empolgada com tudo, e aproveitei cada chance que tive para tirar sarro disso, sem piedade. Um dia, sim, haveria vingança – Savitri me ensinou muito do que sei em termos de ser sabichona, mas não tudo que *ela* sabia a respeito dessa arte –, mas até lá era uma das poucas coisas que me mantinha entretida.

Escuta só: a Estação Fênix é enorme, movimentada e, a não ser que você tenha um emprego de fato – ou esteja ali só curtindo, que nem Savitri –, *não acontece nada*. Não é um parque de diversões, apenas uma grande combinação tediosa de escritórios do governo, docas e quartéis-generais militares, tudo isso socado no espaço. Se não fosse pelo fato de que seria letal tentar dar um pulo lá fora para tomar um ar fresco – não tem ar fresco, só o vácuo do espaço que estoura seus pulmões –, seria igual a qualquer grande centro cívico, sem personalidade alguma e que mata a gente de tédio, encontrado em qualquer lugar onde os seres humanos se reúnem para fazer coisas grandes, sem personalidade e que matam a gente de tédio. Não foi feito para diversão ou, pelo menos, não para qualquer tipo de diversão que me interessasse. Imagino que eu podia, sei lá, arquivar coisas. *Que legal* que isso seria.

Savitri, além de ostentar uma empolgação que beirava o insensível por ter saído de Huckleberry, também estava trabalhando que nem um camelo para o John e a Jane: desde que chegamos à Estação Fênix, os três tinham passado quase todo o seu tempo se atualizando quanto a Roanoke, aprendendo sobre os colonos que estariam conosco e supervisionando a carga de suprimentos e equipamentos a bordo da *Magalhães*. Não foi novidade alguma para mim, mas acabou que fiquei sem ter muito o que fazer e sem muita companhia para me ocupar com qualquer coisa. Nem podia ficar na companhia de Hickory, Dickory ou Babar – meu pai falou para Hickory e Dickory ficarem quietinhos enquanto estivéssemos na Estação Fênix, e cães, na verdade, não tinham autorização para circular pela estação. Precisávamos estender toalhas de papel para Babar fazer suas necessidades. Na primeira noite que a gente fez isso e tentou convencê-lo a ir até lá, ele me deu um olhar que dizia *você está de sacanagem comigo*. Desculpa, amigão. Agora vai lá e faz xixi, poxa vida.

Só pude ter um tempo com Savitri graças a uma combinação sagaz de reclamações e chantagem emocional, que conseguiu convencê-la a passar o horário de almoço comigo. Mesmo assim, ela trouxe seu tablet e passou metade da hora de almoço lendo manifestos. Até com isso Savitri ficava empolgada. Eu lhe disse que achava capaz de ela estar doente.

– Sinto muito por você estar entediada – disse Savitri, voltando ao presente. – Talvez você devesse avisar os seus pais.

– Confia em mim, eu avisei – falei. – Meu pai me ouviu, na verdade. Disse que ia me levar para Fênix. Compras de última hora e outras coisas. – As *outras coisas* no caso eram o principal motivo da nossa ida, mas eu não queria trazer isso à tona com a Savitri. Já estava de mau humor o suficiente.

– Você ainda não encontrou nenhum dos outros colonos da sua idade? – perguntou ela.

Dei de ombros e respondi:

– Já vi alguns deles.

– Mas não chegou a conversar com nenhum? – perguntou Savitri.

– Não muito, na verdade – respondi.

– Porque você é *tímida* – disse Savitri.

– Agora o seu sarcasmo volta – rebati.

– Eu empatizo com o seu tédio – disse Savitri –, mas não tanto quando você fica aí, só marinando nele – complementou, olhando ao redor, pelo observatório, onde havia mais algumas pessoas, sentadas ou lendo ou assistindo às naves que atracavam à estação. – E que tal ela? – perguntou, apontando para uma menina que parecia ter a minha idade e olhava pela janela.

Lancei um olhar de relance.

– Que que *tem* ela? – perguntei.

– Parece estar entediada igual a você – disse Savitri.

– As aparências enganam – respondi.

– Vamos dar uma olhada – sugeriu Savitri, chamando a outra menina antes que eu pudesse impedi-la. – Ei – falou.

– Sim? – respondeu a menina.

– Minha amiga aqui se acha a adolescente mais entediada de toda a estação – disse Savitri, apontando para mim, enquanto eu não tinha onde me enfiar para morrer de vergonha. – Fiquei me perguntando se você teria algo a dizer a respeito.

– Bem – respondeu a menina, depois de um minuto –, não quero me gabar, mas a qualidade do meu tédio é *extraordinária*.

– Ah eu *gostei* dela – disse Savitri, virando-se para mim, depois acenou para a menina. – Esta aqui é Zoë – disse, me apresentando.

– Eu sei falar, tá? – falei para Savitri.

– Gretchen – respondeu a garota, estendendo a mão para mim.

– Olá – eu disse, apertando sua mão.

– Estou interessada no seu tédio e gostaria de ouvir mais – disse Gretchen.

Beleza, pensei. *Também gostei dela.*

Savitri sorriu.

– Bem, já que vocês parecem estar de igual para igual, eu preciso ir – comentou. – Há uns contêineres de condicionadores de solo que precisam da minha atenção. – Ela me deu um beijo na bochecha, acenou para Gretchen e foi embora.

– Condicionadores de solo? – Gretchen me perguntou, depois que Savitri saiu.

– Longa história – respondi.

– Tenho bastante tempo – disse Gretchen.

– Savitri é assistente dos meus pais, que estão a caminho de uma nova colônia – expliquei, apontando para a *Magalhães*. – Aquela é a nave que vai transportar a gente. Uma das funções da Savitri é garantir que tudo que está na lista de manifestos de fato vá parar na nave. Acho que ela chegou na parte dos condicionadores de solo.

– Seus pais são John Perry e Jane Sagan – afirmou Gretchen.

Fiquei um minuto inteiro olhando fixo para a cara dela.

– Pois é – confirmei. – Como você sabe?

– Meu pai fala muito deles – respondeu ela, e fez um gesto na direção da *Magalhães*. – Essa colônia que seus pais vão chefiar? Foi ideia dele. Meu pai era o representante de Erie na legislatura da uc e há anos argumenta que as pessoas de colônias bem estabelecidas também deveriam poder colonizar outros planetas, não só pessoas da Terra. Enfim, o Departamento de Colonização concordou com ele... e passou a liderança da colônia para os seus pais, em vez de para ele. Falaram para o meu pai que foi uma questão política, um meio-termo.

– O que o seu pai achou disso? – perguntei.

– Bem, eu acabei de conhecer você – disse Gretchen. – Não sei o quanto dá para baixar o nível.

– Ai. Bem, isso *não* é bom – respondi.

– Não acho que ele *odeie* os seus pais – disse Gretchen, sem demora. – Não é desses. É só que presumiu que, depois de tudo que fez, o papel de liderar a colônia caberia a ele. "Decepcionado" não chega nem perto de descrever como ele se sente. Mas não diria também que gosta dos seus pais. Tem um arquivo sobre eles de quando foi feito esse anúncio, e aí ele passou o dia todo resmungando enquanto lia.

– Sinto muito pela decepção dele – falei.

Na minha cabeça, eu já estava me perguntando se teria de riscar Gretchen da minha lista de possíveis amizades – um daqueles cenários idiotas de "nossas famílias estão em guerra". A primeira pessoa da minha idade que eu conheci, indo para Roanoke, e já estávamos em times diferentes. Mas então ela disse:

– Ah, bem. Em certo ponto ele ficou meio idiota quanto a isso. Ficou se comparando com Moisés, tipo, ai, eu levei meu povo à terra prometida, mas não posso entrar. – Aqui ela fez pequenos gestos com a mão para acentuar. – E foi então que percebi que ele estava exagerando. Porque a gente *não vai* deixar de ir, sabe. E ele está no conselho consultivo dos seus pais. Por isso eu o mandei engolir o choro.

Eu pisquei e disse:

– Você de fato usou essas palavras?

– Bem, não – Gretchen admitiu. – O que falei de fato foi que eu estava em dúvida: se eu chutasse um cachorrinho, será que o bichinho iria choramingar mais ou menos que ele? – Ela deu de ombros. – O que posso dizer? Às vezes ele precisa de uma sacudida.

– Você e eu com certeza vamos ser melhores amigas – respondi.

– Ah, vamos? – disse ela, abrindo um sorriso. – Não sei, viu. Como é a carga horária?

– Terrível – respondi. – E o salário é pior ainda.

– Eu vou ser bem maltratada? – perguntou.

– Vai chorar até dormir todas as noites – respondi.

– E ter que comer restos de comida?

– Claro que não – respondi. – Os restos a gente dá para os cachorros.

– Ah, que legal – disse ela. – Beleza, você passou. Podemos ser melhores amigas.

– Que bom – falei. – Mais uma decisão bem tomada na minha vida.

– Sim – concordou Gretchen, afastando-se do corrimão. – Agora vamos lá. Não adianta a gente ficar desperdiçando esse desafio todo uma na outra. Vamos encontrar alguma coisa para apontar e dar risada.

A Estação Fênix ficou muito mais interessante depois disso.

7_

Eis o que eu fiz quando meu pai me levou a Fênix: fui visitar minha própria sepultura.

Claro que isso exige uma explicação.

Eu nasci e passei os primeiros quatro anos da minha vida em Fênix. Perto de onde eu morava, havia um cemitério. Naquele cemitério, há uma lápide, e naquela lápide constam três nomes: Cheryl Boutin, Charles Boutin e Zoë Boutin.

O nome da mamãe consta ali porque ela de fato foi enterrada lá. Eu me lembro de ter estado no funeral dela e ter visto a mortalha descer ao solo.

O nome do papai consta ali porque, durante muitos anos, as pessoas acreditaram que o corpo dele estivesse lá. Não está. Ficou num planeta chamado Arist, onde moramos por um tempo com os Obins. Há *sim* um corpo enterrado lá, que parece o papai e tem os mesmos genes dele. Como ele foi parar lá... isso é uma história bem complicada.

Meu nome consta ali porque antes de o papai e eu vivermos em Arist, por um tempo ele achou que eu havia sido morta no ataque a Covell, a estação espacial onde morávamos. Não havia corpo algum, óbvio, porque eu ainda estava viva. Papai só não sabia disso. Mandou gravarem meu nome e as datas na lápide antes de descobrir que eu ainda estava por aí.

E é isso: três nomes, dois corpos, uma cova. O único local onde a minha família biológica existe, de qualquer forma, em qualquer lugar do universo.

Em certo sentido, sou órfã, profundamente órfã: mamãe e papai eram filhos únicos e seus pais morreram antes de eu nascer. É possível que eu tenha primos de segundo grau em algum lugar de Fênix, mas nunca os conheci e nem saberia o que lhes dizer caso existam. Sério, o que que você diz? "Oi, nós partilhamos 4% de nossa constituição genética, vamos ser amigos?"

O fato é que eu sou a última da minha linhagem, o último membro da família Boutin, a não ser que eu decida começar a fazer nenéns. Eis algo para se pensar. Vou deixar na gaveta, por ora.

Em certo sentido eu fui órfã. Mas, em outro...

Bem. Primeiro, meu pai estava ali, em pé, observando enquanto eu me ajoelhava para olhar a lápide com meu nome. Não sei como é com outras crianças adotadas, mas posso dizer que nunca houve um momento com John e Jane em que eu não me sentisse querida e amada, que não me sentisse a filha *deles*. Mesmo quando passei pela minha fase do começo da puberdade em que acho que dizia "odeio vocês" e "me deixem em *paz*" umas seis vezes por dia (dez aos domingos). *Eu* mesma teria me abandonado no ponto de ônibus, com certeza.

John me disse que tinha um filho quando morava na Terra, e esse filho teve um filho, Adam, que deveria ter a minha idade, mais ou menos, o que tecnicamente fazia de mim uma tia. Isso me parecia bem legal. Você sai de um ponto em que não tem família e aí vira a tia de alguém, que truque divertido. Falei isso para o meu pai, ele disse: "você contém multidões" e então saiu por aí com um sorriso na cara que durou horas. Por fim consegui convencê-lo a me explicar. O tal do Walt Whitman sabia das coisas.

Depois, do meu lado estavam Hickory e Dickory, contorcendo-se e tremendo por conta da energia emocional, porque estavam de frente para a lápide de papai, mesmo que ele não estivesse e nunca tenha estado enterrado lá. Não importava. Ficaram emocionades por conta do que aquilo representava. Por conta do papai, acho que se pode dizer que fui adotada pelos Obins também, embora meu relacionamento com eles não fosse exatamente o de filha, nem tia. Era algo mais como sua deusa. A deusa de uma raça inteira de indivíduos.

Ou sei lá. Talvez algo que soe menos egocêntrico: santa padroeira, ícone racial, mascote ou *alguma coisa*. Era difícil de colocar em palavras, difícil até mesmo de entrar na minha cabeça na maior parte das vezes. Não é como se tivessem me colocado num trono. A maioria das deusas de que tenho conhecimento não tem de fazer dever de casa, nem catar o cocô do cachorro. Se é assim que é ser um ícone, o cotidiano não é nada de muito emocionante.

Mas aí eu penso no fato de que Hickory e Dickory moram comigo e passaram suas vidas comigo porque o governo delus exigiu isso do meu governo quando os dois assinaram um pacto de paz. Eu sou, de fato, uma condição contratual entre duas raças de criaturas inteligentes. *O que* a gente faz com um fato dessa natureza?

Bem, eu tentei tirar vantagem disso para alguma coisa uma vez: quando era mais nova, tentei argumentar com Jane que eu devia ter permissão para ficar acordada até tarde uma noite porque eu tinha essa condição especial, sob a lei contratual. Achei que tinha sido bem esperta. Sua resposta foi trazer o tratado inteiro, de mais de mil páginas – eu nem sabia que a gente tinha uma *cópia impressa* –, e me convidar a encontrar no tratado a parte que dizia que eu não podia ser contrariada. Fui pisando duro até Hickory e Dickory e exigi que elus pedissem à minha mãe para eu ganhar o que queria. Hickory me disse que precisariam fazer uma solicitação oficial para o governo pedindo orientações, o que demoraria vários dias, e até lá eu já estaria na cama. Foi o meu primeiro contato com a tirania burocrática.

O que eu sei, de fato, é que isso quer dizer que eu pertenço aos Obins. Mesmo naquele momento em frente à lápide, Hickory e Dickory estavam registrando tudo em suas máquinas de consciência, as máquinas que o papai construiu para elus. Tudo seria armazenado e enviado a todos os outros Obins. Todos os outros Obins estariam ali comigo enquanto me ajoelhava em frente à minha sepultura e à sepultura dos meus pais, passando o dedo sobre o nome deles e o meu.

Eu pertenço. Pertenço a John e Jane; pertenço a Hickory e Dickory e a todos os Obins. Apesar disso tudo, apesar de todas as conexões que sinto – todas as conexões que eu *tenho* –, há momentos em que me sinto sozinha e tenho a sensação de estar à deriva, completamente desconectada. Talvez seja o que acontece nessa idade, a gente tem períodos de alienação.

Talvez para se encontrar seja preciso sentir que está desplugada. Talvez todo mundo passe por isso.

O que eu sabia, no entanto, ali em frente à *minha* sepultura, era que estava tendo um desses momentos.

Já tinha estado lá antes, nessa sepultura. Primeiro, quando mamãe foi enterrada e depois, alguns anos mais tarde, quando Jane me trouxe aqui para dizer adeus para mamãe e papai. *Todas as pessoas que me conhecem foram embora*, eu lhe disse. *A minha gente foi toda embora.* E então ela veio até mim e me pediu para ir morar com ela e John, em um novo lugar. Pediu que eu deixasse que ela e John fossem minha nova gente.

Toquei o elefante de jade no meu pescoço e sorri, pensando em Jane.

Quem sou eu? Quem é a minha gente? Onde vou encontrar pertencimento? Perguntas com respostas fáceis e sem resposta alguma. Eu pertenço à minha família e aos Obins e às vezes a ninguém. Sou filha e deusa e uma menina que às vezes simplesmente não sabe quem é ou o que quer. Meu cérebro se sacode dentro da cabeça com essas coisas e me dá enxaqueca. Queria estar sozinha aqui. Fico feliz que John esteja comigo. Quero ver minha nova amiga Gretchen e fazer comentários sarcásticos até estourarmos de rir. Quero ir à minha cabine na *Magalhães*, apagar a luz, abraçar meu cachorro e chorar. Quero ir embora deste cemitério idiota. Não quero ir embora, porque sei que jamais voltarei aqui. É a última vez na companhia da minha gente, daqueles que já se foram.

Às vezes não sei se minha vida é complicada demais ou se sou só eu que penso demais nas coisas.

Fiquei ajoelhada na sepultura, pensei mais um pouco e tentei achar um modo de dizer pelo menos um último adeus à mamãe e ao papai, tentar mantê-los comigo, ir e ficar, ser a filha e a deusa e a menina que não sabe o que quer, tudo ao mesmo tempo, pertencer a todos e me resguardar.

Demorou um tempinho.

— Você parece triste — disse Hickory enquanto tomávamos o transporte de volta à Estação Fênix. Dickory estava sentado ao lado de Hickory, impassível como sempre.

— É porque estou triste — respondi. — Sinto saudades da mamãe e do papai. — Então olhei para John, que estava sentado na frente da nave de transporte com o piloto, o tenente Cloud. — E acho que tudo isso de se mudar e ir embora está me afetando um pouco. Desculpa.

— Não precisa se desculpar — disse Hickory. — Esta jornada tem sido estressante para nós também.

— Ai, que bom — falei, me voltando para elus — Porque desgraça pouca é bobagem.

— Se você quiser, ficaríamos felizes em tentar animá-la — disse Hickory.

— Sério? — rebati. Essa era uma tática nova. — Como vocês fariam isso?

— Poderíamos contar uma história — sugeriu Hickory.

— Que história? — perguntei.

— Uma na qual Dickory e eu andamos trabalhando — disse Hickory.

— Vocês andam *escrevendo*? — perguntei. Não me dei ao trabalho de esconder a incredulidade no meu tom de voz.

— É tão surpreendente assim? — disse Hickory.

– Demais – respondi. – Não sabia que vocês escreviam.

– Os Obins não têm histórias próprias – disse Hickory. – Nós aprendemos a contar histórias com você, quando nos pedia para lermos à noite.

Fiquei intrigada por um momento e depois me lembrei: quando era mais nova, eu pedia que Hickory e Dickory lessem histórias para mim na hora de dormir. Foi um experimento, no mínimo, fadado ao fracasso: mesmo com as máquinas de consciência, nenhume delus era capaz de contar sequer uma historinha. O ritmo saía todo errado – até onde consigo explicar, elus não sabiam como interpretar as emoções na história. Conseguiam ler as palavras sem problemas, mas simplesmente não conseguiam contar a *história*.

– Então vocês vêm lendo histórias desde então – concluí.

– Às vezes – disse Hickory. – Contos de fadas e mitos. Temos mais interesse nos mitos, porque são as histórias de deuses e da criação. Dickory e eu decidimos conceber um mito de criação para os Obins, para termos uma história própria.

– E essa é a história que vocês querem me contar? – perguntei.

– Se você achar que poderia animá-la – respondeu Hickory.

– Bem, é um mito de criação *feliz*? – perguntei.

– Para nós, sim – disse Hickory. – Você precisa saber que tem um papel nele.

– Bem, se é o caso – falei –, então agora eu definitivamente quero ouvir.

Hickory teve uma conversa rápida com Dickory, em seu próprio idioma. E então disse:

– Vamos lhe contar a versão mais curta.

– Tem uma versão longa? – perguntei. Estava intrigada de verdade.

– O restante da viagem nesta nave de transporte não seria o suficiente para a versão longa – disse Hickory. – A não ser que a gente volte para Fênix. E suba de novo. E depois desça mais uma vez.

– Pode ser a versão curta, então – concordei.

– Muito bem – disse Hickory, começando a contar. – Era uma vez...

– Sério? – interrompi. – "Era uma vez"?

– Qual o problema com "era uma vez"? – perguntou Hickory. – Muitas de suas histórias e mitos começam assim. Achamos que seria adequado.

– Não tem problema algum – respondi. – É só um pouco antiquado.

– Podemos mudar se quiser – disse Hickory.

— Não — falei. — Desculpa, Hickory, eu interrompi. Por favor, comece de novo.

— Muito bem — disse Hickory. — Era uma vez...

Era uma vez umas criaturas que viviam em uma das luas de um grande planeta gasoso. E essas criaturas não tinham nome, nem sabiam que viviam em uma lua, nem sabiam que a lua orbitava um planeta gasoso, nem o que era um planeta, tampouco sabiam qualquer coisa que fosse, pelo menos dentro de qualquer descrição do verbo "saber". Eram animais, não possuíam consciência. Nasciam, viviam e morriam suas vidas inteiras sem pensar e sem conhecer o pensamento.

Certo dia, embora os animais sequer tivessem o conceito de dia, chegaram visitantes à lua que orbitava o planeta gasoso. E esses visitantes eram conhecidos como os Consus, embora os animais do planeta não o soubessem, porque era como os Consus se chamavam, e os animais não eram inteligentes, por isso não podiam perguntar aos Consus como eles se chamavam, nem sabiam que as coisas podiam ter nomes.

Os Consus chegaram à lua para explorar, e foi o que fizeram, reparando em todas as coisas que havia para reparar no que dizia respeito à lua, desde o ar no céu até o formato de suas terras e águas, até o formato e os hábitos de todas as formas de vida que habitavam a terra, o ar e a água daquela lua. E quanto a certas criaturas que viviam nessa lua, os Consus ficaram curiosos quanto a como viviam suas vidas, e decidiram estudá-las e saber como elas nasciam, viviam e morriam.

Após os Consus terem estudado essas criaturas por um tempo, decidiram modificá-las, concedendo-lhes algo que os Consus possuíam, mas essas criaturas não, que era a inteligência. E os Consus tomaram os genes das criaturas, modificando-os para que seus cérebros, ao crescerem, desenvolvessem uma inteligência muito acima daquela que as próprias criaturas obteriam por meio da experiência ou mesmo de muitos anos de evolução. Os Consus fizeram essas alterações em algumas criaturas e depois as devolveram à lua. Ao longo de muitas gerações, todas as criaturas se tornaram inteligentes.

Os Consus não ficaram na lua após concederem inteligência às criaturas nem compartilharam sua presença com elas, mas foram embora e deixaram máquinas acima, no céu, que as criaturas não poderiam ver, a fim de vigiá-las. E assim as criaturas, por muito tempo, não tinham ideia dos Consus e do que fizeram com elas.

E ao longo de muito tempo, essas criaturas que agora possuíam inteligência se multiplicaram e aprenderam muitas coisas. Aprenderam a fazer ferramentas e a criar uma linguagem e a cooperar em prol de objetivos comuns e a arar a terra, extrair minérios e criar ciência. No entanto, embora as criaturas tivessem prosperado e aprendido, não sabiam que eram criaturas únicas entre todas as criaturas inteligentes, porque não sabiam que havia outras criaturas inteligentes.

Certo dia, após as criaturas ganharem inteligência, uma outra raça de pessoas inteligentes veio visitar a lua, a primeira desde os Consus, ainda que essas criaturas não se lembrassem dos Consus. Essas novas pessoas se chamavam Arzas, e cada um dos Arzas também tinha um nome próprio. E os Arzas ficaram maravilhados que as criaturas da lua, que eram inteligentes e construíam ferramentas e cidades, não tinham um nome e não tinham nomes para cada um dos membros de sua espécie.

Foi então que as criaturas descobriram, por meio dos Arzas, o que fazia com que elas fossem únicas: eram a única raça em todo o universo sem consciência. Embora cada criatura pudesse pensar e raciocinar, eram incapazes de conhecer a si mesmas do modo como cada outra criatura inteligente era capaz. Faltava às criaturas a consciência de que eram indivíduos, embora vivessem e prosperassem e crescessem na face da lua daquele planeta.

Quando as criaturas ficaram sabendo disso, embora nenhuma delas pudesse senti-lo individualmente, começou a crescer no cerne daquela raça de criaturas uma fome daquela coisa que não possuíam: pois a consciência que detinham coletivamente não estava presente a nível individual. E foi então que as criaturas deram um nome para si mesmas pela primeira vez, batizando-se com o nome "Obin", que significa, em seu idioma, "aqueles a quem falta", apesar de que uma tradução melhor seria "os desprovidos" ou "aqueles sem dádivas". Embora tenham dado um nome à própria raça, não deram nomes para cada um de seus indivíduos.

E os Arzas ficaram com pena das criaturas que agora se chamavam de Obins, revelando a elas as máquinas que pairavam no céu e que foram colocadas lá pelos Consus, conhecidos como uma raça de imensa inteligência e objetivos incognoscíveis. Os Arzas estudaram os Obins e perceberam que sua biologia era antinatural. Foi assim que os Obins descobriram quem foi que os criou.

E os Obins pediram aos Arzas que os levassem aos Consus, para que pudessem perguntar por que foi que eles fizeram essas coisas, mas os Arzas se recusaram, afirmando que os Consus encontravam outras raças apenas para desafiá-las em combate, temendo o que aconteceria com os Arzas se levassem os Obins aos Consus.

Foi então que os Obins determinaram que deveriam aprender a lutar. E, embora os Obins não tenham enfrentado os Arzas, que foram gentis e se apiedaram deles para depois deixá-los em paz, houve uma outra raça de criaturas, chamadas de Belestier, que planejava colonizar a lua onde os Obins viviam e matar todos os Obins porque não queriam conviver em paz com eles. Os Obins lutaram com os Belestiers, matando todos os seus membros que pousassem na lua, e nisso descobriram uma vantagem: porque os Obins não se conheciam, não tinham medo de morrer. Faltava-lhes medo quando os outros o tinham em abundância.

Os Obins mataram os Belestiers e aprenderam com suas armas e sua tecnologia. Com o tempo, os Obins deixaram sua lua a fim de colonizar outras luas e fazer crescer seus números e guerrear com outras raças quando essas raças optassem por guerrear contra os Obins.

E houve um dia, após muitos anos, em que os Obins decidiram que estavam prontos para conhecer os Consus. Então descobriram onde eles viviam e saíram a fim de os encontrar. Embora fossem fortes e determinados, os Obins não conheciam o poder dos Consus, que os desconsideravam, matando qualquer Obin que ousasse procurá-los ou atacá-los, e muitos milhares foram mortos.

Em algum momento os Consus ficaram curiosos com as criaturas que eles mesmos haviam criado e se ofereceram para responder a três perguntas dos Obins, se metade da sua população se oferecesse em sacrifício aos Consus. Foi uma barganha difícil, porque embora nenhum Obin fosse capaz de se dar conta da própria morte individualmente, um sacrifício desses faria mal à raça, já que a essa altura muitos inimigos haviam sido feitos em meio às raças inteligentes, e eles com certeza e nos atacariam quando estivéssemos debilitados. Mas os Obins tinham essa fome e precisavam de respostas. Por isso metade se ofereceu voluntariamente aos Consus, matando-se de várias maneiras, onde quer que estivessem.

E os Consus ficaram satisfeitos e responderam às nossas três perguntas. Sim, foram eles que deram inteligência aos Obins. Sim, poderiam ter dado consciência, mas não quiseram, porque queriam saber como seria a inteligência desprovida de consciência. Não, não estavam dispostos a nos dar consciência, nem naquele momento, nem nunca, tampouco dariam permissão para que fizéssemos perguntas mais uma vez. E desde então os Consus nunca mais permitiram aos Obins lhes dirigirem a palavra outra vez – cada embaixada nossa desde aquele dia foi aniquilada.

Os Obins passaram muitos anos enfrentando várias outras raças enquanto retornavam ao seu estado prévio de poder. Com o tempo, as outras raças ficaram sabendo que enfrentar os Obins era a morte, pois eles jamais cediam, nem demonstravam misericórdia, piedade ou medo, já que eram sentimentos que os próprios Obins desconheciam. E ao longo de muito tempo era assim que eram as coisas.

Certo dia, uma raça conhecida como Rraey atacou uma colônia humana e sua estação espacial, matando todos os humanos que conseguiram. Mas antes que os Rraeys conseguissem completar sua empreitada, foram atacados pelos Obins, porque os Obins também tinham interesse naquele mundo-colônia. Os Rraeys, enfraquecidos após o seu primeiro ataque, foram derrotados e mortos. Os Obins tomaram a colônia e a estação espacial. Porque a estação era conhecida por sua produção científica, os Obins conferiram os registros, a fim de ver se havia tecnologia útil que pudessem tomar.

Foi então que os Obins descobriram que um dos cientistas humanos, chamado Charles Boutin, estava desenvolvendo um método para armazenar a consciência fora do corpo humano, recorrendo a uma máquina baseada na tecnologia que os humanos haviam roubado dos Consus. O trabalho não estava concluído, e a tecnologia empregada não era do tipo que os Obins da estação espacial, nem os seus cientistas, fossem capazes de acompanhar. Os Obins procuraram Charles Boutin em meio aos sobreviventes humanos do ataque à estação espacial, mas ele não foi encontrado. Descobriu-se que não estava na estação quando o ataque aconteceu.

Mas então os Obins ficaram sabendo que a filha de Charles Boutin, Zoë, estava por lá. Eles a removeram da estação, e ela foi a única humana cuja vida foi poupada. E os Obins a protegeram e a mantiveram sã e salva até encontrarem um modo de contar a Charles Boutin que ela estava viva, oferecendo a sua devolução se ele desse consciência aos Obins. Mas Charles Boutin estava furioso. Não com os Obins, mas com os humanos que ele pensou terem permitido que sua filha morresse, por isso exigiu que os Obins guerreassem contra os humanos e os derrotassem. Os Obins não tinham capacidade para isso, mas se aliaram a duas outras raças, os Rraeys, que haviam acabado de atacar, e os Eneshanos, que eram aliados dos humanos, a fim de declarar guerra contra a humanidade.

Charles Boutin ficou satisfeito e com o tempo se uniu aos Obins e a sua filha, trabalhando para criar consciência para os Obins. Antes que pudesse terminar sua tarefa, a aliança entre os Obins, os Rraeys e os Eneshanos foi descoberta pelos humanos e eles atacaram. A aliança foi rompida, e os Eneshanos declararam guerra contra os Rraeys em prol dos humanos. Charles Boutin foi morto e sua filha Zoë, tirada dos Obins pelos humanos. E embora nenhum dos indivíduos entre os Obins pudesse senti-lo, a nação inteira se desesperou, porque, ao concordar em nos dar consciência, Charles Boutin foi o maior dentre todos os nossos amigos, disposto a fazer por nós o que mesmo os grandes Consus não fizeram: dar-nos consciência de nós mesmos. Quando ele morreu, morreram as esperanças que os Obins tinham para si mesmos. Perder sua filha, que veio dele e nos era querida por conta dele, complementava esse desespero.

E então os seres humanos enviaram uma mensagem aos Obins, afirmando que estavam cientes do trabalho de Boutin e se oferecendo para continuá-lo, em troca de uma aliança e do auxílio dos Obins na guerra contra os Eneshanos, que haviam se aliado antes aos Obins contra os humanos, depois que os Eneshanos vencessem os Rraeys. Os Obins concordaram, mas acrescentaram a condição de que, depois que recebessem consciência, dois membros do seu povo deveriam ter permissão para conhecer Zoë Boutin e partilhar desse conhecimento com todos os outros Obins, porque ela era a descendente de Charles Boutin, nosso amigo e nosso herói.

E foi assim que os Obins e os humanos se tornaram aliados; os Obins, mais tarde, atacaram e derrotaram os Eneshanos e, após milhares de gerações da sua criação, receberam consciência graças a Charles Boutin. Dentre a sua população, dues foram selecionadas para serem companheires e protetories de Zoë Boutin e conviverem com sua nova família. E quando Zoë os conheceu, ela não teve medo, pois já havia convivido com os Obins antes e deu a ambes os seus nomes: Hickory e Dickory. E elus se tornaram os primeiros Obins a ter nomes. E ficaram contentes, e souberam que estavam contentes por conta da dádiva de Charles Boutin, a dádiva que ele deu a todos os Obins.

E viveram felizes para sempre.

Hickory disse então algo que eu não consegui ouvir. Perguntei:
– O quê?
– Não temos certeza se "e viveram felizes para sempre" é o final adequado – disse Hickory, parando e olhando para mim, de perto. – Você está chorando – reparou.
– Desculpa – respondi. – Eu lembrei. As partes da história em que estou envolvida.
– Nós não contamos direito? – Hickory perguntou.
– Não é isso – falei, levantando minha mão para confortá-lo. – Você contou direitinho, Hickory. É só que o modo que contou e o modo como eu lembro são um pouco... – Limpei uma lágrima do meu rosto enquanto procurava a palavra certa – ... são um pouco *diferentes*, só isso.
– Você não gostou do mito – disse Hickory.
– Eu gostei – falei. – Eu gostei muito. É só que algumas lembranças me deixam triste. Acontece com a gente às vezes.
– Sinto muito, Zoë, por lhe causar aflição – disse Hickory, e consegui sentir a tristeza na sua voz. – Queríamos animá-la.

Eu me levantei do meu assento e fui até Hickory e Dickory para abraçá-les.
– Eu sei que sim – falei. – E fico muito feliz por terem tentado.

9

– Olha lá – disse Gretchen. – Meninos adolescentes, prestes a fazer burrada.
– Cala a *boca* – respondi. – *Impossível*, uma coisa dessas.
Mas olhei assim mesmo.

E foi tiro e queda: do outro lado da área comum da *Magalhães*, dois grupos de meninos adolescentes estavam se encarando com aquele olhar de *a gente vai se pegar na porrada por conta de algo bem bobo*. Estavam todos se preparando para começar a rosnar uns para os outros, exceto um deles, que dava a impressão de estar tentando ser a voz da razão ali no ouvido de um dos sujeitos em especial, que parecia ter toda uma comichão para brigar.

– Tem um ali que parece ter cérebro – comentei.
– Um de oito – disse Gretchen. – Não é uma porcentagem das melhores. E se ele tivesse um cérebro de verdade, provavelmente sairia do caminho.
– É verdade – concordei. – Nunca mande um adolescente fazer o trabalho de *uma* adolescente.

Gretchen abriu um sorrisão para mim:
– Rola aquele negócio de fusão de mentes entre a gente, né?
– Acho que você sabe a resposta aqui – falei.
– Quer traçar um plano primeiro ou a gente vai de improviso? – perguntou Gretchen.

– Até a gente terminar o plano, alguém já vai estar sem dente – respondi.

– Bem lembrado – disse Gretchen, que então se levantou e começou a andar na direção dos meninos.

Vinte segundos depois, os meninos ficaram chocados ao flagrarem Gretchen no meio deles.

– Vocês vão me fazer perder uma aposta – ela disse para um deles, que parecia ser o mais agressivo.

O cara parou na hora, tentando fazer o que quer que se passava por cérebro na sua cabeça pegar no tranco e entender essa aparição súbita e inesperada.

– O quê? – disse ele.

– Eu falei que vocês vão me fazer perder uma aposta – Gretchen repetiu e gesticulou com o dedão na minha direção. – Fiz uma aposta com a Zoë ali que ninguém ia arranjar briga na *Magalhães* antes de a gente decolar, porque ninguém seria *burro* o bastante para fazer a família inteira ser expulsa da nave por isso.

– Expulsa da nave duas horas antes da partida, inclusive – acrescentei.

– Isso – disse Gretchen. – Afinal, que tipo de *imbecil* faria uma coisa dessas?

– Um *adolescente* imbecil – sugeri.

– Pelo visto – disse Gretchen. – Então... Qual é o seu nome?

– O quê? – o sujeito perguntou de novo.

– Seu *nome* – disse Gretchen. – Como a sua mãe e o seu pai vão te chamar, com *raiva*, quando forem expulsos da nave por culpa sua.

O sujeito olhou para os amigos ao seu redor.

– Magdy – disse ele, e abriu a boca como se estivesse prestes a dizer mais alguma coisa.

– Bem, entenda, Magdy, eu tenho *fé* na humanidade, até mesmo na porção dela composta por adolescentes do gênero masculino – disse Gretchen, atropelando o que quer que Magdy estivesse prestes a dizer. – Acredito que nem mesmo meninos adolescentes seriam burros a ponto de darem ao capitão Zane uma desculpa para enxotar um monte deles da nave enquanto ainda pode. Depois que a gente decolar, o pior que pode acontecer é ele colocar você em detenção. Mas neste momento, pode mandar a tripulação largar você e a sua família na doca de carga. E aí você pode ficar olhando enquanto a gente dá tchauzinho. Claro que eu disse que ninguém seria tão *incrivelmente idiota* assim. Mas minha amiga Zoë discorda. O que você disse mesmo, Zoë?

— Eu disse que os meninos adolescentes não conseguem pensar em nada que não envolva os seus testículos recém-descidos — respondi, encarando o menino que estava tentando ser a voz da razão para o seu comparsa. — E são fedidos, além disso.

O menino sorriu. Ele sabia o que a gente estava aprontando. Não sorri de volta, pois não queria atrapalhar o teatrinho da Gretchen.

— E eu estava tão convencida de que tinha razão e ela não, que de fato apostei com ela — disse Gretchen. — Apostei todas as minhas sobremesas na *Magalhães* que ninguém seria tão burro assim. Foi uma aposta séria.

— Ela adora sobremesa — falei.

— É verdade — disse Gretchen.

— Ela é *doida* por sobremesa — reforcei.

— E agora vocês vão me fazer *perder* tudo — disse Gretchen, cutucando Magdy bem no peito. — Isso é inaceitável.

O menino que Magdy estava peitando deu um risinho, e Gretchen foi para cima dele. O garoto chegou a dar um passo para trás.

— Não sei por que *você* acha que isso tem graça — disse Gretchen. — Sua família seria enxotada da nave também.

— Ele que começou — afirmou o menino.

Gretchen deu uma piscada dramática.

— Ah, "ele que começou"? Zoë, me diga que eu ouvi errado.

— Não ouviu errado, não — confirmei. — Ele falou isso mesmo.

— Não me parece possível que alguém com mais de cinco anos de idade possa usar isso como motivo para *qualquer coisa* — disse Gretchen, examinando-o minuciosamente.

— Onde está a sua fé na humanidade *agora*? — perguntei.

— Já perdi — disse Gretchen.

— Junto com as suas sobremesas — rebati.

— Deixa eu adivinhar — disse Gretchen, gesticulando na direção geral do grupo de meninos à frente. — Vocês são todos do mesmo planeta — e virou-se para olhar o outro grupo de meninos —, e vocês são de outro.

Os garotos se mexeram, desconfortavelmente. Ela conseguiu o que queria.

– Por isso a primeira coisa que vocês fazem é começar a arranjar briga por conta do lugar onde *moravam* até então.

– Porque é a coisa *inteligente* a se fazer com as pessoas com quem você vai passar o resto da vida – acrescentei.

– Não me lembro de isso constar nos panfletos de orientações para novos colonos – disse Gretchen.

– Engraçado, né – falei.

– De fato – Gretchen comentou e então parou de falar.

Houve vários segundos de silêncio.

– E então? – disse Gretchen.

– O quê? – perguntou Magdy. Era a sua frase favorita.

– Vocês vão brigar agora ou não? – disse Gretchen. – Se eu for perder minha aposta, que seja de uma vez.

– Ela tem razão – concordei. – É quase hora do almoço. A sobremesa está chamando.

– Então, vão lá e briguem logo ou se separem de uma vez – disse Gretchen, dando um passo para trás.

Os rapazes – de repente percebendo que o motivo da sua briga, qualquer que fosse, acabou reduzido à questão de se uma menina ia ou não receber seu bolinho – se dispersaram, e cada grupo partiu numa direção diferente. O rapaz que era a voz da razão olhou para mim, de relance, antes de ir embora com seus amigos.

– *Isso* foi divertido – disse Gretchen.

– Pois é, até eles todos decidirem fazer tudo de novo – respondi. – Não dá para usarmos o truque da humilhação da sobremesa toda vez. E tem colonos de dez mundos diferentes, o que dá uma centena de situações possíveis de brigas entre adolescentes idiotas.

– Bem, os colonos de Kyoto são menonitas coloniais – disse Gretchen. – São pacifistas. Então sobram só 81 possíveis combinações de brigas entre adolescentes idiotas.

– E, no entanto, nós somos apenas *duas* – enfatizei. – Não gosto desses números. E como é que você sabia desse pessoal de Kyoto?

– Quando meu pai ainda pensava que seria o líder da colônia, ele me fez ler os relatórios sobre todos os colonos e seus planetas originários – disse Gretchen. – Falou que eu seria o seu *aide de camp*. Porque, sabe como é, é exatamente isso que eu *queria* fazer com o meu tempo.

— Mas é prático — observei.

Gretchen sacou seu PDA, que estava vibrando, e olhou para a tela.

— Falando nisso — disse ela, mostrando-a para mim — parece que meu papai está ligando.

— Vai lá ser *aide de camp* — brinquei.

Gretchen revirou os olhos.

— Valeu. Quer me encontrar para a decolagem? E aí a gente pode almoçar. Você vai ter perdido a sua aposta até lá e eu vou roubar sua sobremesa.

— Encoste na minha sobremesa e vai ter uma morte horrível — respondi. Ela riu e foi embora.

Puxei meu próprio PDA para ver se havia mensagens de John ou Jane. Havia uma de Jane me dizendo que Hickory e Dickory estavam atrás de mim para me dizer alguma coisa. Bem, eles sabiam que eu estava a bordo e como me contatar, não era como se eu fosse a qualquer lugar sozinha. Pensei em ligar, mas imaginei que, cedo ou tarde, eles iriam me encontrar. Guardei o tablet e ergui o olhar, então me deparei com o menino voz-da-razão em pé na minha frente.

— Oi — disse ele.

— Ãaã... — falei, como prova da minha malemolência.

— Desculpa, não queria pegar você de surpresa desse jeito — disse ele.

— Não faz mal — respondi, só um pouquinho envergonhada.

Ele estendeu a mão.

— Enzo — falou —, e você é a Zoë, imagino.

— Sou eu — respondi, tomando sua mão e apertando.

— Oi — disse ele.

— Oi — respondi.

— Oi — disse ele, percebendo então que estava de volta onde tinha começado. Eu dei um sorrisinho.

E então houve cerca de, bem, *47 milhões de segundos* de silêncio constrangedor. Na verdade, foi só um segundo ou dois, mas, como Einstein poderia explicar, alguns eventos dão um jeito de se estender.

— Obrigado por isso — disse Enzo, enfim. — Por impedir a briga, digo.

— De nada — respondi. — Fico feliz que você não se incomodou por interrompermos o que você estava fazendo.

— Bem, não era como se estivesse dando muito certo, em todo caso — disse Enzo. — Depois que o Magdy entra nesse humor, é difícil ele se acalmar.

– Qual foi o motivo disso tudo, afinal? – perguntei.

– É meio idiota – disse Enzo.

– *Isso* eu já sei – falei, pensando se Enzo não ia me levar a mal, mas ele sorriu. Um ponto para ele. – Digo, qual foi a causa?

– Magdy é bem sarcástico, mas também é bocudo – disse Enzo. – Tinha feito um comentário zoando a roupa dos outros caras quando eles passaram. Um deles se incomodou e aí tudo começou.

– Então quer dizer que vocês quase brigaram por causa de moda? – perguntei.

– Eu falei que era idiota – disse Enzo. – Mas sabe como é. Você entra nesse humor, fica meio difícil pensar racionalmente.

– Mas *você* estava pensando racionalmente – falei.

– É o que eu faço – disse Enzo. – O Magdy mete a gente em encrenca, e eu nos tiro dela.

– Então vocês se conhecem faz um tempo – comentei.

– Ele é o meu melhor amigo desde que éramos crianças – explicou Enzo. – É sério, ele não é babaca, de verdade. Só não pensa no que está fazendo às vezes.

– Você cuida dele – concluí.

– É uma via de mão dupla – disse Enzo. – Eu não sou muito bom de briga. Tem uma galera que eu conheço que teria tirado vantagem desse fato se não soubesse que aí o Magdy ia encher todo mundo de porrada.

– E você não é bom de briga? Por quê? – perguntei.

– Acho que, para isso, tem que gostar um pouco de brigar – disse Enzo, parecendo então perceber que esse comentário desafiava um pouco a própria masculinidade, o que o faria ser expulso do clube do Bolinha. – Não me leve a mal. Eu consigo me defender bem sem Magdy por perto. É só que somos uma boa dupla.

– Você é o cérebro dos dois – sugeri.

– É possível – ele concedeu, depois pareceu perceber que consegui com que ele fizesse várias afirmações sobre si mesmo sem descobrir nada de mim. – Mas e você e sua amiga? Quem é o cérebro das duas?

– Acho que Gretchen e eu nos viramos muito bem no quesito cerebral – afirmei.

– Que medo – disse Enzo.

– Não é ruim causar um pouco de medo – respondi.

– Bem, isso vocês dominam – disse Enzo, com a dose certa de frieza, enquanto eu tentava não corar. – Então, escuta, Zoë... – Ele começou, e aí olhou por cima do meu ombro. Eu vi os seus olhos se arregalarem bastante.

– Deixa eu adivinhar – disse a Enzo. – Tem dois alienígenas muito apavorantes logo atrás de mim.

– Como você soube? – perguntou Enzo, depois de um minuto.

– Porque essa é a reação normal – falei e olhei para trás, para Hickory e Dickory. – Me deem um minuto – disse para elus, ao que deram um passo para trás.

– Você *conhece* esses dois? – disse Enzo.

– Elus são meio que os meus guarda-costas – expliquei.

– Você precisa de guarda-costas? – perguntou Enzo.

– É meio complicado – respondi.

– Agora sei por que é que você e a sua amiga podem as duas ser o cérebro da operação – disse Enzo.

– Não se preocupa – respondi, voltando-me para Hickory e Dickory. – Pessoal, este é o meu novo amigo, Enzo. Digam olá.

– Olá – disseram os Obins, com sua voz mortalmente monótona.

– Ãããã... – disse Enzo.

– Elus são perfeitamente inofensives, a não ser que pensem que você seja uma ameaça para mim – falei.

– E o que acontece então? – perguntou Enzo.

– Não sei ao certo – respondi. – Mas acho que envolveria você ser picado num grande número de cubos bem pequenininhos.

Enzo olhou para mim por um minuto.

– Não me leve a mal – disse ele –, mas estou com um pouquinho de medo de você agora.

Isso me fez sorrir.

– Não precisa – falei, pegando na mão dele, o que pareceu surpreendê-lo. – Quero que a gente seja amigo.

Aconteceu um espetáculo interessante no rosto de Enzo: havia prazer pelo fato de eu ter pegado na mão dele e apreensão de que, caso demonstrasse prazer demais, ele fosse ser picado em cubos no mesmo instante. Era muito fofo. Ele era muito fofo.

Como se estivesse seguindo um roteiro, Hickory se mexeu audivelmente. Eu suspirei.

– Preciso falar com Hickory e Dickory – disse a Enzo. – Com licença.

– Toda – disse ele, desvencilhando sua mão da minha.

– Vejo você depois? – perguntei.

– Espero que sim – disse Enzo, antes de fazer aquela expressão sinalizando o aviso de seu cérebro por estar demonstrando entusiasmo demais. Cala a boca, cérebro imbecil. O entusiasmo é uma coisa *boa*. Ele deu um passo para trás e foi embora. E eu fiquei olhando ele ir.

Depois me voltei para Hickory e Dickory e disse:

– É melhor que seja por um bom motivo.

– Quem era ele? – perguntou Hickory.

– Era o Enzo – respondi. – De quem eu já falei para vocês. É um menino. Bem fofo, por sinal.

– Acaso ele tem intenções impuras? – perguntou Hickory.

– O quê? – falei, levemente incrédula. – "Intenções impuras"? Vocês estão falando sério? Não. Eu só passei vinte minutos com ele. Mesmo para um adolescente, seria um salto bem rápido.

– Não é o que ouvimos falar – disse Hickory.

– Ouviram de quem? – perguntei.

– Do major Perry – disse Hickory. – Ele disse que ele mesmo já foi adolescente um dia.

– Ai, Deus – respondi. – *Muitíssimo* obrigada por essa imagem mental do meu pai como uma pilha adolescente de hormônios. É o tipo de imagem que exige terapia para sair da cabeça.

– Você já nos pediu em momentos anteriores para intervirmos em situações com rapazes adolescentes – disse Hickory.

– Aquele foi um caso especial – respondi.

E foi de fato. Logo antes de partirmos de Huckleberry, meus pais haviam saído para fazer uma inspeção planetária em Roanoke, o que me deu a permissão tácita para uma festinha de despedida, e Anil Rameesh tomou para si o dever de entrar escondido no meu quarto e tirar a roupa. Ao ser descoberto, informou-me que estava me entregando a virgindade dele como presente de despedida. Bem, não foram essas as palavras. Ele tentou evitar essa parte da "virgindade" da questão toda.

Em todo caso, era um presente que eu nem queria, embora já estivesse desembrulhado. Mandei Hickory e Dickory o escoltarem até a rua, ao que Anil respondeu gritando, pulando da janela e saindo pelo telhado, depois correndo até a própria casa ainda nu. Uma cena e tanto. Mandei devolverem as roupas no dia seguinte, na casa dele.

Pobre Anil. Não era uma má pessoa. Só meio iludido e esperançoso demais.

– Eu aviso se Enzo apresentar qualquer problema – falei. – Até lá, deixem ele em paz.

– Como quiser – disse Hickory. Dava para notar que elu não estava de todo contente com esse arranjo.

– Sobre o que vocês queriam falar comigo? – perguntei.

– Temos notícias para você, do governo obin – disse Hickory. – Um convite.

– Um convite para quê? – perguntei.

– Um convite para visitar nosso planeta natal e fazer uma turnê pelos nossos planetas e colônias – disse Hickory. – Você já tem idade para viajar sem acompanhante. Embora todos os Obins a conheçam desde pequena, graças aos nossos registros, há muito desejo, em meio a todos os Obins, de conhecê-la ao vivo. Nosso governo quer saber se você não aceitaria esse pedido.

– Quando? – perguntei.

– Imediatamente – disse Hickory.

Olhei para os dois.

– Vocês me pedem isso *agora*? – respondi. – Faltam menos de duas horas para partirmos para Roanoke.

– Acabamos de receber o convite – disse Hickory. – Assim que nos foi enviado, nós viemos atrás de você.

– Não dá para esperar? – perguntei.

– Nosso governo gostaria que viesse antes de começar sua jornada a Roanoke – informou Hickory. – Depois que se estabelecer em Roanoke, talvez fique hesitante em sair por um período de tempo tão significativo.

– Quanto tempo? – perguntei.

– Enviamos o itinerário proposto ao seu PDA – disse Hickory.

– Eu estou perguntando para vocês – reforcei.

— A turnê inteira demoraria o equivalente a treze meses no seu calendário padrão – disse Hickory. – Porém, se lhe for aprazível, esse período poderá ser estendido.

— Então, só para recapitular – falei. – Vocês querem que eu decida, durante as próximas duas horas, se quero ou não deixar a minha família e meus amigos durante um ano pelo menos, talvez mais, para fazer uma turnê sozinha pelos mundos dos Obins.

— Sim – disse Hickory. – Mas é claro que Dickory e eu acompanharíamos você.

— Mas nenhum outro humano? – confirmei.

— Poderíamos encontrar alguns se você quisesse – disse Hickory.

— Ah, poderiam? – falei. – Que bacana.

— Muito bem – disse Hickory.

— Eu estou sendo *sarcástica*, Hickory – expliquei, irritada. – A resposta é não. Digo, *sério*, Hickory. Vocês me pedem para tomar uma decisão que vai mudar a minha vida com duas horas de antecedência. É completamente ridículo.

— Compreendemos que o momento desse pedido não é oportuno – disse Hickory.

— Acho que não compreendem – respondi. – Acho que vocês sabem que é em cima da hora, mas imagino que não compreendem que chega a ser *ofensivo*.

Hickory se encolheu um pouco.

— Não queríamos ofender – falou.

Eu estava prestes a estourar, mas parei e comecei a contagem até dez na minha cabeça, porque de alguma parte racional do meu cérebro me veio o aviso de que eu estava começando a entrar no território do exagero. O convite de Hickory e Dickory veio em cima da hora, mas não faria muito sentido lhes dar uma bronca dessas. Só que algo naquele pedido me incomodou.

Demorou um minuto para eu perceber o porquê. Hickory e Dickory estavam me pedindo para deixar todo mundo que eu conhecia e todo mundo que eu havia acabado de conhecer para ficar um ano inteiro sozinha. Eu já tinha feito isso, havia muito tempo, quando os Obins me tiraram de Covell, no tempo que precisei esperar até o meu papai dar um jeito de me reencontrar. Era uma outra época, sob circunstâncias diferentes, mas me lembro bem da solidão e da necessidade de contato humano. Eu amava Hickory e Dickory: eram da minha família. Mas não podiam me oferecer aquilo de que eu precisava e poderia receber a partir do contato humano.

Além do mais, havia acabado de me despedir de uma vila inteira de pessoas que eu conhecia e, antes disso, havia me despedido de parentes e amigos, uma despedida para sempre, o que é demais para a maioria das pessoas da minha idade. Agora mesmo eu havia acabado de conhecer Gretchen, e Enzo certamente parecia interessante. Não queria me despedir antes de conhecê-los a fundo.

Olhei para Hickory e Dickory, que não conseguiram compreender o porquê de o seu pedido me afetar assim, apesar de tudo que sabiam a meu respeito. Não era culpa delus, afirmava a parte racional do meu cérebro. E tinha razão. Por isso era a parte racional. Eu nem sempre *gostava* dessa parte, mas geralmente nesse tipo de coisa ela acertava.

– Desculpa, Hickory – falei, enfim. – Não queria gritar com você. Por favor, aceite meu pedido de desculpas.

– Claro – disse Hickory, se desencolhendo.

– Mas, mesmo que eu quisesse, duas horas não é tempo o suficiente para pensar nisso direito – complementei. – Vocês já falaram com John e Jane a respeito?

– Achamos que seria melhor vir até você – disse Hickory. – O seu desejo de ir teria influenciado a decisão dos dois em permitir sua ida.

Eu sorri.

– Não tanto quanto eu acho que vocês pensam que influenciaria – respondi. – Posso parecer ter idade para passar um ano em turnê pelos mundos dos Obins, mas garanto que o meu pai teria uma opinião diferente sobre isso. Jane e Savitri demoraram alguns dias para convencê-lo a me deixar dar uma festa de despedida enquanto estavam fora. Você acha que ele diria "sim" à ideia de eu passar um ano longe, com um limite de duas horas para decidir? É *muito* otimismo.

– É importantíssimo para o nosso governo – disse Dickory, o que foi uma surpresa. Dickory quase nunca dizia nada sobre qualquer coisa, além de suas saudações monocromáticas. Por si só, o fato de se sentir impelide a se pronunciar dizia muito.

— Compreendo – falei. – Mas ainda assim é súbito demais. *Não posso tomar uma decisão dessas agora. Simplesmente não posso. Por favor, avisem ao seu governo que eu me sinto honrada pelo convite e que posso fazer essa turnê dos mundos obins um dia. De verdade. Mas agora, desse jeito, não dá. E quero ir para Roanoke.

Hickory e Dickory fizeram silêncio por um momento, então Hickory disse:

— Talvez se o major Perry e a tenente Sagan ouvissem nosso convite e concordassem, você pudesse ser persuadida.

Que saco, que saco.

— O que *isso* quer dizer? – perguntei. – Primeiro vocês queriam que eu dissesse sim, porque aí eles poderiam concordar e agora querem que seja o contrário? Você me perguntou, Hickory. A resposta é não. Se acham que perguntar aos meus pais vai me fazer mudar de ideia, então não entendem os adolescentes humanos e certamente não me entendem. Mesmo *se* eles dissessem sim, o que não vai acontecer, podem acreditar, já que a primeira coisa que vão fazer é me perguntar o que eu acho da ideia. E aí vou dizer o que disse para vocês. E que eu *já disse* para vocês.

Mais um momento de silêncio. Observei ambes bem de perto, procurando os estremecimentos e tiques que às vezes acompanhavam seus desgastes emocionais. Elus permaneciam firmes como rochas.

— Muito bem – disse Hickory. – Informaremos o nosso governo da sua decisão.

— Digam a eles que vou considerar esse convite num outro momento. Talvez no ano que vem – complementei. Talvez a essa altura eu possa convencer a Gretchen a ir comigo. E o Enzo, já que eu estou sonhando acordada.

— Iremos informá-los – disse Hickory, que junto com Dickory fez um gesto curvando a cabeça, e então elus foram embora.

Olhei ao meu redor. Algumas das pessoas da área comum ficaram observando a saída de Hickory e Dickory. Outras olhavam para mim com uma expressão estranha. Acho que nunca tinham visto uma menina com seus alienígenas de estimação antes.

Suspirei. Puxei meu PDA para mandar uma mensagem para Gretchen, mas parei antes de acessar o seu contato. Porque, embora eu não quisesse ficar sozinha, num sentido mais amplo, naquela hora eu precisava de um momento para mim. Alguma coisa estava acontecendo, e eu precisava descobrir o que era. Fosse o que fosse, estava me deixando nervosa.

 Coloquei o tablet de volta no bolso, pensei no que Hickory e Dickory tinham acabado de me dizer e fiquei preocupada.

10_

Havia duas mensagens no meu tablet antes da hora do jantar naquela noite. A primeira era da Gretchen. "Aquele sujeitinho do Magdy me achou e me chamou para sair", dizia. "Acho que ele gosta de meninas que tiram sarro dele. Topei. Porque ele até que é bonitinho. Não me espere acordada." Isso me arrancou um sorriso.

A segunda era do Enzo, que de algum modo conseguiu pegar o meu contato. Suspeito que Gretchen tenha algo a ver com isso. O título era "Um Poema À Garota Que Eu Acabei De Conhecer, Sendo Mais Específico Um Haicai, Cujo Título Agora É Substancialmente Mais Longo Que O Próprio Poema, Ah, Que Ironia". Nele, lia-se:

Seu nome é Zoë
De sorriso como a brisa
Não me pique em cubos.

Eu ri alto. Babar olhou para mim, batendo a cauda, esperançoso. Acho que imaginava que essa minha felicidade toda resultaria em mais comida para ele. Dei-lhe uma fatia de bacon que sobrou. Acho que ele tinha razão. Cachorro esperto, o Babar.

* * *

Depois que a *Magalhães* partiu da Estação Fênix, os líderes das colônias ficaram sabendo que quase houve uma briga na área comum, porque eu contei essa história durante o jantar. John e Jane meio que lançaram um olhar significativo um para o outro, depois mudaram de assunto. Acho que o problema de integrar dez grupos de pessoas completamente diferentes com dez culturas completamente diferentes já havia vindo à tona em suas discussões, e agora estavam recebendo a versão dos menores de idade desse problema.

Imaginei que eles iam dar um jeito de lidar com isso, mas não estava preparada para a solução.

– Queimada – comentei para o pai, durante o café. – Você vai fazer a galera toda jogar queimada.

– Não todo mundo – respondeu meu pai. – Só quem estiver sujeito a arranjar brigas idiotas e sem sentido apenas por tédio – continuou, mordiscando um bolinho, enquanto Babar ficava alerta, à espera das migalhas. Jane e Savitri estavam fora cuidando de negócios; eram o cérebro dessa operação em particular. – Você não gosta de queimada? – perguntou.

– Gosto normal – respondi. – Só não tenho certeza do porquê de você achar que queimada seria uma solução para esse problema.

Meu pai repousou o bolinho sobre a mesa, esfregou as mãos e começou a contar cada um dos itens nos dedos:

– Primeiro que nós temos o equipamento e o espaço. Não dá para jogar futebol ou críquete direito na *Magalhães*. Segundo, é um esporte em equipe, por isso dá para envolver grandes grupos de jovens. Terceiro, não é complicado, então não é preciso perder muito tempo explicando as regras para todo mundo. Quarto, é um esporte atlético que serve para vocês gastarem um pouco dessa energia toda. Quinto, é violento o suficiente para interessar esses meninos idiotas de quem você estava falando ontem, mas não violento demais a ponto de alguém de fato se machucar.

– Mais alguma coisa? – perguntei.

– Não – respondeu meu pai –, acabaram os meus dedos. – E ele pegou seu bolinho de novo.

– Mas o que vai acontecer é que os meninos vão montar os times com os amigos – falei. – E aí você vai ter o problema dos meninos de cada mundo ficando só com os seus.

– Eu concordaria com isso se não fosse pelo fato de que não sou um completo idiota – disse meu pai. – Nem eu, nem Jane. Temos um plano.

O plano: todos que se inscrevessem para jogar entrariam para um time que eles não iriam poder escolher. E eu não acho que os times fossem aleatórios também – quando Gretchen e eu olhamos as listas, ela reparou que quase nenhum deles tinha mais de um jogador do mesmo planeta. Até Enzo e Magdy estavam em times diferentes. Os únicos jovens que ficaram na mesma "equipe" eram os de Kyoto. Por serem menonitas coloniais, eles evitavam esportes competitivos, por isso pediram para ser juízes.

Gretchen e eu não nos inscrevemos para jogar, mas designamos para nós mesmas o cargo de treinadoras e ninguém reclamou. Aparentemente os boatos sobre a humilhação intensa que a gente soltou em cima daquela matilha selvagem de meninos adolescentes estavam circulando por aí, o que nos fez ser temidas e admiradas em igual medida.

– Isso faz eu me sentir bonita – disse Gretchen, depois de ficar sabendo dessa história a partir de uma de suas amigas de Erie. Estávamos assistindo ao primeiro jogo da série. Eram os Leopardos contra os Grandes Bolas Vermelhas, um nome que eu imagino ter sido por conta do equipamento usado. Acho que eu pessoalmente não aprovava esse nome.

– Falando nisso, como foi o seu encontro ontem à noite? – perguntei.

– Um pouco cheio de dedos – disse Gretchen.

– Você quer que eu mande Hickory e Dickory falarem com ele? – perguntei.

– Não, dá para lidar – respondeu Gretchen. – Além disso, sues amigues alienígenas me dão medo. Sem querer ofender.

– Tudo bem – falei. – Elus são bem bacanas, na verdade.

– São guarda-costas – disse Gretchen. – Não é para serem bacanas. É para assustarem todo mundo a ponto de fazer xixi na calça de medo. E é o que elus fazem. Eu só fico feliz de não ficarem seguindo você o tempo todo. Ninguém nunca viria falar com a gente.

Na verdade, fazia um tempo que eu não via Hickory e Dickory, desde a nossa conversa sobre a turnê nos planetas obins. Fiquei me perguntando se eu, por acaso, tinha magoado seus sentimentos. Precisava falar com elus e ver como estavam.

– Ei, o seu namorado acabou de derrubar um dos Leopardos – disse Gretchen, apontando para Enzo, que estava jogando na hora.

– Não é meu namorado, assim como Magdy não é o seu – falei.

– Ele tem a mesma mão boba do Magdy? – perguntou Gretchen.

– Que pergunta – respondi. – Como ousa? Estou incrivelmente ofendida.

– Isso é um sim, então – disse Gretchen.

– Pior que não – retruquei. – Ele é perfeitamente bacana. Até me mandou um poema.

– Ele *não* fez isso – disse Gretchen, ao que eu lhe mostrei o poema no meu tablet.

Ela o devolveu e disse:

– Você fica com o poeta e eu com o mão-boba. Isso não é justo *mesmo*. Quer trocar?

– Sem chance – respondi. – Mas ele não é meu namorado.

Gretchen gesticulou com a cabeça na direção do Enzo.

– Você perguntou isso para ele?

Olhei para Enzo e era tiro e queda: ele dava uns olhares furtivos na minha direção enquanto estava na quadra. Viu que eu olhava na direção dele, sorriu para mim e gesticulou com a cabeça, no que foi atingido com tudo na orelha direita pela bola e tombou no chão com um baque.

Eu explodi de dar risada.

– Ah, que *legal* – disse Gretchen. – Rindo da *dor* do seu namorado.

– Eu sei! Eu sou péssima! – falei, enquanto caía de rir.

– Você não merece esse garoto – disse Gretchen, amargurada. – Você não merece o poema. Passa os dois pra cá.

– Sem chance – neguei, então olhei para cima e lá estava Enzo na minha frente. Coloquei a mão sobre a boca por reflexo.

– Tarde demais – disse ele, o que é claro que me fez rir ainda mais.

– Ela está debochando da sua dor – disse Gretchen para Enzo. – *Debochando*, me entende?

– Ai, Deus, desculpa – falei, entre as gargalhadas. Acabei abraçando Enzo antes que eu conseguisse pensar no que estava fazendo.

— Ela está tentando distrair você da própria perversidade – foi o aviso que Gretchen deu.

— Está funcionando – disse Enzo.

— Ai, tudo bem então – disse Gretchen. – Veja se eu vou avisar você depois disso – emendou, e então passou a concentrar sua atenção de volta no jogo, de um jeito bem dramático, de vez em quando olhando para trás, na minha direção, com um sorriso malicioso.

Cortei o abraço e disse:

— Eu não sou perversa de *verdade*.

— Não, só se diverte com a desgraça alheia – disse Enzo.

— Você conseguiu sair andando da quadra – comentei –, não deve ter doído tanto assim.

— Tem uma dor que você não vê – disse Enzo –, uma dor *existencial*.

— Rapaz... – respondi. – Se você está com dor existencial por causa de queimada, tem algo muito errado aí.

— Não acho que você consiga apreciar as sutilezas filosóficas do esporte – disse Enzo, ao que eu comecei a rir baixinho de novo. – Parou! – disse ele, com a voz branda. – Estou falando sério.

— Espero que não esteja – respondi e ri um pouco mais. – Quer ir almoçar?

— Adoraria – respondeu Enzo. – Só me dá um minuto para eu extrair essa bola das minhas trompas de Eustáquio.

Era a primeira vez que eu ouvia alguém usar o termo "trompas de Eustáquio" em uma conversa comum. Acho que é capaz de eu ter me apaixonado um pouco por ele ali mesmo, naquela hora.

— Não vi vocês direito por aqui hoje – eu disse a Hickory e Dickory, em seus aposentos.

— Estamos cientes de que nossa presença deixa muitos dos colonos desconfortáveis – disse Hickory. Elus estavam sentades sobre banquetas que haviam sido projetadas para acomodar o formato de seus corpos. Fora isso, não havia mais nada em seu quarto. Os Obins haviam ganhado consciência e até mesmo experimentado um pouco com as artes narrativas, mas os mistérios da decoração de interiores ainda estavam muito além delus, claramente. – Foi decidido que seria melhor não atrapalharmos – concluiu.

– Quem decidiu? – perguntei.

– O major Perry – disse Hickory, emendando antes que eu pudesse abrir a boca –, e nós concordamos.

– Vocês vão morar com a gente – falei. – Com todos nós. As pessoas vão precisar se acostumar com vocês.

– Concordamos, e elas terão tempo para isso – disse Hickory. – Mas, por ora, acreditamos que é melhor dar ao seu povo um tempo para se acostumarem uns com os outros. – Cheguei a abrir a boca para responder, mas Hickory emendou: – Você não se beneficia da nossa ausência no momento?

Eu me lembrei do comentário de Gretchen mais cedo, sobre como os outros adolescentes jamais chegariam perto da gente se Hickory e Dickory estivessem sempre a postos, e fiquei um pouco envergonhada.

– Não quero que pensem que eu não quero vocês por perto – falei.

– Não pensamos isso – disse Hickory. – Por favor, não fique com essa impressão. Quando chegarmos a Roanoke, daremos continuidade à nossa função. As pessoas serão mais tolerantes conosco porque terão tido tempo para conhecer você.

– Ainda não quero que vocês tenham que ficar aqui por minha causa – insisti. – Eu ficaria louca se precisasse ficar enfurnada aqui durante uma semana.

– Para nós não é difícil – disse Hickory. – Podemos desconectar nossa consciência até precisarmos dela de novo. O tempo voa assim.

– Isso foi quase uma piada – comentei.

– Se você diz – disse Hickory.

Eu sorri e perguntei:

– Ainda assim, se o único motivo para vocês ficarem aqui for...

– Eu não disse que era o único motivo – respondeu Hickory, interrompendo-me, o que quase nunca acontecia. – Também estamos usando esse tempo para nos preparar.

– Para a vida em Roanoke? – perguntei.

– Sim – disse Hickory. – E como poderemos melhor servi-la quando estivermos lá.

– Acho que não precisam fazer mais do que já fazem – respondi.

– Possivelmente – disse Hickory. – Acho que você pode estar subestimando o quanto a vida será diferente em Roanoke em comparação com sua vida prévia e quais serão nossas responsabilidades para com você.

— Sei que vai ser diferente — falei. — Sei que vai ser bem mais difícil, em diversas maneiras.

— Ficamos felizes em ouvir isso — disse Hickory. — De fato, será.

— Tanto que vocês passam todo esse tempo fazendo planos — apontei.

— Sim — disse Hickory. Eu esperei um segundo para saber se iria dizer mais algo depois disso, mas não.

— Tem alguma coisa que vocês queiram que eu faça? — perguntei a Hickory. — Para ajudá-los?

Hickory demorou um segundo para responder. Fiquei observando para ver o que eu podia inferir das suas reações. Após todos esses anos, fiquei muito boa em interpretar seu humor. Nada parecia estranho ou fora do comum. Era só Hickory sendo Hickory.

— Não — enfim respondeu. — Preferimos que você continue o que está fazendo. Conhecendo pessoas novas. Fazendo amizades. Aproveitando o seu momento. Quando chegarmos a Roanoke, a expectativa é de que não terá tanto tempo para recreação.

— Mas vocês estão perdendo toda a minha diversão — falei. — Geralmente estão lá para registrar tudo.

— Desta vez você pode prosseguir sem nós — disse Hickory. Mais uma quase piada. Eu sorri mais uma vez e abracei os dois, no que o meu tablet de repente deu um sinal de vida. Era Gretchen.

"De verdade, seu namorado é péssimo em queimada", dizia. "Ele acabou de tomar uma porrada bem no nariz. Mandou falar para você que a dor não é nem de longe tão prazerosa se não tem você por perto para rir dele. Então vem cá aliviar o sofrimento do coitado. Ou piorar. Qualquer um dos dois serve."

11_

Coisas para se saber a respeito da vida de Zoë a bordo da *Magalhães*:
    Primeiro, o plano de mestre de John e Jane para evitar que os rapazes adolescentes matassem uns aos outros funcionou como uma maravilha, o que significa que precisei admitir, desgostosa, que o meu pai fez algo esperto, o que ele provavelmente curtiu mais do que devia. Cada um dos times de queimada virou o próprio grupinho, fazendo um contraponto com os grupos já estabelecidos das antigas colônias. Talvez pudesse ter sido problemático se todo mundo tivesse apenas transferido a lealdade tribal para os times, porque aí teríamos apenas substituído um tipo de idiotice grupal por outra. Mas os rapazes ainda eram leais também aos amigos de seus planetas natais, com altas chances de um deles, pelo menos, estar num time adversário de queimada. Serviu para manter todos em bons termos ou, pelo menos, para manter na linha aqueles mais agressivamente burros até todo mundo conseguir superar a vontade de arranjar briga.
    Ou, pelo menos, foi assim que o meu pai me explicou, ainda muito satisfeito consigo mesmo.
    – Então, dá para você ver como a gente tece uma teia sutil de conexões interpessoais – ele me disse, enquanto assistíamos a um dos jogos de queimada.

– Ai, Senhor – disse Savitri, sentada conosco –, a autossatisfação aqui vai me fazer vomitar.

– Você só está com inveja por não ter pensado nisso – disse meu pai a Savitri.

– Eu pensei nisso *sim* – rebateu ela. – Pelo menos em parte disso. Eu e Jane ajudamos nesse plano, como você certamente deve se lembrar. Você só está tomando os créditos todos para si.

– Que mentiras desprezíveis – disse o meu pai.

– Olha a bola! – gritou Savitri, e todos nós nos abaixamos enquanto uma bola desgovernada ricocheteou na direção da plateia.

Não importava quem foi que teve a ideia. Em todo caso, o esquema da queimada trouxe benefícios adicionais. Após o segundo dia de torneio, as equipes começaram a escolher as próprias músicas-tema, no que os membros de cada time vasculharam seus acervos musicais atrás de algo que pudesse animá-los. E foi assim que descobrimos um verdadeiro abismo cultural: o tipo de música que era popular em um dos planetas era completamente desconhecido em outro. Os rapazes de Khartoum ouviam chango-soca, os de Rus curtiam muito groundthump, e assim por diante. Sim, todos os gêneros tinham boas batidas e davam para dançar, mas se quiser deixar uma pessoa com sangue nos olhos e espumando pela boca, basta sugerir que suas músicas favoritas são melhores que as dela. As pessoas foram sacando seus tablets e acrescentando músicas nas playlists para provar seus argumentos.

E assim começou a Grande Guerra Musical na *Magalhães*: todos nós ligamos nossos PDAs em conjunto e saímos furiosamente criando playlists com nossas músicas favoritas a fim de mostrar como o *nosso* gosto musical era o melhor de todos. Não demorou muito até eu ser exposta não apenas a chango-soca e groundthump, mas a kill-drill, drone, haploid, dança feliz (era um nome irônico, como logo descobri), smear, nuevopop, tone, tone *clássico*, stomp de Erie, doowa capella, shaker e umas coisas bizarríssimas que eram pra ser valsa, mas faltava o tempo em 3/4 ou qualquer tipo de compasso reconhecível, na real, até onde deu para perceber. Escutei tudo com a mente aberta, depois disse a todos os proponentes que eu tinha pena deles, porque nunca haviam sido expostos ao Som de Huckleberry, então mandei a minha própria playlist.

– Ah, então vocês fazem música estrangulando gatos – disse Magdy, enquanto ouvia "Delhi Morning", uma das minhas faixas favoritas, comigo, Gretchen e Enzo.

– Isso é uma *cítara*, seu gorila – falei.

– E "cítara" em Huckleberry quer dizer "gato estrangulado" – disse Magdy.

Eu me virei para Enzo e disse:

– Me ajuda aqui.

– Vou ter que aderir à teoria do gato estrangulado – disse Enzo.

Eu lhe dei um soquinho no braço.

– Achei que fôssemos amigos.

– E éramos – disse Enzo –, mas agora eu sei como você trata os seus animais de estimação.

– Escuta! – disse Magdy, enquanto a parte da cítara se destacava na mixagem, ficando suspensa sobre a ponte da canção, de um jeito muito tocante. – Eeee bem *aqui* é que o gato morreu. Admita, Zoë.

– Gretchen? – Eu olhei para minha última melhor amiga, que sempre me defenderia contra os filisteus.

Gretchen olhou para mim.

– *Tadinho* do gato – disse e começou a rir. Depois Magdy pegou o tablet e botou alguma barulheira shaker horrível.

Só para registrar, "Delhi Morning" não parece um gato sendo estrangulado. De modo algum. Esse pessoal deve ser meio surdo ou algo assim. Especialmente o Magdy.

Em todo caso, nós quatro estávamos passando muito tempo juntos. Enquanto Enzo e eu seguíamos nesse jogo lento e divertido de ficar nos analisando, Gretchen e Magdy oscilavam entre o interesse mútuo e as tentativas de ver o quanto um conseguia ofender o outro. Mas sabe como são essas coisas. Uma provavelmente levava à outra, e vice-versa. E imagino que os hormônios deviam ter um papel imenso – ambos eram belos exemplos do florescer da adolescência, que eu acho que é o melhor jeito de explicar. Os dois pareciam dispostos a tolerar muita coisa um do outro em troca de uns olhares e um leve agarramento, que não parecia ser totalmente unilateral, para sermos justos com Magdy, se formos acreditar nos relatos de Gretchen.

Quanto a mim e Enzo, bem, era assim que a gente se dava:

— Eu fiz uma coisa para você — falei, entregando meu tablet para ele.

— Você fez um tablet para mim — respondeu Enzo. — Eu sempre quis um.

— Palhaço — falei. Claro que ele tinha um PDA, todos tínhamos. Que adolescentes seríamos sem um? — Não, clica no título do vídeo — ordenei.

E foi o que ele fez, então ficamos assistindo por uns momentos. Depois Enzo inclinou a cabeça para mim e perguntou:

— Então, são só cenas minhas levando bolada na cabeça?

— Claro que não — respondi. — Tem algumas cenas suas levando boladas em outras partes do corpo. — Peguei o tablet e corri o dedo sobre a faixinha de acelerar o vídeo no aplicativo. — Está vendo? — falei, apontando para a cena da bolada no saco que ele tomou no começo do dia.

— Ah, que ótimo — disse ele.

— Você fica fofo quando cai no chão em completo sofrimento — comentei.

— Fico feliz que você ache isso — disse ele, claramente sem partilhar do meu entusiasmo.

— Vamos assistir de novo — falei. — Desta vez em câmera lenta.

— Não vamos, *não* — respondeu Enzo. — É uma lembrança dolorosa. Eu tinha planos para essas coisas um dia.

Senti que ia começar a corar, mas resisti, valendo-me do sarcasmo.

— Tadinho do Enzo — debochei. — Tadinho do Enzo com a voz fininha.

— Sua compaixão é avassaladora — disse ele. — Acho que você gosta de me ver sofrer. Podia me oferecer algum conselho em vez disso.

— Seja mais rápido — aconselhei. — Tente não tomar tanta bolada.

— Muito útil — disse ele.

— Pronto — falei, apertando o botão de enviar no tablet. — Já está na sua lista de exibição agora. Para que você possa curtir sempre.

— Nem sei o que responder — disse ele.

— Você arranjou algo para mim? — perguntei.

— Na verdade — disse Enzo, sacando o próprio tablet, digitando alguma coisa e entregando para mim. Nele havia outro poema. Eu li.

— Que meigo — comentei. Era um poema bonito de verdade, mas não queria ficar toda derretida, não depois de compartilhar um vídeo dele sendo atingido nas partes baixas.

— Sim, bem — disse Enzo, tomando o tablet de volta. — Eu escrevi antes de ver esse vídeo. Lembre-se disso. — Ele apertou um botão na tela do PDA. — Pronto. Agora está na sua caixa de entrada. Para que você possa curtir sempre.

— Eu vou sim — falei, e era verdade.

— Que bom — disse Enzo. — Porque eu sofro muita zoeira por causa disso, sabe?

— Por causa dos poemas? — perguntei, ao que ele respondeu concordando com a cabeça. — De quem?

— Do Magdy, claro — disse Enzo. — Ele me flagrou escrevendo esse aí para você e tirou sarro de mim até não poder mais.

— A ideia de poesia do Magdy é riminha de sacanagem — afirmei.

— Ele não é burro — protestou Enzo.

— Não disse que ele era burro — rebati. — Só vulgar.

— Bem, ele é meu melhor amigo — disse Enzo. — E o que você vai fazer?

— Acho fofo como você o defende — apontei. — Mas preciso dizer que se vier tirar sarro de você por escrever poemas para mim, vou ter que dar uma surra nele.

Enzo abriu um sorriso malicioso e perguntou:

— Você ou ês guarda-costas?

— Ah, nesse caso eu lidaria com ele pessoalmente — falei. — Se bem que eu podia pedir ajuda para a Gretchen.

— Acho que ela ajudaria — disse Enzo.

— Não tem nada de *acho* aqui — respondi.

— Melhor eu continuar escrevendo poemas para você, então — disse ele.

— Que bom — falei, com um tapinha na sua bochecha. — Fico feliz que temos essas conversas.

E Enzo cumpriu sua palavra. Algumas vezes ao dia eu recebia um poema novo. Na maioria dos casos, eram poemas fofos e engraçadinhos, em que ele se exibia só um pouquinho, porque mandava em diferentes formatos poéticos: haicais e sonetos, sextinas e outras formas que eu nem sabia como chamavam, mas dava para ver que deviam ser alguma coisa.

Naturalmente eu mostrava tudo para Gretchen, que se esforçava bastante para não parecer impressionada.

— A metrificação está errada nesse aí — disse ela, depois de ler um que eu lhe mostrei durante um dos jogos de queimada. Savitri estava assistindo ao jogo junto conosco, de folga. — Eu largava dele por isso.

— Não está errada não — falei. — E, em todo caso, ele não é meu namorado.

— Um sujeito lhe manda um poema por hora e você diz que não estão namorando? — Gretchen me interrogou.

— Se ele fosse o namorado dela, não mandaria mais poemas — disse Savitri. Gretchen reagiu com um tapa na própria testa.

— Mas é claro — disse ela. — Tudo faz sentido agora.

— Me devolve isso — falei, pegando meu tablet de volta. — Que cinismo.

— Você só diz isso porque está ganhando sextinas — disse Savitri.

— Com a metrificação errada — disse Gretchen.

— Quietas, vocês duas — reclamei e virei o PDA para gravar o jogo. O time de Enzo estava jogando contra os Dragões nas quartas de final do campeonato da liga. — Essa sua amargura toda me distrai do espetáculo que é ver Enzo ser massacrado lá.

— Falando em cinismo... — disse Gretchen.

Houve um som de *poc* bem alto, no que uma bola amassou o rosto de Enzo num formato que não era dos mais bonitos de se ver. Ele segurou o rosto com as duas mãos, praguejou bem alto e caiu de joelhos.

— Lá vamos nós — falei.

— Tadinho — disse Savitri.

— Ele vai sobreviver — disse Gretchen, virando-se para mim na sequência. — Você conseguiu capturar essa?

— Vai direto para o vídeo de melhores momentos, com certeza — respondi.

— Já falei que você não o merece — disse Gretchen.

— Ei — protestei. — Ele me escreve poemas, eu documento sua inaptidão física. É assim que o relacionamento funciona.

— Achei que você tivesse dito que ele não era seu namorado — disse Savitri.

— Ele não é meu namorado — respondi, salvando aquele clipe humilhante na minha pasta "Enzo". — Não quer dizer que a gente não tenha um relacionamento.

Então, guardei meu tablet e dei oi para Enzo enquanto ele se aproximava, ainda segurando o rosto com as mãos.

— Você gravou essa, então — ele me disse. Eu virei e sorri para Gretchen e Savitri, como quem diz "estão vendo?". As duas reviraram os olhos.

* * *

No geral, demorou uma semana depois da partida da *Magalhães* da Estação Fênix até ela chegar num ponto distante o suficiente de qualquer grande poço gravitacional para poder saltar até Roanoke. A maior parte desse tempo eu passei assistindo às partidas de queimada, ouvindo música, batendo papo com meus novos amigos e gravando as boladas no Enzo. No entanto, no meio disso tudo, consegui sim tirar um tempo para aprender sobre o mundo onde passaríamos o restante de nossas vidas.

Algumas das coisas de que eu já sabia: Roanoke era um planeta Classe 6, o que queria dizer (e aqui estou referenciando o Documento de Protocolo do Departamento de Colonização da União Colonial, acessível em qualquer lugar onde os tablets tenham acesso à rede) que o planeta estava dentro da faixa de 15% de características terráqueas em comum em relação à gravidade, atmosfera, temperatura e rotação, mas a biosfera não era compatível com a biologia humana – o que significa que, se você comer alguma coisa lá, o resultado mais provável é que vá vomitar até as tripas. Isso se não morrer na hora.

(Esse detalhe me despertou a leve curiosidade de quantas classes de planeta havia. Pelo visto eram dezoito, das quais doze eram, pelo menos em algum grau, compatíveis com o ser humano. Dito isso, se alguém afirma que você está numa nave de colonização destinada a um planeta Classe 12, a melhor coisa a fazer é buscar uma cápsula de fuga ou se voluntariar para entrar para a tripulação da nave, porque você não vai querer descer no planeta se puder evitar. A não ser que goste de pesar até 2,5 vezes o seu peso normal num planeta cuja atmosfera rica em amônia por sorte vai matar você sufocado antes de morrer de hipotermia. Nesse caso, sabe como é, bem-vindo ao seu novo lar.)

O que se faz num planeta Classe 6 quando se está numa colônia inicial? Bem, Jane disse tudo quando conversamos em Huckleberry: você trabalha. Sua reserva de alimentos não vai durar para sempre e você vai ter de mantê-la com o que produzir – mas, antes disso, é preciso reformar o solo, para que ele possa produzir lavouras aptas a alimentar seres humanos (e outras espécies que se originaram na Terra, como quase todos os animais da nossa pecuária) sem sufocá-los com nutrientes incompatíveis. E é preciso garantir que os animais supracitados (ou os de estimação ou crianças ou adultos distraídos que não prestaram atenção nos períodos de treinamento) não venham pastar ou comer nada no planeta até que uma varredura toxicológica tenha sido feita para ver se isso vai matá-los ou não. O material que eles nos deram sobre o processo de colonização sugere que é mais difícil do que parece, porque não é como se os animais fossem dar ouvidos à razão... e o mesmo se aplica a crianças e alguns adultos.

Então, após condicionar o solo e evitar que os animais e humanos idiotas se alimentem da paisagem venenosa, o que acontece? Aí é hora de plantar, plantar, plantar as lavouras como se a sua vida dependesse disso, porque depende *mesmo*. Para frisar esse argumento, o material de treinamento está repleto de imagens de colonos esquálidos após ferrarem todo o plantio e acabarem muito mais magros (ou pior) após o inverno do planeta. A União Colonial não vai salvar ninguém – se fracassar, fracassou, às vezes a custo da própria vida.

E então você plantou e lavrou e colheu e aí faz tudo de novo e repete – ao mesmo tempo em que segue construindo infraestrutura, porque um dos principais papéis da colônia inicial é preparar o planeta para a próxima onda de colonos, que vai ser maior e deverá aparecer dali a alguns anos-padrão. Imagino que eles devam chegar, dar uma olhada ao redor, ver tudo que foi criado e dizer: "olha, colonizar não parece *tão difícil assim*". E aí você tem direito a dar um murro na cara deles.

E nisso tudo tem um pequeno fato que não sai da sua cabeça: o de que as colônias estão em seu ponto mais vulnerável quando estão começando. Há um motivo pelo qual os humanos colonizam planetas de Classe 6, onde o biossistema pode matá-los, e até mesmo planetas de Classe 12, onde basicamente *tudo* pode matá-los também. É porque há um monte de outras raças inteligentes por aí que têm as mesmas necessidades habitacionais que nós, e todos queremos o máximo de planetas que conseguirmos. E se já tiver alguém por lá, bom... É algo que precisamos *contornar*.

Eu sabia muito bem disso. E John e Jane, idem.

Mas era algo que não sei se as outras pessoas – da mesma idade que eu ou mais velhas – compreendiam de verdade. Não sei se elas compreendiam que nada disso, se o planeta é Classe 6 ou não, se o solo está condicionado ou não, se as lavouras estão plantadas ou não, todos os frutos do seu trabalho e da sua criação, nada disso importa muito quando uma nave aparece no céu, cheia de criaturas que decidiram querer o seu planeta e você está atrapalhando. Talvez não seja algo que *dê* para compreender até que aconteça.

Ou talvez, no fundo, as pessoas simplesmente não gostem de pensar nisso porque não há o que fazer. Não somos soldados, somos colonos. Ser colono significa aceitar esse risco. E depois que ele é aceito, talvez o melhor seja não pensar muito nele até que seja obrigado.

Durante a semana que passamos na *Magalhães*, certamente não precisamos pensar nisso. Estávamos nos *divertindo* – quase demais, até, para ser bem honesta. Suspeito que estávamos tendo uma visão que não representava a vida de colono. Mencionei isso para o meu pai enquanto assistíamos à final do torneio de queimada, quando os Dragões dispararam seus mísseis de borracha vermelhos e mortíferos contra os membros do Bolor Limoso, o time do Magdy, até então invicto. Eu estava perfeitamente tranquila com esse fato: Magdy andava insuportável com a sequência de vitórias do seu time. Seria bom para o rapaz um pouco de humildade.

– Claro que não representa – disse meu pai. – Você acha que vai ter tempo para ficar jogando queimada quando chegarmos a Roanoke?

– Não digo só queimada – falei.

– Eu sei – respondeu ele. – Mas não quero que você se preocupe. Deixa eu contar uma história.

– Ai, que ótimo – respondi. – Uma história.

– Toda *sarcástica* – disse meu pai. – Quando eu saí da Terra pela primeira vez e entrei para as Forças Coloniais de Defesa, tivemos uma semana dessas. Ganhamos corpos novos, esses corpos verdes, que nem o que o general Rybicki ainda tem, e as ordens de nos divertirmos com eles durante uma semana inteira.

– Parece uma ótima maneira de encorajar encrenca – comentei.

– Talvez sim – disse meu pai. – Mas serviu para duas coisas, no geral. A primeira foi nos adaptar com o que nossos novos corpos eram capazes de fazer. A segunda foi permitir que nos divertíssemos e fizéssemos amizades antes de ir à guerra. Uma calmaria antes da tempestade.

– Então o que vocês estão fazendo é nos dar uma semana de diversão antes de nos mandar para as minas de sal? – perguntei.

– Não as minas de sal, mas certamente as lavouras – disse meu pai, gesticulando na direção dos meninos que ainda correm pela quadra de queimada. – Não acho que caiu a ficha ainda, na cabeça de vários dos seus novos amigos, que eles vão ter de trabalhar depois que aterrissarmos. É uma colônia inicial. Precisamos de todas as mãos disponíveis.

— Acho que foi bom que eu recebi uma educação decente antes de sairmos de Huckleberry, então — falei.

— Ah, você ainda vai para a escola — disse meu pai. — Pode confiar em mim quanto a isso, Zoë. Só que vai ter de trabalhar também. Assim como todos os seus amigos.

— Monstruosamente injusto — reclamei. — Estudar *e* trabalhar.

— Não espere muita compaixão da nossa parte — disse meu pai. — Enquanto você estiver sentada e lendo, nós estaremos suando e labutando do lado de fora.

— "Nós" quem? — perguntei. — Você é o Líder da Colônia. Vai ficar encarregado da administração.

— Eu também trabalhava nas lavouras quando era ombudsman em Nova Goa — disse meu pai.

Eu bufei e respondi:

— O que quer dizer que você pagava pelos cereais e deixava Chaudhry Shujaat trabalhar no campo em troca de uma porcentagem.

— Não é essa a questão — rebateu ele. — O ponto onde quero chegar é: depois de aterrissarmos em Roanoke, estaremos todos ocupados. O que vai nos ajudar a superar as dificuldades vão ser nossos amigos. Sei que foi assim comigo nas FCD. Você fez novos amigos nesta última semana, não foi?

— Sim — respondi.

— Iria querer começar sua nova vida em Roanoke sem eles? — perguntou meu pai.

Pensei na Gretchen e no Enzo e até mesmo no Magdy e respondi:

— Definitivamente não.

— Então, esta semana serviu ao seu propósito — disse meu pai. — Estamos no caminho para deixarmos de ser colonos de mundos diferentes e nos tornarmos uma única colônia, para nos tornarmos amigos, em vez de estranhos. Todos vamos precisar uns dos outros agora. Estamos numa posição melhor para trabalhar juntos. E esse é o benefício, na prática, de tirarmos uma semana para nos divertir.

— Nossa — respondi. — Deu para ver como você teceu uma teia sutil de conexões interpessoais aqui.

— Bem, sabe como é — disse meu pai, com aquele olhar que dizia ter captado, *sim*, aquela minha referência debochada. — É por isso que sou eu quem *manda* aqui.

– É mesmo – respondi.

– É o que digo a mim mesmo, pelo menos – disse ele.

Os Dragões ganharam a última rodada contra o Bolor Limoso e começaram a comemorar. A multidão de colonos que assistia à partida estava comemorando também, entrando no clima para o que seria de fato o grande evento da noite: o salto para Roanoke, marcado para acontecer em menos de meia hora. Meu pai se levantou.

– Eis a minha deixa – disse ele. – Preciso me aprontar para a premiação dos Dragões. Que pena. Estava torcendo para o Bolor Limoso. Adorei o nome.

– Tenta não deixar a decepção transparecer – sugeri.

– Vou tentar – respondeu ele. – Você vai ficar para ver o salto?

– Tá de brincadeira? – respondi. – *Todo mundo* vai ficar para ver o salto. Não perderia por nada.

– Que bom – disse meu pai. – Sempre uma boa ideia confrontar as mudanças com os olhos abertos.

– Você acha mesmo que vai ser tão diferente assim? – perguntei.

Meu pai deu um beijo no topo da minha cabeça e me abraçou.

– Querida, eu sei que vai ser diferente assim. O que não sei é o quanto vai ser diferente depois *disso*.

– Acho que vamos descobrir – comentei.

– Sim, em cerca de 25 minutos – disse meu pai, e então apontou. – Olha só, ali estão a sua mãe e a Savitri. Vamos conferir juntos o nosso novo mundo, então?

PARTE 2

12_

Houve uma chacoalhada e um baque, depois um assovio enquanto os motores e propulsores do transporte foram sendo desligados. E foi isso: pousamos em Roanoke. Estávamos em casa, pela primeira vez.

– Que cheiro é este? – disse Gretchen, torcendo o nariz.

Dei uma tragada no ar e torci meu próprio nariz.

– Acho que o piloto pousou numa pilha de meias curtidas – falei, tentando acalmar Babar, que estava conosco e parecia empolgado com alguma coisa. Talvez *ele* gostasse do cheiro.

– Este é o planeta – disse Anna Faulks.

Faulks fazia parte da tripulação da *Magalhães* e já tinha estado várias vezes no planeta, descarregando suprimentos. O acampamento de base estava quase pronto para os colonos. Gretchen e eu, sendo filhas dos líderes da colônia, recebemos permissão para descer em um dos últimos transportes de carga, em vez de vir no transporte de gado com todos os outros. Fazia alguns dias que os nossos pais estavam no planeta, supervisionando o processo de descarga.

– E tenho notícias para vocês – disse Faulks. – O cheiro por aqui não vai ficar muito melhor que isso. Quando sopra uma brisa vinda da floresta, é aí que fica ruim de verdade.

– Por quê? – perguntei. – Como é o cheiro que vem?

– É como se todo mundo que você conhece tivesse acabado de vomitar no seu sapato – respondeu Faulks.

– Que maravilha – disse Gretchen.

Houve um clangor de metal raspando em metal conforme as imensas portas do transporte de carga se abriram. Uma leve brisa passou enquanto o ar das docas tragava o céu de Roanoke. E foi então que o cheiro nos pegou de jeito.

Faulk lançou um sorrisinho para nós e disse:

– Aproveitem, meninas. Esse vai ser o cheiro que vão sentir todos os dias do resto das suas vidas.

– Você também – disse Gretchen para Faulks.

Faulks parou de sorrir.

– Vamos começar a trazer esses contêineres de carga dentro de alguns minutos – disse ela. – Vocês vão precisar circular e sair do caminho. Seria uma pena se seus corpinhos fossem esmagados.

Então deu as costas para nós e começou a se deslocar até onde estava o restante da tripulação do transporte.

– Legal – falei para Gretchen. – Não acho que foi um bom momento para lembrá-la de que também está presa aqui.

Gretchen deu de ombros.

– Foi merecido – disse ela, também se direcionando às portas de carga.

Eu mordi o interior da bochecha e decidi não comentar. Os últimos dias tinham deixado todo mundo nervoso. É o que acontece quando você está perdido.

No dia que fizemos o salto até Roanoke, foi assim que o meu pai nos deu a notícia de que estávamos perdidos.

– Porque eu sei que já há boatos circulando, deixem-me dizer o seguinte, antes de mais nada: estamos a salvo – disse meu pai aos colonos, em pé sobre a plataforma onde, algumas horas antes, estávamos fazendo a contagem regressiva para o salto até Roanoke. – A *Magalhães* está a salvo. Não estamos correndo perigo algum no momento.

Ao nosso redor, dava para ver que a multidão estava relaxando. Fiquei me perguntando quantos deles ali prestaram atenção à parte do "no momento". Suspeito que John tenha incluído aquelas palavras por um motivo.

E foi isso de fato.

— Mas não estamos onde disseram que estaríamos — complementou. — A União Colonial nos mandou a um planeta diferente do que esperávamos ir. E foi porque descobriram que uma coalisão de raças alienígenas chamada de Conclave tinha planos para impedir nossa colonização... à força, se necessário. Não há dúvidas de que eles estavam nos esperando quando fizemos o salto, por isso fomos enviados a outro lugar. Um planeta completamente diferente. Por isso agora estamos acima da verdadeira Roanoke.

"Não estamos correndo perigo no momento", continuou John. "Mas Conclave está nos procurando. Se nos encontrarem, vão tentar tomá-la de nós, de novo, provavelmente à força. Se não conseguirem nos remover, vão destruir a colônia. Estamos a salvo por ora, mas não vou mentir para vocês. Estamos sendo caçados."

— Levem a gente de volta! — alguém gritou. Houve um burburinho de concordância.

— Não podemos voltar — disse John. — O acesso do capitão Zane aos sistemas de controle da *Magalhães* foi removido, por parte das Forças Coloniais de Defesa. Ele e a tripulação vão integrar a nossa colônia. A nave será destruída assim que aterrissarmos em Roanoke com todos os nossos suprimentos. Não podemos voltar. Nenhum de nós.

A sala irrompeu em gritos de raiva e discussões. Cedo ou tarde, meu pai conseguiu fazer todo mundo se acalmar.

— Ninguém aqui sabia disso. Nem eu, nem a Jane, nem os representantes das colônias. E com certeza nem o capitão Zane. Tudo foi igualmente ocultado de nós. A União Colonial e as Forças Coloniais de Defesa decidiram, por motivos que só cabem a eles, que o mais seguro seria continuarmos aqui, em vez de voltarmos para Fênix. Concordando com isso ou não, é o que temos para hoje.

— O que vamos fazer? — indagou uma voz da multidão.

Meu pai olhou na direção de onde veio a voz.

— Vamos fazer o que viemos fazer aqui desde o começo — disse ele. — Vamos colonizar. Compreendam isto: quando escolhemos ser colonos, todos sabíamos que haveria riscos. Todos vocês sabem que colônias iniciais são lugares perigosos. Mesmo sem esse tal Conclave à nossa procura, a colônia ainda correria o risco de ser atacada, ainda seria um alvo para outras raças.

Nada disso mudou. O que mudou *de fato* é que a União Colonial sabia de antemão quem estava atrás de nós e por quê. Foi o que permitiu que, a curto prazo, conseguissem nos manter a salvo e, a longo prazo, nos concedeu uma vantagem. Porque agora sabemos como evitar ser descobertos. Sabemos como nos manter a salvo.

Mais burburinho da multidão. Logo à minha direita, uma mulher perguntou:

– E como vamos fazer para nos mantermos a salvo?

– Os seus representantes coloniais vão explicar isso – respondeu John. – Verifiquem seus PDAs. Cada colono tem uma localização designada na *Magalhães* onde vocês e seus antigos conterrâneos vão se encontrar com seu representante. Eles explicarão o que precisaremos fazer e responderão às dúvidas que vocês tiverem. Mas tem uma coisa que precisa ficar bem clara: vamos precisar da cooperação de todos. Vamos precisar de sacrifícios de todos. Nunca falaram que o nosso trabalho de colonizar este mundo seria fácil. Ele só acabou de ficar ainda mais difícil. – E concluiu: – *Mas nós vamos conseguir* – disse ele, com um entusiasmo que pareceu surpreender algumas pessoas na multidão. – O que pedem de nós é difícil, mas não impossível. Podemos conseguir se trabalharmos juntos. Podemos conseguir se soubermos que é possível depender um do outro. Não importa de onde viemos, precisaremos todos ser roanokeranos agora. Eu não gostaria que fosse assim, mas é como vamos ter que agir para fazer isso dar certo. A gente consegue. A gente *tem* que conseguir. Temos que conseguir juntos.

Dei um passo para fora da nave de transporte e botei os pés no solo do novo planeta. Meu pé afundou na lama, que lambuzou o bico das minhas botas.

– Que beleza – falei e comecei a andar. A lama fazia um vácuo que tragava os meus pés. Tentei não pensar nisso como uma metáfora mais ampla. Babar saltou da nave e começou a farejar os arredores. Pelo menos ele estava feliz.

À minha volta, a tripulação da *Magalhães* estava trabalhando. Outros transportes que haviam aterrissado mais cedo desciam a sua carga e mais um chegava para aterrissar a alguma distância dali. Os contêineres, de tamanho padrão, cobriam o terreno. Normalmente, uma vez descarregado o seu conteúdo, eles seriam enviados de volta às naves para serem reutilizados. Nada de desperdício. Mas desta vez não havia motivo para devolvê-los à *Magalhães*. Ela não ia voltar, os contêineres jamais seriam preenchidos de novo. Pelo visto, alguns deles jamais seriam sequer abertos – nossa nova situação em Roanoke não fazia o esforço valer a pena.

Só que isso não queria dizer que eles não tivessem um propósito – tinham sim. E estava à minha frente, a algumas centenas de metros, onde uma barreira estava sendo formada, uma barreira constituída de contêineres. Dentro dela ficaria o nosso novo lar temporário, uma vila minúscula na qual todos nós, que totalizávamos 2.500 pessoas – junto com a tripulação, um tanto ressentida, da *Magalhães* –, estaríamos presos enquanto minha mãe, meu pai e os outros líderes da colônia vasculhavam o novo planeta a fim de ver o que precisaríamos fazer para habitá-lo.

Enquanto eu observava, os membros da tripulação deslocavam um dos contêineres até o lugar designado na barreira, usando os propulsores para o posicionar e então desligando o motor para que ele caísse alguns milímetros até o chão, com um baque. Mesmo àquela distância deu para sentir o solo vibrar. Fosse lá o que estivesse dentro dele, era pesado. Provavelmente equipamentos agrícolas que não tínhamos mais permissão para usar.

Gretchen já estava bem longe de mim. Pensei em correr para alcançá-la, mas então reparei em Jane aparecendo atrás do contêiner recém-colocado e conversando com alguém da tripulação da *Magalhães*. Então fui atrás dela.

Quando meu pai falou em sacrifício, no contexto imediato, ele tinha em mente duas coisas.

A primeira: não haveria qualquer contato entre Roanoke e o restante da União Colonial. Qualquer coisa que mandássemos de volta arriscava nos delatar, até mesmo um simples drone de salto contendo dados. Qualquer coisa que fosse mandada para nós também. O que significava que estávamos verdadeiramente isolados: Sem auxílio, sem suprimentos, nem mesmo correspondência de amigos e entes queridos deixados para trás. Estávamos sozinhos.

A princípio, não parecia ser um grande problema. Afinal, havíamos deixado nossas antigas vidas para trás quando nos tornamos colonos. Tínhamos nos despedido das pessoas que não viriam conosco, e a maioria dos nossos sabia que demoraria muito tempo até podermos revê-los – se tanto. Apesar disso tudo, as linhas de comunicação não estavam completamente cortadas. Um drone de salto estava programado para sair da colônia todos os dias, levando cartas, notícias e informações de volta à União Colonial, e haveria um drone chegando todos os dias, trazendo correspondência, notícias, novos entretenimentos, músicas, histórias e outras coisas que permitiriam que a gente ainda se sentisse parte da humanidade, apesar de estarmos presos numa colônia, plantando milho.

E agora, nada disso. Tudo acabado. Não haveria novas histórias, novas músicas ou novos entretenimentos, era isso que pegava a gente a princípio – o que era ruim se você tivesse se viciado em algum seriado ou alguma banda antes de ir embora e nutrisse esperanças de conseguir acompanhar os lançamentos –, mas aí a gente se dava conta de que o verdadeiro significado disso era que, dali em diante, não teria como saber nada das vidas das pessoas que deixou para trás. Não poderia ver os primeiros passos de um sobrinho querido que ainda era bebê. Não daria para saber se sua avó morreu. Não daria para ver as filmagens que sua melhor amiga fez do casamento dela, nem ler as histórias que uma outra amizade estivesse escrevendo e tentando desesperadamente vender, nem ver as imagens dos lugares que você amava visitar, com as pessoas que ainda ama em primeiro plano. Tudo isso havia acabado, talvez para sempre.

Quando essa ficha caiu, as pessoas ficaram bem abatidas – ainda mais ao perceberem que, daqueles que conhecíamos, ninguém ficaria sabendo o que aconteceu conosco. Se a União Colonial não estava disposta a nos dizer aonde estávamos indo, a fim de enganar esse tal de Conclave, certamente não iriam contar a mais ninguém que fizeram uma manobra para esconder nosso paradeiro. Todo mundo que conhecemos na vida achava que estávamos perdidos. É provável que alguns achassem que havíamos sido mortos. John, Jane e eu éramos os únicos sem muito com o que nos preocupar nesse quesito – éramos nossa própria família, toda a família que tínhamos –, mas todo mundo ali tinha alguém que estaria de luto por eles agora. A mãe e a avó de Savitri ainda estavam vivas, e a expressão em seu rosto ao perceber que elas provavelmente achavam que ela tinha morrido me fez correr para abraçá-la.

Nem quis pensar no modo como os *Obins* estariam lidando com nosso desaparecimento. Só esperava que o embaixador da União Colonial entre os Obins tivesse uma cueca limpa por perto quando eles ligassem.

Já o segundo sacrifício foi mais difícil.

– Vocês chegaram – disse Jane, enquanto eu caminhava na direção dela. Ela se abaixou para acariciar o Babar, que veio saltitando.

– Aparentemente – falei. – É sempre assim?

– Assim como? – perguntou Jane.

– Lamacento – respondi. – Chuvoso. Frio. Um saco.

– Estamos chegando ao começo do que é a primavera por aqui – disse Jane. – Vai continuar desse jeito por um tempo. Acho que as coisas vão melhorar.

– Você acha? – rebati.

– Espero que sim – disse Jane. – Mas não sabemos. As informações que temos sobre o planeta são esparsas. A União Colonial não parece ter feito uma prospecção normal aqui. E não vamos poder lançar um satélite para acompanhar o clima. Por isso só nos resta a esperança de que vá melhorar. Seria melhor se desse para saber. Mas esperança é o que temos. Onde está a Gretchen?

Eu gesticulei com a cabeça na direção que a vi seguir e respondi:

– Acho que ela foi atrás do pai dela.

– Está tudo bem entre vocês duas? – perguntou Jane. – É raro ver uma sem a outra.

– Tudo bem – falei. – Todo mundo anda meio afobado esses dias, mãe. Nós também, acho.

– E os seus outros amigos? – perguntou Jane. Eu dei de ombros.

– Não tenho visto muito o Enzo nos últimos dias – respondi. – Acho que ele ficou bem abalado com a ideia de ficarmos ilhados aqui. Nem o Magdy tem conseguido animá-lo muito. Fui visitá-lo algumas vezes, mas ele não está a fim de conversar, e não é como se eu mesma estivesse lá muito animada. Mas ele ainda me manda poemas. Em papel. E manda o Magdy entregar. E o Magdy odeia fazer isso, aliás.

Jane sorriu:

– O Enzo é um bom menino.

— Eu sei – respondi. – Só acho que não escolhi uma boa hora para decidir fazer dele meu namorado.

— Bem, você mesma disse, todo mundo anda afobado nos últimos dias – comentou Jane. – Vai melhorar.

— Espero que sim – falei, o que era verdade. Eu já tinha passado por mau humor e depressão com todos, mas até eu tinha meus limites e já estava chegando bem perto deles. – Cadê meu pai? E Hickory e Dickory?

Elus haviam descido nos primeiros transportes com a minha mãe e o meu pai. Entre a reclusão na *Magalhães* e o sumiço nos últimos dias, eu estava começando a ficar com saudades.

— Nós mandamos Hickory e Dickory vasculharem a área ao nosso redor – explicou Jane. – Estão nos ajudando a ter uma ideia do terreno. Assim ficam ocupades e são úteis, além de ficarem longe dos colonos, por enquanto. Não acho que nenhum deles tem muita boa vontade com não humanos no momento, e prefiro evitar que alguém arranje briga com elus.

Eu concordei com a cabeça. Quem tentasse arranjar briga com Hickory ou Dickory iria acabar com alguma coisa quebrada, no mínimo. O que não ia ajudar com a popularidade delus, mesmo se (ou talvez especialmente se) tiverem razão. Minha mãe e meu pai foram espertos em tirá-les do caminho por enquanto.

— Seu pai está com Manfred Trujillo – disse Jane, mencionando o pai de Gretchen. – Os dois estão estabelecendo a vila temporária. Montando tudo como se fosse o acampamento de uma legião romana.

— Esperamos um ataque dos visigodos – ironizei.

— Não sei de quem esperamos um ataque – disse Jane, com um tom de voz seco que não ajudou em absolutamente nada o meu ânimo. – Imagino que você vá achar Gretchen junto com eles. É só ir até o acampamento que vai encontrá-los.

— Seria mais fácil se eu pudesse só mandar um sinal via tablet pra encontrá-la – falei.

— Seria – concordou Jane. – Mas não podemos mais fazer essas coisas. Tente usar seus olhos.

Ela me deu um beijo na testa e foi embora para conversar com a tripulação da *Magalhães*. Eu suspirei e depois parti para o acampamento a fim de encontrar meu pai.

* * *

O segundo sacrifício: não era mais possível nada que tivesse um computador embutido. O que queria dizer que não podíamos usar a maioria das coisas que possuíamos.

A razão eram as ondas de rádio. Todos os itens de equipamento eletrônico se comunicavam uns com os outros por meio de ondas de rádio. Mesmo as menores transmissões poderiam ser descobertas se houvesse alguém procurando com afinco o suficiente, e era certo que havia. Mas não bastava desligar as funções de conectividade, porque nos falaram que nossos equipamentos usavam ondas de rádio não só para se comunicar entre si, mas também internamente, para que uma parte falasse com as outras.

Nossos aparelhos eletrônicos não conseguiam *evitar* transmitir rastros de nossa presença. Então, se alguém soubesse as frequências que eles usavam para operar, seria possível detectá-los simplesmente enviando o sinal de rádio que os ativava. Ou pelo menos foi o que nos disseram. Não sou engenheira. Só sei que uma parte imensa dos nossos equipamentos não era mais utilizável – e não só isso, como ainda representavam um *perigo* para nós.

Precisamos arriscar o uso desses equipamentos para aterrissar em Roanoke e estabelecer a colônia. Não conseguiríamos pousar direito os transportes sem o uso de eletrônicos. Não que a descida fosse um problema, mas as aterrissagens seriam bem tensas (e bagunçadas). Mas depois que tudo estava em solo, já era. Desligamos tudo, e qualquer item contendo eletrônicos que tivéssemos nos contêineres de carga ficaria lá. Talvez para sempre.

O que incluía: servidores, monitores de entretenimento, equipamentos agrícolas modernos, ferramentas científicas, ferramentas médicas, aparelhos de cozinha, veículos e brinquedos. E tablets.

Não foi um anúncio dos mais populares. Todo mundo possuía um tablet, e todo mundo guardava a vida inteira neles. Os tablets eram onde você armazenava suas mensagens, sua correspondência, seus programas de TV, música e leituras favoritas. Era como você se conectava com seus amigos e jogava com eles. Era como gravava áudios e vídeos. Era como você compartilhava o que lhe agradava com as pessoas de quem gostava. Era o cérebro externo de todo mundo.

E de repente acabou tudo. Todos os tablets dos colonos – um pouco mais de um por pessoa – foram coletados e contabilizados. Houve quem tentasse esconder o seu e ao menos um colono tentou bater no tripulante da *Magalhães* designado para coletá-los. Esse colono passou a noite detido na nave, cortesia do capitão Zane. Segundo boatos, o capitão derrubou a temperatura do espaço para detenção e o colono passou a noite inteira acordando aos solavancos porque estava tremendo de frio.

Eu empatizei com o colono. Fazia três dias que estava sem meu tablet e ainda me pegava fazendo o gesto de procurá-lo quando queria falar com Gretchen, escutar música ou ver se Enzo tinha me enviado alguma coisa ou qualquer uma da centena de coisas para as quais eu dependia do meu PDA diariamente. Suspeito que o motivo de parte das pessoas estar tão mal-humorada era porque teve seu cérebro externo amputado. Você não percebe o quanto usa o seu tablet até não ter mais essa porcaria.

Estávamos todos revoltados por não termos mais nossos tablets, mas eu tinha uma pulga atrás da orelha com a ideia de que um dos motivos pelos quais as pessoas se incomodaram tanto com a falta dos tablets era porque, com eles, ninguém precisava pensar sobre o fato de que já não seria possível usar uma boa parte do equipamento do qual necessitávamos para sobreviver. Não dá para simplesmente desconectar os computadores do nosso equipamento agrícola – sem eles, nada funciona, é tudo parte da máquina. Seria como tirar o cérebro e esperar que o seu corpo funcionasse sem ele. Não acho que alguém estivesse disposto a encarar a profundidade da encrenca em que estávamos metidos.

Na real, havia uma única coisa que poderia nos manter vivos: os 250 menonitas coloniais que eram parte da colônia. Por conta da religião, eles se viravam usando tecnologia antiga e ultrapassada. Nenhum dos equipamentos deles continha computadores, e o representante da colônia, Hiram Yoder, era o único que já havia sequer usado um PDA (e, mesmo assim, pelo que o meu pai me explicou, foi para manter contato com outros membros do conselho colonial de Roanoke). Para eles, trabalhar sem eletrônicos não era um estado de privação, era como *viviam*. Era o que fazia com que fossem os estranhos na *Magalhães*, em especial os adolescentes. Mas naquele momento seria nossa tábua de salvação.

O que não foi reconfortante para todo mundo. Magdy e alguns de seus amigos menos interessantes apontavam para os menonitas coloniais como evidência de que a União Colonial planejou desde o princípio nos deixar ilhados e pareciam se ressentir disso, como se os menonitas soubessem de antemão e não estivessem tão surpresos quanto a gente. Foi assim que confirmamos que o modo do Magdy de lidar com o estresse era ficar com raiva e procurar encrencas inexistentes – sua quase briga no começo da viagem não foi nenhum ponto fora da curva.

Ele ficava com raiva quando se estressava. Enzo ficava distante. Gretchen ficava respondona. Eu, no geral, não tinha certeza de como ficava.

– Você está cismada – disse meu pai para mim. Estávamos do lado de fora da barraca que seria nosso novo lar temporário.

– Então é *assim* que eu fico – respondi. Observei enquanto Babar vagava pela área, procurando lugares para marcar território. O que posso dizer? Cachorro, né.

– Não estou acompanhando seu raciocínio – disse meu pai, ao que eu expliquei como os meus amigos estavam se comportando desde que a gente se perdeu. – Ah, tudo bem – disse ele. – Faz sentido. Bem, se serve de consolo, se eu tivesse tempo para fazer qualquer coisa que não fosse trabalhar, acho que ficaria cismado também.

– Fico emocionada que seja uma coisa de família – respondi.

– Não dá nem para botar a culpa na genética – disse meu pai, olhando ao redor.

À nossa volta, havia contêineres de carga, pilhas de barracas sob lonas e barbantes, bloqueando o que viriam a ser as ruas de nossa nova cidadezinha. Depois ele olhou de volta para mim e perguntou:

– O que você acha?

– Acho que isto aqui é a imagem de Deus largando um barro – respondi.

– Bem, sim, está assim *agora* – concordou meu pai. – Mas com muito trabalho duro e um pouquinho de amor, dá para transformar em uma fossa podre. E que belo dia vai ser quando isso acontecer.

Eu ri.

– Não me faça rir – falei. – Estou tentando fazer essa coisa de ser cismada funcionar.

– Sinto muito – disse meu pai.

Ele não sentia muito, coisa alguma. Então apontou para o abrigo ao nosso lado e comentou:

– No mínimo do mínimo, você vai ficar perto da sua amiga. Este é o abrigo de Trujillo. Ele e Gretchen vão morar aqui.

– Que bom – falei. Já havia me atualizado quanto a Gretchen e seu pai. Os dois tinham dado um pulo no riacho que corria às margens de nosso futuro assentamento a fim de encontrar o melhor lugar para instalar o sistema de coleta de esgoto e purificação de água. Não teríamos saneamento básico durante as primeiras semanas, no mínimo, pelo que disseram. Todos faríamos o que tivéssemos de fazer em baldes. Não consigo nem comentar o quanto fiquei animada em ouvir isso. Gretchen revirou os olhos um pouco na frente do pai enquanto ele a arrastava nessa viagem a fim de conferir os lugares aceitáveis para isso. Acho que ela estava começando a se arrepender de estar entre os pioneiros aqui.

– Quanto tempo até começarmos a descer os outros colonos? – perguntei.

Meu pai apontou em uma direção.

– Precisamos estabelecer o perímetro primeiro – disse ele. – Estamos aqui faz uns dias e nada de perigoso saiu daquela floresta, mas acho melhor prevenir do que remediar, além do que já estamos remediando. Vamos descer os últimos contêineres de carga esta noite. Amanhã teremos o perímetro completamente fechado e o interior barrado. Então, vai uns dois dias, eu acho. Dentro de três, todo mundo vai ter descido. Por quê? Já está entediada?

– Talvez – respondi, enquanto Babar vinha na minha direção e sorria, com a língua caída e as patas todas sujas de lama. Dava para perceber que ele estava tentando decidir se ia ou não ficar em pé sobre as duas patas traseiras e pular em mim para sujar a minha camiseta. Enviei a minha melhor mensagem telepática de *nem se atreva* e fiquei torcendo para ele entender. – Não que seja menos chato lá dentro da *Magalhães* agora. Todo mundo está com um humor péssimo. Sei lá, não esperava que colonizar fosse assim.

– Não é mesmo – disse meu pai. – A gente meio que é um caso excepcional aqui.

– Ah, quem dera ser que nem todo mundo, então – respondi.

– Agora é tarde demais para isso – disse meu pai, gesticulando na direção do abrigo. – Jane e eu já estamos com o abrigo todo montado. É pequeno e cheio de coisas, mas, além de tudo, é apertado. E sei o quanto você gosta disso. – O comentário arrancou um sorriso de mim. – Preciso encontrar Manfred e depois falar com a Jane, mas depois podemos almoçar juntos e tentar ver se a gente não consegue de fato curtir um pouco. Por que você não entra lá e relaxa até voltarmos? No mínimo, assim não vai precisar ficar toda cismada tomando esse vento na cara.

– Tudo bem – falei. Dei um beijo na bochecha do meu pai e depois ele partiu para o riacho. Entrei no abrigo e Babar veio logo atrás. – Bacana – comentei com ele, enquanto olhava ao redor. – Mobiliado com muito bom gosto no estilo Refugiado Moderno. Adorei o que eles fizeram com esses leitos.

Babar olhou para mim com aquele sorrisinho estúpido de cachorro, depois pulou e se deitou em um dos leitos.

– Seu idiota – falei. – Podia pelo menos ter limpado as patas.

Babar, visivelmente despreocupado com as críticas, bocejou e fechou os olhos.

Subi no leito com ele, afastei os pedaços de lama mais grossos e passei a usá-lo de travesseiro. Babar não pareceu se importar. E foi bom também, porque ele ocupava metade do meu leito.

– Bem, aqui estamos nós – comentei. – Espero que goste.

Babar fez um ruído parecido com uma fungada. *Disse tudo*, pensei.

Mesmo depois de explicarem tudo para nós, ainda havia um pessoal com dificuldade para meter na cabeça que estávamos por conta própria, isolados da humanidade. Nas sessões de grupo encabeçadas por cada um dos representantes coloniais, sempre havia alguém (ou alguéns) que dizia não ser possível as coisas estarem tão ruins quanto meu pai dizia, que devia ter algum modo de, pelo menos, continuarmos em contato com o restante da humanidade ou, no mínimo, usarmos nossos PDAs.

Foi então que os representantes da colônia enviaram a cada colono o último arquivo que os tablets iriam receber. Era um vídeo, gravado pelo Conclave e enviado a todas as outras raças do nosso pedaço do espaço. Nele, o líder do Conclave, general Gau, estava em pé sobre um monte, de frente para um pequeno assentamento. Ao ver o vídeo pela primeira vez, pensei que fosse um assentamento humano, mas me falaram que era de colonos Whadis, uma raça sobre a qual eu não sabia nada. O que eu sabia era que suas casas e seus edifícios eram parecidos com os nossos – ou parecidos o suficiente para que esse detalhe não fosse importante.

Esse tal de general Gau ficou ali sobre o monte durante um tempo que foi apenas o bastante para fazer a gente se perguntar o que é que ele estava olhando. Então, o assentamento desapareceu, virou cinza e chamas, por conta do que pareciam ser milhares de raios de luz cortando o ar, disparados do que, pelo que nos falaram, eram centenas de espaçonaves pairando muito acima da colônia. Em questão de poucos segundos, nada restava mais dela, nem das pessoas que viviam ali, além de uma coluna de fumaça que subia pelos ares.

Depois disso, ninguém mais questionou a sabedoria da decisão de nos escondermos.

Perdi a conta de quantas vezes eu assisti ao vídeo do ataque do Conclave. Deve ter sido uma dúzia até o meu pai vir até mim e me fazer entregar o tablet – nada de privilégios especiais só por ser a filha do líder da colônia. Mas eu não estava assistindo àquilo por causa do ataque. Ou, bem, devo dizer que não era para isso que eu estava olhando nas vezes que assisti. O que eu olhava era aquela figura em pé sobre o monte. A criatura que ordenou o ataque, que tinha o sangue de uma colônia inteira nas mãos. Olhava para o tal do general Gau. Fiquei me perguntando o que ele pensava enquanto dava a ordem. Será que sentia remorso? Satisfação? Prazer? Dor?

Tentei imaginar o que seria preciso para dar uma ordem de matar milhares de pessoas inocentes. Fiquei feliz por não conseguir compreender. Estava aterrorizada pelo fato de que esse general compreendia. E que ele estava por aí, à solta. À nossa espreita.

13_

Duas semanas após pousarmos em Roanoke, Magdy, Enzo, Gretchen e eu saímos para dar um passeio.

– Cuidado onde pisa – Magdy falou para nós. – Tem umas rochas bem grandes por aí.

– Ah, que ótimo – disse Gretchen. Ela lançou a luz da sua lanterna portátil no chão, um exemplo de tecnologia aceitável em nossas condições, por não ter nada computadorizado, só um LED à moda antiga, procurando algum lugar para descer, e então saltou da beirada da muralha de contêineres, mirando no ponto preferido. Enzo e eu ouvimos o *uff* que ela fez ao descer, xingando um pouco depois.

– Falei para cuidar onde pisa – disse Magdy, apontando a lanterna para Gretchen.

– Cala a boca, Magdy – disse ela. – Não era nem para a gente estar aqui. Você vai nos meter em encrenca.

– Ah, bem – respondeu Magdy. – Suas palavras teriam maior autoridade moral se você não estivesse de fato aqui fora comigo – continuou ele, desviando a lanterna de Gretchen para mim e Enzo, ainda lá em cima nos contêineres. – Vocês dois vão se juntar a nós?

– Dá para parar com a lanterna, por favor? – ordenou Enzo. – A patrulha vai ver.

– A patrulha está do outro lado da muralha – disse Magdy. – Apesar de que, se vocês não se apressarem, logo, logo eles chegam aqui. Então se mexam aí. – Nisso, ele ficou lançando e tirando a luz rapidamente na cara de Enzo, fazendo um efeito estroboscópico irritante. Enzo suspirou e desceu escorregando os contêineres, e eu ouvi o baque surdo da aterrissagem um segundo depois. E aí fiquei eu, me sentindo subitamente muito exposta em cima dos contêineres que representavam o perímetro defensivo em torno de nossa vilazinha... e a fronteira que não tínhamos permissão de ultrapassar à noite.

– Vamos – Enzo sussurrou para mim. Pelo menos ele lembrava que a gente não devia estar ali e modulou a voz de acordo. – Pode pular que eu pego você.

– Está doido? – perguntei, também com a voz sussurrada. – Minhas botas vão acabar bem nos seus olhos desse jeito.

– Foi uma piada – disse Enzo.

– Tá bom – falei. – Não me pegue.

– Nossa, Zoë – disse Magdy, com uma voz que era tudo menos um sussurro. – Dá para *pular* logo?

Eu saltei da muralha de contêineres, descendo uns três metros, tropeçando um pouco ao aterrissar. Enzo lançou sua lanterna sobre mim e me ofereceu uma mão para me levantar. Eu aceitei, apertando os olhos na direção dele enquanto ficava em pé. Depois joguei a luz da minha lanterna na direção de Magdy.

– Babaca – falei para ele.

Magdy deu de ombros.

– Vamos – ordenou, enquanto acompanhava o perímetro da muralha na direção do nosso destino.

Alguns minutos depois, lá estávamos nós, com as lanternas apontadas para um buraco.

– Uau – disse Gretchen. – Acabamos de violar o toque de recolher e arriscamos tomar um tiro por acidente do guarda noturno para isso. Um buraco no chão. Para nossa próxima excursão, sou eu quem vai escolher o local, Magdy.

Magdy soltou ar pelo nariz e se ajoelhou dentro do buraco.

– Se você de fato prestasse atenção nas coisas, saberia que este *buraco* deixou o conselho em pânico – disse ele. – Alguma coisa cavou isto aqui na outra noite enquanto a patrulha não estava olhando. Alguma coisa estava tentando *entrar* na colônia *daqui* de fora – continuou, pegando a lanterna e apontando-a para o contêiner mais próximo até avistar algo. – Olha lá. Tem arranhões no contêiner. Alguma coisa tentou ir por cima e aí, quando viu que não dava, tentou por baixo.

– Então, o que você está querendo dizer é que agora estamos aqui fora com um monte de predadores – falei.

– Não é necessariamente um predador – disse Magdy. – Talvez seja só alguma coisa que goste de cavar.

Apontei a minha lanterna de volta nas marcas de arranhões.

– Ah sim, parece uma teoria bem *razoável*.

– Não dava para a gente ter visto isso durante o dia? – perguntou Gretchen. – Quando dá para ver as coisas que possam saltar e comer a gente?

Magdy apontou a lanterna para mim.

– A mãe dela mandou a equipe de segurança ficar por aqui o dia todo. Não iam deixar ninguém chegar perto. Além do mais, o que quer que tenha cavado este buraco já foi embora faz tempo.

– Vou te lembrar do que disse quando alguma coisa vier dilacerar a sua garganta – disse Gretchen.

– Relaxa – disse Magdy. – Eu estou preparado. Além do mais, esse buraco aqui é só o aperitivo. Meu pai é amigo do pessoal da segurança. Um deles contou que, logo antes de encerrarem tudo ao anoitecer, viram uma manada desses tais de fantes ali no mato. Eu digo que a gente devia ir lá procurar.

– Devíamos voltar – retrucou Enzo. – Não era nem para a gente estar aqui, Magdy. Se nos encontrarem aqui fora, vão comer nosso fígado. Podemos ver os fantes amanhã. Quando tiver sol e de fato der para enxergar.

– Amanhã eles vão estar acordados, procurando comida – disse Magdy. – E aí não vai dar para fazer nada além de olhá-los por um par de binóculos. – Ele apontou para mim de novo. – Deixe-me lembrar vocês que os pais dela mandaram a gente ficar enfurnado já faz umas duas semanas, esperando para descobrir se tem alguma coisa que possa nos machucar neste planeta.

– Ou nos matar – falei –, o que seria um problema.

Magdy ignorava tudo isso.

— O ponto onde eu quero chegar é que, se a gente de fato quiser *ver* essas coisas, de fato chegar perto o bastante para poder dar uma boa olhada nelas, precisamos fazer isso agora. Eles estão dormindo, ninguém sabe que a gente saiu, e vamos voltar antes que qualquer um perceba.

— Ainda acho que devíamos voltar — insistiu Enzo.

— Enzo, eu sei que você podia estar aproveitando agora para dar uns amassos na sua namorada — disse Magdy —, mas achei que *poderia* querer explorar alguma outra coisa além das amídalas da Zoë, para variar um pouco.

Magdy tinha *muita* sorte de não estar ao alcance quando fez esse comentário. Do meu braço ou o do de Enzo.

— Você está sendo escroto de novo, Magdy — disse Gretchen.

— Tá bem — disse Magdy. — Podem voltar. Vejo vocês depois então. Eu vou olhar uns fantes — concluiu ele, seguindo na direção da floresta e apontando a lanterna para o mato (ou algo que cobria o solo e parecia mato) enquanto caminhava. Apontei minha lanterna para Gretchen. Ela revirou os olhos, exasperada, e começou a caminhar atrás de Magdy. Enzo e eu os seguimos, um minuto depois.

Comece com um elefante. Agora, o encolha um pouco. Tire as orelhas. Deixe a tromba mais curta, meio como um tentáculo na ponta. Estique as pernas dele até parecer quase impossível elas sustentarem o peso. Bote quatro olhos. E aí faça um monte de coisas estranhas variadas com o corpo até acontecer de ele não parecer tanto um elefante e mais com um elefante do que qualquer outra coisa que você consiga imaginar.

Isso é um fante.

Nas duas semanas que passamos presos na vila colonial, esperando liberarem o processo de colonização para valer, os fantes foram avistados várias vezes, fosse na floresta perto da vila ou vagamente na clareira entre a vila e a floresta. O avistamento de um fante fazia com que as crianças viessem todas correndo até o portão da colônia (um vão na muralha dos contêineres, que era fechado à noite), a fim de olhar, se admirar e acenar para as criaturas. Também vinha uma onda (essa, mais afetadamente relaxada) de adolescentes, porque também queríamos vê-los, mas sem dar a impressão de que estávamos *tão* interessados assim, porque aí ia acabar com nossa credibilidade diante de todos os nossos novos amigos.

É certo que Magdy nunca deu o menor indício que fosse de que ligava para os fantes. Deixava que Gretchen o arrastasse até o portão quando passava uma manada, mas ficava a maior parte do tempo conversando com os outros caras que também pareciam felizes em só dar a impressão de terem sido arrastados até o portão. Serve para se exibir, acho. Até mesmo quem se finge de descolado tem algo de criança dentro de si.

Havia uma discussão sobre os fantes que vimos, se seriam um grupo local que habitava a região ou se eram várias manadas que estavam migrando. Eu não fazia ideia de qual teoria era a certa... Afinal, estávamos no planeta fazia apenas algumas semanas. E, de longe, os fantes pareciam todos iguais.

Mas, de perto, como logo descobrimos, o cheiro deles era horrível.

– Será que *tudo* neste planeta tem que ter cheiro de merda? – Gretchen sussurrou para mim, enquanto olhávamos para os fantes acima. Eles oscilavam para frente e para trás, de leve, enquanto dormiam em pé. Como se respondesse à pergunta, um dos fantes mais próximos ao lugar onde estávamos nos escondendo soltou um peido monumental. Todos rimos e seguramos a vontade de vomitar, tudo ao mesmo tempo.

– Xiu – disse Enzo. Ele e Magdy estavam agachados atrás de outro arbusto alto a alguns metros de nós, logo antes da clareira onde a manada de fantes decidiu descansar naquela noite. Havia uma dúzia deles, todos dormindo e peidando sob as estrelas. Enzo não parecia estar curtindo muito a vista... Acho que estava preocupado que a gente pudesse acordá-los. Não era uma preocupação insignificante: as pernas dos fantes parecem fininhas de longe, mas de perto ficava claro que eles poderiam nos pisotear sem muita dificuldade, e havia uma dúzia ali. Se acordassem e entrassem em pânico, a gente corria o risco de ser pisoteado até virar carne moída.

Acho que ele também estava um pouco ressentido por conta daquele comentário sobre "explorar as amídalas". Magdy, daquele seu jeitinho pouco charmoso de sempre, vinha dando cutucadas em Enzo desde que começamos a namorar oficialmente. As provocações iam e vinham de acordo com o estado atual do relacionamento dele com Gretchen. Eu chutaria que, no momento, Gretchen tinha acabado de lhe dar um gelo. Às vezes eu achava que seria preciso um gráfico ou talvez um fluxograma para entender como os dois se davam.

Mais um dos fantes liberou outra descarga épica de flatulência.

— Se a gente ficar mais tempo aqui, vou morrer sufocada — sussurrei para Gretchen. Ela concordou com a cabeça e gesticulou para que eu a seguisse. Fomos, sorrateiramente, até onde estavam Enzo e Magdy.

— Podemos ir embora? — Gretchen sussurrou para Magdy. — Sei que vocês não devem estar curtindo o cheiro, mas nós estamos prestes a botar os bofes para fora. E já faz tempo que a gente saiu, capaz de ter alguém se perguntando onde estamos.

— Mais um minuto — disse Magdy. — Quero chegar mais perto de um deles.

— Você está de brincadeira! — exclamou Gretchen.

— A gente já veio até aqui — rebateu Magdy.

— Você é idiota mesmo às vezes, sabia? — disse Gretchen. — Não dá para simplesmente chegar até uma manada de animais selvagens e dar oi. Você vai morrer.

— Estão dormindo — disse Magdy.

— Não vão continuar dormindo se você for lá bem no meio deles — disse Gretchen.

— Eu não sou *tão* burro assim — respondeu Magdy, cujo sussurro ficava mais alto quanto mais ele se irritava. E apontou para o fante que estava mais próximo de nós. — Só quero chegar mais perto daquele ali. Não vai ser problema algum. Pare de se preocupar.

Antes que Gretchen pudesse replicar, Enzo levantou a mão, para calar os dois.

— Olha só — disse ele, apontando para a clareira —, um deles está acordando.

— Ah, que maravilha — disse Gretchen.

O fante em questão balançou e levantou a cabeça, espalhando bem os tentáculos da tromba, que oscilavam para lá e para cá.

— O que ele está fazendo? — perguntei a Enzo, que deu de ombros. Ele sabia tanto dos fantes quanto eu.

Os tentáculos da criatura continuaram se mexendo mais um pouco, num arco mais largo, e então me ocorreu o que ele estava fazendo. Estava *farejando*, sentindo o cheiro de alguma coisa. Alguma coisa que não deveria estar ali.

O fante urrou, não com a tromba, que nem um elefante de fato, mas com a boca. Todos os outros fantes despertaram de imediato e começaram a urrar também e se mexer.

Olhei para Gretchen. *Ai, merda*, fiz com a boca. Ela concordou e olhou de volta para os fantes. Olhei para o Magdy, que de repente estava bem encolhido. Não acho que quisesse chegar mais perto agora.

O fante mais próximo a nós deu uma volta, raspando o arbusto onde estávamos escondidos. Pude ouvir o baque do seu pé no que o animal se reposicionava. Decidi que era hora de ir embora, mas meu corpo me sabotou, pois não quis me dar controle sobre minhas pernas. Estava congelada ali, agachada atrás do arbusto, esperando ser pisoteada.

O que não aconteceu. Um segundo depois, o fante sumiu, tendo partido na mesma direção do restante da manada: a direção oposta a nós.

Magdy se levantou e ficou escutando enquanto a manada ia, estrondosa, para longe.

— Beleza — disse ele. — O que foi que *acabou* de acontecer?

— Achei que eles tivessem sentido nosso cheiro com certeza — falei. — Achei que tivessem nos descoberto.

— Falei que você era um idiota — disse Gretchen para Magdy. — Se estivesse ali quando eles acordaram, agora estaríamos catando o que sobrou de você com uma pazinha.

Os dois começaram os cutucões e eu me virei para o Enzo, que estava voltado para a direção oposta à que os fantes correram. Ele estava com os olhos fechados, mas parecia concentrado em alguma coisa.

— O que foi? — perguntei.

Ele abriu os olhos, olhou para mim e apontou na direção à qual estava voltado. Disse:

— A brisa está vindo dessa direção.

— Beleza — respondi, mas não estava acompanhando o raciocínio.

— Alguma vez você já saiu para caçar? — perguntou Enzo, ao que neguei com a cabeça. — Nós estávamos contra o vento na direção dos fantes — explicou. — O vento estava soprando nosso cheiro para longe deles. — Nisso, ele apontou para onde estava o primeiro fante que acordou. — Não acho que aquele fante teria sido capaz de sentir o nosso cheiro de modo algum.

Click.

– Beleza – falei. – Agora eu entendi.

Enzo se virou para Magdy e Gretchen.

– Pessoal – disse ele –, é hora de a gente ir embora. Já.

Magdy apontou a lanterna para o Enzo e parecia pronto para lhe dizer algo sarcástico, então viu a expressão no rosto dele, sob o círculo de luz da lanterna de bolso. Perguntou:

– O que foi?

– Os fantes não fugiram por nossa causa – disse Enzo. – Acho que tem mais alguma coisa por aqui. Alguma coisa que caça os fantes. E acho que está vindo na nossa direção.

É um clichê dos entretenimentos de terror colocar uns adolescentes perdidos na floresta, imaginando que estão sendo perseguidos por alguma coisa horrível que está *logo atrás deles*.

E agora eu sei o porquê disso. Se você quiser ficar próximo de sentir um terror total, abjeto, de fazer soltar os esfíncteres, experimente avançar um ou dois quilômetros por uma floresta, à noite, com a sensação garantida de que está sendo caçado. Faz qualquer um se sentir vivo, de verdade, mas não de um jeito agradável.

Magdy seguiu na frente, claro, mas é discutível se ele estava liderando porque sabia como voltar ou se só estava correndo a ponto de nos obrigar a ir atrás dele. Gretchen e eu estávamos logo atrás, e Enzo na retaguarda. Teve uma hora em que desacelerei para ver como ele estava, e ele mandou que eu não parasse.

– Continua com a Gretchen – falou. E aí percebi que ele estava ficando para trás de propósito, para que qualquer coisa que pudesse estar atrás de nós tivesse que passar por ele primeiro. Eu o teria beijado ali mesmo, se não tivesse sido transformada numa massa trêmula de adrenalina, correndo desesperada para voltar para casa.

– Por aqui – indicou Magdy, apontando para uma trilha natural e irregular que reconheci como a que usamos para entrar na floresta. Estava concentrada em seguir por aquele caminho quando algo se interpôs entre Gretchen e eu, me agarrando. Eu gritei.

Houve um estouro, seguido de um baque surdo, depois um berro.

Enzo havia se atirado contra a coisa que tinha me agarrado. No segundo seguinte, ele estava estirado no chão da floresta, com a faca de

Dickory contra sua garganta. Demorou um pouco mais do que deveria até eu reconhecer quem segurava a faca.

— Dickory! — gritei. — Pare!

Dickory parou.

— Solta ele — ordenei. — Ele não é uma ameaça para mim.

Dickory abaixou a faca e se afastou de Enzo. Enzo se levantou, afastando-se de Dickory e de mim.

— Hickory? — chamei. — Está tudo bem?

De longe, pude ouvir a voz de Hickory.

— Seu amigo tinha uma pistola. Eu o desarmei.

— Está me sufocando! — disse Magdy.

— Se Hickory quisesse sufocar de verdade, você não iria conseguir falar — gritei de volta. — Solta ele, Hickory.

— Vou ficar com a pistola — disse Hickory. Houve um ruído na escuridão enquanto Magdy se recompunha.

— Tudo bem — concordei. Agora que havíamos parado de correr, era como se alguém tivesse puxado uma rolha e toda a adrenalina do meu corpo escorresse pelas solas dos meus pés. Eu me agachei para evitar um tombo.

— Não, *não* está tudo bem — disse Magdy. Eu o vi surgir das sombras, na minha direção. Dickory se interpôs entre mim e ele, o que o fez parar de súbito. — Esta é a pistola do meu pai. Se ele der falta dela, vou ser fuzilado.

— O que é que você estava fazendo com essa arma, para começo de conversa? — perguntou Gretchen. Ela também tinha se aproximado, com Hickory atrás de si.

— Falei que estava preparado — disse Magdy, virando-se para mim. — Você precisa avisar ês *guarda-costas* de que eles têm que tomar mais cuidado — alertou, apontando para Hickory. — Quase dei um tiro na cabeça daquele ali.

— Hickory? — perguntei.

— Eu não corri nenhum perigo sério — disse Hickory, com a voz seca. Sua atenção parecia estar em outro lugar.

— Quero minha arma de volta — disse Magdy. Acho que ele estava tentando soar ameaçador, mas não deu muito certo. Sua voz falhou.

— Hickory vai devolver a arma do seu pai para você quando voltarmos para a vila — respondi, sentindo a dor de cabeça de fadiga chegar.

– *Agora* – exigiu Magdy.

– Pelo amor de Deus, Magdy! – falei, estourando e de repente me sentindo muito cansada e furiosa. – Dá para parar de encher o saco com esse inferno de arma, por favor? Você deu sorte de não ter matado ninguém aqui com ela. E deu sorte de não ter atingido *elus* – aqui eu gesticulei na direção de Dickory e Hickory –, porque aí *você* ia morrer, e nós que sobramos teríamos que explicar como foi que isso aconteceu. Então cala a boca e para de encher o saco com essa arma idiota. *Cala a boca* e vamos pra *casa*.

Magdy ficou me encarando, depois saiu pisando duro pela escuridão, rumo à vila. Enzo lançou um olhar estranho na minha direção e então foi atrás do amigo.

– Perfeito – falei, apertando minhas têmporas com os dedos. A dor de cabeça monstruosa que eu havia previsto tinha chegado, e era um espécime magnífico.

– Devemos retornar à vila – Hickory me disse.

– *É mesmo?* – respondi, depois me levantei e saí pisando duro, afastando-me dos dois e voltando até à vila. Gretchen, deixada subitamente sozinha na companhia da minha escolta, não ficou muito para trás.

– Não quero que uma só palavra sobre o que aconteceu esta noite chegue a John e Jane – eu disse para Hickory, enquanto estávamos nós três, nós dois e Dickory, na área comum da vila. A essa hora da noite, havia apenas algumas outras pessoas sem ter o que fazer por ali, e elas logo desapareceram quando Hickory e Dickory deram as caras. Duas semanas não haviam sido o suficiente para as pessoas se acostumarem com a dupla. Tínhamos toda a área comum só para nós.

– Como quiser – disse Hickory.

– Obrigada – respondi e comecei a me afastar da dupla de Obins mais uma vez, na direção do abrigo que eu dividia com meus pais.

– Você não deveria ter ido até a floresta – disse Hickory.

Isso me fez parar ali mesmo. Eu me virei de frente para elu e disse:

– Como é que é?

– Você não deveria ter ido até a floresta – repetiu Hickory. – Não assim desprotegida.

– Nós estávamos protegidos, sim – falei, e uma parte do meu cérebro não queria acreditar que essas palavras haviam de fato saído da minha boca.

– Sua proteção era uma pistola nas mãos de alguém que não sabia manejá-la – disse Hickory. – A bala que ele disparou penetrou o chão a menos de trinta centímetros de onde ele estava. Quase deu um tiro no próprio pé. Eu o desarmei porque era um perigo para si mesmo, não para mim.

– Pode ter certeza de que vou dizer isso para ele – falei. – Mas não importa. Não preciso da sua *permissão*, Hickory, para fazer o que eu quiser. Você e Dickory não são meus pais. E o seu *tratado* não diz que podem mandar em mim.

– Você tem liberdade para fazer o que quiser – disse Hickory –, mas se submeteu a um perigo desnecessário ao ir à floresta e também por não nos informar de suas intenções.

– Isso não impediu vocês de virem atrás de mim – retruquei. Acabou soando como uma acusação, porque eu estava afim de acusar.

– Não – disse Hickory.

– Por isso decidiram por si mesmos que iriam me seguir, mesmo sem eu ter dado permissão – falei.

– Sim – respondeu Hickory.

– Não façam isso de novo – ordenei. – Sei que privacidade é um conceito *alienígena* para vocês, mas às vezes eu não quero vocês por perto. Dá para entender isso? Você – aqui apontei para Dickory – quase cortou a garganta do meu namorado hoje. Sei que *não gostam* dele, mas isso é demais.

– Dickory não teria feito mal a Enzo – disse Hickory.

– O *Enzo* não sabe disso – falei e me voltei para Dickory de novo. – E se ele tivesse conseguido acertar você de verdade? Teria que machucá-lo para mantê-lo no chão. Eu não *preciso* desse tipo de proteção. E não quero.

Hickory e Dickory ficaram ali em silêncio, absorvendo minha raiva. Após alguns segundos, fiquei de saco cheio e disse:

– Então?

– Você estava correndo de volta da floresta quando nos encontrou – disse Hickory.

– Sim, e daí? – falei. – Achávamos que havia alguma coisa nos perseguindo. Alguma coisa que assustou os fantes que estávamos observando, e Enzo pensou que pudesse ser um predador ou algo assim. Foi um alarme falso. Não havia nada atrás de nós, porque, se houvesse, teria nos alcançado quando vocês pularam do nada e fizeram a gente se borrar de medo.

– Não – disse Hickory.

– Não? Vocês *não* deram um cagaço na gente? – perguntei. – Eu discordo.

– Não – disse Hickory –, vocês estavam sendo seguidos.

– Do que está falando? – perguntei. – Não havia nada atrás de nós.

– Eles estavam nas árvores – disse Hickory. – Estavam acompanhando vocês dali. Avançando logo à sua frente. Nós os ouvimos antes de ouvirmos vocês.

Fiquei fraca de repente.

– Eles? – perguntei.

– Foi por isso que fomos buscar vocês assim que os ouvimos chegar – disse Hickory –, para protegê-los.

– O que eles eram? – perguntei.

– Não sabemos – respondeu Hickory. – Não tivemos tempo para fazer uma observação decente. Acreditamos que o tiro do seu amigo os espantou.

– Então não estavam necessariamente nos caçando – falei. – Poderia ter sido qualquer coisa.

– Talvez – disse Hickory, com aquele tom de voz deliberadamente neutro que usava quando não queria discordar de mim. – O que quer que fossem, estavam acompanhando você e o seu grupo.

– Pessoal, eu estou cansada – falei, porque não queria ter que pensar mais nisso, já que, se pensasse, considerasse a ideia de que algum bando de criaturas estava atrás de nós ali nas árvores, era capaz de ter um colapso ali mesmo na área comum. – Podemos continuar essa conversa amanhã?

– Como quiser, Zoë – disse Hickory.

– Obrigada – agradeci e comecei a arrastar os pés na direção do meu leito. – Lembrem-se do que eu disse sobre não contar nada disso aos meus pais.

– Não contaremos aos seus pais – concordou Hickory.

– E lembrem-se do que eu disse sobre vocês me seguirem – falei, e dessa vez elus não responderam nada. Fiz um aceno cansado na direção de ambes e fui dormir.

* * *

Encontrei Enzo na manhã seguinte, do lado de fora do abrigo da família dele, lendo um livro.

– Uau, um livro de verdade – comentei. – Quem você matou para conseguir um desses?

– Peguei emprestado de um dos menonitas – ele respondeu, mostrando a lombada – *Huckleberry Finn*. Já ouviu falar?

– Você está perguntando a uma menina de um planeta chamado Huckleberry se ela já ouviu falar de *Huckleberry Finn* – falei, com a esperança de que o meu tom de voz incrédulo transmitisse o quanto eu achava graça da situação.

Aparentemente não deu certo.

– Desculpa – disse ele. – Não liguei uma coisa com a outra. – Então abriu o livro na página onde havia parado.

– Escuta – comecei –, eu queria agradecer. Pelo que você fez ontem à noite.

Enzo tirou os olhos do livro e me encarou.

– Eu não fiz nada ontem à noite.

– Você ficou atrás de Gretchen e de mim – falei. – Você se colocou entre nós e o que quer que estivesse nos perseguindo. Só queria que soubesse que não passou despercebido.

Enzo deu de ombros.

– Não que houvesse alguma coisa atrás de nós, afinal – disse ele. Pensei em lhe contar sobre o que Hickory havia me falado, mas guardei para mim. – E quando alguma coisa de fato veio para cima de você, já estava à minha frente. Então não servi de muita ajuda, na verdade.

– Bem, sobre isso – falei. – Eu queria pedir desculpas pela coisa toda com Dickory. – Não sabia muito bem como dizer isso. Imaginei que falar *desculpa se minhe guarda-costas alienígena quase arrancou a sua cabeça com uma faca* não ia pegar muito bem.

– Não se preocupa – disse Enzo.

– Claro que eu me preocupo – falei.

– Não precisa – disse Enzo. – Sue guarda-costas fez o trabalho delu.

Por um segundo, parecia que ia dizer mais alguma coisa, mas então inclinou a cabeça e olhou para mim como se esperasse que eu encerrasse o que era que tinha vindo fazer ali, para ele poder voltar ao seu livro importantíssimo.

De repente, me ocorreu que Enzo não havia mais escrito poema algum desde que pousamos em Roanoke.

– Bem, tudo certo, então – falei, meio chocha. – A gente se vê depois, então.

– Isso – disse Enzo, com um aceno amigável, antes de meter o nariz de volta nos assuntos de Huck Finn. Eu caminhei até o meu abrigo. Encontrei Babar lá dentro, então fui até ele e o abracei.

– Me dê os parabéns, Babar – falei. – Acho que acabei de ter a primeira briga com meu namorado.

Babar lambeu meu rosto, o que fez com que eu me sentisse um pouco melhor. Mas não muito.

14_

– Não, você ainda está muito grave – falei para Gretchen. – Sua voz está em sustenido. Precisa subir uma nota ou coisa assim. Desse jeito. – E aí eu cantei a parte que queria que ela cantasse.

– Mas é *assim* que estou cantando – reclamou Gretchen.

– Não, você está cantando mais grave que isso – respondi.

– Então foi *você* quem errou a nota – disse Gretchen –, porque estou cantando a mesma nota que você. Vai, pode fazer aí.

Eu pigarreei e cantei a nota que queria que ela cantasse. Gretchen acertou perfeitamente. Aí eu parei de cantar e fiquei escutando. E saiu sustenido.

– Ora, bolas – soltei.

– Falei para você – disse Gretchen.

– Se eu pudesse botar para tocar essa música, aí você poderia ouvir e cantar – lamentei.

– Se você pudesse botar para tocar, nem estaríamos tentando cantar – disse Gretchen. – A gente ficaria só ouvindo, que nem dois seres humanos civilizados.

– Bom... – concordei.

– Não tem nada de bom nisso – disse Gretchen. – Juro para você, Zoë. Eu sabia que ia ser difícil vir para um mundo colonial. Já estava preparada.

Mas se soubesse que iam tomar meu tablet, teria ficado lá em Erie. Vai, pode dizer que eu sou superficial.

– Sua superficial – falei.

– Agora me diga que estou *errada* – disse Gretchen. – Eu desafio você.

Não falei que ela estava errada. Sabia como ela se sentia. Era superficial, *sim*, admitir que sentia saudades do seu PDA. Mas quando você passa a vida inteira podendo baixar qualquer coisa que queira usar para se entreter nele – música, programas de TV, livros e amigos –, não tem como não ficar infeliz quando lhe privam disso. Infeliz de verdade, nível "preso numa ilha deserta só tendo uns cocos para bater um no outro". Porque não tinha com o que o substituir. Sim, os menonitas coloniais haviam trazido consigo sua pequena biblioteca de livros impressos, mas a maior parte deles eram Bíblias e manuais agrícolas, além de alguns "clássicos", dos quais *Huck Finn* era um dos volumes mais recentes. Quanto à música e aos entretenimentos populares, bem, eles não eram muito desses.

Dava para ver que alguns dos adolescentes menonitas achavam graça em nos ver sofrer de síndrome de abstinência de entretenimento. Pouco cristão da parte deles, eu diria. Por outro lado, não foram eles que tiveram suas vidas drasticamente alteradas ao pousarmos em Roanoke. Se eu estivesse no lugar deles, observando um monte de outras pessoas choramingando e reclamando de como era horrível viver sem os seus brinquedos, imagino que ficaria um pouco arrogante também.

Fizemos o que as pessoas fazem quando precisam se virar: nós nos ajustamos. Eu não havia lido livro algum desde que chegamos a Roanoke, mas estava na fila de espera para pegar emprestado um exemplar impresso de *O mágico de Oz*. Não havia nenhum programa de TV ou entretenimento gravado, mas Shakespeare nunca falha e havia uma apresentação para uma leitura dramática da *Noite de reis* marcada para a semana depois do domingo. Prometia ser bem sanguinolenta – eu ouvi alguns dos ensaios –, mas era Enzo quem ia fazer o papel de Sebastian e ele estava se saindo bem. Para dizer a verdade, seria a primeira vez que eu teria a experiência de ver uma peça de Shakespeare – ou qualquer peça que não fosse uma apresentação da escola – ao vivo. Não era como se tivesse muito mais o que fazer, em todo caso.

Quanto à música, bem, foi isso que aconteceu: Poucos dias após pousarmos, alguns dos colonos trouxeram violões, sanfonas, pequenos tambores e outros instrumentos assim e começaram a tentar tocar juntos. Foi horrível, porque ninguém conhecia o estilo musical alheio, igual havia acontecido a bordo da *Magalhães*. Então o pessoal começou a ensinar suas músicas uns para os outros, e veio gente para cantar, depois veio gente para ouvir. E foi assim que, nesse fim de mundo do espaço, quando não tinha ninguém olhando, a colônia de Roanoke reinventou a "patuscada". Era assim que o meu pai chamava. Eu disse que era um nome idiota, e ele respondeu falando que concordava, mas comentou que o outro nome – "galhofada" – era pior ainda. Não tinha como discutir.

Os Patusqueiros de Roanoke (que era como eles se chamavam agora) aceitavam pedidos – mas só se a pessoa que pedisse soubesse cantar a música. E se os músicos não a conhecessem, seria preciso cantar algumas vezes até eles darem um jeito de imitar, o que levou a uns desenvolvimentos interessantes: os cantores começaram a fazer versões *a cappella* de suas canções favoritas, primeiro sozinhos, depois em grupos cada vez maiores, com ou sem acompanhamento dos Patusqueiros. Passou a ser motivo de orgulho quando as pessoas traziam suas músicas favoritas com os arranjos já prontos, para que a plateia não precisasse aguentar os primeiros ensaios até ficar decente.

Dava para dizer que alguns desses arranjos eram mais *arranjados* do que outros, para colocarmos em termos polidos, e tinha gente que cantava com o controle vocal de um gato no chuveiro. Mas então, alguns meses após as patuscadas começarem, o pessoal começou a pegar o jeito da coisa. E já tinha gente inventando músicas novas, com arranjos *a cappella*. Uma das canções mais populares nas patus recentes era "Deixa que eu dirijo o trator" – a história de um colono aprendendo a dirigir um trator manual com um menonita, que havia sido encarregado de plantar e ensinar os outros a usar o equipamento, já que os menonitas eram os únicos capazes de operar o maquinário agrícola não computadorizado. A música terminava com o trator caindo numa vala. Era baseada numa história real. Os menonitas achavam muita graça, embora a canção tivesse saído às custas de um trator quebrado.

Músicas sobre tratores não tinham nada a ver com o que ouvíamos antes, mas, bem, o lugar onde estávamos também não tinha nada a ver com de onde viemos, de modo algum, então talvez fizesse sentido. E se for para entrar na análise sociológica, como consequência disso, dali a uns vinte ou cinquenta anos-padrão, quando a União Colonial decidisse que poderíamos voltar a ter contato com o resto da raça humana, talvez Roanoke tenha o próprio estilo musical. Talvez chamem de Roanokapella. Ou Patusnoke. Ou *algo assim*.

Mas, nesse momento em particular, eu só queria acertar as notas para que Gretchen cantasse, a fim de que pudéssemos participar da próxima patus com uma versão mais ou menos decente de "Delhi Morning" e os Patusqueiros nos acompanhassem. E eu estava fracassando miseravelmente. Essa é a sensação de quando você percebe que, apesar de ter uma música que é a sua favorita de todas, não conhece de verdade cada cantinho dela. E como o arquivo da canção estava no meu PDA, que eu não poderia usar e nem mesmo carregar comigo, não havia como corrigir esse problema.

A não ser que...

— Tive uma ideia — eu disse a Gretchen.

— Essa ideia envolve você aprender a cantar a nota certa? — perguntou Gretchen.

— Melhor ainda — respondi.

Dez minutos depois, estávamos do outro lado de Croatoan, em frente ao centro de informações da aldeia — o único lugar no planeta inteiro em que daria para encontrar equipamentos eletrônicos que ainda funcionassem, porque o seu interior foi projetado para bloquear por completo qualquer sinal de rádio ou outra coisa do tipo. Infelizmente, a tecnologia para isso era tão rara que só tínhamos o suficiente para dar conta de converter um único contêiner de carga. A boa notícia era que estávamos produzindo mais alguns. A má notícia era que só daria para uma enfermaria. Às vezes a vida é um saco. Gretchen e eu entramos na área de recepção, que era puro breu, por conta do material que bloqueia os sinais. Era preciso fechar a porta externa do centro de informações antes de poder abrir a porta interna. Por isso, durante um segundo e meio, era como ser engolido por uma morte sinistra, obscura e indistinta. Não recomendo.

E então abrimos a porta interna e encontramos um nerd lá dentro. Ele olhou para nós, um pouco surpreso, e aí fez aquela expressão que diz *nem a pau*.

— A resposta é não — avisou, confirmando o que sua expressão dizia.

— Aaah, sr. Bennett — falei —, o senhor nem sabe o que a gente ia pedir.

— Bem, vejamos — disse Jerry Bennett —, duas adolescentes, por acaso filhas dos líderes da colônia, do *nada* entram no único lugar onde poderiam brincar com um tablet. Hmmm. Será que elas vieram brincar com um tablet? Ou será que vieram aqui porque gostam da companhia de um homem gorducho de meia-idade? Não é uma pergunta difícil, srta. Perry.

— A gente só queria escutar uma única música — falei. — Um minutinho e a gente já vaza daqui.

Bennett suspirou.

— Sabem, uma vez ao dia, pelo menos, alguém igualzinho a vocês tem a ideia genial de vir aqui perguntar se posso emprestar um tablet para assistirem a um filme ou ouvirem música ou lerem um livro. E, ah, vai demorar só um minutinho. Você não vai nem perceber que estou aqui. E se eu digo que sim, aí mais gente vai vir pedir a mesma coisa. Uma hora vou acabar passando tanto tempo ajudando as pessoas com seus tablets que não vou ter tempo de fazer o trabalho que os seus pais, srta. Perry, designaram para mim. Por isso, me digam: o que devo fazer?

— Botar uma tranca na porta? — sugeriu Gretchen.

Bennett lançou um olhar azedo para ela e disse:

— Muito engraçadinha.

— E o que você está fazendo para os meus pais? — perguntei.

— Seus pais me botaram para localizar e imprimir, lenta e minuciosamente, cada arquivo e memorando da administração da União Colonial, para que possam consultá-los sem precisarem vir aqui me incomodar — explicou Bennett. — De certo modo eu fico feliz por isso, mas num sentido mais imediato, estou há uns três dias fazendo isso e é provável que demore mais quatro. E já que a impressora com a qual preciso trabalhar se engasga com o papel com frequência, é preciso de fato ter alguém para prestar atenção nela. E esse alguém sou eu. Então é isso, srta. Perry: quatro anos de educação técnica e outros vinte de trabalho profissional me permitiram ser o macaco de impressão no cu do universo. De fato, o objetivo da minha vida foi conquistado.

Eu dei de ombros e disse:

— Então deixa que a gente faz isso.

— Como é? — disse Bennett.

— Se tudo que você precisa fazer é garantir que a impressora não se engasgue com papel, é algo que a gente poderia fazer pelo senhor — falei. — A gente trabalha para o senhor por algumas horas e em troca poderíamos usar nossos tablets enquanto estivermos aqui. E aí o senhor pode fazer o que mais precisar.

— Ou sair para almoçar — disse Gretchen. — Fazer uma surpresa para a patroa.

Bennett passou um minuto em silêncio, pensativo.

— Uma oferta *de ajuda* — disse ele. — Ninguém tentou essa tática antes. Que ardilosas.

— A gente tenta — falei.

— E é sim a hora do almoço — disse Bennett. — E é, sim, só imprimir.

— Pois é — concordei.

— Imagino que, se vocês avacalharem tudo horrivelmente, não vai ser tão ruim para mim — disse Bennett. — Seus pais não vão me punir pela sua incompetência.

— O nepotismo trabalha a seu favor — falei.

— Não que vá ser um problema — disse Gretchen.

— Não — concordei —, somos excelentes macaquinhas de impressão.

— Tudo bem — disse Bennett, esticando o braço sobre a mesa de trabalho para apanhar o tablet. — Vocês podem usar o meu tablet. Sabem como funciona?

Eu fiz *aquele* olhar para ele.

— Desculpa. Bem — Bennett abriu uma lista de arquivos na tela —, estes são os arquivos que precisam sair hoje. A impressora está ali — ele gesticulou na direção da ponta da mesa de trabalho —, e o papel está naquele recipiente. É só colocar na impressora e empilhar os documentos impressos do lado dela. Se o papel prender, o que vai acontecer, várias vezes, é só arrancar a folha fora que a máquina vai se autoalimentar com a próxima e automaticamente reimprimir a última página que estava em processo. Enquanto vocês fazem isso, podem sincronizar com a pasta de Entretenimento. Eu baixei todos os arquivos num só lugar.

— Você baixou os arquivos de todo mundo? — perguntei, sentindo-me um tanto invadida.

— Relaxa — disse Bennett. — Apenas os arquivos públicos estão acessíveis. Se vocês criptografaram seus arquivos particulares antes de entregar seus tablets, como foram instruídas, seus segredos estão a salvo. Agora, quando acessarem um arquivo de música, os alto-falantes vão entrar em ação. Não deixem muito alto, porque senão não vai dar para ouvir a impressora.

– O senhor já está com os alto-falantes montados? – perguntou Gretchen.

– Sim, srta. Trujillo – disse Bennett. – Acredite se quiser, até mesmo homens gorduchos de meia-idade gostam de ouvir música.

– Eu sei disso – disse Gretchen. – Meu pai adora.

– Agora, com esse tom de humilhação, estou de saída – disse Bennett. – Voltarei em algumas horas. Por favor, não destruam o lugar. Se alguém entrar pedindo para pegar um tablet emprestado, digam que a resposta é não, sem exceções. – E assim ele foi embora.

– Ele estava sendo irônico, né – comentei.

– Não me importo – disse Gretchen, agarrando o tablet. – Passa isso pra cá.

– Ei – falei, segurando o tablet longe dela. – Prioridades primeiro.

Liguei a impressora, coloquei os arquivos na fila de impressão e então acessei "Delhi Morning". A abertura da música começou a fluir pelos alto-falantes e eu fiquei ali, só absorvendo. Juro que quase chorei.

– Incrível como você lembrou tudo errado – disse Gretchen, por volta da metade da música.

– Xiu – falei. – Tá chegando aquela parte.

Ela viu a expressão no meu rosto e ficou em silêncio até a música terminar.

Duas horas *não é* tempo o suficiente para usar um tablet quando faz meses que você não tem acesso a um. É só o que vou dizer sobre a questão. Mas foi o bastante para Gretchen e eu sairmos do centro de informações com a sensação de que havíamos acabado de tomar um belo banho quente – o que, quando parávamos para pensar, era algo que não fazíamos há uns meses também.

– Vamos guardar segredo – disse Gretchen.

– Sim – respondi. – Não quero que as pessoas venham incomodar o sr. Bennett.

– Não, eu só gosto de ter vantagem sobre os outros – disse Gretchen.

– A mesquinharia pega mal na maioria das pessoas – falei –, mas não em você, de algum modo.

Gretchen concordou com a cabeça e respondeu:

– Obrigada, madame. E agora preciso voltar para casa. Prometi ao meu pai que ia tirar as ervas daninhas da horta antes de escurecer.

– Divirta-se capinando mato – falei.

– Obrigada – disse Gretchen. – Se estiver se sentindo boazinha, você sempre pode se oferecer para me ajudar.

– Eu estou trabalhando em ser ruim – respondi.

– Isso, continua assim – disse Gretchen.

– Mas vamos nos ver depois do jantar hoje, para praticar – falei. – Agora que a gente sabe como que canta aquela parte.

– Parece bom – disse Gretchen –, ou vai ficar, com sorte. – Ela gesticulou e foi embora para casa. Eu olhei à minha volta e decidi que era um bom dia para uma caminhada.

E foi, sim. Fazia sol e era um dia claro, particularmente após algumas horas no escuro do centro de informações, e já era plena primavera em Roanoke – lindíssima de ver, embora a maior parte das flores nativas tivessem cheiro de carne podre mergulhada em caldo de esgoto (essa descrição foi cortesia do Magdy, que era capaz de juntar algumas palavras de vez em quando). Mas, depois de alguns meses, você para de reparar no cheiro ou, pelo menos, aceita que não tem nada que possa fazer a respeito. Quando o planeta inteiro fede, é preciso aceitar.

Entretanto, o que fazia com que aquele dia fosse bom para uma caminhada era o quanto, em poucos meses, o nosso mundo havia se transformado. John e Jane deixaram que saíssemos de Croatoan não muito tempo depois que Enzo, Gretchen, Magdy e eu demos nossa caminhadinha noturna, e assim os colonos começaram a avançar para o interior, construindo casas e fazendas, ajudando e aprendendo com os menonitas, encarregados das primeiras lavouras que já começavam a crescer nos campos. As sementes foram projetadas geneticamente para crescerem com rapidez, e não demoraria muito até termos nossa primeira colheita. Parecia que, afinal de contas, todos iríamos sobreviver. Fui caminhando para além dos novos campos e casas, acenando para as pessoas.

Uma hora cheguei à última casa, entre as fazendas, e subi um pequeno monte. Do outro lado só havia mato e arbustos, depois uma floresta um pouco além. O monte estava reservado para mais uma fazenda, e mais fazendas e pastos viriam a recortar ainda mais este vale. É engraçado como mesmo uns poucos milhares de seres humanos já conseguem modificar uma paisagem. Mas, por ora, não havia nenhuma outra pessoa ali além de mim. Era o meu cantinho particular, enquanto durasse. Meu e só meu. Bem, em algumas ocasiões, meu e do Enzo também.

Eu me deitei relaxada e olhei para as nuvens no céu, sorrindo para mim mesma. Talvez estivéssemos nos escondendo nos confins mais longínquos da galáxia, mas no momento, naquele momento, as coisas estavam indo muito bem. Dá para ser feliz em qualquer lugar, partindo do ponto de vista correto. E da capacidade de ignorar o fedor de um planeta inteiro.

– Zoë – disse uma voz atrás de mim.

Eu me levantei de sobressalto e então vi Hickory e Dickory. A dupla havia acabado de subir o monte.

– *Não façam* isso – falei, me levantando.

– Gostaríamos de conversar com você – disse Hickory.

– Dava para fazer isso em casa – respondi.

– Aqui é melhor – disse Hickory. – Algo nos preocupa.

– O que preocupa vocês? – perguntei, me levantando para olhá-les. Tinha algo errado com elus e demorou um minuto para eu entender o que era. – Por que não estão usando os módulos de consciência? – perguntei.

– O que nos preocupa são os riscos cada vez maiores que você anda correndo quanto à sua segurança – disse Hickory, respondendo à primeira, mas não à segunda das minhas perguntas. – E a sua segurança num sentido geral.

– Quando eu venho aqui, você quer dizer? – perguntei. – Relaxa, Hickory. Está de dia, e a fazenda dos Hentosz está do outro lado do morro. Nada de ruim vai acontecer comigo aqui.

– Há predadores na região – disse Hickory.

– Há *iotes* – falei, mencionando os carnívoros do tamanho de cães que encontramos à espreita em torno de Croatoan. – Eu consigo lidar com um iote.

– Eles andam em bandos – disse Hickory.

– Não durante o dia – respondi.

– Você não vem aqui só durante o dia – disse Hickory. – E nem sempre vem sozinha.

Fiquei um pouco vermelha ao ouvir isso e pensei em ficar brava com Hickory. Mas elu não estava usando sua consciência. Não ia adiantar nada ficar brava. Falei, tentando ao máximo não me alterar:

— Acho que disse para vocês não me seguirem quando eu quiser ter um tempo sozinha.

— Nós não a seguimos — disse Hickory. — Mas também não somos burros. Sabemos aonde você vai e com quem. Sua imprudência a leva a correr riscos, e você não nos permite acompanhá-la mais. Não podemos protegê-la como gostaríamos, o que é o nosso dever.

— Estamos aqui há meses, gente — falei. — Não houve um único ataque de nada contra ninguém até agora.

— Você teria sido atacada naquela noite na floresta se Dickory e eu não tivéssemos ido atrás de você — disse Hickory. — Não eram iotes nas árvores naquela noite. Iotes não são capazes de subir e se deslocar por galhos.

— E vocês devem reparar que eu não estou nem perto da floresta — falei, gesticulando na direção da linha das árvores. — E o que quer que esteja lá não parece querer vir para cá, porque, senão, já teríamos visto. Já falamos disso antes, Hickory.

— Não são apenas os predadores que nos preocupam — disse Hickory.

— Não estou entendendo — respondi.

— Sua colônia está sendo caçada — respondeu Hickory.

— Se viram o vídeo, vão lembrar que esse grupo do Conclave aniquilou a colônia direto do céu — falei. — Se nos encontrarem, não acho que vocês vão conseguir fazer muita coisa para me proteger.

— Não é com o Conclave que estamos preocupados — disse Hickory.

— Só vocês, então — respondi.

— O Conclave não é o único grupo que procura esta colônia — falou Hickory. — Haverá outros que a procurarão, a fim de conquistar os favores do Conclave ou para frustrá-los e tomarem a colônia para si. Esses grupos não atacarão do céu, mas operarão segundo o procedimento padrão. Invasão e massacre.

— Qual é a de vocês hoje? — questionei, tentando aliviar o clima.

Não deu certo.

— E então tem a questão de quem você é — disse Hickory.

— O que isso quer dizer? — perguntei.

— Você deveria saber bem — respondeu Hickory. — Não é apenas a filha dos líderes da colônia, mas também é importante para *nós*. Para os Obins. Não se trata de um fato desconhecido, Zoë. Você foi usada, durante sua vida inteira, como moeda de troca. Nós, os Obins, usamos você para negociar com seu pai, a fim de que ele nos desse consciência. Você é a condição de um tratado entre os Obins e a União Colonial. Não temos dúvida de que qualquer um que atacasse esta colônia tentaria abduzi-la a fim de negociar com os Obins. Mesmo o Conclave seria tentado a isso. Ou então poderiam matá-la a fim de nos ferir. Matar um símbolo de nós mesmos.

– Que loucura – falei.

– Já aconteceu antes – disse Hickory.

– O quê? – perguntei.

– Enquanto você morava em Huckleberry, houve não menos de seis tentativas de capturá-la ou matá-la – falou Hickory. – A última foi poucos dias antes de você sair do planeta.

– E vocês nunca *me contaram* isso? – perguntei.

– Foi decidido entre o seu governo e o nosso que nem você, nem os seus pais, precisavam saber disso – disse Hickory. – Você era uma criança e seus pais desejavam te dar a vida mais indistinta possível. Os Obins queriam providenciar isso. Nenhuma dessas tentativas chegou nem perto de obter sucesso. Conseguimos impedi-las muito antes de você sequer estar em perigo. E, em todos os casos, o governo obin exprimiu seu desgosto com as raças envolvidas nesses atentados contra o seu bem-estar.

Isso me fez estremecer. Os Obins não são um povo para se ter como inimigos.

– Nós não revelaríamos isso a você, violando nossas ordens ao fazê-lo, se não fosse a situação atual – continuou Hickory. – Estamos desconectados dos sistemas instalados para mantê-la a salvo. E você está se tornando cada vez mais independente em suas ações e ressentida com a nossa presença.

Essas últimas palavras me atingiram como uma bofetada.

– Não estou ressentida – rebati. – Só quero um tempo para mim. Desculpa se isso magoa vocês.

– Não estamos magoados – disse Hickory. – Temos responsabilidades. Para que as cumpramos, devemos nos adaptar às circunstâncias. Estamos fazendo uma adaptação agora.

– Não sei o que querem dizer com isso – respondi.

– É hora de você aprender a se defender – disse Hickory. – Quer ser independente de nós, e nos faltam os recursos que tínhamos para mantê-la a salvo. Sempre tivemos planos de ensiná-la a lutar. Agora, por conta desses motivos, é necessário começarmos o treinamento.

— Como assim, me ensinar a lutar? — perguntei.

— Vamos ensiná-la a se defender fisicamente — disse Hickory. — A desarmar um oponente. A usar armas. A imobilizar o inimigo. A matar o inimigo, se necessário.

— Vocês querem me ensinar a matar alguém — falei.

— É necessário — disse Hickory.

— Não tenho certeza se John e Jane aprovariam — respondi.

— O major Perry e a tenente Sagan sabem matar — disse Hickory. — Ambos, em seus serviços militares, mataram pessoas quando foi necessário para a própria sobrevivência.

— Mas não quer dizer que eles queiram que *eu* saiba — falei. — Além disso, não sei se *eu* quero saber. Vocês dizem que precisam se adaptar para cumprir suas responsabilidades. Beleza. Descubram aí como fazer isso. Mas não vou aprender a *matar* nada só para sentirem que estão fazendo um trabalho melhor com algo que eu nem sei se *quero* que façam mais.

— Você não quer que nós a defendamos — disse Hickory. — Nem quer aprender a se defender.

— Eu *não sei*! — gritei, exasperada. — Beleza? Eu odeio ter sido metida nisso tudo. Odeio ser uma *coisa* especial que precisa ser protegida. Bem, sabe de uma coisa? *Todo mundo* aqui precisa ser protegido, Hickory. Estamos *todos* em perigo. A qualquer minuto, centenas de naves podem aparecer acima das nossas cabeças para matar todos nós. Estou de saco cheio. Tento me esquecer disso um pouco de vez em quando. Era o que eu estava fazendo aqui antes de vocês aparecerem para cagar tudo. Muito obrigada por *isso*.

Hickory e Dickory não responderam nada. Se estivessem usando suas consciências, provavelmente estariam cheios de tiques e sobrecarregados por conta desse meu último surto. Mas ficaram lá, parados, impassíveis.

Contei até cinco e tentei recuperar o controle.

— Olhem — falei, com um tom de voz que eu esperava soar mais razoável. — Me deem uns dias para pensar nisso tudo, pode ser? Vocês jogaram muita coisa no meu colo de uma vez. Me deixem digerir isso na minha cabeça.

Ainda assim, não disseram nada.

– Tudo bem – continuei. – Estou voltando para casa – concluí, passando do lado de Hickory.

E aí, quando eu vi, estava caída no chão.

Rolei para o lado e olhei para Hickory, confusa.

– Mas o quê? – falei e comecei a me levantar.

Dickory, que havia ido para atrás de mim, me deu um empurrão forte e eu caí de novo na grama e na terra.

Levantei-me de sobressalto, indo para trás, virada para elus, e mandei pararem.

Ês dues sacaram as facas de combate e partiram na minha direção.

Eu deixei escapar um grito e terminei de me levantar, correndo com toda velocidade até o cume do monte, na direção da fazenda dos Hentosz. Mas os Obins são mais velozes do que um ser humano. Dickory me flanqueou, apareceu à minha frente e apontou sua faca. Eu me afastei, caindo para trás no processo. Dickory saltou. Eu gritei, rolei e fui correndo de volta pela encosta do morro pela qual subi.

Hickory me aguardava, vindo na minha direção a fim de me interceptar. Tentei uma finta à esquerda, mas Hickory não caiu e me agarrou, prendendo o meu antebraço esquerdo com força. Eu o atingi com meu punho direito. Hickory bloqueou o golpe sem dificuldade e depois virou o jogo com rapidez, dando-me um tapa rápido na testa, no que me soltou também. Fui cambaleando para trás, atordoada. Hickory envolveu uma das minhas pernas com a perna delu e me puxou para cima, levantando-me completamente do chão. Caí para trás e bati a cabeça, no que uma rajada branca de dor inundou o meu crânio, e eu só consegui ficar ali, caída e atordoada.

Houve uma forte pressão sobre o meu peito. Hickory estava ajoelhade sobre mim, imobilizando-me. Eu tentei arranhá-le, desesperadamente, mas Hickory manteve a cabeça distante com o pescoço comprido e ignorou todo o resto. Gritei por socorro o mais alto que pude, sabendo que ninguém poderia me ouvir, mas continuei berrando mesmo assim.

Olhei para cima e vi Dickory, em pé, ao lado.

– Por favor – implorei.

Mas Dickory não disse nada. E não sentia nada. Agora eu entendia o porquê de os dois terem ido me ver sem suas consciências.

Agarrei a perna de Hickory, sobre o meu peito, e tentei empurrá-la. Elu a pressionou ainda mais e me deu mais um tapa desorientador com uma das mãos. A outra elu ergueu e mergulhou com tudo na direção da minha cabeça, num único gesto fluido e terrível. Gritei.

— Você está ilesa — disse Hickory, em certo ponto. — Pode se levantar.

Continuei no chão, sem me mexer, com os olhos na faca de Hickory, cravada no solo tão perto da minha cabeça que eu nem conseguia focalizá-la. Então levantei meu corpo com os cotovelos, longe da faca, e vomitei.

Hickory esperou até eu terminar.

— Não pedimos desculpas por isso — falou. — E aceitaremos quaisquer consequências que você desejar. Mas saiba disso: fisicamente, você está ilesa. É provável que nem mesmo fique com hematomas. Tomamos medidas para garantir isso. Foi uma questão de segundos até estar à nossa mercê. Os outros que virão atrás de você não demonstrarão tamanho respeito. Não vão se conter. Não vão parar. Não terão preocupação alguma com o seu bem-estar. Não demonstrarão clemência. Eles virão para matá-la. E serão bem-sucedidos. Sabíamos que não acreditaria se o disséssemos. Foi preciso mostrar.

Eu fiquei em pé, quase sem conseguir andar, e fui cambaleando até elus, dentro das minhas capacidades.

— Pro *inferno* com vocês — falei. — Pro inferno vocês dues! Fiquem longe de mim de agora em diante!

Então voltei para Croatoan. E assim que as minhas pernas se recuperaram, comecei a correr.

— Ei — disse Gretchen, entrando no centro de informações e fechando a porta interna atrás de si. — O sr. Bennett disse que eu encontraria você aqui.

— Pois é — falei. — Perguntei para ele se eu poderia ser uma macaquinha de impressão um pouco mais por hoje.

— Não conseguiu ficar longe da música? — Gretchen me perguntou, tentando fazer graça.

Balancei a cabeça e lhe mostrei o que eu estava olhando.

— Isso aí são arquivos sigilosos, Zoë — disse ela. — Relatórios de inteligência das FCD. Você vai se meter em encrenca se alguém descobrir. E Bennett definitivamente não vai deixar você voltar aqui.

– Estou *me lixando* – falei, e minha voz falhou de um jeito que Gretchen acabou me olhando alarmada. – Preciso saber o estado das coisas, o quanto estão feias. Preciso saber quem está lá fora e o que querem de nós. De *mim*. Olha só. – Então peguei o tablet e puxei o arquivo sobre o general Gau, líder do Conclave, que ordenou a destruição da colônia no arquivo de vídeo. – Este general vai vir matar todos nós se nos encontrar, e a gente *não sabe quase nada* dele. O que leva alguém a fazer isso? Matar gente inocente? O que aconteceu na vida dele que o levou ao ponto em que aniquilar planetas inteiros pareceria uma boa ideia? Não acha que a gente deveria saber? E não sabemos. Temos estatísticas sobre o seu serviço militar e é só isso. – Atirei o PDA de volta à mesa, sem cuidado, o que deixou Gretchen assustada. – Quero saber *por que* esse general quer que eu morra. Por que ele quer que *a gente* morra. Você não quer saber? – Levei minha mão à testa e me apoiei um pouco sobre a mesa de trabalho.

– Beleza – disse Gretchen, um minuto depois. – Acho que você precisa me contar o que aconteceu hoje. Porque não era assim que você estava quando a gente se despediu na parte da tarde.

Lancei um olhar de relance para ela, sufoquei um risinho, então desabei e comecei a chorar. Gretchen veio para cima de mim com um abraço e depois de muito tempo eu lhe contei tudo. E eu digo tudo mesmo.

Ela ficou em silêncio depois do meu desabafo.

– Me diga o que você está pensando – pedi.

– Você vai me odiar se eu disser – respondeu ela.

– Não seja besta – falei. – Não vou odiar você.

– Acho que eles têm razão – falou. – Hickory e Dickory.

– Odeio você – respondi.

Gretchen me deu um empurrãozinho leve.

– Para com isso – disse ela. – Não digo que eles tinham razão em atacar. Aí passou do limite. Mas, assim, não me leve a mal. Você não é uma menina comum.

– Isso não é verdade – respondi. – Você me viu agir diferente de qualquer outra pessoa? Alguma vez? Eu me porto como alguém especial? Alguma vez me ouviu falar disso com qualquer um que seja?

– Todo mundo já sabe, em todo caso – disse Gretchen.

– Eu sei disso – respondi. – Mas não é por minha causa. Eu me esforço para ser normal.

— Beleza, você é uma menina perfeitamente normal — disse Gretchen.

— Obrigada — falei.

— Uma menina perfeitamente normal que já sofreu seis tentativas de assassinato — disse ela.

— Mas isso não sou eu — rebati, afundando o dedo no peito. — Não é algo que tenha a ver *comigo*. É a *ideia* de uma outra pessoa de quem eu sou. E não importa para mim.

— Importaria se você morresse — disse Gretchen, levantando a mão antes que eu pudesse responder. — E importaria para os seus pais. E para mim. Tenho certeza de que para o Enzo também. Me parece que importaria para alguns bilhões de alienígenas. Pense *nisso*. Alguém considera vir atrás de você e bombardeia um planeta.

— Nem quero pensar nisso — falei.

— Eu sei — respondeu Gretchen. — Mas não acho que você tenha mais escolha. Não importa o que faça, ainda é quem você é, querendo ou não. Não pode mudar. Tem que lidar com isso.

— Obrigada pela mensagem animadora — comentei.

— Estou tentando ajudar — disse Gretchen.

Eu suspirei e pedi desculpas:

— Eu sei, Gretchen. Sinto muito. Não queria estourar com você. É só que estou cansada de a minha vida inteira girar em torno das decisões de outras pessoas sobre mim.

— E em que sentido exatamente isso faz com que você seja diferente de todos nós?

— É aonde eu queria *chegar* — falei. — Sou uma menina perfeitamente normal. Obrigada por reparar, enfim.

— Perfeitamente normal — concordou Gretchen. — Exceto por ser a rainha dos Obins.

— Odeio você — falei.

Gretchen abriu um sorriso malicioso.

— A srta. Trujillo disse que você queria nos ver — disse Hickory. Dickory e Gretchen, que foi buscar os dois Obins para mim, estavam ao seu lado. Estávamos em pé na colina onde os minhes guarda-costas haviam me atacado fazia alguns dias.

– Antes de dizer qualquer coisa, os dois devem saber que eu ainda estou incrivelmente furiosa com vocês – falei. – Não sei se um dia irei perdoá-les por me atacarem, mesmo que eu entenda o motivo de vocês acharem que foi necessário. Quero garantir que saibam disso. E quero garantir que *sintam*. – Nisso, eu apontei para o colar de consciência de Hickory, firme em seu pescoço.

– Sentimos – disse Hickory, com a voz trêmula. – E sentimos tanto que discutimos se deveríamos ligar de novo nossas consciências. A lembrança é quase insuportavelmente dolorosa.

Eu fiz que sim com a cabeça. E queria dizer *que bom*, mas sabia que seria errado e iria me arrepender. Não que eu não *achasse* isso, pelo menos por ora, em todo caso.

– Não vou pedir que se desculpem – afirmei. – Sei que não vão. Mas quero que jurem não tentar algo assim de novo – falei.

– Tem a nossa palavra – disse Hickory.

– Obrigada – agradeci. Não imaginava que eles fossem fazer algo assim de novo. Esse tipo de coisa só funciona uma vez, se tanto. Mas não era a questão. O que eu queria era sentir que poderia confiar nos dois de novo. E não havia chegado lá ainda.

– Você vai treinar conosco? – perguntou Hickory.

– Sim – falei. – Mas tenho duas condições. – Hickory esperou que eu terminasse. – A primeira é que a Gretchen treine comigo.

– Não havíamos nos preparado para treinar outra pessoa além de você – disse Hickory.

– Dane-se – falei. – Gretchen é minha melhor amiga. Não vou aprender a me salvar e não compartilhar isso com ela. Além do mais, não sei se repararam, mas vocês não têm exatamente o formato de um ser humano. Acho que vai ser bom ter outro humano aqui. De qualquer forma, essa parte é não negociável. Se não treinarem a Gretchen, eu não treino. É a minha escolha. São as minhas condições.

Hickory se voltou para Gretchen e perguntou:

– Você quer treinar?

– Só se a Zoë treinar – respondeu ela. – É minha melhor amiga, afinal.

Hickory olhou para mim e disse:

— Ela tem o mesmo senso de humor que você.

— Nunca reparei — respondi.

Hickory se voltou de novo para Gretchen e disse:

— Vai ser árduo.

— Eu sei — disse Gretchen. — Pode contar comigo, ainda assim.

— Qual é a outra condição? — Hickory me perguntou.

— Estou fazendo isso por vocês — falei. — Isso de aprender a lutar. Não quero para mim. Não acho que eu precise. Mas vocês acham que eu preciso e nunca me pediram para fazer nada que não soubessem ser importante. Por isso eu topo. Mas agora precisam fazer algo por mim. Algo que eu quero de vocês.

— O que é que você quer? — perguntou Hickory.

— Quero que aprendam a cantar — falei, gesticulando na direção de Gretchen. — Vocês nos ensinam a lutar, a gente ensina vocês a cantar. Para as patuscadas.

— Cantar — repetiu Hickory.

— Sim, cantar — confirmei. — As pessoas ainda têm medo de vocês. E, sem querer ofender, vocês não estão exatamente cheios de personalidade. Mas se a gente conseguir botar nós quatro para cantar uma ou outra música nas patuscadas, ia ajudar muito em deixar as pessoas mais confortáveis na presença de vocês.

— Nunca cantamos antes — disse Hickory.

— Bem, vocês também nunca tinham escrito histórias antes — respondi. — E já escreveram uma. É a mesma coisa. Só que com a voz. E aí as pessoas não vão ficar se perguntando o que é que Gretchen e eu fazemos aqui com vocês. Vamos lá, Hickory, vai ser divertido.

Hickory parecia estar em dúvida, e me veio um pensamento engraçado: *talvez Hickory sofra de timidez*. O que me pareceu quase ridículo: alguém prestes a ensinar outra pessoa dezesseis métodos diferentes de matar ficando com medo de subir em um palco.

— Eu gostaria de cantar — disse Dickory. Todos nos viramos para elu, deslumbrados.

— Está falando! — disse Gretchen.

Hickory disse a algo a Dickory por meio dos cliques de sua língua nativa — Dickory retribuiu com outros cliques. Hickory replicou e Dickory treplicou, parecendo um pouco forçoso. E aí, Deus que me ajude, mas Hickory de fato *suspirou*.

— Nós vamos cantar — concordou Hickory.

— Excelente — falei.

— Iniciaremos o treinamento amanhã — disse Hickory.

— Certo — respondi. — Mas vamos começar as aulas de canto hoje. Agora.

— Agora? — disse Hickory.

— Claro — falei. — Está todo mundo aqui. E Gretchen e eu temos a música perfeita para vocês.

15_

Os vários meses seguintes foram dos mais cansativos.

O início das manhãs consistia em: condicionamento físico.

– Vocês estão moles – disse Hickory para mim e Gretchen no primeiro dia.

– Mentiras desprezíveis – retruquei.

– Muito bem – disse Hickory, apontando para a linha das árvores da floresta, a pelo menos um quilômetro de distância. – Por favor, corram até a floresta o mais rápido que conseguirem. Depois corram aqui de volta. Não parem até retornarem.

Nós corremos. Quando voltei, sentia como se meus pulmões estivessem tentando subir à força pela minha traqueia, a fim de me dar um tabefe por abusar da sua boa vontade. Gretchen e eu caímos no chão, as duas, esbaforidas.

– Vocês estão moles – repetiu Hickory, e eu nem respondi, não só porque no momento era incapaz de falar. – Por hoje é só. Amanhã começaremos de verdade o seu condicionamento físico. Começaremos devagar.

Então Hickory e Dickory foram embora e nos deixaram sozinhas com nossa imaginação, concebendo modos de assassinar aquelus dues, assim que conseguíssemos voltar a colocar oxigênio em nossos corpos.

Manhãs: aulas na escola, como todas as crianças e todos os adolescentes que não estivessem trabalhando nos campos. Havia uma quantidade limitada de livros didáticos e materiais escolares, o que significava que precisávamos dividir. Os meus livros eu dividia com Gretchen, Enzo e Magdy. O que funcionava muito bem quando estávamos em bons termos, mas nem tanto quando não.

— Dá para vocês duas, por favor, *se concentrarem*? – disse Magdy, agitando as mãos na frente dos nossos rostos. Era para estarmos fazendo cálculos.

— Para com isso – disse Gretchen, com a cabeça apoiada na nossa carteira. Os exercícios tinham sido pesados naquela manhã. – Meu Deus, que saudades de tomar café – disse ela, olhando para mim.

— Seria legal se a gente conseguisse chegar até este problema em algum momento hoje – reclamou Magdy.

— Ah, e você lá liga para isso – provocou Gretchen. – Não é como se algum de nós fosse para a faculdade, em todo caso.

— Ainda assim, a gente precisa resolver – disse Enzo.

— Resolve aí, então – disse Gretchen, inclinando-se e empurrando o livro na direção dos dois meninos. – Não é como se eu ou a Zoë tivéssemos que aprender essas coisas. A gente já sabe. São vocês que estão sempre esperando a gente fazer tudo, depois ficam aí olhando como se soubessem do que se trata.

— Não é verdade – disse Magdy.

— Ah, é mesmo? Beleza – respondeu Gretchen. – Então prova. Me impressione.

— Acho que tem alguém ficando ranzinza por causa dos exercícios matinais – disse Magdy, com deboche.

— O que você quer dizer com isso? – questionei.

— Quero dizer que, desde que vocês começaram seja lá o que for, as duas andam sendo bem inúteis aqui – disse Magdy. – Apesar do que a ResmunGretchen insinua, somos nós dois que estamos fazendo tudo ultimamente, e vocês sabem disso.

— Estão fazendo tudo em matemática? – rebateu Gretchen. – Acho que não.

— Em todo o resto, fofura – disse Magdy. – A não ser que você ache que o trabalho que o Enzo fez sobre os primeiros dias da União Colonial na semana passada não conta.

– Isso não é "vocês", é o Enzo – disse Gretchen. – E, obrigada, Enzo. Está feliz, Magdy? Agora vamos todo mundo calar a boquinha quanto a isso.

Ela apoiou a cabeça de volta na mesa. Enzo e Magdy se entreolharam.

– Aqui, me passa o livro – falei, esticando o braço. – Deixa que eu resolvo esse problema.

Enzo deslizou o livro sobre a carteira até chegar a mim, sem exatamente me olhar nos olhos.

Tardes: treinamento.

– Então, como anda o treinamento? – Enzo me perguntou certa tarde, ao me encontrar enquanto eu voltava mancando para casa depois da sessão do dia.

– Quer saber se já consigo matar você? – perguntei.

– Bem, não – disse Enzo –, apesar que, agora que você falou, fiquei curioso. E aí, consegue?

– Depende – respondi – do que quer que eu use para matar você. – Então houve um segundo de silêncio desconfortável. – Foi uma piada – concluí.

– Certeza? – perguntou Enzo.

– A gente ainda nem chegou na parte de como matar qualquer coisa hoje – falei, mudando de assunto. – Passamos o dia todo aprendendo a andar sem fazer barulho. Sabe como é. Para evitarmos ser capturadas.

– Ou para chegar na surdina atrás de alguém – disse Enzo.

Eu suspirei.

– Sim, Enzo, é isso. Para chegar na surdina. E matar alguém. Porque eu adoro matar. Matar e matar de novo, é assim que eu sou. A Zoë Facadinha.

Apertei meu passo, mas Enzo me alcançou.

– Desculpa – disse ele –, não foi legal da minha parte.

– Sério mesmo? – retruquei.

– É só que as pessoas comentam, sabe – disse Enzo. – Sobre o que você e Gretchen andam fazendo.

Eu parei de andar e perguntei:

– Comentam o quê?

– Bem, pensa a respeito – disse Enzo. – Você e a Gretchen passam as tardes se preparando para o apocalipse. Acha que as pessoas vão falar o quê?

– Não é assim – respondi.

— Eu sei que não — disse Enzo, estendendo o braço e tocando o meu, o que me fez lembrar que passávamos menos tempo trocando carícias ultimamente. — Falei isso para as pessoas também. Mas não evita que elas comentem. Isso e o fato de que é você *e* a Gretchen.

— E daí? — perguntei.

— Você é a filha dos líderes da colônia, ela é filha do cara que todo mundo sabe ser o próximo da fila no conselho colonial — explicou Enzo. — Parece que vocês estão recebendo tratamento especial. Se fosse só você, as pessoas iam entender. Sabem que você tem essa coisa esquisita com os Obins...

— Não é esquisito — disparei.

Enzo me encarou sem nenhuma expressão no rosto.

— Tá, beleza — respondi.

— O pessoal sabe que você tem esse negócio com os Obins, por isso não iam pensar muito a respeito, se fosse só você — continuou Enzo. — Mas, como são as duas, as pessoas estão ficando nervosas. Elas ficam se perguntando se vocês sabem de algo que a gente não sabe.

— Que ridículo — falei. — Gretchen é minha melhor amiga. É por isso que eu chamei ela. Devia ter chamado outra pessoa?

— Poderia — respondeu Enzo.

— Tipo quem? — perguntei.

— Tipo eu — disse ele. — Sabe, tipo, seu namorado.

— Ah sim, porque *isso* as pessoas não iam comentar — respondi.

— Talvez comentassem, talvez não — disse Enzo. — Mas, pelo menos, assim eu ia conseguir ver você de vez em quando.

Isso eu não consegui responder direito. Então, só dei um beijo nele.

— Olha, não estou tentando fazer você se sentir mal ou culpada ou coisa assim — disse Enzo, assim que terminei o beijo. — Mas gostaria de ver mais de você.

— Essa frase pode ser interpretada de muitos modos diferentes — respondi.

— Vamos começar com as interpretações mais inocentes — disse Enzo. — Mas podemos partir daí se quiser.

— E, de qualquer forma, você me vê todo dia. — Dei uma leve rebobinada na conversa. — E a gente sempre passa um tempo juntos nas patuscadas.

– Para mim, fazer coisas da escola não conta como tempo juntos – disse Enzo. – E por mais divertido que seja admirar como você conseguiu treinar Hickory para imitar um solo de cítara...

– Isso é com Dickory – corrigi. – Hickory faz os de bateria.

Enzo levou gentilmente a ponta do dedo aos meus lábios.

– Por mais divertido que seja – repetiu ele –, preferiria ter um tempinho só você e eu. – E então ele me beijou, o que era um modo bem eficaz de pontuar a frase.

– Que tal agora? – falei, depois do beijo.

– Não dá – disse Enzo. – Estou indo para casa ser babá da Maria e da Katharina para que meus pais possam sair para jantar com os amigos deles.

– Buááá – respondi. – Me beija, diz que quer passar um tempo juntos e me deixa no vácuo. Legal.

– Mas amanhã eu tenho a tarde livre – disse Enzo. – Talvez aí dê. Depois que você terminar as suas aulas de esfaqueamento.

– A gente já passou por isso – respondi. – Agora estamos aprendendo a estrangular.

Silêncio.

– É piada – falei.

– Minha única garantia é a sua palavra – disse Enzo.

– Fofo. – Eu o beijei de novo. – A gente se vê amanhã.

O treinamento do dia seguinte foi longo. Pulei a janta para ir até a casa dos pais do Enzo, e a mãe dele me disse que ele ficou esperando, depois foi para a casa do Magdy. A gente não se falou muito na aula no dia seguinte.

Noites: estudo.

– Chegamos a um acordo com Jerry Bennett para que vocês usem o centro de informações à noite duas vezes por semana – disse Hickory.

De repente fiquei com pena de Jerry Bennett. Pelo que ouvi, ele tinha medo (e não era pouco) de Hickory e Dickory e provavelmente teria concordado com qualquer coisa que elus pedissem só para o deixarem em paz. Fiz uma nota mental de que precisava convidar Bennett para a próxima patuscada. Não há nada mais eficaz para diminuir a aura de terror em torno dos Obins do que ver ume delus na frente da plateia balançando o pescoço para frente e para trás, imitando uma tabla sendo batucada.

Hickory continuou:

– Enquanto estiverem lá, vão estudar os arquivos da União Colonial sobre outras espécies sencientes.

– Por que querem que a gente aprenda isso? – perguntou Gretchen.

– Para saber como enfrentá-las – disse Hickory – e matá-las.

– Há centenas de espécies no Conclave – respondi. – A gente vai ter que aprender sobre cada uma delas? Para isso vai ser preciso mais de duas noites por semana.

– Vamos nos concentrar nas espécies que não estão no Conclave – disse Hickory.

Gretchen e eu nos entreolhamos.

– Mas não são eles que planejam nos matar? – questionou Gretchen.

– Há muitas espécies tentando matar vocês – disse Hickory. – Algumas podem estar mais motivadas do que outras. Por exemplo, os Rraeys. Recentemente perderam uma guerra contra os Eneshanos, que tomaram controle de maior parte de suas colônias antes de serem derrotados pelos Obins. Os Rraeys não são mais uma ameaça direta a qualquer uma das raças ou colônias bem estabelecidas. Mas se algum deles encontrasse vocês aqui, não há dúvidas do que fariam.

Estremeci, e Gretchen percebeu.

– Você está bem? – perguntou.

– Estou – respondi, rápido demais. – Já encontrei os Rraeys antes.

Ela me olhou torto, mas não disse nada depois disso.

– Temos uma lista para vocês – disse Hickory. – Jerry Bennett já preparou seu acesso aos arquivos sobre cada espécie. Reparem especialmente na fisiologia de cada raça. Será importante para nossas instruções.

– Para aprender a lutar com elas – concluí.

– Sim – disse Hickory – e aprender a matá-las.

Após duas semanas de estudos, eu puxei uma raça que não estava em nossa lista.

– Nossa, esses parecem assustadores – disse Gretchen, olhando por cima do meu ombro após reparar que eu já estava lendo fazia um tempo.

– São os Consus – esclareci. – Eles são assustadores. Ponto – concluí, entregando meu tablet para Gretchen. – São a raça mais avançada de que temos notícia. Fazem a gente parecer que ainda está na Idade da Pedra. E foram eles que fizeram os Obins serem o que são hoje.

– Usando engenharia genética? – perguntou Gretchen, ao que respondi fazendo que sim com a cabeça. – Bem, talvez na próxima também possam codificar personalidades. Mas, enfim, por que é que você está pesquisando sobre eles?

– Curiosidade – respondi. – Hickory e Dickory já falaram deles para mim antes. São o mais perto que os Obins têm de um poder superior.

– Seus deuses – disse Gretchen.

Eu dei de ombros.

– São mais como uma criança com uma criação de formigas – respondi. – Uma criação de formigas e uma lupa no sol.

– Parecem ótimos – disse Gretchen, entregando o PDA de volta. – Espero nunca conhecer esse pessoal. A não ser que estejam do meu lado.

– Eles não têm um lado – falei. – Estão acima.

– Acima é um lado – disse Gretchen.

– Não o nosso – respondi, trocando a janela do tablet de volta para o que eu devia estar lendo.

Tarde da noite: todo o resto.

– Bem, que surpresa – eu disse a Enzo, sentado no limiar da minha porta enquanto eu voltava de mais uma noite emocionante no centro de informações. – Não tenho visto muito você ultimamente.

– Você não tem visto muito ninguém ultimamente – disse Enzo, levantando-se para me cumprimentar. – É só você e a Gretchen. E você vem me evitando desde que o grupo de estudos se desfez.

– Não estou evitando você – respondi.

– Não tem se esforçado muito para vir atrás de mim – disse Enzo.

Bem, aí ele me pegou.

– Não culpo você por isso – falei, mudando de assunto um pouco. – E você não tinha como evitar que o Magdy desse aquele chilique.

Após várias semanas de patadas cada vez mais frequentes, as coisas entre Magdy e Gretchen enfim chegaram a níveis tóxicos. Os dois começaram a gritar um com o outro durante a aula, e o Magdy acabou dizendo umas coisas bem imperdoáveis, depois saiu pisando duro, com o Enzo logo atrás. E foi esse o fim do nosso grupinho.

– Pois é, tudo culpa do Magdy – disse Enzo. – A Gretchen ter ficado cutucando até ele estourar não teve nada a ver com isso.

Essa conversa já tinha ido duas vezes a lugares que me desagradavam, e a parte racional do meu cérebro me dizia para deixar para lá e mudar de assunto. Mas aí também tinha a parte não muito racional, que ficou irritada demais de repente.

— Então você está aqui na minha porta para falar mal da minha melhor amiga ou tem algum outro motivo para sua visita?

Enzo abriu a boca para dizer alguma coisa, mas se interrompeu e apenas balançou a cabeça.

— Esquece — disse ele, começando a ir embora.

Eu bloqueei o caminho e falei:

— Não. Você veio aqui por um motivo. Me diga qual foi.

— Por que é que eu não vejo mais você? — perguntou Enzo.

— Foi isso que você veio me perguntar? — rebati.

— Não — disse Enzo —, não foi isso que eu vim perguntar. Mas é o que estou perguntando agora. Já faz duas semanas desde que Magdy e Gretchen fizeram sua ceninha, Zoë. Isso é entre os dois, mas desde então eu quase não vejo mais você. Se não está me evitando de verdade, você finge muito bem que sim.

— Se foi entre a Gretchen e o Magdy, por que você saiu quando ele fez aquilo? — questionei.

— É meu amigo — disse Enzo. — Alguém precisava ir acalmá-lo. Sabe como ele fica. Eu sou o dissipador de calor dele. Que tipo de pergunta é essa?

— Só digo que não é só entre o Magdy e a Gretchen — afirmei. — É entre nós todos. Você e eu e a Gretchen e o Magdy. Quando foi a última vez que você fez algo sem ele?

— Não me lembro da presença dele quando *nós* passávamos tempo juntos — disse Enzo.

— Você sabe o que eu quero dizer — respondi. — Está sempre atrás dele para evitar que ele apanhe de alguém ou quebre o pescoço ou faça alguma idiotice.

— Não sou o *cachorrinho* dele — rebateu Enzo, ficando bravo de verdade por um minuto. Isso era novidade.

Eu ignorei a sua irritação.

— Você é amigo dele — falei —, o melhor amigo dele. E a Gretchen é minha melhor amiga. E no momento nossos melhores amigos não podem ver a cara um do outro. E aí sobra para *nós*, Enzo. Deixa eu perguntar, o que você pensa da Gretchen agora? Você não gosta muito dela, não é?

– Já nos demos melhor – disse Enzo.

– Certo. Porque ela e o seu melhor amigo estão brigados. Eu penso igual do Magdy. E garanto para você que ele sente a mesma coisa quanto a mim. E a Gretchen não está muito à vontade com você. Quero passar um tempo com você, Enzo, mas na maior parte das vezes, vocês dois são um pacote. A gente vem com os melhores amigos na cola. E eu não quero drama agora.

– Porque é mais fácil não se importar – disse Enzo.

– Porque estou *cansada*, Enzo – falei, cuspindo as palavras. – Beleza? Estou *cansada*. Toda manhã, eu acordo e tenho que correr ou fazer exercícios de força ou algo que já me deixa exausta assim que eu saio da cama. Já estou cansada antes de vocês estarem sequer *acordados*. E aí tem aula. Depois uma tarde inteira apanhando fisicamente para aprender a me defender, caso alguns alienígenas queiram descer aqui e matar todo mundo. Então passo minhas noites lendo sobre todas as raças que há lá fora, não porque seja *interessante*, mas só para o caso de eu precisar *assassinar* uma delas, e aí tenho que saber seus pontos fracos. Mal tenho tempo para pensar em qualquer outra coisa, Enzo. Estou *cansada*.

Continuei:

– Você acha que isso tudo é *divertido* para mim? Acha que é divertido eu não ver você? Passar meu tempo todo aprendendo a machucar e matar coisas? Acha que é divertido para mim todos os dias esfregarem na minha cara que tem todo um universo lá fora à espreita para nos matar? Quando foi a última vez que você pensou nisso? Quando foi a última vez que Magdy pensou nisso? Eu penso nisso *todo dia*, Enzo. Só penso nisso, o tempo inteiro. Não, não venha me dizer que é mais *fácil* para mim não me importar com o drama. Você não *faz ideia*. Desculpa. Mas é isso.

Enzo ficou um minuto me encarando, depois estendeu a mão para limpar as lágrimas na minha bochecha.

– Você podia *falar* comigo sobre isso, sabe? – disse ele.

Eu soltei uma risadinha.

– Não tenho tempo – respondi, o que arrancou um sorriso do Enzo.
– E, em todo caso, não quero que você se preocupe.

– Meio tarde demais para isso – disse Enzo.

— Desculpa – falei.

— Não faz mal – respondeu ele.

— Eu sinto saudades, sabe – falei, esfregando o rosto. – De passar tempo com você. Mesmo que Magdy tivesse que vir junto. Sinto saudades de ter tempo de conversar com você de verdade. Sinto saudades de ver você apanhar na queimada. Sinto saudades dos seus poemas. Sinto saudades disso tudo. Lamento que a gente tenha se irritado um com o outro ultimamente e não tenha tentado fazer nada para consertar. Lamento e sinto saudades, Enzo.

— Obrigado – disse Enzo.

— De nada – respondi.

Ficamos ali em pé por um minuto, olhando um para o outro.

— Você veio até aqui terminar comigo, não foi? – falei, enfim.

— Pois é – disse Enzo. – Pois é, foi isso. Desculpa.

— Não se desculpe – respondi. – Não tenho sido uma boa namorada.

— Tem sim – disse Enzo –, quando tem tempo.

Dei mais uma risada trêmula.

— Bem, esse é o problema, não é? – falei.

— Sim – disse Enzo, e sei que ele se arrependeu de ter que admitir.

E foi assim que acabou o meu primeiro relacionamento. Eu fui para a cama, mas não dormi.

E então levantei quando o sol surgiu e fui até a nossa área de exercícios e comecei tudo de novo. Exercícios. Aulas. Treinamento. Estudos.

Uma época bem cansativa.

E assim passaram-se os meus dias, a maioria deles, durante meses, até quase completarmos um ano em Roanoke.

E foi então que as coisas começaram a acontecer. Bem rápido.

16

– Estamos à procura de Joe Loong – disse Jane à equipe de busca reunida às margens da floresta próxima à casa de Joe. Meu pai, em pé ao lado dela e de Savitri, deixou que Jane coordenasse tudo. – Faz dois dias que ele está desaparecido. Therese Arlien, sua companheira, me disse que ele estava empolgado com o retorno dos fantes à área e lhe falou que estava pensando em se aproximar de uma das manadas. Estamos trabalhando com a hipótese de que foi o que ele tentou fazer e então acabou se perdendo ou talvez tenha sido ferido por um dos animais.

Jane gesticulou na direção das árvores:

– Vamos vasculhar a área em equipes de quatro pessoas e nos espalhar numa linha a partir daqui. Todo mundo em cada grupo deve manter contato vocal com os membros ao seu lado. Todo mundo à esquerda ou à direita de um grupo deve manter contato vocal com quem estiver do outro lado no grupo mais próximo. Chamem uns aos outros a cada tantos minutos. Vamos prosseguir devagar e com cuidado. Não quero que mais ninguém acabe se perdendo, compreendem? Se você perder contato com os outros membros do seu grupo, *pare* e fique onde está, deixe que os outros membros do grupo restabeleçam o contato. Se a pessoa próxima a você não responder quando chamada, *pare* e alerte aqueles com quem você *tem* contato. De novo, não vamos perder mais ninguém, ainda mais enquanto estamos tentando encontrar o Joe. Agora, todo mundo aqui conhece quem estamos tentando encontrar?

Houve respostas generalizadas de gente concordando com a cabeça. A maior parte das 150 pessoas, mais ou menos, que apareceram para procurar por Loong eram amigos dele. Eu pessoalmente tinha apenas a mais vaga ideia de como ele era, mas imaginei que se visse alguém correndo na nossa direção, balançando as mãos e dizendo "graças a Deus vocês me encontraram", era bem provável que fosse o Joe. E entrar na equipe de resgate ia me render um dia sem aula. Era irrecusável.

– Certo, então – disse minha mãe. – Vamos nos organizar em equipes.

As pessoas começaram a se reunir em grupos de quatro. Eu me virei para Gretchen e imaginei que nós seríamos uma equipe junto com Hickory e Dickory.

– Zoë – disse minha mãe. – Você vem comigo. Traga Hickory e Dickory.

– A Gretchen pode vir com a gente? – perguntei.

– Não – disse Jane. – É gente demais. Desculpa, Gretchen.

– Não faz mal – disse Gretchen para a minha mãe e depois se virou para mim. – Tente sobreviver sem mim – complementou.

– Para – falei. – Não é como se fôssemos namoradas.

Ela abriu um sorrisinho e saiu para entrar em outro grupo.

Após vários minutos, três dúzias de grupos de quatro pessoas se espalharam ao longo de mais de meio quilômetro, entrando na linha das árvores. Jane deu o sinal e começamos a adentrar.

E aí veio a parte tediosa: três horas andando pela floresta, devagar, procurando por sinais de que Joe Loong possa ter entrado nessa ou naquela direção, chamando cada um dos membros da equipe a cada tantos minutos. Eu não encontrei nada, minha mãe à minha esquerda não encontrou nada, Hickory à minha direita não encontrou nada, e Dickory à direita delu não encontrou nada também. Sem querer ser horrivelmente superficial quanto a essa questão toda, mas achei que fosse ser um pouco mais interessante.

– A gente vai fazer uma pausa em breve? – perguntei a Jane, me aproximando assim que ela apareceu no meu campo de visão.

– Está cansada? – perguntou. – Imaginei que, depois do tanto que você treinou, uma caminhada na floresta seria fácil.

Esse comentário me fez parar. Nunca tentei esconder o meu treinamento com Hickory e Dickory – o que seria difícil, dado o tanto de tempo que eu dedicava a isso –, mas não é como se nós duas conversássemos muito sobre o assunto.

– Não é uma questão de resistência física – expliquei. – É o tédio. Faz três horas que a gente está olhando para o solo da floresta. Estou ficando um pouco inquieta.

Jane fez que sim com a cabeça.

– Descansaremos em breve. Se não encontrarmos nada nesta área na próxima hora, vou reagrupar as pessoas do outro lado da casa do Joe e tentar por lá – respondeu.

– Você não se incomoda de eu fazer o que faço com Hickory e Dickory, né? – perguntei. – Não é como se falasse muito disso com você. Nem com você, nem com o meu pai.

– Ficamos preocupados nas primeiras semanas, quando você chegava coberta de hematomas e aí ia dormir sem nem dar oi – disse Jane, sem parar de caminhar e inspecionar a floresta enquanto andava. – Eu sinto muito que isso tenha acabado com sua amizade com o Enzo. Mas você já tem idade agora para tomar as próprias decisões sobre o que quer fazer com seu tempo, e nós dois decidimos não ficar em cima de você.

Eu já estava para responder, *bem, não foi só decisão minha*, mas Jane continuou falando.

– Além do mais, a gente achou que foi uma decisão inteligente – disse ela. – Não sabemos quando vão nos encontrar, mas acho que vai acontecer. Eu me viro e John também. Fomos soldados. Ficamos felizes de ver que você está aprendendo a se virar também. Quando chegar a hora, é possível que isso vá fazer toda a diferença.

Eu parei de andar e respondi:

– Bem, *isso* foi deprimente.

Jane parou e voltou até mim, dizendo:

– Não quis dizer nesse sentido.

– Você acabou de me falar que é possível que eu esteja sozinha no final disso tudo – falei. – Que cada um de nós vai ter que se virar por conta própria. Não é exatamente uma ideia *feliz*, sabe.

– Não quis dizer nesse sentido – repetiu Jane, esticando a mão e tocando o pingente de elefante de jade que ela tinha me dado anos atrás. – John e eu não vamos largar você nunca, Zoë. Nunca vamos abandoná-la. Saiba disso. É uma promessa que nós fizemos. O que eu digo é que a gente precisa uns dos outros. Saber se virar significa que fica mais fácil para a gente se ajudar. Significa que você vai poder *nos* ajudar. Pense nisso, Zoë. No fim das contas, pode ser que seja o fator decisivo. Para nós. E para a colônia. É isso que quero dizer.

– Duvido que chegue a esse ponto – respondi.

– Bem, eu duvido também – disse Jane. – Ou, pelo menos, espero que não chegue.

– Obrigada – falei, com a voz seca.

– Você sabe o que eu quis dizer – disse minha mãe.

– Eu sei – respondi. – Só acho engraçado como você colocou isso de um jeito tão direto.

À nossa esquerda, veio o som vago de um grito. Jane se virou naquela direção e depois se voltou para mim. Sua expressão não deixou a menor dúvida de que, qualquer que fosse o momento mãe-e-filha que estávamos tendo, ele havia chegado a um fim brusco.

– Fica aqui – disse ela. – Avise o resto da linha para que todo mundo pare. Hickory, você vem comigo.

Elus saíram correndo, em silêncio, na direção de onde veio o grito, no que me pareceu uma velocidade quase impossível. Era um lembrete repentino de que, de fato, minha mãe *era* uma veterana de guerra. Eis algo para se pensar. Só que apenas agora eu finalmente tinha as ferramentas para dar valor de verdade para isso.

Vários minutos depois, Hickory voltou até nós, disse algo, de passagem, para Dickory, com os cliques do seu idioma nativo, e olhou para mim.

– A tenente Sagan diz que você deve retornar à colônia junto com Dickory – disse Hickory.

– Por quê? – perguntei. – Eles encontraram o Joe?

– Sim – disse Hickory.

– Ele está bem? – perguntei.

– Está morto – respondeu Hickory. – E a tenente Sagan acredita que há motivos para ficarmos preocupados quanto à segurança das equipes de resgate. Todos podem estar em perigo se continuarem aqui por mais tempo.

– Por quê? – perguntei. – Por causa dos fantes? Ele foi pisoteado ou coisa assim?

Hickory olhou para mim sem nenhuma emoção:

– Zoë, você não precisa que eu a lembre de sua última excursão pela floresta e daquilo que a perseguiu naquela ocasião.

Eu gelei e respondi que não.

– O que quer que seja, parece acompanhar as manadas de fantes em suas migrações – disse Hickory. – Eles as seguiram até aqui. E parece que encontraram Joseph Loong na floresta.

– Ai, meu Deus – falei. – Preciso contar para Jane.

– Eu garanto para você que ela já compreendeu – disse Hickory. – E agora devo encontrar o major Perry, para que ele seja informado de imediato. Já estamos cuidando disso. A tenente pediu que você retorne a Croatoan. E eu igualmente. Dickory irá acompanhá-la. Vá agora. E recomendo que guarde silêncio até os seus pais fazerem um anúncio público.

Hickory saiu, em largas passadas, para longe. Eu o observei indo embora, depois voltei para casa, com pressa, enquanto Dickory me acompanhava, ambos caminhando em silêncio, como tantas vezes havíamos praticado.

A notícia da morte de Joe Loong se espalhou rapidamente pela colônia. Os boatos sobre o modo *como* ele havia morrido se espalharam com uma rapidez ainda maior. Gretchen e eu estávamos sentadas de frente para o centro comunitário de Croatoan, observando o elenco rotatório de fofoqueiros oferecendo suas versões.

Jun Lee e Evan Black foram os primeiros a se pronunciar – eram parte do grupo que encontrou o corpo de Loong. Estavam aproveitando o seu momento de fama enquanto contavam para todo mundo que quisesse ouvir como foi que encontraram Loong, como ele foi atacado e como o que quer que o atacou tinha arrancado um pedaço dele. Algumas pessoas especularam que havia sido uma matilha de iotes, os carnívoros locais, que encurralaram Joe Loong e acabaram com ele, mas Jun e Evan riram disso. Todos já havíamos visto os iotes, eram do tamanho de pequenos cães e fugiam dos colonos sempre que os viam (com bom motivo, pois os colonos adotaram o hábito de atirar neles por perturbarem o gado). Nenhum iote, nem mesmo uma matilha deles, diziam, poderia fazer o que fizeram com Joe.

Logo após circularem esses relatos sangrentos, o conselho colonial inteiro se reuniu na enfermaria de Croatoan, para onde o corpo de Loong foi levado. O fato de que o *governo* acabou envolvido fez o pessoal suspeitar de que podia ter sido um homicídio (o fato de que o "governo", neste caso, eram só doze pessoas que passavam a maior parte do tempo arando a terra igual todo mundo não era importante). Loong andava saindo com uma mulher que havia recentemente abandonado o marido, por isso o marido tinha passado a ser o principal suspeito. Talvez tivesse seguido Loong até a floresta, onde o matou e iscou os iotes para cima dele.

Essa teoria deixou Jun e Evan incomodados – sua versão com um predador misterioso era muito mais sedutora –, mas foi a que todo mundo pareceu preferir. O fato inconveniente de que o suposto assassino no caso já estava sob a custódia de Jane, acusado de alguma outra coisa e por isso não poderia ter cometido o ato, pareceu escapar à maioria das pessoas.

Gretchen e eu sabíamos que o boato do homicídio era infundado e a teoria de Jun e Evan era mais próxima da realidade, mas continuamos caladas. Acrescentar o que sabíamos não iria ajudar a diminuir a paranoia no momento.

– Eu *sei* o que é – disse Magdy, para um grupo de seus amigos, todos meninos.

Eu dei um cutucão na Gretchen com meu cotovelo e gesticulei com um aceno de cabeça na direção do Magdy. Ela revirou os olhos e o chamou, bem alto, antes que ele pudesse dizer qualquer coisa.

– Pois não? – disse ele.

– Você é burro ou o quê? – disse Gretchen.

– Está vendo, é disso que eu sinto falta em você, Gretchen – falou Magdy. – O seu charme.

– Assim como eu sinto falta da sua inteligência – retrucou Gretchen. – O que será que você estava prestes a contar para o seu grupinho de amigos, hein?

– Eu ia contar o que aconteceu quando seguimos os fantes – disse Magdy.

– Porque você acha que seria *inteligente* no momento dar mais um motivo para as pessoas entrarem em pânico – disse Gretchen.

– Ninguém está em pânico – disse Magdy.

– Ainda não – retruquei. – Mas, se você começar a contar essa história, não vai *ajudar*, Magdy.

— Acho que as pessoas deveriam saber o que estamos enfrentando – respondeu ele.

— Nós nem sabemos o que estamos enfrentando – falei. – A gente nunca *viu* nada de fato. Só vai piorar os boatos. Deixe os meus pais, o pai da Gretchen e o resto do conselho fazerem o seu trabalho agora para descobrir o que está acontecendo e o que de fato dizer para as pessoas sem dificultar esse trabalho ainda mais.

— Vou levar isso em consideração, Zoë – disse Magdy, voltando para os seus colegas.

— Beleza – disse Gretchen. – Leva isso em consideração também: se você contar para os seus colegas o que nos seguiu lá na floresta, vou contar para eles a parte em que você beijou o chão, porque foi derrubado por Hickory depois de entrar em pânico e tentar atirar nelu.

— Com uma pontaria ridícula – complementei. – Quase que explodiu o próprio pé.

— Bem lembrado – disse Gretchen. – Vai ser *divertido* se a gente contar essa parte.

Magdy estreitou os olhos para nós e saiu pisando duro de volta para o seu grupinho de amigos sem dizer mais nada.

— Você acha que isso vai funcionar? – perguntei.

— Claro que vai – respondeu Gretchen. – O ego do Magdy é do tamanho do planeta. É assombroso o tanto de tempo e esforço que ele dedica para fazer coisas que vão melhorar a própria imagem. Não vai deixar a gente atrapalhar isso.

Como se fosse combinado, Magdy lançou um olhar de relance para Gretchen. Ela acenou e sorriu. Em resposta, ele mandou o dedo do meio para ela, escondido, e começou a falar com os amigos.

— Está vendo? – disse Gretchen. – Ele não é difícil de entender.

— Você já gostou dele no passado – eu a lembrei.

— Ainda gosto – admitiu Gretchen. – Ele é *muito* fofo, sabe. E engraçado. Só precisa tirar a cabeça de você-sabe-onde. Talvez seja uma pessoa tolerável daqui a um ano.

— Ou dois – respondi.

— Eu sou otimista – disse Gretchen. – Em todo caso, é o fim de um dos boatos por ora.

— Não é um boato de verdade — comentei. — Alguma coisa nos seguiu de fato naquela noite. Hickory que me disse.

— Eu sei — disse Gretchen. — E vai vir à tona cedo ou tarde. Eu só prefiro que não envolva *a gente*. Meu pai ainda não sabe que eu saí de casa escondida, e ele é do tipo de sujeito que acredita em castigo retroativo.

— Então não é evitar o pânico que deixa você preocupada de fato — falei. — Você só quer proteger o próprio rabo.

— Culpada — disse Gretchen. — Mas evitar o pânico é como eu racionalizo a coisa.

No entanto, não deu para evitarmos o pânico por muito mais tempo.

Paulo Gutierrez era membro do conselho colonial e foi lá que descobriu que Joe Loong não apenas foi morto, como foi assassinado — e não por um ser humano. Havia de fato alguma coisa lá fora. Alguma coisa inteligente o bastante para fabricar lanças e facas. Inteligente o bastante para transformar o coitado do Joe Loong em comida.

Os membros do conselho receberam ordens dos meus pais para não comentarem esse fato ainda, a fim de evitar pânico — ordens que Paulo Gutierrez ignorou. Ou, pior, desafiou abertamente.

— Eles me falaram que isso tudo estava sob um negócio chamado Lei de Segredos do Estado, que eu não podia falar nada a respeito — disse Gutierrez a um grupo que o cercava, junto com alguns outros homens, todos carregando fuzis. — O cacete, eu digo. Tem alguma coisa lá fora, que está nos matando. Eles estão armados. Dizem que seguem as manadas de fantes, mas acho que é possível que tenham estado todo esse tempo ali na floresta, medindo a gente, para entender como nos caçar. Caçaram o Joe Loong. Caçaram e mataram ele. Eu e os rapazes planejamos retribuir o favor. — E então Gutierrez e sua equipe de caça saíram na direção da floresta.

A declaração de Gutierrez e as notícias da saída de sua equipe incendiaram a colônia. Eu fiquei sabendo por conta das crianças que chegaram correndo ao centro comunitário com as últimas notícias — a essa altura, Gutierrez e sua turma já estavam na floresta fazia um tempo. Fui contar para os meus pais, mas John e Jane já tinham saído para trazer o grupo de caça de volta. Os dois eram ex-militares, imaginei que não fossem ter grande dificuldade.

Só que eu me enganei. John e Jane encontraram o grupo, mas antes de conseguirem arrastá-los de volta para a colônia, as criaturas na floresta armaram uma emboscada. Gutierrez e todos os seus homens foram mortos durante o ataque. Jane foi apunhalada na barriga. John espantou as criaturas em fuga e encontrou os outros nas margens da floresta, onde atacaram outro colono em sua casa. O colono em questão era Hiram Yoder, um dos menonitas que ajudou a salvar a colônia ao nos ensinar a plantar e cultivar as lavouras sem o auxílio de maquinário computadorizado. Era um pacifista e não tentou combater as criaturas. Mas elas o mataram mesmo assim.

No intervalo de algumas horas, seis colonos haviam sido mortos e descobrimos que não estávamos sozinhos em Roanoke – e o que estava ali conosco já estava se acostumando a nos caçar.

Porém, o que mais me preocupava era minha mãe.

– Você não pode vê-la ainda – meu pai me disse. – O dr. Tsao está trabalhando nela agora mesmo.

– Ela vai ficar bem? – perguntei.

– Vai ficar bem, sim – respondeu meu pai. – Ela disse que não era tão feio quanto parecia.

– E parecia tão feio assim? – perguntei.

– Parecia bem feio – disse meu pai, dando-se conta logo depois de que a sinceridade não era o que eu queria ouvir naquela hora. – Mas, olha só, ela saiu correndo atrás daquelas coisas depois de ser ferida. Se a tivessem machucado de verdade, não ia conseguir fazer isso, não é? Sua mãe conhece o próprio corpo. Acho que vai ficar tudo bem. E, em todo caso, estão trabalhando nela agora. Não ficaria surpreso de a ver andando por aí como se nada tivesse acontecido a essa hora amanhã.

– Não precisa mentir para mim – falei, embora ele estivesse me dizendo de fato o que eu queria ouvir, como comentei.

– Não estou mentindo – disse meu pai. – O dr. Tsao é excelente no que faz. E a sua mãe sara bem rápido ultimamente.

– Você está bem? – perguntei.

– Já vi dias melhores – respondeu ele, no que eu percebi algo de abatido e exausto em sua voz que me fez decidir não insistir mais no assunto. Eu o abracei e disse que ia visitar Gretchen e ficar um tempinho lá, para não atrapalhar.

Caía a noite no que saí do nosso bangalô. Olhei para o portão de Croatoan e vi um grande fluxo de colonos saindo de suas casas. Pelo que parecia, ninguém queria passar a noite do lado de fora das muralhas da aldeia colonial. Não posso culpá-los, nem um pouco.

Eu me virei na direção da casa da Gretchen e fiquei levemente surpresa ao ver que ela estava chegando na minha direção, a todo vapor. Disse:

– Temos um problema.

– O que foi? – perguntei.

– Nosso amigo imbecil Magdy levou um grupo de seus amigos para a floresta – disse Gretchen.

– Ai, Deus – falei. – Me diga que o Enzo não está lá com ele.

– Claro que o Enzo está lá com ele – respondeu Gretchen. – O Enzo está sempre com ele. Tentando ser a voz da razão mesmo enquanto o segue até a beira do precipício.

17_

Nós quatro avançamos pelo mato fazendo o mínimo de barulho possível, a partir do ponto em que Gretchen viu Magdy, Enzo e seus dois amigos desaparecerem nas margens da floresta. Ficamos atentas para ouvi-los, já que nenhum dos meninos havia sido treinado para andar furtivamente. Não era nada bom para eles, ainda mais se as criaturas decidissem atacá-los. Mas era bom para nós, porque queríamos rastreá-los. Ficamos atentas, tentando escutar nossos amigos no nível do solo, enquanto observávamos e ficávamos tentando ouvir se havia movimento nas árvores. Já sabíamos que, seja lá o que fossem, eles conseguiam nos rastrear. Esperávamos conseguir rastreá-los também.

Ouvimos folhas farfalharem ao longe, como se alguém passasse por elas num movimento rápido e apressado. Seguimos naquela direção, Gretchen e eu à frente, Hickory e Dickory logo atrás.

Gretchen e eu estávamos treinando havia meses, aprendendo como nos portar, como nos defender, como lutar e até matar, se necessário. Naquela noite, era possível que qualquer parte do que aprendemos tivesse que ser usada. Talvez tivéssemos que lutar. Talvez até mesmo tivéssemos que matar.

Eu estava tão assustada que, se parasse de correr, imagino que teria desabado, virado uma bola, e jamais levantaria de novo.

Não parei de correr. Continuei avançando. Tentando encontrar Enzo e Magdy antes que outra coisa os encontrasse. Tentando encontrá-los e salvá-los.

— Depois que o Gutierrez partiu, Magdy não viu mais sentido em manter segredo sobre a nossa história, por isso começou a contar tudo para os seus amigos — relatou Gretchen —, dando a ideia de que ele de fato já havia enfrentado essas coisas e conseguido afastá-las enquanto a gente fugia.
— Que idiota — falei.
— Quando os seus pais voltaram sem a equipe de caça, um grupo dos amigos dele veio procurá-lo para organizar uma busca — continuou Gretchen —, o que foi só uma desculpa para um bando deles entrar armado na floresta. Meu pai ficou sabendo e tentou impedir, lembrar que cinco adultos haviam acabado de entrar na mata e não saíram. Achei que tivesse acabado aí, mas então escutei que o Magdy ficou só esperando o meu pai ir visitar os seus antes de reunir mais uns idiotas que pensavam igual e partir para a floresta.
— Ninguém reparou quando eles saíram? — perguntei.
— Eles falaram para todo mundo que iam treinar tiro ao alvo na casa dos pais do Magdy — disse Gretchen. — Ninguém vai reclamar que façam esse tipo de coisa agora. Aí depois que chegaram lá, simplesmente foram embora. O restante da família do Magdy está aqui na aldeia, que nem todo mundo. Ninguém sabe que eles sumiram.
— Como você descobriu essas coisas? — perguntei. — Não é como se o Magdy fosse contar para você nesse momento.
— O grupinho deles deixou alguém para trás — disse Gretchen. — Isaiah Miller ia com eles, mas seu pai não o deixou levar o fuzil para o "treino de tiro ao alvo". Eu o ouvi reclamando disso e aí basicamente o intimidei até ele falar o resto.
— Ele contou para mais alguém? — perguntei.
— Acho que não — disse Gretchen. — Agora que ele teve tempo de pensar a respeito, acho que não quer se encrencar. Mas *nós* precisamos contar para alguém.
— Vamos causar pânico se contarmos — respondi. — Seis pessoas já morreram. Se contarmos para todo mundo que mais quatro, quatro garotos, entraram na floresta, o pessoal vai surtar. E aí mais gente vai entrar lá com

armas e mais gente vai morrer, seja por conta dessas coisas ou por atirarem um no outro por acidente, já que estão tão ouriçados.

– O que você prefere fazer então? – perguntou Gretchen.

– A gente tem treinado para isso, Gretchen – respondi.

Os olhos dela se arregalaram.

– Ah, não – disse ela. – Zoë, eu te amo, mas isso é loucura. Nem a pau você vai me convencer a ser um alvo para essas coisas mais uma vez, e nem a pau que eu vou deixar você ir lá.

– Não seria só nós duas – falei. – Hickory e Dickory...

– Hickory e Dickory também vão falar que você está louca – disse Gretchen. – Elus acabaram de passar vários meses ensinando você a se defender, acha que vão ficar felizes de ver você se arriscando a ser alvo de arremesso de lança? Acho que não.

– Vamos perguntar – respondi.

– A srta. Gretchen está correta – Hickory me disse, assim que eu chamei ês dues. – É uma péssima ideia. Quem deve lidar com essa questão são o major Perry e a tenente Sagan.

– Meu pai tem todo o resto da colônia para se preocupar no momento – falei. – E minha mãe está na enfermaria, sendo remendada por conta da última vez que ela lidou com essa questão.

– E isso não lhe diz nada? – perguntou Gretchen levantando a mão, ao que eu me virei para ela, um pouco irritada. – Desculpa, Zoë. Pegou mal. Mas pensa nisso. Sua mãe foi soldado das Forças Especiais. Ela ganhava a vida lutando. E se ela saiu disso com uma ferida grave o suficiente para passar a noite na enfermaria, significa que o que quer que esteja lá fora não é brincadeira.

– Quem mais pode lidar com isso, então? – indaguei. – Minha mãe e meu pai foram atrás da equipe de caça sozinhos por um motivo, porque haviam sido treinados para lidar com experiências assim. Qualquer outra pessoa teria morrido. Neste momento, eles não podem ir atrás de Magdy e Enzo. Se mais alguém for atrás deles, vão correr tanto perigo quanto esses dois e seus outros amigos. Somos as únicas que podem fazer isso.

– Não fique brava comigo pelo que eu vou falar – disse Gretchen. – Mas me parece que você está *empolgada* para fazer isso. Como se quisesse ir lá enfrentar alguma coisa.

— Eu quero encontrar o Enzo e o Magdy — respondi. — É só isso que quero fazer.

— Devíamos informar o seu pai — disse Hickory.

— Se informarmos o meu pai, ele vai dizer não — falei. — E quanto mais tempo ficarmos aqui discutindo, mais tempo vai demorar para encontrar nossos amigos.

Hickory e Dickory encostaram suas cabeças e fizeram ruídos, baixinho, por um minuto.

— Não é uma boa ideia — disse Hickory, enfim —, mas nós vamos ajudá-la.

— Gretchen? — perguntei.

— Estou tentando decidir se o Magdy vale a pena — disse ela.

— Gretchen... — comecei.

— É uma piada — respondeu ela. — O tipo de piada que se faz quando se está prestes a fazer xixi na calça.

— Se fizermos isso — disse Hickory —, devemos partir da premissa de que vamos entrar em combate. Vocês foram treinadas para o uso de armas de fogo e armas brancas. Devem estar preparadas para usá-las se necessário.

— Compreendo — afirmei. Gretchen concordou com a cabeça.

— Então vamos nos preparar — disse Hickory. — E façamos isso em silêncio.

Qualquer autoconfiança que eu tivesse quanto ao que estava fazendo me abandonou na hora que entramos na floresta, quando a corrida em meio às árvores me trouxe de volta à última vez que fiz isso de noite, com alguma coisa ou coisas desconhecidas invisivelmente nos rondando. A diferença entre aquele momento e a última vez era que agora eu estava preparada para lutar. Achei que fosse fazer diferença na maneira que eu me sentia.

Não fez. Eu estava assustada. E não era pouco.

O som de um farfalhar apressado que tínhamos ouvido se aproximava cada vez mais, vindo diretamente na nossa direção, no nível do solo, deslocando-se com rapidez. Nós quatro paramos e nos escondemos, preparando-nos para lidar com o que quer que estivesse vindo ao nosso encontro.

Dois vultos humanos irromperam dos arbustos e correram numa linha reta, passando do ponto onde Gretchen e eu nos escondíamos. Hickory e Dickory os agarraram enquanto passavam, e os meninos gritaram de terror ao serem derrubados pelos dois. Seus fuzis deslizaram pelo solo.

Gretchen e eu corremos até lá, para ajudá-los a se acalmarem. O fato de sermos humanas ajudava bastante.

Não eram nem o Enzo, nem o Magdy.

– Ei – falei, com o tom de voz mais suave que eu conseguia usar, para o menino mais perto de mim. – Ei. Relaxa. Você está a salvo. Relaxa.

Gretchen fez o mesmo com o outro. Uma hora eu percebi quem eram os dois: Albert Yoo e Michel Gruber. Albert e Michel entravam na categoria de meninos "meio babacas" que eu havia criado, por isso nunca passei mais tempo com eles do que o necessário – um favor que retribuíam.

– Albert – falei para o mais próximo de mim –, onde estão Enzo e Magdy?

– Tira essa sua coisa de cima de mim! – gritou Albert. Dickory ainda o estava segurando.

– Dickory – pedi, e Dickory o soltou. – Onde estão Enzo e Magdy?

– Eu não sei – respondeu Albert. – A gente se separou. As coisas nas árvores começaram a cantar para nós, aí Michel e eu ficamos com medo e vazamos de lá.

– Cantar? – perguntei.

– Ou vocalizar, fazendo cliques, sei lá – disse Albert. – Estávamos andando, procurando essas coisas, quando começaram a surgir esses barulhos todos das árvores. Como se estivessem tentando nos mostrar que haviam conseguido fechar o cerco em torno de nós sem que a gente sequer reparasse.

Isso me deixou preocupada.

– Hickory? – perguntei.

– Não há nada de significativo nas árvores – disse Hickory. Relaxei um pouco com isso.

– Eles nos cercaram – continuou Albert. – E então Magdy tentou dar um tiro na direção deles. E aí foi uma barulheira, de verdade. Michel e eu vazamos de lá. Simplesmente começamos a correr. Não vimos para que lado Magdy e Enzo foram.

– Quanto tempo faz isso? – perguntei.

– Não sei – disse Albert. – Dez minutos, quinze. Algo assim.

– Mostra para nós de onde vocês vieram – pedi, ao que Albert apontou para uma direção e eu concordei com a cabeça. – Levanta – falei. – Dickory vai levar você e Michel de volta ao limiar da floresta. De lá vocês podem voltar para casa.

– Não vou a lugar algum com esta *coisa* – disse Michel, sua primeira contribuição à conversa daquela noite.

– Certo, então você tem duas opções – falei. – Ficar aí e torcer para que a gente volte antes que aquelas coisas cheguem até aqui ou torcer para conseguir chegar até os limites da floresta antes que elas o alcancem. Ou pode deixar Dickory ajudar e talvez *sobreviver*. A escolha é sua.

Eu usei um tom de voz um pouco mais assertivo do que o necessário, mas estava irritada com esse idiota que não queria ajuda para continuar vivo.

– Tá – concordou ele.

– Que bom – respondi, apanhando os fuzis deles e entregando-os a Dickory, que me deu o seu. – Leve-os até os limites da floresta, perto da casa do Magdy. Não devolva os fuzis até chegarem lá. Volte e nos encontre o quanto antes.

Dickory concordou com a cabeça, depois intimidou Albert e Michel até que começassem a se mexer. E os três foram embora.

– Nunca gostei deles – comentou Gretchen, enquanto partiam.

– Consigo entender o porquê – falei, entregando o fuzil de Dickory para Hickory. – Andem. Vamos continuar.

Pudemos ouvi-los antes de conseguirmos vê-los. Na verdade, Hickory, cuja audição tem um alcance além do humano, foi quem os ouviu – trinando, gorjeando e cantando.

– Eles estão *de fato* cantando – disse Hickory com a voz baixa, levando Gretchen e eu até eles. Dickory chegou, em silêncio, logo antes de os encontrarmos. Hickory lhe devolveu seu fuzil.

Na pequena clareira, havia seis figuras.

Enzo e Magdy foram as primeiras que eu consegui reconhecer. Estavam ajoelhados no chão, com a cabeça contra o solo, à espera do que quer que fosse acontecer com eles. Não havia iluminação o suficiente para ver a expressão nos seus rostos, mas não precisava disso para saber que estavam com medo. Seja lá o que tivesse acontecido com os dois, a coisa estava feia, e agora só esperavam que acabasse. De um jeito ou de outro.

Avistei o vulto ajoelhado de Enzo e me lembrei de repente do porquê de eu amá-lo. Ele estava lá porque estava tentando ser um bom amigo para o Magdy. Tentando evitar que ele se encrencasse ou, no mínimo do mínimo, tentando dividir a encrenca, se pudesse. Era um ser humano *decente*, o que já é bem raro, mas é meio que um milagre no caso de um menino adolescente. Eu tinha vindo até ali por causa dele, porque ainda o amava. Fazia semanas que a gente não trocava nada além de um simples "olá" nas aulas – quando você termina um namoro numa comunidade pequena, tem que se dar espaço –, mas não importava. Ainda estava conectada a ele. Uma parte dele continuava em meu coração, e eu imaginava que continuaria enquanto eu vivesse.

Sim, eram um momento e lugar bastante *inconvenientes* para se ter essa epifania, mas essas coisas acontecem quando acontecem. E eu não estava fazendo nenhum estardalhaço, então não fez mal algum.

Olhei para o Magdy e foi esse o pensamento que me veio: *quando tudo isso acabar, vou dar uma surra nele.*

Já as quatro outras figuras…

Lobisomens.

Era o único jeito de descrevê-las. Tinham um aspecto feral. Eram fortes, carnívoras e pareciam saídas de um pesadelo, e com tudo aquilo de movimentos e sons, deixavam bem claro que havia uns bons miolos ali para combinar com o resto. Partilhavam dos mesmos quatro olhos que todos os outros animais de Roanoke, dentre os que vi até então, mas fora isso pareciam ter saído direto do nosso folclore. Eram lobisomens.

Três lobisomens estavam ocupados provocando e cutucando Magdy e Enzo, claramente brincando com os dois enquanto os ameaçavam. Um deles carregava o fuzil que havia arrancado das mãos de Magdy e o cutucava com ele. Fiquei me perguntando se a arma ainda estava carregada e o que aconteceria com Magdy e o lobisomem se disparasse. Outro carregava uma lança e de quando em quando cutucava Enzo com ela. Os três continuavam com seus gorjeios e cliques trocados entre si. Não duvido que estivessem discutindo o que fazer com Magdy e Enzo… e como.

O quarto lobisomem estava apartado dos outros três e agia de um jeito diferente. Quando um dos outros vinha cutucar Enzo ou Magdy, ele intervinha e tentava evitar que fizessem isso, colocando-se entre os humanos e o restante dos lobisomens. De vez em quando, avançava e tentava conversar com os outros, gesticulando na direção de Enzo e Magdy, enfaticamente. Estava tentando convencer os outros lobisomens a fazer alguma coisa. Deixar os humanos irem embora? Talvez. Fosse o que fosse, os outros do bando não estavam a fim. O quarto lobisomem continuou tentando, em todo caso.

De repente, me lembrei do Enzo, da primeira vez que o vi, tentando evitar que Magdy entrasse numa briga idiota sem qualquer motivo. Não deu certo naquela vez, e Gretchen e eu tivemos que intervir e fazer alguma coisa. Naquele momento também não estava funcionando.

Olhei e vi que Hickory e Dickory já haviam assumido uma posição na qual tinham os lobisomens na mira. Gretchen havia se afastado de mim e estava preparando a mira também.

Nós quatro poderíamos abater todos os lobisomens antes que sequer pudessem se dar conta do que lhes aconteceu. Seria rápido, limpo e fácil, e assim tiraríamos Enzo e Magdy de lá e voltaríamos para casa antes que qualquer um percebesse que algo aconteceu.

Era a decisão inteligente a se tomar. Eu me posicionei em silêncio e preparei a minha arma, depois demorei um minuto ou dois até parar de tremer e firmar a mão.

Sabia que iríamos abatê-los em sequência, Hickory na ponta esquerda fuzilaria o primeiro do grupo dos três lobisomens, Dickory fuzilaria o segundo, Gretchen, o terceiro, e o último ficaria para mim, à parte dos outros. Eu sabia que estavam só me esperando atirar primeiro.

Um dos lobisomens foi até o Enzo para cutucá-lo de novo. O meu lobisomem correu até ele, mas era tarde demais para impedir a agressão.

E eu sabia. Sabia que não queria fazer aquilo. Simplesmente não queria. Não queria matá-lo. Porque ele estava tentando salvar os meus amigos, não machucá-los. Ele não merecia morrer só porque esse era o modo mais fácil de trazermos Enzo e Magdy de volta.

Mas eu não sabia mais o que fazer.

Os três lobisomens começaram a gorjear de novo, a princípio de um jeito que parecia aleatório, depois em uníssono, com ritmo. O que tinha a lança começou a batê-la ritmicamente no chão, e os três começaram a desenvolver a música a partir da batida, jogando uma voz contra a outra, no que parecia ser um tipo claro de canto de vitória. O quarto lobisomem começou a gesticular de um jeito mais frenético. Veio-me um medo terrível do que estava para acontecer quando o canto terminasse.

Continuaram cantando, chegando mais e mais perto do fim da canção. Por isso fiz o que devia fazer.

Cantei de volta.

Abri a boca e o primeiro verso de "Delhi Morning" saiu dela. Não saiu bem, nem na nota certa. Na verdade, foi bem péssimo – todos aqueles meses praticando e tocando nas patuscadas não estavam compensando. Não importava. Serviu para o que eu precisava fazer. Os lobisomens se calaram na hora, e eu continuei cantando.

Lancei um olhar de relance para Gretchen, que não estava tão distante de mim a ponto de eu não conseguir interpretar a expressão de *você está completamente louca?* em seu rosto. Meu olhar para ela dizia *me ajuda, por favor*. O rosto dela se torceu, ilegível, e ela olhou pela mira telescópica do fuzil, para não tirar os olhos do alvo – e começou a cantar o contraponto da canção, que subia e descia contra a minha parte, como tantas vezes havíamos ensaiado. Com sua ajuda, eu encontrei o tom e consegui acertar as notas.

E então os lobisomens sabiam que estávamos em bando.

À esquerda de Gretchen, Dickory entrou com a sua parte, imitando o som de cítara da música daquele jeito que fazia tão bem. Era engraçado de ver, mas quando você fechava os olhos, ficava difícil distinguir essa imitação da coisa real. Fiquei curtindo os acordes da sua voz e continuei cantando. E à esquerda de Dickory, Hickory enfim entrou, usando o longo pescoço para batucar, encontrando a batida e a mantendo a partir de então.

E aí os lobisomens sabiam que estávamos em igual número. E que poderíamos tê-los matado a qualquer hora. Mas não matamos.

Meu plano idiota estava funcionando. Eu só precisava descobrir o que planejava fazer na sequência. Porque eu não sabia, de verdade, o que estava fazendo aqui. Só sabia que não queria atirar no meu lobisomem. Foi ele, na verdade, que se afastou de vez do resto da matilha e avançou na direção de onde achava que vinha a minha voz.

Decidi colaborar com ele. Abaixei meu fuzil e fui até a clareira, ainda cantando.

O lobisomem com a lança começou a levantá-la, e de repente fiquei com a boca muito seca. Acho que o meu lobisomem reparou em alguma coisa no meu rosto, porque se virou e disse algo, com um gorjeio suave, para o lanceiro, que abaixou a lança. O meu lobisomem não sabia, mas havia acabado de poupar o amigo de levar uma bala na cabeça, disparada por Gretchen.

Meu lobisomem se voltou para mim de novo e retomou a caminhada na minha direção. Continuei cantando até terminar a música. A essa altura, o meu lobisomem já estava em pé bem na minha frente.

Nossa canção havia terminado. Eu estava ali, em pé, esperando para ver o que ele faria na sequência.

O que fez foi apontar para o meu pescoço, para o pingente de elefante de jade que Jane havia me dado.

Eu o toquei:

– Elefante – falei. – Como os seus fantes.

Ele ficou encarando o objeto e depois me encarou de novo. Enfim, soltou alguns gorjeios.

– Olá – respondi. O que mais poderia dizer?

Passamos mais uns minutos medindo um ao outro. Então um dos outros três lobisomens soltou mais gorjeios. O meu lobisomem respondeu e inclinou a cabeça para mim, como se dissesse *me ajudaria muito se você de fato fizesse alguma coisa aqui*.

Então eu apontei para Enzo e Magdy.

– Esses dois me pertencem – falei, complementando com gestos manuais que eu torcia para que fossem os corretos, a fim de que ele entendesse a ideia. – Quero levá-los de volta comigo. – Gesticulei na direção da colônia. – Depois deixaremos vocês em paz.

O lobisomem ficou observando os meus gestos. Não sei quantos deles de fato entendeu. Mas, quando terminei, ele apontou para Enzo e Magdy, depois para mim, depois na direção da colônia, como se dissesse, *deixe-me ver se entendi isso direito*.

Concordei com a cabeça e disse "sim", depois repeti os gestos todos mais uma vez. Estávamos tendo um diálogo, de verdade.

Ou talvez não, porque o que aconteceu depois foi uma explosão de gorjeios do lobisomem, junto com uma gesticulação selvagem. Tentei acompanhar tudo, mas não tinha ideia do que estava acontecendo. Olhei para ele desamparada, tentando entender o que dizia.

O meu lobisomem enfim percebeu que eu não fazia ideia do que ele estava fazendo. Então apontou para Magdy e para o fuzil que um dos outros lobisomens tinha na mão. E então apontou para a lateral do corpo e gesticulou como se fosse para eu chegar mais perto. Contrariando meu bom senso, foi o que fiz, e reparei em algo que havia me escapado antes: meu lobisomem estava ferido. Havia um sulco muito feio em suas costelas, cercado por vergões em carne viva dos dois lados.

O idiota do Magdy havia atirado contra ele.

De raspão, claro. Magdy tinha sorte de ainda ter má pontaria, do contrário era bem provável que já estivesse morto. Mas esse raspão já era bem ruim.

Eu me afastei do lobisomem, avisando-o que já tinha visto o suficiente. Ele apontou para Enzo, apontou para mim e apontou para a colônia. Depois para Magdy e os amigos lobisomens. Estava bem claro: queria dizer que Enzo estava livre para vir comigo, mas seus amigos ficariam com Magdy. Não tive a menor dúvida de que ia acabar mal para ele.

Balancei a cabeça e deixei claro que precisava dos dois. Meu lobisomem deixou igualmente claro que eles queriam Magdy. Nossas negociações haviam acabado de chegar a um enrosco sério.

Medi meu lobisomem de cima a baixo. Era atarracado, pouco mais alto que eu, vestindo apenas um tipo de saia curta amarrada com um cinto, do qual uma faca de pedra rudimentar pendia. Já havia visto imagens de facas desse tipo em livros de história que detalhavam a época dos Cro-Magnons lá na Terra. O engraçado dos Cro-Magnons era que eles mal haviam descoberto como lascar pedras, mas seus cérebros eram, na verdade, maiores do que os nossos. Eram homens das cavernas, mas não eram burros. Tinham capacidade de pensar coisas sérias.

– Eu torço de verdade para que você tenha o cérebro de um Cro-Magnon – eu disse ao meu lobisomem. – Do contrário, estou lascada.

Ele inclinou a cabeça de novo, tentando entender o que eu dizia.

Comecei a gesticular mais uma vez, tentando deixar claro que queria conversar com Magdy. Meu lobisomem não pareceu muito feliz com a ideia e soltou uns gorjeios para os amigos. Eles responderam, bem agitados. Mas, no fim, ele estendeu a mão para mim. Deixei que me pegasse pelo pulso e me trouxesse até Magdy. Seus três amigos se posicionaram atrás de mim, de prontidão, caso eu tentasse fazer algo idiota. Eu sabia que, de fora da clareira, Hickory e Dickory, pelo menos, já estavam se posicionando a fim de mirar melhor neles. Ainda havia inúmeras maneiras de isso terminar mal.

Magdy ainda estava ajoelhado, sem olhar para mim, nem para nada, além de um ponto no chão.

– Magdy – falei.

– Mata logo esses bichos idiotas e tira a gente daqui – disse ele, com a voz baixa e com pressa, sem me olhar ainda. – Sei que você sabe como. Sei que tem um grupo aí pronto para isso.

– Magdy – falei, de novo. – Me escute com atenção e não me interrompa. Esses bichos querem matar você. Estão dispostos a deixar o Enzo ir embora, mas querem você para eles, porque atirou num deles. Entende o que estou dizendo?

– Só mata eles logo – disse Magdy.

– Não – respondi. – É *você* quem foi atrás deles, Magdy. *Você* foi caçá-los. *Você* atirou neles. Vou tentar evitar que te matem, mas não vou matá-los porque se meteu no caminho deles. Não se puder evitar. Você me entendeu?

– Eles vão matar a gente – disse Magdy. – Você e eu e Enzo.

– Acho que não – rebati. – Mas se você não calar a boca e escutar para valer o que estou tentando dizer, as chances disso aumentam.

– Atira logo... – Magdy começou com sua ladainha de novo.

– Pelo amor de Deus, Magdy – disse Enzo, de repente, do lado do amigo. – Uma única pessoa no planeta inteiro está arriscando o próprio pescoço por você e só o que você faz é *discutir* com ela. Você é um merdinha bem ingrato mesmo. Agora, por favor, só cala a *boca* e *escuta* o que ela tem a dizer. Eu quero sair daqui vivo.

Não sei quem ficou mais surpreso com essa reação, eu ou Magdy.

– Tá – disse Magdy, um minuto depois.

– Esses bichos querem matar você, porque atirou num deles – repeti. – Vou tentar convencê-los a deixarem você ir embora. Mas tem que confiar em mim, seguir os meus passos e tentar não discutir, *nem reagir*. Pela última vez: você me entendeu?

– Sim – respondeu Magdy.

– Certo – falei. – Eles pensam que sou a líder de vocês. Por isso preciso passar a ideia de que estou furiosa com o que você fez. Vou ter que puni-lo na frente deles. E só para você saber, isso vai doer. *Muito.*

– Só... – Magdy começou sua ladainha de novo.

– Magdy – eu o interrompi.

– Tá, beleza, que seja – disse ele. – Termina logo com isso.

– Certo – falei. – Peço desculpas pelo que vou fazer.

E então lhe dei um chute nas costelas. Com força.

Ele tombou no chão com um *vush* e caiu de barriga. Seja lá o que estava esperando, não era isso.

Depois de ficar um minuto arfando no chão, eu o segurei pelos cabelos. Ele agarrou a minha mão e tentou me fazer soltar.

– *Não reaja* – ordenei, com um soco rápido em suas costelas para enfatizar. Ele entendeu e parou. Eu puxei a cabeça dele para trás e gritei com ele por ter atirado no lobisomem, apontando para o fuzil e o lobisomem ferido de novo e de novo, várias vezes, para dar ênfase. Os lobisomens pareciam ter feito a conexão e gorjearam entre si sobre isso.

– Peça perdão – ordenei a Magdy, ainda agarrando sua cabeça.

Ele se voltou para o lobisomem ferido.

– Me desculpa – falou. – Se eu soubesse que atirar em você ia fazer a Zoë me encher de porrada, nunca teria feito isso.

– Obrigada – falei, depois soltei o cabelo dele e lhe dei um tapa forte na cara. Magdy caiu no chão de novo. Olhei para o lobisomem a fim de ver se seria o suficiente. Pelo seu olhar, parecia que ainda não estava satisfeito.

Voltei-me para Magdy.

– Como você está? – perguntei.

– Acho que vou vomitar – disse ele.

– Ótimo – comentei. – Acho que isso vai funcionar. Precisa de ajuda?

– Deixa comigo – ele respondeu e então vomitou no chão todo, o que arrancou gorjeios impressionados dos lobisomens.

– Beleza – falei. – Última parte, Magdy. Você vai ter que confiar em mim *de verdade* agora.

– Por favor para já de me machucar – disse Magdy.

– Quase terminando – respondi. – Em pé, por favor.

– Não sei se consigo – disse ele.

— Claro que consegue — rebati, torcendo o braço dele para motivá-lo. Magdy respirou fundo e se levantou. Eu o arrastei até o meu lobisomem, que ficou olhando para nós dois, curioso. Apontei para Magdy e a ferida que ele havia causado. Aí apontei para o lobisomem, para a faca em seu cinto e então fiz um gesto de corte na costela de Magdy.

O lobisomem inclinou a cabeça de novo, como quem diz *quero garantir que a gente está se entendendo aqui.*

— O que é justo é justo — falei.

— Você vai deixar que ele me *corte*? — disse Magdy, subindo o tom de voz dramaticamente no fim da frase.

— Você atirou nele — constatei.

— Ele pode me *matar* — disse Magdy.

— Você poderia ter matado ele — falei.

— Eu odeio você — disse Magdy. — Agora eu odeio muito, muito, muito você.

— Cala a boca — respondi e apontei com a cabeça para o lobisomem. — Confia em mim — disse a Magdy.

O lobisomem sacou a faca e olhou para os companheiros, que estavam todos tagarelando ruidosamente e começando a cantar a canção de mais cedo. Eu estava de acordo com aquilo. A diferença era que naquele momento era o meu lobisomem que ia exercer qualquer que fosse o ato de violência prestes a acontecer.

Ele ficou parado ali por um minuto, aproveitando o canto de seus amigos da matilha. Então, sem aviso, deu um golpe cortante na direção de Magdy com tamanha rapidez que só consegui vê-lo quando recuou, não quando avançou. Magdy soltou um suspiro de dor. Eu o soltei e ele caiu no chão, agarrando a costela. Fui até a frente dele e agarrei suas mãos.

— Me deixa ver — ordenei, ao que ele afastou as mãos e fez uma careta de antecipação, esperando um esguicho de sangue.

Havia apenas uma linha vermelha muito tênue na região da costela. O lobisomem fez um corte que era só o suficiente para avisar que poderia ter feito bem pior.

— Eu sabia — falei.

— Sabia o quê? — disse Magdy.

— Que estava lidando com um Cro-Magnon — respondi.

– Não dá para entender você *mesmo* – disse Magdy.

– Fica aí no chão – falei. – Não se levante até eu falar que pode.

– Não vou me mexer – disse ele. – Sério.

Levantei-me e olhei para o lobisomem, que havia guardado a faca de volta no cinto. Ele apontou para Magdy e para mim, depois apontou de volta para a colônia.

– Obrigada – falei, fazendo um pequeno aceno de cabeça, com a esperança de que isso transmitisse a ideia. Quando olhei de novo, vi que ele encarava meu elefante de jade mais uma vez. Fiquei me perguntando se ele alguma vez na vida já tinha visto uma joia ou se era simplesmente porque um elefante parece um fante. Os lobisomens seguiam manadas de fantes, deviam ser sua principal fonte de alimento. Eram a vida deles.

Tirei meu colar e o entreguei ao meu lobisomem. Ele o tomou e tocou o pingente com cuidado, fazendo-o girar e reluzir sob a luz tênue da noite, gorjeando com um tom de apreço. Depois me devolveu.

– Não – falei, erguendo a mão, depois apontando para o pingente e para ele. – É para você. Estou te dando.

O lobisomem ficou parado ali por um momento, depois enunciou um trinado, que fez com que os amigos se reunissem ao seu redor. Ele mostrou o pingente para que o admirassem.

– Aqui – falei, depois de um minuto. Então, gesticulei para que me entregasse o colar, o que ele fez, e eu, indo *bem* devagar, para não o surpreender, o coloquei em torno do seu pescoço e prendi o fecho. O pingente roçou em seu peito. Ele o tocou de novo.

– Pronto – falei, por fim. – Ganhei este pingente de alguém muito importante, para me lembrar das pessoas que me amam. Estou dando para você a fim de que se lembre do meu agradecimento por me devolver as pessoas que amo. Obrigada.

O lobisomem fez de novo aquilo de inclinar a cabeça.

– Sei que você não faz ideia do que estou falando – comentei. – Mas agradeço ainda assim.

Ele tocou seu cinto com a mão, puxando a faca. Então a repousou sobre a palma e a entregou para mim.

Eu a tomei e disse "uau", admirando-a. Tomei cuidado para não tocar na lâmina de fato. Já tinha visto o quanto era afiada. Tentei devolvê-la, mas ele levantou a mão ou garra ou seja lá o que fosse, num gesto que repetia o que eu havia feito. Estava me dando como presente.

— Obrigada — repeti. Ele soltou um gorjeio e com isso voltou aos amigos. O lobisomem que estava com o fuzil de Magdy o soltou e foram todos até as árvores mais próximas, sem olhar para trás, escalando-as com uma velocidade inacreditável. Desapareceram quase que num instante.

— Puta merda — soltei, após um minuto. — Não acredito que isso deu certo mesmo.

— *Você* não acredita — disse Gretchen, saindo de seu esconderijo e caminhando, furtivamente, na minha direção. — Qual é a merda do seu problema? A gente vem todo esse caminho até aqui e você *canta* para eles. *Canta*. Como se estivesse numa patuscada. Não vamos fazer isso de novo. Nunca.

— Obrigada por dançar conforme a música — respondi. — E por confiar em mim. Amo você.

— Amo você também — disse Gretchen. — O que não quer dizer que vou deixar isso acontecer de novo, *nunca mais*.

— Justo — concordei.

— Mas quase valeu a pena só para ver você encher o Magdy de porrada — comentou Gretchen.

— Meu Deus, eu me sinto péssima por isso — respondi.

— Jura? — perguntou Gretchen. — Não foi nem um pouco divertido?

— Ah, tudo bem — falei. — Só um pouquinho, talvez.

— Eu estou bem *aqui* — disse Magdy, do chão.

— E precisa agradecer a Zoë por isso — disse Gretchen, se abaixando para dar um beijo nele. — Ô, pessoa burra e irritante. Eu estou *tão* feliz que você ainda está vivo. Se fizer algo assim de novo *alguma vez na vida* vou matar você pessoalmente. E sabe que sou capaz disso.

— Eu sei — disse ele, apontando para mim. — E se você não for, ela é. Eu já entendi.

— Ótimo — disse Gretchen. Ela se levantou e estendeu a mão para Magdy. — Agora levanta. Temos um longo caminho até em casa e acho que já gastamos toda a nossa sorte do ano inteiro.

* * *

– O que você vai dizer aos seus pais? – Enzo me perguntou, enquanto caminhávamos de volta para casa.

– Hoje à noite? Nada – falei. – Os dois já têm o suficiente com o que se preocupar. Não precisam que eu chegue e fale que, enquanto estavam fora, encarei quatro lobisomens que queriam matar mais dois dos nossos colonos e os derrotei usando só o poder da *música*. Acho que vou esperar um ou dois dias até soltar *essa* bomba no colo deles. Foi uma indireta, aliás.

– Entendi a indireta – disse Enzo. – Mas você vai precisar dizer algo para eles.

– Sim – respondi. – Temos que dizer. Se esses lobisomens seguem as manadas de fantes, então teremos problemas assim todos os anos, todas as vezes que voltarem. Acho que precisamos avisar as pessoas que eles não são selvagens assassinos, na verdade, mas que ainda assim o melhor é a gente deixá-los em paz.

– Como você soube? – Enzo me perguntou, um minuto depois.

– Soube o quê? – perguntei de volta.

– Que esses bichos-lobisomem aí não eram selvagens assassinos? – disse Enzo. – Você segurou o Magdy e deixou o lobisomem fazer um corte nele. Imaginou que ele não iria golpear Magdy até a morte. Eu ouvi o que você disse, sabe. Depois que ele terminou, você disse "eu sabia". Então como soube?

– Eu não sabia – respondi. – Mas tinha esperança. Ele ficou sabe--Deus-quanto-tempo discutindo com os amigos para eles não matarem vocês dois. Não acho que fez isso só porque era gente boa.

– Um lobisomem gente boa – corrigiu Enzo.

– Um seja-lá-o-que-ele-for gente boa – respondi. – A questão é que os lobisomens já mataram alguns de nós. E sei que John e Jane mataram alguns deles tentando recuperar o nosso pessoal. Nós dois, tanto lobisomens como colonos, demonstramos ser perfeitamente capazes de matar uns aos outros. Acho que precisávamos demonstrar que éramos capazes de *não* matar uns aos outros também. Fizemos isso quando cantamos para eles em vez de atirarmos. Acho que o meu lobisomem sacou isso. Foi por esse motivo que, quando ofereci uma chance de retribuição ao Magdy, imaginei que ele não fosse deixá-lo ferido de verdade. Porque imaginei que quisesse demonstrar ser inteligente o bastante para saber o que aconteceria se fizesse isso.

– Ainda assim correu um risco sério – disse Enzo.

– Pois é, corri – concordei. – Mas a única alternativa que sobrava era matar todos eles ou todos eles nos matarem. Ou nos matarmos todos. Acho que minha esperança era termos uma possibilidade melhor. Além do mais, não acho que foi um risco tão grande. O que ele fez não deixando que os outros machucassem vocês me lembrou de alguém que eu conheci uma vez.

– Quem? – perguntou Enzo.

– Você – respondi.

– Bem, sim – disse Enzo. – Acho que esta noite marca a última vez, oficialmente, que eu acompanho o Magdy para evitar que ele se encrenque. Depois dessa, ele está por conta própria.

– Não tenho nenhuma crítica a essa ideia – comentei.

– Imaginei que não mesmo – disse Enzo. – Sei que o Magdy dá nos seus nervos às vezes.

– É verdade – concordei. – Ele dá nos meus nervos demais. Mas o que posso fazer, né? É meu amigo.

– Ele pertence a você – disse Enzo –, e eu também.

Eu olhei para ele e disse:

– Ah, então você ouviu essa parte também.

– Confia em mim, Zoë – disse Enzo. – Eu não parei de te ouvir nem um segundo depois que você deu as caras. Vou conseguir recitar tudo que você disse pelo resto da minha vida... a qual eu ainda tenho, graças a você.

– E a Gretchen e Hickory e Dickory – falei.

– Vou agradecer a todo mundo também – disse Enzo. – Mas agora quero me concentrar em você. Obrigado, Zoë Boutin-Perry. Obrigado por salvar a minha vida.

– De nada – respondi. – E para com isso. Você está me fazendo corar.

– Não acredito – disse Enzo. – Justo agora que está escuro demais para ver.

– Sinta as minhas bochechas – falei. E foi o que ele fez.

– Não parecem estar corando especialmente – respondeu ele.

– Você não está sentindo direito – comentei.

– Falta de prática – disse ele.

– Bem, tem que consertar isso – retruquei.

– Beleza – disse Enzo, vindo me beijar.

– Era para fazer você corar e não chorar – comentou ele, depois que terminamos.

– Desculpa – respondi, tentando me recompor. – É só que eu senti muita saudade. Disso. De nós dois.

– Culpa minha – Enzo começou, ao que levei um dedo aos seus lábios.

– Não quero saber de nada disso – falei. – De verdade, Enzo. Nada disso importa para mim. Só não quero mais sentir saudades de você.

– Zoë – disse Enzo, tomando minhas mãos. – Você me salvou. Você me tem. Você é minha *dona*. Eu pertenço a você. Você mesma disse.

– Eu disse, de fato – admiti.

– Então, está combinado – disse Enzo.

– Beleza – concordei e sorri.

Nós nos beijamos mais um pouco, na escuridão, em frente aos portões da casa dele.

18_

A conversa que Hickory estava tendo com o meu pai sobre o Conclave e a União Colonial era bem interessante, até o ponto em que Hickory anunciou que, junto de Dickory, ês dues tinham planos para matar os meus pais. Aí, bem. Eu meio que *perdi as estribeiras*.

Para ser justa, foi um dia bem *longo*.

Eu havia acabado de me despedir do Enzo, me arrastado até em casa e mal conseguia pensar o suficiente para esconder a faca de pedra na minha cômoda e afastar o ataque de lambidas do Babar contra o meu rosto antes de desabar na minha cama e apagar sem nem me dar ao trabalho de tirar a roupa. Em certo ponto, após eu me deitar, a Jane chegou da enfermaria, me deu um beijo na testa e tirou minhas botas, mas eu mal consigo me lembrar de qualquer coisa além de ter murmurado algo sobre o quanto eu estava feliz por ela estar melhor. Pelo menos, foi o que eu disse na minha cabeça... não sei se minha boca de fato deu forma a essas palavras. Penso que sim. Eu estava cansada demais na hora.

Não muito tempo depois disso, no entanto, meu pai chegou e me cutucou, delicadamente, até eu acordar.

– Vamos lá, querida – disse ele. – Preciso que você faça uma coisa por mim.

– Eu faço de manhã – murmurei –, *juro*.

– Não, meu bem – respondeu meu pai. – Preciso que você faça agora.

O tom na voz dele, suave, porém insistente, me comunicava que ele precisava de verdade que eu levantasse. E eu me levantei, mas reclamando o suficiente para manter a minha honra. Fui até a sala de estar do nosso bangalô, e o meu pai me guiou até o sofá, onde me sentei e tentei manter um estado semiconsciente que me permitisse voltar a dormir assim que terminássemos seja lá o que fôssemos fazer. Meu pai se sentou à sua mesa, minha mãe ao lado dele. Dei um sorriso sonolento para ela, mas Jane não pareceu reparar. Entre os meus pais e eu, estavam Hickory e Dickory.

Meu pai falava com Hickory.

– Vocês são capazes de mentir? – perguntou.

– Ainda não mentimos para o senhor até agora – disse Hickory. O que, mesmo no meu estado sonolento, eu conseguia reconhecer que não era uma resposta de verdade à pergunta que foi feita. Meu pai e Hickory ficaram discutindo um pouco os pormenores de como a capacidade de mentir contribui para a conversa (na minha opinião, no geral contribui com a habilidade de ter que discutir coisinhas idiotas sobre as quais é melhor mentir de uma vez, mas ninguém me perguntou), e então meu pai pediu que eu ordenasse Hickory e Dickory a responderem todas as suas perguntas sem mentiras ou omissões.

Isso enfim serviu para me acordar de vez.

– Por quê? – perguntei. – O que está rolando?

– Faça isso, por favor – insistiu meu pai.

– Tudo bem – respondi, virando-me para Hickory. – Hickory, por favor responda ao meu pai, sem mentir para ele, nem se esquivar das perguntas. Tudo bem?

– Como quiser, Zoë – disse Hickory.

– Dickory, idem – falei.

– Ambas daremos respostas verdadeiras – disse Hickory.

– Obrigado – agradeceu meu pai, voltando-se para mim, na sequência. – Você pode voltar para a cama agora, querida.

Isso me irritou. Eu sou um ser humano, não um soro da verdade.

– Quero saber o que está acontecendo – respondi.

– Não é nada com que você precise se preocupar – disse meu pai.

– Você me dá ordens para mandar essa dupla contar a verdade e aí quer que eu acredite que não é algo para me preocupar? – rebati. As toxinas do sono saíam do meu sistema sem pressa, porque, mesmo enquanto eu fazia essa pergunta, já estava me dando conta de que o meu comportamento com os meus pais tinha sido um pouco pior do que a situação pedia.

Como se confirmasse minha impressão, Jane se endireitou e disse:
– Zoë...
Eu me recalibrei.
– Além do mais, se eu sair não há garantia alguma de que Hickory e Dickory não vão mentir – falei, tentando parecer mais razoável. – Ês dues possuem o equipamento emocional para mentir para vocês, porque não se importam se vão ficar decepcionados com elus ou não. Mas não querem *me* decepcionar.

Eu não sabia se isso era de fato verdade. Mas chuto que sim.
Meu pai se voltou para Hickory.
– Isso confere?
– Nós mentiríamos para o senhor se acreditássemos que fosse necessário – disse Hickory. – Não mentiríamos para Zoë.

Havia uma questão bem interessante aqui sobre se Hickory estava dizendo isso porque era, de fato, verdade, ou se estava dizendo isso só para dar apoio ao que eu disse – e, se tal fosse o caso, então qual valor de verdade teria a sua declaração? Se eu estivesse mais acordada, acho que teria pensado melhor na hora. Mas, tal como eu estava, só fiz que sim com a cabeça e disse para o meu pai:
– Aí, pronto.
– Se você sussurrar uma só palavra disso com qualquer pessoa que seja, vai passar o próximo ano inteiro no estábulo dos cavalos – disse meu pai.
– Minha boca é um túmulo – falei, quase fazendo um gesto como quem passa um zíper pelos lábios, mas, no último segundo, achei melhor não.

E foi bom, porque de repente a Jane chegou por trás de mim, lançando sua sombra, com uma expressão de "estou falando mortalmente sério".
– Não – disse ela –, preciso que compreenda que o que você vai ouvir aqui não vai poder compartilhar com mais ninguém. Nem com Gretchen. Nem com os seus outros amigos. Com ninguém. Não é brincadeira e não é um segredo divertido. É um negócio sério demais, Zoë. Se não estiver pronta

para aceitar isso, vai ter que sair desta sala agora. Eu aceito o risco de Hickory e Dickory mentirem para nós, mas você não. Então, compreende que, quando falamos para não compartilhar isso com mais ninguém, não é para compartilhar com mais ninguém? Sim ou não?

Vários pensamentos passaram pela minha cabeça naquele momento.

O primeiro foi que, em horas como essas, eu podia ter um pequeno vislumbre do quanto a Jane devia ser *aterrorizante* quando foi soldado. Era a melhor mãe que uma menina poderia ter, nisso não tem erro, mas quando ficava daquele jeito, era uma pessoa tão rígida, fria e direta quanto se poderia ser. Intimidadora, para resumir numa só palavra. E isso era só falando. Tentei imaginá-la atravessando um campo de batalha com a mesma expressão no rosto que ela tinha naquele momento e o fuzil padrão das Forças Coloniais de Defesa. Acho que eu de fato consegui sentir pelo menos três dos meus órgãos internos se contraindo só de pensar.

O segundo foi que me perguntei o que ela acharia da minha capacidade de guardar segredo se soubesse o que eu tinha acabado de fazer da minha noite.

O terceiro era que talvez ela soubesse *sim*, e essa conversa toda fosse por esse motivo.

Vários outros dos meus órgãos se contraíram com *esse* pensamento.

Jane ainda estava me encarando, fria que nem pedra, esperando a minha resposta.

– Sim – falei –, eu compreendo, Jane. Nem uma só palavra.

– Obrigada, Zoë – disse ela. Depois se abaixou e deu um beijo no topo da minha cabeça. Assim, do nada, voltou a ser minha mãe. O que, de certo modo, fazia com que ela ficasse ainda mais aterrorizante, se quer saber.

Resolvida essa questão, o meu pai começou a perguntar a Hickory quanto ao Conclave e o que a dupla sabia a respeito daquilo. Desde que fizemos o salto para Roanoke, andávamos esperando que o Conclave nos encontrasse e nos destruísse, igual fez com a colônia whaid no vídeo que a União Colonial nos mandou. Meu pai queria saber se o que Hickory sabia a respeito era diferente do que nós sabíamos.

Hickory disse que sim, basicamente. Eles sabiam bastante do Conclave, com base nos arquivos que o próprio governo obin possuía sobre eles – e que os próprios arquivos, ao contrário do que nos foi dito pela União

Colonial, demonstravam que, em matéria de confrontos com colônias, o Conclave preferia evacuá-las a destruí-las.

Meu pai perguntou a Hickory por que não compartilharam nada antes, já que possuíam informações divergentes. Hickory respondeu que tinham ordens do seu governo para não o fazerem. Nenhum des dues Obins teria dado respostas mentirosas se meu pai tivesse perguntado, mas ninguém nunca tinha perguntado nada até então. Acho que isso, aos ouvidos do meu pai, deve ter soado meio sorrateiro, mas ele deixou para lá.

Perguntou a Hickory se havia visto o vídeo que a União Colonial nos mandou, do Conclave destruindo a colônia whaid. A resposta foi que Hickory e Dickory possuíam uma versão própria. Meu pai perguntou se a versão dos dois era diferente, o que Hickory confirmou – era um corte mais longo, mostrando o general Gau, responsável por ordenar a destruição da colônia whaid, tentando convencer o líder da colônia a permitir que o Conclave evacuasse os colonos e recebendo como resposta dos Whaids uma recusa em partir antes da destruição do local. Hickory afirmou que outras vezes, em outras colônias, os colonos de fato *pediram* para ser evacuados, e o Conclave os removeu do planeta, levando-os para seus mundos de origem ou permitindo que se tornassem cidadãos da comunidade.

Jane pediu estatísticas. Hickory disse estar ciente de dezessete remoções de colônias por parte do Conclave, dez das quais incluíam o retorno dos colonos a seus planetas nativos. Em quatro desses casos, os colonos entraram para o Conclave. Apenas três envolviam a destruição das colônias, após os colonos se recusarem a ir embora. O Conclave falava seríssimo quanto à proibição de outros começarem novas colônias – mas, diferente do que a União Colonial nos disse, não insistiam em matar todo mundo naquelas novas colônias para deixar isso claro.

Isso tudo era fascinante – e perturbador. Porque, se o que Hickory disse era verdade – e era, porque Hickory não mentiria para mim, nem para os meus pais contra a minha vontade –, significava que, ou a União Colonial estava bastante equivocada quanto ao Conclave e seu líder, o general Gau, ou que a UC mentiu para nós quando nos disse o que iria acontecer se o Conclave nos encontrasse. Essa primeira possibilidade parecia certamente plausível, imagino – a União Colonial estava num estado de hostilidade ativa contra quase todas as outras raças alienígenas de que tínhamos notícia, o que deve dificultar muito para coletar inteligência, suponho, comparado a se tivéssemos mais amigos. Porém, o mais provável era que a segunda possibilidade fosse a verdadeira: nosso governo mentiu para nós.

Mas se a União Colonial nos contou essa mentira, qual foi o motivo? O que eles ganhavam mentindo para a gente, mandando-nos para sabe-se lá onde no universo e nos submetendo a uma vida de medo de sermos descobertos... colocando todos nós em perigo?

O que o nosso governo estava tramando?

E o que o Conclave realmente faria se nos encontrasse?

Era tão interessante pensar nisso que quase não consegui captar a parte em que Hickory explicou o motivo de possuírem arquivos detalhados sobre as outras remoções de colônias realizadas pelo Conclave: para convencer a minha mãe e o meu pai, caso o Conclave batesse na porta, a entregar a colônia, em vez de permitirem que ela fosse destruída. E por que elus iriam querer convencê-los disso?

– Por causa da Zoë? – meu pai perguntou a Hickory.

– Sim – respondeu Hickory.

– Nossa – falei. Isso era novidade.

– Quieta, querida – disse meu pai, retornando sua atenção a Hickory. – O que aconteceria se Jane e eu optássemos por não entregar a colônia? – perguntou.

– Preferimos não dizê-lo – disse Hickory.

– Sem omissões – falou meu pai. – Respondam à pergunta.

Flagrei Hickory me lançando um olhar de relance antes de responder.

– Nós mataríamos o senhor e a tenente Sagan – disse Hickory. – Os dois e qualquer outro líder colonial que autorizasse a destruição da colônia.

Meu pai retrucou com alguma coisa e Hickory respondeu algo em troca, mas não consegui captar quase nada porque meu cérebro estava tentando processar o que eu tinha acabado de ouvir... e fracassando total e completamente. Eu sabia que era importante para os Obins. Sempre soube disso, num nível abstrato, e então Hickory e Dickory deixaram isso bem martelado na minha cabeça quando me atacaram e me mostraram como era ser caçada, quando me mostraram o porquê de eu precisar aprender a me defender. Mas em nenhuma das formulações quanto à minha importância apareceu o menor indício de que eu era tão importante para os Obins que, se a situação exigisse, eles matariam os meus pais para me salvar.

Eu não sabia nem mesmo o que *pensar* de algo nesse sentido. Não sabia o que *sentir* a respeito. A ideia tentava se agarrar ao meu cérebro, mas simplesmente não dava certo. Era como ter uma experiência fora do corpo. Eu estava pairando acima da conversa, ouvindo as interjeições da Jane no meio da discussão, que perguntava a Hickory se eles, mesmo após admitirem o plano, ainda assim seguiriam adiante. Se matariam o meu pai e a minha mãe.

– Se não optarem por entregar a colônia, sim – disse Hickory.

De fato senti alguma coisa *arrebentando* enquanto eu voltava para a minha cabeça, e fico feliz em dizer que enfim soube, bem de repente, o que sentir quanto a isso tudo: uma fúria absoluta.

– Não *ousem* – esbravejei, arremessando as palavras da boca – sob circunstância alguma *fazer isso*.

Fiquei surpresa em me ver de pé enquanto dizia isso. Não me lembrava de ter levantado. Estava tremendo tanto de raiva que não tinha certeza de como havia me levantado.

Hickory e Dickory se encolheram e estremeceram por conta da minha raiva.

– Esta é uma ordem sua a qual devemos recusar – disse Hickory. – Você é importante demais. Para nós. Para todos os Obins.

Para todos os Obins.

Se eu conseguisse cuspir, teria cuspido.

Isso de novo. Minha vida toda, presa aos Obins. Presa não por *quem* eu era, mas pelo *que* eu era. Pelo que eu *significava* para eles. Não havia nada a respeito da minha vida que tivesse importância nisso, exceto o quanto de entretenimento eu podia oferecer a bilhões de Obins que assistiam a registros da minha existência como se fosse um seriado de comédia. Se qualquer outra menina tivesse sido a filha de Charles Boutin, eles teriam ficado felizes em assistirem à vida dela em vez disso. Se os pais adotivos de qualquer outra garota tivessem atrapalhado os planos que os Obins têm para ela, eles os teriam massacrado também. Quem eu era não significava nada. A única coisa que importava era, por acaso, eu ser a filha de um homem. Um homem que os Obins achavam que poderia dar algo para eles. Um homem cuja filha serviu de moeda de troca para obterem esse algo. Um homem que acabou *morrendo* por conta do trabalho que fez por eles. E agora queriam mais sacrifícios.

Por isso deixei que Hickory e Dickory soubessem como eu me sentia.

– Eu já perdi um pai por conta dos *Obins* – falei, despejando tudo que podia nessa última palavra. Toda minha raiva e meu nojo, meu horror e ódio, com a ideia de eles decidirem, assim casualmente, me privar das duas únicas pessoas que já demonstraram amor, afeto e honra, jogá-las de lado como se não fossem nada mais do que uma inconveniência.

Eu tive ódio de Hickory e Dickory naquele momento. Um ódio do tipo que só vem à tona quando alguém que você ama pega esse amor e o trai, completa e totalmente. Ódio porque os dois estavam dispostos a me trair porque acreditavam que me amavam.

Tive ódio deles.

– Todo mundo se acalme – disse John. – Ninguém vai matar ninguém, tá bom? Não é uma questão. Zoë, nem Hickory nem Dickory vão nos matar, porque nós não vamos deixar que a colônia seja destruída. Simples assim. E nunca vou deixar algo acontecer com você, Zoë. Hickory, Dickory e eu, *todos* concordamos que você é importante demais para isso.

Eu abri a boca para dizer alguma coisa e simplesmente comecei a chorar de soluçar em vez disso. Sentia como se minhas pernas tivessem ficado adormecidas. De repente, Jane estava lá, me segurando e me trazendo de volta ao sofá. Fiquei soluçando contra o colo dela, igualzinho fiz tantos anos antes, do lado de fora da loja de brinquedos, tentando processar todos os meus pensamentos.

Ouvi meu pai obrigar Hickory e Dickory a jurarem me proteger, sempre, sob quaisquer circunstâncias. Ês dues juraram. O que eu sentia era que não queria nunca mais o auxílio ou proteção delus. Sabia que isso ia passar. Mesmo naquela hora eu sabia que meus sentimentos eram por conta do momento. Não mudava o fato de que os sentia, ainda assim. Ia ter que viver com isso de agora em diante.

Meu pai conversou mais um pouco com Hickory sobre o Conclave e pediu para ver os arquivos dos Obins sobre as outras remoções de colônias. Hickory disse que precisariam ir até o centro de informações para isso. Embora fosse tão tarde da noite que era quase de manhã, meu pai quis ir naquele instante. Ele me deu um beijo e saiu pela porta com os Obins. Jane ficou para trás por um segundo.

– Você vai ficar bem? – ela me perguntou.

– Estou tendo um dia muito intenso, mãe – respondi. – Só quero que ele acabe, eu acho.

– Sinto muito que você teve que ouvir o que Hickory falou – disse Jane. – Não acho que haveria um jeito de lidar bem com isso.

Eu abri um sorrisinho, fungando.

– *Você* parece ter lidado com isso bem – respondi. – Se alguém me dissesse ter planos para me matar, não sei se eu teria aceitado com tanta calma.

– Digamos que não fiquei tão surpresa em ouvir Hickory dizer aquilo – disse Jane, ao que eu olhei para ela, surpresa. – Você é uma condição de um tratado, lembre-se disso – continuou –, e é a principal experiência para os Obins de como é viver.

– Todos eles vivem – retruquei.

– Não – disse Jane. – Eles *existem*. Mesmo com seus implantes de consciência, mal e mal sabem o que fazer consigo mesmos, Zoë. É tudo novidade para elus. A raça não tem experiência alguma com isso. Não assistem à sua vida por entretenimento. Assistem para aprender a ser. Você os está ensinando a viver.

– Nunca pensei nisso desse jeito – respondi.

– Eu sei que não – disse Jane. – Você não *precisa*. Vive com naturalidade. Com mais naturalidade do que alguns de nós.

– Faz um ano já que nenhum deles me vê – falei –, além de Hickory e Dickory. Se eu venho ensinando a viverem, fico me perguntando como eles ficaram ao longo desse último ano.

– Com saudades de você – disse minha mãe, beijando minha cabeça de novo. – E agora sabe por que eles farão de tudo para ter você de volta. E para mantê-la a salvo.

Eu não tinha uma boa resposta para isso. Minha mãe me deu um último e breve abraço, depois foi até a porta a fim de se encontrar com meu pai e os Obins.

– Não sei quanto tempo isso vai demorar – disse ela. – Tente voltar para a cama.

– Estou nervosa demais para voltar a dormir – respondi.

— Se conseguir dormir um pouco, provavelmente vai estar menos nervosa quando acordar — disse Jane.

— Confia em mim, mãe — falei. — Vai precisar de algo bem grande para me fazer superar o nervoso disso tudo.

19___

E olha só. De fato, algo grande estava *planejado*.

A União Colonial deu as caras.

O transporte aterrissou e um homenzinho verde saiu de lá. E eu pensei, *que cena familiar*. Até o homenzinho verde era o mesmo: general Rybicki.

No entanto, havia diferenças. Na primeira vez que vi o general Rybicki, ele estava no jardim da frente de casa, e estávamos só nós dois. Desta vez, seu transporte desceu sobre o mato à frente do portão de Croatoan, e uma vasta porção da colônia veio vê-lo aterrissar. Era nosso primeiro visitante desde que chegamos a Roanoke, e sua aparição pareceu transmitir a ideia de que talvez a gente pudesse enfim sair do exílio.

O general Rybicki parou em pé na frente do transporte e olhou para as pessoas diante de si. Acenou.

Todos o aclamaram, loucamente, o que durou vários minutos. Era como se as pessoas nunca tivessem visto ninguém acenar antes na vida.

Por fim, o general se pronunciou:

– Colonos de Roanoke – disse ele –, trago-lhes boas novas. Seus dias de esconderijo acabaram. – Nisso, foi interrompido por mais uma rodada de aplausos, continuando assim que as pessoas se acalmaram. – Enquanto falo com vocês, minha nave já está acima de nós, instalando os satélites de comunicação. Logo poderão mandar mensagens para amigos e entes queridos em seus planetas natais. E daqui em diante, todos os equipamentos eletrônicos e de comunicação, que vocês foram instruídos a não usar, serão devolvidos.

Os setores adolescentes da multidão foram à loucura com isso.

– Sabemos que exigimos demais de vocês – disse Rybicki. – Estou aqui para lhes dizer que seu sacrifício não foi em vão. Acreditamos que, muito em breve, o inimigo que os ameaçou estará contido... e não apenas contido, mas derrotado. Não poderíamos ter feito isso sem vocês. Por isso, em nome de toda a União Colonial, eu lhes agradeço.

Mais gritos e bagunça. O general parecia estar aproveitando o seu momento de glória.

– Agora, devo conversar com os líderes da colônia a fim de discutirmos como faremos para reintegrá-los à União Colonial. Pode demorar um tempinho, por isso lhes peço um pouco de paciência. Mas, até lá, deixem-me dizer o seguinte: bem-vindos de volta à civilização!

Aí que a multidão enlouqueceu de vez. Eu revirei os olhos e olhei para Babar, no chão, que veio comigo ver a aterrissagem.

– É isso que acontece quando você fica um ano perdido no meio do mato – comentei. – Qualquer bobagem parece entretenimento.

Babar olhou para cima, para mim, e colocou a língua para fora. Dava para dizer que concordava comigo.

– Vamos, então – falei, e fomos abrindo caminho pela multidão até chegarmos ao general, a quem eu devia escolher até meu pai.

O general Rybicki avistou Babar antes de me enxergar.

– Ei! – disse ele, abaixando-se para receber uma babação, aplicada devida e entusiasmadamente por Babar. Era um bom cão, mas não um grande juiz de caráter.– Eu me lembro de você – falou a Babar, fazendo carinho na cabeça dele, então olhou para cima e me viu. – E me lembro de você também.

– Olá, general – cumprimentei, educadamente. A multidão ainda estava agitada ao nosso redor, mas logo se dispersou, no que toda a gente começou a correr até os cantos da colônia, a fim de repassar as novidades.

– Você está mais alta – disse ele.

– Faz um ano já – respondi. – E sou uma menina em fase de crescimento, apesar de vocês terem deixado a gente no escuro todo esse tempo.

O general pareceu não ter captado a indireta.

– Sua mãe disse que você iria me levar para vê-los. Estou um pouco surpreso que eles mesmos não vieram – comentou.

– Os dois andaram ocupados esses dias – falei. – Todos nós.

– Então, quer dizer que a vida na colônia é mais emocionante do que você achou que fosse ser – disse o general.

– Algo nessa linha – respondi, gesticulando. – Sei que o meu pai está interessadíssimo em falar com o senhor, general. Não vamos deixá-lo esperando.

Segurei meu PDA. Algo nele parecia estranho.

Gretchen também reparou.

– Que *esquisito* – disse ela. – Faz tanto tempo que a gente não anda com um desses. Parece que esquecemos como faz.

– Você parecia lembrar muito bem quando a gente estava usando um no centro de informações – comentei, para lembrá-la de como passamos boa parte do ano passado.

– É diferente – disse ela. – Eu não disse que tinha esquecido como se usa. Digo que esqueci como é andar com um desses. Duas coisas bem diferentes.

– Você pode devolver, se quiser – falei.

– Não falei isso – disse Gretchen, sem demora, sorrindo na sequência –, mas ainda assim, é de se admirar. No ano passado, as pessoas conseguiram *de fato* se virar sem eles, tranquilamente. Todas as patuscadas e as peças e as outras coisas – ela olhou para o tablet –, faz a gente pensar se tudo isso vai embora agora.

– Acho que já virou parte de quem somos – falei – enquanto roanokeranos, digo.

– Talvez – disse Gretchen. – É bom pensar nisso. Só vamos ter que ver se é verdade.

– Podíamos praticar uma música nova – sugeri. – Hickory diz que Dickory anda querendo experimentar algo novo já faz um tempo.

– Que engraçado – disse Gretchen –, ume de sues guarda-costas ficou viciade em música.

— Dickory também é roanokerane — falei.

— Acho que sim — disse Gretchen. — *Isso* é engraçado também.

A luz do meu tablet piscou Assim como a do tablet de Gretchen. Ela espiou para ver o que era.

— É uma mensagem do Magdy — falou. — Isso não vai prestar. — Então ela tocou o tablet para abri-la. — Pois é — disse, me mostrando uma imagem. Magdy havia enviado um videozinho dele fazendo bundalelê.

— Tem gente que já está conseguindo se acostumar melhor do que outros — comentei.

— Infelizmente — disse Gretchen, com um toque no PDA. — Pronto — disse ela —, já fiz aqui uma nota para me lembrar de dar uma surra nele na próxima vez que a gente se ver. — Aqui ela gesticulou para o meu tablet. — Ele mandou para você também?

— Sim — respondi —, acho que vou me abster de abrir.

— Covarde — disse Gretchen. — Bem, então qual vai ser o seu primeiro ato oficial com o seu tablet?

— Vou mandar uma mensagem a certas duas pessoas — falei. — E dizer que quero encontrá-las a sós.

— Pedimos desculpas pelo nosso atraso — disse Hickory para mim, enquanto chegava, junto com Dickory, no meu quarto. — O major Perry e o general Rybicki nos deram um estatuto de prioridade para um pacote de dados a fim de podermos nos comunicar com nosso governo. Demorou um tempo para prepararmos os dados.

— O que vocês enviaram? — perguntei.

— Tudo — disse Hickory.

— *Tudo* — repeti. — Todas as coisas que vocês e eu fizemos nesse último ano.

— Sim — disse Hickory. — Uma seleta dos eventos atuais e um relatório mais abrangente assim que possível. Nosso povo estará desesperado para saber o que aconteceu com você desde a última vez que tiveram notícias. Precisam saber que você está bem e ilesa.

— O que inclui o que aconteceu na noite passada — falei. — Tudo. Incluindo a parte em que vocês mencionaram, assim, de leve, seus planos para assassinar os meus pais.

— Sim — confirmou Hickory. — Lamentamos por termos deixado você chateada, Zoë. Gostaríamos de não ter feito isso. Mas não nos ofereceu alternativa alguma com suas ordens de darmos respostas verdadeiras aos seus pais.

— E quanto a mim? — perguntei.

— Sempre lhe demos respostas verdadeiras — respondeu Hickory.

— Sim, mas nem sempre tudo, não é? — reclamei. — Você falou para o meu pai que possuíam informações sobre o Conclave que não foram reveladas a ele. Mas também não me contou. Guardou segredos de mim, Hickory. Vocês dues, Hickory e Dickory.

— Você nunca perguntou — disse Hickory.

— Ah, não me venha com essa — rebati. — Não estamos de brincadeira aqui, Hickory. Vocês deixaram a gente no escuro. Vocês me deixaram no escuro. E quanto mais eu penso a respeito, mais percebo que agiram com base no que sabiam sem me contar. Todas essas raças alienígenas que eu e Gretchen tivemos que pesquisar no centro de informações porque vocês mandaram. Todas as raças que nos ensinaram a combater. Quase nenhuma delas estava no Conclave. Porque vocês sabiam que, se o Conclave nos encontrasse primeiro, eles fariam de tudo para *não* nos enfrentar.

— Correto — disse Hickory.

— Você não acha que eu devia ter sido informada disso? — perguntei. — Não acha que seria importante para mim? Para todos nós? Para a colônia inteira?

— Pedimos desculpas, Zoë — disse Hickory. — Tínhamos ordens de nosso governo para não revelarmos a seus pais informações que eles já não soubessem até que chegasse a hora em que fosse absolutamente necessário. O que seria apenas se o Conclave aparecesse nos céus. Até então, foi exigido que exercitássemos cautela. Se contássemos para você, seria natural que informasse aos seus pais. E por isso decidimos não trazer esse assunto à tona com você, a não ser que perguntasse diretamente.

— E por que eu faria isso? — questionei.

— De fato — disse Hickory. — Lamentamos a necessidade. Mas não víamos outra alternativa.

— Me escutem, vocês dues — comecei e me interrompi. — Estão gravando isso agora, não estão?

— Sim — disse Hickory. — Estamos sempre gravando, a não ser que você nos indique o contrário. Gostaria que parássemos de gravar?

— Não – respondi. – Eu na verdade quero que todos vocês me escutem agora. Primeiro, eu os proíbo de ferirem os meus pais de qualquer modo que seja. Para sempre.

— O major Perry já nos informou que entregaria a colônia em vez de destruí-la – disse Hickory. – Sendo isso verdade, não há motivo para ferirmos nem ele, nem a tenente Sagan.

— Não importa – falei. – Quem sabe se não vai surgir uma outra ocasião em que vocês vão decidir que será necessário tentar se livrar do John e da Jane?

— Parece improvável – afirmou Hickory.

— Não ligo se é mais provável que brotem asas nas minhas costas do que isso – retruquei – jamais achei que fosse possível que vocês pensassem em *matar* os meus pais, Hickory. E eu estava enganada. Não quero me enganar de novo. Por isso, jurem para mim. Jurem que jamais vão ferir os meus pais.

Hickory conversou brevemente com Dickory no próprio idioma.

— Nós juramos – disse Hickory.

— Jurem por todos os Obins – falei.

— Não podemos – disse Hickory. – Não é algo que possamos prometer. Não está em nosso poder. Mas nem Dickory, nem eu procuraremos ferir os seus pais. E vamos defendê-los contra todos que tentarem feri-los. Mesmo outros Obins. Isso nós juramos para você, Zoë.

Foi essa última parte que me fez acreditar em Hickory. Eu não havia pedido que defendessem John e Jane, apenas que não lhes fizessem mal. Essa parte foi Hickory quem acrescentou. Foram eles.

— Obrigada – falei, me sentindo como se de repente estivesse me desfazendo. Até aquele segundo não tinha ideia do quanto estava nervosa, só de ficar sentada ali, falando sobre isso. – Obrigada a vocês. Eu precisava mesmo ouvir isso.

— De nada, Zoë – disse Hickory. – Há alguma coisa que você queira nos perguntar?

— Vocês têm arquivos sobre o Conclave – comentei.

— Sim – confirmou Hickory. – Já os repassamos à tenente Sagan para análise.

Fazia todo o sentido do mundo. Jane trabalhou como oficial de inteligência quando estava nas Forças Especiais.

— Também quero ver — falei —, tudo que vocês tiverem.

— Vamos providenciá-los para você — disse Hickory. — Mas é uma quantidade de informação muito grande e boa parte de difícil compreensão. A tenente Sagan é muito mais qualificada para trabalhar com isso.

— Não estou dizendo que vocês devem passar só para mim e não para ela — respondi. — Só quero poder ver também.

— Como quiser — disse Hickory.

— E o que mais puderem obter com o seu governo sobre o Conclave — complementei. — E quero dizer *tudo*, Hickory. Não me venha com essa porcaria de "ai, você não me perguntou diretamente" de agora em diante. Já passamos por isso. Você me entendeu?

— Sim — disse Hickory. — Você compreende que as informações que nós recebemos podem estar incompletas. Não somos informados de tudo.

— Sei sim — concordei. — Mas ainda parece que vocês sabem mais do que nós. E quero entender o que estamos enfrentando. Ou estávamos, sei lá.

— Por que você diz no passado? — perguntou Hickory.

— O general Rybicki disse à multidão hoje que o Conclave estava prestes a ser derrotado — falei. — Por quê? Vocês têm informações contrárias?

— Não temos nenhuma informação contrária — afirmou Hickory. — Mas somos da opinião de que não é porque o general Rybicki disse algo em público para uma grande multidão que isso signifique que ele esteja dizendo a verdade. Tampouco significa que Roanoke em si esteja completamente fora de perigo.

— Mas isso não faz sentido algum — respondi, virando meu tablet para Hickory. — Falaram que a gente podia voltar a usar essas coisas. Todos os nossos eletrônicos. Havíamos parado de usar porque iam entregar nossa localização. Se temos permissão para voltar a utilizá-los, não precisamos nos preocupar mais com isso.

— Essa é apenas uma das interpretações dos dados — disse Hickory.

— Tem outra? — perguntei.

— O general não disse que o Conclave havia sido derrotado, apenas que ele acredita que será derrotado — disse Hickory. — Confere?

— Sim — respondi.

— Então é possível que o general tenha a intenção de que Roanoke desempenhe um papel nessa derrota — afirmou Hickory. — Nesse caso, não é que vocês estão tendo permissão para voltar a usar os eletrônicos porque não há mais perigo. Essa permissão foi dada porque a partir de agora são uma isca.

– Você acha que a União Colonial está trazendo o Conclave para cá – falei, um minuto depois.

– Não oferecemos nenhuma opinião contra ou a favor – disse Hickory. – Apenas notamos que essa seria uma possibilidade, que se encaixa com os dados que possuímos.

– Vocês já contaram isso ao meu pai? – perguntei.

– Não... – Hickory estava começando a me dar sua resposta, mas eu já tinha saído pela porta.

– Feche a porta depois de passar – disse meu pai.

E foi o que fiz.

– Com quem mais você falou sobre isso? – perguntou.

– Hickory e Dickory, óbvio – respondi. – Mais ninguém.

– Ninguém? – perguntou meu pai. – Nem mesmo Gretchen?

– Não – confirmei. Gretchen havia ido perturbar o Magdy por ter lhe enviado aquele vídeo. Eu estava começando a desejar ter ido com ela em vez de fazer Hickory e Dickory irem até o meu quarto.

– Ótimo – disse meu pai. – Então você precisa guardar segredo quanto a isso, Zoë. Você e ês gêmenes alienígenas.

– Você não acha que o que Hickory diz vai acontecer, não é? – perguntei.

Meu pai me olhou diretamente, e mais uma vez eu tive o lembrete do quanto ele era mais velho do que parecia.

– *É* o que vai acontecer – disse ele. – A União Colonial criou uma cilada para o Conclave. Nós desaparecemos faz um ano. O Conclave esteve todo esse tempo à nossa procura, e a UC passou esse tempo preparando a armadilha. Agora que ela está pronta, estamos sendo arrastados de volta à cena. Quando a nave do general Rybicki voltar, eles vão vazar a informação do nosso paradeiro. As notícias vão chegar até o Conclave, que vai mandar a sua frota para cá. E a União Colonial vai destruí-la. Esse é o plano, pelo menos.

– E vai funcionar? – perguntei.

– Não sei – respondeu meu pai.

– O que acontece se não funcionar? – questionei.

Meu pai deu uma risada bem miúda e amarga.

— Se não funcionar, não acho que o Conclave vai estar com humor para negociações — afirmou.

— Ai, Deus — falei. — Precisamos contar para as pessoas, pai.

— Sei que sim — respondeu ele. — Já tentei esconder coisas dos colonos antes e não deu muito certo.

Meu pai se referia aos lobisomens aqui, e me lembrei de que, quando tudo isso passasse, eu também precisaria confessar minhas aventuras lupinas. Ele continuou:

— Mas também não precisamos de mais um pânico nas nossas mãos. As coisas já andaram bem apertadas nesses últimos dias. Precisamos descobrir como contar para elas dos planos da UC sem que morram de medo.

— Mas bem que deveriam — respondi.

— Aí que tá — disse meu pai, com mais um risinho amargurado, olhando para mim depois. — Não é certo, Zoë. A colônia inteira foi construída com base numa mentira. Nunca houve planos para que Roanoke fosse uma colônia de verdade, uma colônia viável. Ela existe porque o nosso governo precisava dar um jeito de mandar o Conclave pastar, desafiar a proibição a novas colônias e ganhar tempo para armar uma cilada. Agora que chegou a hora, o único motivo para a existência da nossa colônia é ser a isca da arapuca. A União Colonial não liga para a gente por quem nós somos, Zoë. Ela só quer saber do que somos. O que representamos para eles. Como podem nos usar. Quem somos não é nem parte da equação.

— Sei como é — respondi.

— Sinto muito — respondeu meu pai. — Estou entrando ao mesmo tempo num território muito abstrato e deprimente.

— Não é abstrato, pai — falei. — Você está falando com a menina cuja vida inteira é tópico de um tratado. Sei o que quer dizer ser valorizada apenas pelo que se é e não por quem se é.

Meu pai me abraçou.

— Aqui não, Zoë — disse ele. — Nós amamos você por quem você é. Mas se quiser mandar os seus amigos Obins levantarem a bunda do sofá e nos ajudarem, eu não acharia ruim.

— Bem, consegui fazer Hickory e Dickory jurarem que não vão matar vocês — comentei. — Já é um progresso, pelo menos.

— Sim, pequenos passos na direção correta — concordou meu pai. — Vai ser bacana não ter que me preocupar com ser esfaqueado por quem mora comigo.

— Sempre tem a minha mãe — complementei.

— Confia em mim, se eu conseguisse irritá-la nesse nível, ela não usaria algo tão indolor quanto uma faca — disse meu pai, me dando um beijo na bochecha depois. — Obrigado por vir me contar o que Hickory disse, Zoë — agradeceu ele —, e obrigado por guardar segredo de agora em diante.

— De nada — respondi, depois fui até a porta, mas parei antes de virar a maçaneta. — Pai? Quanto tempo você acha que vai demorar até o Conclave chegar aqui?

— Não muito, Zoë — respondeu ele. — Não muito, mesmo.

Na verdade, demorou só umas duas semanas.

Durante esse tempo, a gente se preparou. Meu pai deu um jeito de contar para todo mundo sem que entrassem em pânico: disse que ainda havia uma boa chance de o Conclave nos encontrar e que a União Colonial pretendia fazer de nós seu bastião, que ainda havia perigo, mas que nossa melhor defesa seria sermos espertos e nos prepararmos. Os colonos encontraram plantas para construção de abrigos antibombas e outras proteções, e usamos o maquinário de escavação e construção que até então estava guardado. O pessoal se concentrou no trabalho e manteve o otimismo, preparando-se do melhor jeito que dava, aprontando-se para a vida numa guerra iminente.

Eu passei meu tempo lendo as coisas que Hickory e Dickory me passaram, assistindo aos vídeos das remoções de colônias e conferindo os dados a fim de ver o que poderia aprender. Hickory e Dickory tinham razão, era informação demais, boa parte dela em formatos que eu não compreendia. Não sei como Jane conseguia botar tudo isso na cabeça. Mas o que tinha lá era o suficiente para saber algumas coisinhas diferentes:

Primeiro, que o Conclave era enorme: havia mais de quatrocentas raças integrantes, cada uma delas jurando cooperar para colonizar novos mundos, em vez de competir por eles. Era uma ideia doida. Até então, todas as centenas de raças da nossa parte do espaço se enfrentavam entre si para capturar mundos e colonizá-los. Depois, uma vez criada a nova colônia, elas lutavam até o fim para garantir o que era delas e varrer as outras do mapa.

Mas no arranjo do Conclave, criaturas de todo tipo de raça conviveriam no mesmo planeta. Não seria necessário competir. Em tese, era uma ótima ideia – bem melhor do que ter que matar todo mundo na área –, mas fica a dúvida se isso funcionaria na prática.

O que nos leva à segunda questão: era uma coisa ainda incrivelmente nova. O general Gau, chefe do Conclave, demorou mais de vinte anos para construí-lo, e durante boa parte desse tempo, a coisa parecia estar prestes a desmoronar. Não ajudava também que a União Colonial – nós, humanos – e algumas outras raças vinham gastando muita energia para separá-lo antes mesmo de estar pronto. Mas, de algum modo, Gau conseguiu fazer acontecer, e nos últimos anos fez o salto do papel para a realidade.

O que não era boa notícia para ninguém que não fosse parte do Conclave, especialmente quando saíram os decretos, como o de que ninguém que não fosse parte do conjunto poderia colonizar novos mundos. Qualquer discussão com o Conclave era uma discussão com todos os membros dele. Não era algo de um para um, mas de quatrocentos para um. E o general Gau queria garantir que todo mundo entendia isso. Quando o Conclave começou a trazer frotas para remover as novas colônias que as outras raças plantaram, desafiando seus decretos, havia uma nave na frota para cada raça do conjunto. Tentei imaginar a cena de quatrocentos cruzadores de batalha de repente aparecendo sobre Roanoke, e aí lembrei que, se o plano da União Colonial funcionasse, essa cena logo seria real. Parei de tentar imaginar.

Era justo se perguntar se a União Colonial tinha perdido o juízo por tentar arranjar briga com o Conclave. No entanto, por maior que ele fosse, ainda era muito recente e isso pesava contra eles. Todas aquelas quatrocentas raças aliadas já foram inimigas, não muito tempo antes. Cada uma delas chegou ao Conclave com planos e agenda próprios, e parecia que nem todas estavam bem convencidas de que esse negócio de Conclave ia dar certo. Quando a hora chegasse, algumas dessas raças planejavam tomar os melhores pedaços para si. Ainda era cedo o bastante e dava para tudo desmoronar se alguém aplicasse a pressão correta. Parecia que a União Colonial tinha planos para isso lá nos céus de Roanoke.

Havia uma única coisa que era a cola disso tudo, o terceiro fato que eu aprendi: que esse tal general Gau era um indivíduo notável. Não era como qualquer um desses ditadorezinhos que deram sorte, tomaram um país e se deram o título de Grande Chefe Supremo ou sabe-se lá o quê. Ele de fato foi o general de um povo chamado Vrenn e venceu batalhas importantes para esse povo quando decidiu que era um desperdício lutar por recursos que poderiam ser divididos tranquilamente, de modo mais produtivo, entre mais de uma raça. Quando começou a defender essa ideia em campanha, foi parar na prisão. Ninguém gosta de encrenqueiros.

O governante que o prendeu acabou morrendo (Gau não teve nada a ver com isso, foram causas naturais) e lhe ofereceram o cargo, mas ele recusou e tentou, em vez disso, recrutar outras raças para a ideia do Conclave. Sua desvantagem foi que não conseguiu convencer os Vrenns a princípio. As únicas posses dele eram uma ideia e um pequeno cruzador de batalha chamado *Estrela Gentil*, que ganhou dos Vrenns após ter sido exonerado. A partir do que eu pude ler, parecia que os Vrenns achavam que era um modo de calar a sua boca, tipo "pronto, toma isso aqui, obrigado pelo serviço, vai embora, não mande nem cartão postal, tchau".

Mas ele não foi embora. E, apesar do fato de que sua ideia era maluca, pouco prática, doida mesmo, e jamais funcionaria porque todas as raças do nosso universo odeiam demais todas as outras raças, deu certo. Porque esse general Gau fez dar certo ao usar as próprias habilidades e personalidade para convencer gente de todas as diferentes raças a cooperarem. Quanto mais eu lia a respeito dele, mais me parecia um sujeito muito admirável.

E, no entanto, foi quem ordenou a matança dos colonos civis.

Sim, ele havia se oferecido para deslocá-los e até mesmo lhes dar um lugar no Conclave. Mas, quando chega a hora, se não vão embora, nem se juntam a eles, ele os extermina. Assim como iria nos exterminar, se não entregássemos a colônia, a despeito de tudo que o meu pai disse a Hickory e Dickory – ou, caso desse errado o ataque planejado pela União Colonial contra a frota do Conclave, e o general decidisse que a UC precisava aprender uma lição por ousar desafiá-los, e aí nos exterminaria por uma questão de princípios.

Eu não tinha certeza do quanto o general Gau seria ou não admirável se no fim das contas ele não se refreasse de matar a mim e todas as pessoas que amo.

Era um quebra-cabeças. *Ele* era um quebra-cabeças, que passei aquelas duas semanas tentando resolver. Gretchen ficou ranzinza comigo, por eu ter me enfurnado sem lhe contar o que estava aprontando. Hickory e Dickory tiveram que me lembrar de sair para treinar. Até a Jane se perguntou se eu não precisava sair mais. A única pessoa que não me encheu o saco foi o Enzo. Desde que tínhamos reatado, ele passou a ser bem mais tolerante quanto à minha agenda. Isso me deixou bastante feliz e eu fazia questão de demonstrar. Isso parecia deixá-lo feliz também.

E foi assim que, do nada, nosso tempo acabou. A *Estrela Gentil*, a nave do general Gau, apareceu acima de nossa colônia uma tarde, desativou nosso satélite de comunicação para que Gau tivesse um tempinho para papear e depois mandou uma mensagem a Roanoke solicitando uma reunião com os líderes da colônia. John respondeu que gostaria de se reunir com ele. Naquele fim de tarde, enquanto o sol se deitava, eles se encontraram no cume de um monte do lado de fora da colônia, a cerca de um quilômetro de distância.

— Me passa os binóculos, por favor — eu disse a Hickory, enquanto subíamos até o telhado do nosso bangalô. Hickory obedeceu e eu agradeci. Dickory estava abaixo de nós, no chão. É difícil se livrar dos velhos hábitos.

Mesmo com os binóculos, o general Gau e meu pai eram pouco mais do que pontinhos. Ainda assim fiquei olhando. Não era a única — sobre os outros telhados, em Croatoan e nas casas ao redor, outras pessoas estavam sentadas com binóculos e telescópios, observando meu pai e o general ou vasculhando o céu, procurando a *Estrela Gentil* em meio ao crepúsculo. Quando a noite enfim caiu, eu mesma consegui localizar a nave, um ponto minúsculo entre duas estrelas, reluzindo sem piscar, ao contrário das outras.

— Quanto tempo, você acha, até as outras naves chegarem? — perguntei a Hickory. A *Estrela Gentil* sempre era a primeira a chegar, sozinha. Depois, ao comando de Gau, as centenas de outras naves apareceriam, numa demonstração nem um pouco sutil, a fim de convencer líderes relutantes a concordar com a remoção do seu povo. Eu observei isso nos vídeos anteriores de remoções de colônias. Ia acontecer aqui também.

— Não deve demorar muito agora — disse Hickory. — A essa altura o major Perry já terá se recusado a entregar a colônia.

Baixei os binóculos e lancei um olhar de relance para Hickory, no escuro.

— Você não parece estar preocupado com isso — constatei. — É diferente do que tinha dito antes.

— As coisas mudaram — disse Hickory.

— Queria eu ter essa sua autoconfiança — lamentei.

— Olha — disse Hickory —, está começando.

Olhei para cima. Novas estrelas passaram a aparecer no céu. Primeiro uma ou duas, depois pequenos grupos, depois constelações inteiras. Tantas haviam começado a surgir que era impossível localizar todas as aparições. Eu sabia que eram quatrocentas, mas pareciam milhares.

— Santo Deus — falei, amedrontada, amedrontada de verdade. — Olha só tudo isso.

— Não tema este ataque, Zoë — disse Hickory. — Acreditamos que o plano vai funcionar.

— Você conhece o plano? — perguntei, sem tirar meus olhos do céu.

— Ficamos sabendo dele hoje à tarde — disse Hickory. — O major Perry nos contou, como uma cortesia ao nosso governo.

— Você não me contou — reclamei.

— Imaginamos que soubesse — disse Hickory. — Você disse que conversou com o major Perry a respeito.

— Conversamos sobre o ataque da União Colonial à frota do Conclave — falei. — Mas não discutimos os pormenores.

— Peço desculpas, Zoë — disse Hickory. — Eu teria lhe dito.

— Me conta agora — exigi, enquanto alguma coisa acontecia no céu. As estrelas recém-aparecidas estavam virando supernovas.

Primeiro foram uma ou duas, depois pequenos grupos e então constelações inteiras. Tantas delas se expandiram e brilharam que começaram a se misturar umas com as outras, formando o braço de uma pequena e violenta galáxia. Foi lindo. E foi a pior coisa que já vi na vida.

— Bombas de antimatéria — disse Hickory. — A União Colonial descobriu a identidade das naves na frota do Conclave. Foram designados membros de suas Forças Especiais para que elas fossem localizadas e as bombas foram plantadas antes do salto para cá. Outro membro das Forças Especiais aqui as ativou.

— Bombas em quantas das naves? — perguntei.

– Todas elas – afirmou Hickory. – Todas, menos a *Estrela Gentil*.

Tentei virar o rosto para encarar Hickory, mas não conseguia desgrudar os olhos do céu. Enfim, eu disse:

– Isso é impossível.

– Não – respondeu Hickory –, não é impossível. Extraordinariamente difícil. Mas não impossível.

Dos outros telhados e das ruas de Croatoan, gritos e vivas subiam aos ares. Enfim consegui desviar o olhar e limpei as lágrimas do meu rosto.

Hickory reparou e disse:

– Você está chorando pela frota do Conclave?

– Sim – respondi. – Pelas pessoas naquelas naves.

– Aquelas naves estavam aqui para destruir a colônia – disse Hickory.

– Eu sei – respondi.

– Você lamenta sua destruição – constatou Hickory.

– Eu lamento não termos conseguido pensar em nada melhor que isso – falei. – Lamento que tenha sido "ou nós ou eles".

– A União Colonial acredita que esta será uma grande vitória – afirmou Hickory. – Eles acreditam que a destruição da frota do Conclave em uma única batalha levará ao colapso do conjunto, pondo fim a essa ameaça. Foi o que foi dito ao nosso governo.

– Ah – respondi.

– Espera-se que estejam corretos – disse Hickory.

Eu finalmente consegui olhar para o rosto de Hickory. Havia borrões ao seu redor que ficaram na minha vista por ter olhado muito tempo para as explosões.

– Você acredita que eles estão corretos? – perguntei. – O seu governo vai acreditar?

– Zoë – falou Hickory –, você lembra que, pouco antes de partirmos para Roanoke, o meu governo a convidou para visitar os nossos mundos?

– Eu lembro – respondi.

– Nós a convidamos porque o nosso povo ansiava por vê-la, por vê-la conosco – afirmou Hickory. – Mas também porque acreditávamos que o seu governo pretendia usar Roanoke como um estratagema para travar uma batalha contra o Conclave. E embora não soubéssemos se esse estratagema seria ou não bem-sucedido, tínhamos fortes indícios para crer que você estaria mais segura conosco. Não há dúvida de que sua vida correu perigo neste planeta, Zoë, tanto de modos previstos quanto imprevistos. Nós a convidamos, Zoë, porque tememos por sua vida. Você compreende o que estou lhe dizendo?

– Sim – respondi.

– Você me perguntou se a União Colonial está correta quanto a esta ser uma grande vitória e se o meu governo acredita no mesmo – continuou Hickory. – Minha resposta é dizer mais uma vez que o meu governo oferece um convite a você, Zoë, para visitar os nossos mundos e viajar em segurança entre eles.

Assenti e olhei para o céu, onde as estrelas ainda viravam supernovas. Enfim perguntei:

– E quando vocês gostariam que essa viagem começasse?

– Agora mesmo – respondeu Hickory –, ou o quanto antes for possível.

Não lhe dei resposta alguma. Voltei-me para o céu, fechei meus olhos e, pela primeira vez, comecei a rezar. Rezei pelas tripulações das naves acima de mim. Rezei pelos colonos abaixo de mim. Rezei por John e Jane. Por Gretchen e seu pai. Por Magdy e Enzo e suas famílias. Por Hickory e Dickory. Rezei pelo general Gau. Rezei por todo mundo.

Rezei.

– Zoë – Hickory me chamou.

Abri os olhos.

– Obrigada pelo convite – agradeci. – Lamento ter que recusá-lo.

Hickory ficou em silêncio.

– Obrigada, Hickory – falei de novo. – Agradeço de verdade, mas estou bem onde preciso estar.

PARTE 3

20__

– Admite logo – disse Enzo, via tablet. – Você esqueceu.

– Não esqueci – rebati, tentando medir a quantidade exata de indignação no meu tom de voz para sugerir que eu não havia esquecido, o que não era verdade.

– Consigo ouvir o tom de falsa indignação na sua voz – respondeu ele.

– Droga – falei. – Você finalmente sacou qual é a minha.

– Finalmente? Finalmente *nada* – disse Enzo. – Eu saquei qual é a sua quando a gente se conheceu.

– Talvez – concedi.

– E, em todo caso, não resolve *este* problema em questão – disse ele. – Estamos prestes a sentar para jantar. Era para você estar aqui. Não que eu queira fazer você se sentir culpada ou coisa assim.

Essa era a diferença entre como estavam as coisas entre mim e Enzo naquele momento e antes. Houve um tempo em que ele teria dito essas palavras e ia parecer que queria me acusar de alguma coisa (além de estar atrasada, claro). Mas agora ele soava gentil e engraçado. Sim, estava indignado, mas de um jeito que sugeria que dava para eu compensar. E eu provavelmente iria compensar, se ele não forçasse a barra.

– Estou, na verdade, atormentada pela culpa – respondi.

– Que bom – disse Enzo –, porque você sabe que colocamos uma batata a mais no cozido por sua causa.

– Que gracioso – comentei –, uma batata inteira.

– E eu prometi às gêmeas que elas podiam arremessar suas cenouras em você – disse ele, aludindo às irmãs menores. – Porque sei o quanto você adora cenoura. Ainda mais arremessadas por crianças.

– Não consigo imaginar por que alguém comeria cenouras de qualquer outro jeito – brinquei.

– E depois do jantar eu ia ler um poema que eu escrevi para você – complementou Enzo.

Eu demorei um pouco para responder.

– Aí não é justo – falei. – Botar algo de real nessa nossa brincadeirinha.

– Desculpa – disse Enzo.

– Você tá falando sério? – perguntei. – Faz eras que você não me escreve um poema.

– Eu sei – disse ele. – Imaginei que eu bem que podia voltar a entrar em forma. Lembro que você meio que gostava disso.

– Besta – falei. – Agora estou me sentindo culpada, *sim*, por ter me esquecido do jantar.

– Não se sinta culpada demais – disse Enzo. – Não é um poema dos melhores. Nem rima.

– Bem, que alívio, então – falei. Ainda estava me sentindo toda boba. É legal ganhar poemas.

– Vou mandar para você – disse Enzo. – E aí você lê, em vez de ouvir. Se for legal comigo, talvez eu possa recitar para você. Fazer uma leitura dramática.

– E se eu for malvada? – perguntei.

– Então vou fazer uma leitura melodramática – disse ele. – Sacudindo os braços e tudo o mais.

– Assim eu fico a fim de ser malvada – respondi.

– Ei, você já vai ficar sem jantar – disse Enzo. – Vale pelo menos uma ou duas sacudidas dos braços.

– Besta – falei. Quase dava para ouvi-lo sorrindo do outro lado do tablet.

– Tenho que ir – disse Enzo. – Minha mãe está mandando eu pôr a mesa.

– Você quer que eu tente chegar a tempo? – perguntei, sentindo de repente uma vontade real de estar lá. – Posso tentar.

– Você vai atravessar a colônia inteira em cinco minutos?

– Eu consigo – afirmei.

– Talvez o Babar conseguisse – disse Enzo –, mas ele tem duas pernas a mais que você.

– Beleza – concordei. – Vou mandar o Babar ir jantar com você.

Enzo riu.

– Faça isso – disse ele. – É o seguinte, então, Zoë. Venha para cá andando num ritmo razoável e é provável que você chegue em tempo para a sobremesa. Minha mãe fez torta.

– Eba, torta – respondi. – De que tipo?

– Acho que o nome é "Torta de Zoë ganha qualquer torta que ela quiser" – disse Enzo.

– Mmmm – respondi. – Sempre gosto desse tipo de torta.

– Bem, pois é – disse Enzo. – O nome diz tudo.

– Combinado – falei.

– Ótimo – respondeu Enzo. – Vê se não esquece. Eu sei que você tem dificuldade.

– Besta – falei.

– Olha a sua caixa de entrada – disse Enzo. – Talvez tenha um poema lá.

– Vou esperar para ver os braços sacudindo – brinquei.

– Provavelmente é melhor assim – disse Enzo. – Vai ser melhor desse jeito. E agora a minha mãe está me fuzilando com seus olhos-laser. Tenho que ir.

– Vai lá – falei. – Até daqui a pouco.

– Beleza – disse Enzo. – Amo você.

Era algo que a gente havia começado a dizer um para o outro recentemente. Parecia combinar.

– Também amo você – respondi e desliguei.

– Vocês dois me dão tanta vontade de vomitar – disse Gretchen. Ela ouviu o meu lado da conversa desde o começo, revirando os olhos o tempo todo. Estávamos sentadas no quarto dela.

Repousei o tablet e dei um golpe nela com o travesseiro.

– Você só está com inveja porque o Magdy nunca diz isso para você.

– Ai, meu Senhor – disse Gretchen. – Deixando de lado o fato de que *essa é a última coisa* que quero ouvir dele, se ele *tentasse* dizer isso para mim, sua cabeça ia explodir *de verdade* antes que as palavras sequer saíssem da boca. O que, pensando agora, talvez seja um motivo excelente para tentar fazer Magdy dizer.

– Coisa fofa, os dois – comentei. – Dá para ver vocês no altar brigando logo antes de dizer "sim".

– Zoë, se algum dia eu sequer chegar perto de um altar com Magdy, você está autorizada a me derrubar e me tirar de lá arrastada – disse Gretchen.

– Ai, tudo bem, então – respondi.

– Agora, nunca mais vamos falar disso de novo – disse ela.

– Você está numa negação tão grande – respondi.

– Pelo menos não fui eu que me esqueci do jantar com o namorado – rebateu Gretchen.

– Pior ainda – comentei. – Ele me escreveu um poema. E ia recitar para mim.

– Você perdeu o jantar *e* um showzinho – disse Gretchen. – Pior namorada de todos os tempos.

– Eu sei – falei, apanhando meu tablet. – Vou escrever um bilhete de desculpas para ele dizendo isso.

– Capricha na lambeção – recomendou Gretchen. – Porque assim não tem quem resista.

– Esse comentário explica muito sobre você, Gretchen – falei, mas então meu tablet ganhou vida própria, com um alarme estourando do alto-falante e um aviso de ataque aéreo correndo pela tela. Sobre a mesa de Gretchen, o tablet dela soou o mesmo alarme e a mesma mensagem correu pela tela. Todos os tablets da colônia fizeram a mesma coisa. A distância, ouvimos as sirenes instaladas perto das casas dos menonitas para alertá-los, já que não usavam tecnologia pessoal.

Pela primeira vez desde a derrota da frota do Conclave, Roanoke estava sob ataque. Mísseis estavam a caminho.

Corri até a porta do quarto de Gretchen, ao que ela perguntou:

– Aonde você vai?!

Eu a ignorei e fui lá fora, onde as pessoas saíam com pressa das casas e corriam atrás de abrigo, então olhei para o céu.

– O que você tá fazendo?! – gritou Gretchen, me alcançando. – Precisamos ir para o abrigo!

– Olha – falei e apontei.

Ao longe, uma agulha brilhante de luz riscava o céu, mirando alguma coisa que não conseguíamos ver ao certo. Então houve um clarão, de um branco ofuscante. Havia um satélite de defesa acima de Roanoke, que disparou e atingiu um dos mísseis vindo na nossa direção. Mas ainda havia outros a caminho.

O estouro seco do projétil explodindo chegou aos nossos ouvidos, sem o atraso que antecipei.

– *Anda logo,* Zoë! – ordenou Gretchen, começando a me puxar. – Temos que ir!

Parei de olhar para o céu e saí correndo junto com Gretchen até um dos abrigos comunitários que havíamos recentemente escavado e instalado, então enchendo de colonos. Enquanto corria, avistei Hickory e Dickory, que haviam me localizado e se aproximavam, flanqueando-me dos dois lados enquanto chegávamos ao abrigo. Mesmo em pânico, as pessoas ainda abriam caminho para elus. Gretchen, Hickory, Dickory, cerca de quatro outras dúzias de colonos e eu, todos nos amontoamos no abrigo, esforçando-nos para tentar ouvir o que estava acontecendo acima de nós, do outro lado de quase quatro metros de terra e concreto.

– O que você acha que está acontec... – alguém disse, então fez-se um barulho impronunciável de algo sendo prensado, como se alguém tivesse tomado um dos contêineres de carga que constituía a muralha da colônia e o despedaçado, bem acima dos nossos tímpanos. Depois disso tombei no chão, porque começou um terremoto e eu gritei, e aposto que todo mundo no abrigo também gritou, mas não consegui ouvir, porque depois veio o estrondo mais alto que já escutei na vida, tão alto que meu cérebro se rendeu e o barulho virou uma ausência de barulho, e o único sinal que tive de que eu ainda estava gritando era que dava para sentir minha garganta começando a arranhar. Algume des Obins, Hickory ou Dickory, me agarrou e me segurou firme, e pude ver ê outre Obin segurando Gretchen igualmente.

As luzes do abrigo piscaram, mas continuaram acesas.

Uma hora eu parei de gritar e o chão parou de tremer, e algo que era mais ou menos a minha audição voltou, e pude ouvir os outros no abrigo chorarem e rezarem e tentarem acalmar as crianças. Olhei para Gretchen, que parecia horrorizada. Desvencilhei-me de Dickory (quem havia me segurado, afinal) e fui até ela.

— Você está bem? — perguntei. Parecia que a minha voz saía do outro lado de uma barreira de algodão ao longe. Gretchen assentiu, mas não olhou para mim. Me ocorreu que era a primeira vez que ela esteve sob ataque.

Olhei ao meu redor. A maioria dos que estavam no abrigo tinha a mesma expressão de Gretchen. Era a primeira vez que aquelas pessoas sofriam um ataque. Dentre todas elas, eu era a única veterana de um ataque hostil. Acho que isso me colocava na liderança.

Vi um PDA no chão, que alguém tinha derrubado. Eu o apanhei e ativei para ler o que constava nele. Então me levantei e acenei com as mãos, para frente e para trás, gritando "Atenção!" até as pessoas começarem a olhar para mim. Acho que havia gente o suficiente que me reconhecia como a filha dos líderes da colônia para decidirem que talvez eu soubesse de alguma coisa, afinal de contas.

— As informações de emergência dizem que o ataque parece ter acabado — falei, quando havia pessoas o suficiente olhando na minha direção. — Mas até recebermos um sinal de "liberado", precisamos continuar no abrigo. Vamos ficar aqui e manter a calma. Tem alguém que esteja ferido ou passando mal?

— Não estou conseguindo ouvir direito — disse alguém.

— Acho que não tem ninguém aqui ouvindo direito — respondi. — É por isso que estou gritando. — Foi uma tentativa de piada, mas acho que ninguém estava muito no clima. — Tem alguém com algum ferimento além de perda de audição?

Ninguém disse nada, nem levantou a mão.

— Então vamos aguentar firme aqui e esperar até o sinal de "liberado" — falei, erguendo o tablet que estava usando. — De quem é este aparelho?

Alguém levantou a mão e eu perguntei se podia tomar emprestado.

— Alguém fez aulas de liderança quando eu não estava olhando — disse Gretchen, quando me sentei ao lado dela. Esse comentário era típico dela, mas sua voz estava muito, muito vacilante.

— Acabamos de sofrer um ataque — falei. — Se alguém não fingir saber o que está fazendo, as pessoas vão começar a surtar. Isso seria péssimo.

— Não estou discutindo — disse Gretchen. — Só estou impressionada. — Ela apontou para o PDA. — Dá para mandar mensagem? Tem como a gente descobrir o que está acontecendo?

– Creio que não – respondi. – O sistema de emergência tem prioridade sobre as mensagens normais, acho. – Eu saí da conta do usuário do tablet e fiz o login com a minha conta. – Está vendo? Enzo disse que me mandou aquele poema, mas não chegou ainda. Provavelmente deve estar na caixa de saída e vai ser enviado assim que tudo for liberado.

– Então, não tem como a gente saber se ninguém mais está bem – comentou Gretchen.

– Tenho certeza de que vamos receber o sinal de "liberado" em breve – respondi. – Está preocupada com o seu pai?

– Sim. Você não está preocupada com *os seus*? – perguntou ela.

– Eles foram soldados – respondi. – Já passaram por isso antes. Fico preocupada com eles, mas aposto que estão bem. E é a Jane quem está encarregada das mensagens de emergência. Enquanto continuarmos as recebendo, sei que ela está bem.

Então o tablet mudou de tela, da minha caixa de entrada para o aviso com as letras correndo. Era a mensagem de "liberado".

– Tá vendo? – falei.

Mandei Hickory e Dickory verificarem a entrada do abrigo, para ninguém ser atingido por uma queda de escombros, mas estava tudo certo. Eu desloguei do tablet e o devolvi ao dono, depois o pessoal começou a sair aos poucos. Gretchen e eu fomos as últimas.

– Cuidado com onde pisa – disse Gretchen ao sairmos, apontando para o chão. Tinha caco de vidro por toda parte. Olhei ao meu redor e todas as casas e construções ainda estavam em pé, mas quase todas as janelas foram estouradas. Demoraria dias até terminarmos de catar todo esse vidro.

– Pelo menos o tempo está bom – comentei. Ninguém pareceu ter me ouvido. Melhor assim, talvez.

Eu me despedi da Gretchen e fui com Hickory e Dickory até a minha casa. Encontrei mais cacos de vidro em lugares surpreendentes e o Babar todo encolhido no box do chuveiro. Consegui tirá-lo de lá e lhe dar um abraço. Ele lambeu meu rosto num frenesi cada vez mais intenso. Depois de acariciá-lo e acalmá-lo, procurei meu tablet para ligar para minha mãe ou meu pai e percebi que eu o havia deixado na casa da Gretchen. Mandei Hickory e Dickory ficarem com Babar – ele precisava da companhia delus mais do que eu, naquele momento – e fui andando até a casa dela. No que me aproximei, a porta da frente se abriu de uma vez e Gretchen saiu com tudo e correu até mim, com o tablet dela numa mão e o meu na outra.

– Zoë – disse ela, e o seu rosto se contraiu, e o que quer que ela fosse dizer se perdeu no caminho por um minuto.

– Ai, não – respondi. – Gretchen. Gretchen. O que foi? É o seu pai? Seu pai está bem?

Gretchen balançou a cabeça e olhou para mim.

– Não é o meu pai – disse ela. – Meu pai está bem. Não é ele. Zoë, o Magdy me ligou. Disse que alguma coisa atingiu... atingiu a casa do Enzo. Disse que a casa dele ainda está lá, mas tem alguma coisa enorme no quintal. Ele acha que é parte de um míssil. Disse que tentou ligar para o Enzo, mas ele não atende. Não tem ninguém lá. Ninguém atende. O Magdy disse que eles haviam acabado de construir um abrigo antibombas, longe da casa. No quintal, Zoë. Magdy diz que ele não para de ligar, mas ninguém atende. Eu acabei de tentar ligar para o Enzo também. Nada, Zoë. Nem completa a ligação. Eu não paro de tentar. Ai, Deus, Zoë. Ai, Deus, Zoë. Ai, Deus.

Enzo Paulo Gugino nasceu em Zhong Guo, foi o primeiro filho de Bruno e Natalie Gugino. Bruno e Natalie se conheciam desde pequenos e todo mundo que convivia com eles sabia, desde o primeiro momento em que os dois se viram, que eles ficariam juntos durante todos os momentos de suas vidas. Certamente, Bruno e Natalie não brigariam se alguém lhes dissesse isso. Os dois nunca brigavam por motivo algum, até onde se tem notícia, e com certeza não brigavam entre si. Noivaram jovens, até mesmo para os padrões da cultura profundamente religiosa em que viviam em Zhong Guo, onde as pessoas se casavam cedo. Mas ninguém poderia imaginar um sem o outro. Seus pais consentiram e os dois se casaram em uma das festas mais frequentadas de sua cidade natal de Pomona Falls. Nove meses depois, quase em ponto, nasceu Enzo.

Enzo foi um menino meigo desde o momento em que nasceu. Era sempre feliz e só ocasionalmente dava chilique, embora (como era contado com frequência demais, para o horror dele) tivesse uma tendência pronunciada de tirar as próprias fraldas e esfregar o conteúdo delas na parede mais próxima. Foi um problema sério uma vez, no banco. Por sorte, ele aprendeu cedo a ir ao banheiro.

Enzo conheceu seu melhor amigo Magdy Metwalli no jardim de infância. No primeiro dia de escola, um menino da terceira série tentou arranjar confusão com Enzo e o empurrou com força no chão. Enzo jamais tinha visto Magdy antes na vida, mas ele se atirou contra o menino da terceira série e começou a desferir socos contra o seu rosto. Na época, Magdy era uma criança pequena para sua idade, por isso não fez estrago real além de fazer o menino molhar as calças de medo (literalmente). Foi Enzo quem acabou afastando Magdy de cima do menino para acalmá-lo antes de todos irem parar na sala do diretor e depois serem mandados para casa.

Enzo demonstrou ter jeito com as palavras desde cedo e escreveu sua primeira história aos sete anos, intitulada "A meia horrorosa que fedia muito e comeu Pomona Falls inteira só não a minha casa", na qual uma meia imensa e mutante, resultado de seu próprio fedor por não ter sido lavada, começava a comer a cidade inteira, sendo frustrada apenas quando os heróis Enzo e Magdy conseguiam dominá-la à base dos socos e depois a arremessavam numa piscina cheia de sabão em pó. A primeira parte da história (sobre a origem da meia) foi tratada em três frases, mas a cena da batalha climática, em três páginas. Boatos de que foi porque o Magdy (o de verdade, lendo a história, não o que faz parte dela) não parava de pedir para ampliar a cena da luta.

Quando Enzo fez dez anos, sua mãe engravidou pela segunda vez, com as gêmeas Maria e Katharina. Foi uma gravidez difícil, porque o corpo de Natalie teve dificuldade para manter os dois bebês. O parto foi complicado, e Natalie mais de uma vez chegou muito perto de morrer de hemorragia. Demorou mais de um ano até ela se recuperar, e nesse tempo, já com seus dez para onze anos, Enzo ajudou o pai e a mãe a cuidar das irmãs, aprendendo a trocar fraldas e alimentar as meninas quando sua mãe precisava de repouso. Foi aí que aconteceu a única briga real entre Magdy e Enzo: Magdy foi fazer graça e chamou Enzo de maricas por ajudar a mãe, e Enzo lhe deu um soco na boca.

Quando Enzo tinha quinze anos, os Gugino, os Metwalli e outras famílias conhecidas fizeram uma solicitação em grupo para participar da primeiríssima colônia constituída por cidadãos da União Colonial, em vez de cidadãos da Terra. Durante os meses seguintes, cada parte da vida de Enzo e de sua família se viu inspecionada, e ele lidou com tudo isso com toda a graciosidade que qualquer adolescente de quinze anos teria: no geral, querendo só ficar sozinho o máximo de tempo que pudesse. Todos os membros de todas as famílias precisavam enviar uma declaração afirmando o porquê de desejarem participar da colônia. Bruno Gugino explicou que era fã do período da colonização americana e dos primeiros anos da história da União Colonial, por isso queria ser parte deste novo capítulo da história. Natalie Gugino escreveu que queria constituir família num mundo onde todos trabalhassem juntos. Maria e Katharina se desenharam flutuando no espaço com luazinhas sorridentes.

Enzo, que adorava cada vez mais as palavras, escreveu um poema, imaginando-se num novo mundo, e o intitulou "As Estrelas, Meu Destino". Mais tarde, admitiu que o título saiu de um livrinho obscuro de fantasia e aventura que ele nunca leu, mas cujo título jamais conseguiu esquecer. O poema, escrito apenas para sua inscrição, acabou vazando para a mídia local e gerou certo ruído, tornando-se, mais tarde, um tipo de hino extraoficial oficializado para os trabalhos de colonização de Zhong Guo. Depois disso tudo, não dava para *não* escolherem Enzo, sua família e cocandidatos.

Quando Enzo fez dezesseis anos, ele conheceu uma menina chamada Zoë e, por algum motivo além da compreensão, se apaixonou por ela. Zoë era uma garota que, na maior parte das vezes, parecia saber o que estava fazendo e ficava feliz em lhe dizer que era isso mesmo, de fato, o tempo todo, mas em seus momentos a dois, Enzo descobriu que ela ficava tão nervosa, incerta e aterrorizada que dizia ou fazia bobagens para espantar o menino que pensou que poderia amar, e ele também ficava tão nervoso, incerto e aterrorizado que fazia bobagem, igualmente. Os dois conversavam e trocavam carinhos e davam as mãos e se beijavam e aprendiam como parar de ficar nervosos, incertos e aterrorizados um diante do outro. Disseram e fizeram muitas burradas, e uma hora acabaram se espantando mutuamente, porque não tinham muita noção. Mas depois superaram, e quando voltaram a namorar de novo, nessa segunda vez, não ficaram se perguntando se se amavam. Porque sabiam que sim. E diziam isso um para o outro.

No dia em que Enzo morreu, ele falou com Zoë e tirou sarro dela porque havia se esquecido de ir ao jantar com a família dele e prometeu mandar o poema que lhe havia escrito. Então disse que a amava e a ouviu dizer que o amava. Depois mandou o poema e se sentou à mesa com a família. Quando veio o alerta de emergência, a família Gugino, o pai Bruno, a mãe Natalie, as filhas Maria e Katharina e o filho Enzo, foram juntos ao abrigo que Bruno e Enzo haviam construído na semana anterior, onde se sentaram juntos, abraçados uns contra os outros, esperando a liberação.

No dia em que Enzo morreu, ele sabia que era amado. Sabia que era amado por seu pai e sua mãe, que todo mundo sabia nunca terem parado de se amar até o momento em que morreram. Seu amor um pelo outro se tornou amor por ele e as filhas. Sabia que era amado pelas irmãs, de quem cuidou quando eram pequenas e quando ele era pequeno. Sabia que era amado por seu melhor amigo, que nunca parou de tirar de encrencas e nunca parou de se encrencar junto. E sabia que era amado por Zoë – por mim – a quem ele chamava de "meu amor" e que devolvia o carinho.

Enzo viveu uma vida de amor, desde o momento em que nasceu até o momento de sua morte. Tantas pessoas passam a vida inteira sem amor. Procurando amor. Ansiando por amor. Com uma fome de um amor maior do que o que se tem. Sentindo saudades do amor que foi embora. Enzo nunca precisou passar por isso. Nunca precisaria.

Só o que ele conheceu, sua vida inteira, foi o amor.

Preciso acreditar que era o suficiente.

Teria que ser, agora.

Passei o dia com a Gretchen e o Magdy e todos os amigos do Enzo, dentre os quais muitos estavam chorando e dando risada ao se lembrarem dele. Depois em algum ponto eu não aguentei mais, porque todos estavam me tratando como se eu fosse a viúva dele e, embora eu sentisse que era como se fosse, não queria compartilhar isso com ninguém. Era uma coisa minha, e queria poder ser mesquinha com isso só um pouco. Gretchen viu que eu estava chegando perto do meu limite e me levou até o quarto dela, me mandou descansar e disse que, em breve, vinha dar uma olhada para ver como eu estava. Depois me deu um abraço feroz, um beijo na testa, me disse que me amava e fechou a porta ao sair. Fiquei lá deitada na cama dela e tentei não pensar em nada. E eu estava indo muito bem até lembrar do poema do Enzo, ainda me esperando na caixa de entrada.

Gretchen havia guardado o meu tablet na mesa e eu fui até lá, peguei o aparelho e me sentei de volta na cama, abri a caixa de entrada e vi a mensagem de Enzo. Levei o dedo até a tela para baixá-la, mas abri o diretório, em vez disso. Encontrei uma pasta chamada "Enzo Queimada", a abri e comecei a rodar os arquivos, assistindo a Enzo se debater pela quadra de queimada, tomando boladas na cara e tombando no chão com um timing cômico inacreditável. Fiquei assistindo até começar a rir com tanta força que mal era capaz de enxergar, precisei até deixar o tablet de lado por um minuto para me concentrar no simples ato de inspirar e expirar.

Quando consegui voltar a ter controle sobre isso, apanhei o tablet de novo, abri a caixa de entrada e a mensagem do Enzo.

Zoë:

Aqui está. Por ora você vai ter que imaginar os meus braços sacudindo. Mas o show ao vivo será em breve! Isto é, depois da nossa torta. Mmmm... torta.

Pertencer

Você disse que eu pertenço a você
E eu concordo
Mas a qualidade desse pertencimento
É uma questão um tanto importante.
Não pertenço a você
Como uma aquisição
Algo pedido e vendido
E entregue numa caixa
Para ser posto na prateleira e exibido
A amigos e admiradores.
Não pertenceria a você assim
E sei que você não quer isso.
Vou lhe dizer como eu pertenço a você.
Pertenço a você como um anel num dedo
O símbolo de algo eterno.
Pertenço a você como um coração no peito
Batendo no ritmo de outro coração.
Pertenço a você como uma palavra no ar

Enviando amor ao seu ouvido.
Pertenço a você como um beijo nos seus lábios
Dado por mim, com a esperança de outros por vir.
   E mais que tudo, pertenço a você
Porque onde guardo minhas esperanças
Guardo a esperança de que você pertença a mim.
É uma esperança que abro para você agora como um presente.
   Pertença a mim como um anel
E um coração
E uma palavra
E um beijo
E como uma esperança íntima.
   E eu pertencerei a você como essas coisas todas
E também algo mais
Algo que descobriremos entre nós
E pertencerá somente a nós dois.
   Você disse que pertenço a você
E eu concordo.
Diga-me que você pertence a mim também.
Aguardo a sua palavra
E espero pelo seu beijo.

Amo você.
Enzo.

Amo você também, Enzo. Amo você.
Que saudade.

21_

Na manhã seguinte, descobri que o meu pai estava preso.

– Não é bem uma prisão – disse meu pai, na mesa da cozinha, tomando seu café matinal. – Fui exonerado do meu cargo como líder da colônia e preciso viajar até a Estação Fênix para um inquérito. Então é mais como um julgamento. E aí se *isso* der problema, então vou preso.

– E vai dar problema? – perguntei.

– Bem provável – respondeu meu pai. – Eles não costumam abrir um inquérito se não souberem qual vai ser o resultado, e se o resultado fosse bom, não iam se dar ao trabalho. – Então ele deu um gole no café.

– O que você fez? – perguntei. Eu tinha meu próprio café, carregado de nata e açúcar, ignorado à minha frente. Ainda estava em choque quanto ao que aconteceu com Enzo e isso não estava ajudando.

– Tentei dissuadir o general Gau de cair na armadilha que armamos para ele e sua frota – disse meu pai. – Quando nos reunimos, eu lhe pedi para que não convocasse a frota. Implorei, na verdade. Fui contra as minhas ordens. Mandaram que nos engajássemos numa "conversa não essencial". Como se isso fosse possível com alguém que planeja dominar sua colônia e cuja frota inteira você está prestes a explodir.

– E por que você fez isso? – perguntei. – Por que tentou oferecer uma saída ao general Gau?

– Não sei – respondeu meu pai. – Provavelmente porque não queria o sangue de todas aquelas tripulações nas minhas mãos.

– Não foi você quem detonou as bombas – falei.

– Não acho que isso importe. Você acha? – rebateu meu pai, repousando a xícara na mesa. – Eu ainda era parte do plano, um participante ativo. Ainda tenho alguma responsabilidade por isso. Quero saber que, no mínimo do mínimo, tentei de algum modo evitar um derramamento de sangue tão grande. Acho que eu esperava apenas ser possível haver um jeito de resolver as coisas que não acabasse com tanta gente morta.

Levantei da minha cadeira e dei um abraço no meu pai. Ele recebeu o abraço e depois me olhou, um pouco surpreso, quando me sentei de volta.

– Obrigado – disse ele –, eu só queria saber o motivo disso.

– Eu só fico feliz de pensarmos parecido – falei. – Dá para dizer que sou sua filha, ainda que não biologicamente.

– Não acho que alguém duvide que a gente pense igual, querida – disse meu pai. – Mas, considerando que é o meu que está na reta com a União Colonial, não tenho certeza de que é uma coisa lá muito boa para você.

– Acho que é – respondi.

– E com ou sem biologia, acho que somos ambos espertos o suficiente para entender que, do modo como as coisas estão acontecendo, não vai acabar nada bem para ninguém – disse ele. – É uma bagunça imensa e a gente está bem no meio dela.

– Amém – falei.

– Como você está, querida? – perguntou meu pai. – Vai ficar bem?

Abri a boca para responder e logo fechei de novo. Enfim falei:

– Acho que agora quero conversar sobre qualquer outra coisa no mundo que não seja como eu estou.

– Tudo bem – disse meu pai. Então ele começou a falar sobre si mesmo, não porque fosse egocêntrico, mas porque sabia que me ajudaria com minhas preocupações se eu o ouvisse falar de si. Fiquei ouvindo enquanto ele falava sem me preocupar demais com o que dizia.

* * *

No dia seguinte, meu pai partiu na nave de carga *San Joaquin* ao lado de Manfred Trujillo e alguns outros colonos que iam como representantes de Roanoke em questões políticas e culturais. Pelo menos esse era o pretexto, em todo caso. O que eles de fato foram fazer, pelo que a Jane me contou, era tentar descobrir qualquer coisa sobre o que estava acontecendo no universo envolvendo Roanoke e quem nos atacou. Demoraria uma semana até o meu pai e os outros chegarem à Estação Fênix. Lá, passariam um dia, mais ou menos, depois levariam mais uma semana para voltar. O que quer dizer que seria mais uma semana para todo mundo voltar, menos o meu pai. Se decidissem no inquérito que ele era culpado, não haveria viagem de volta para ele.

Tentávamos não pensar muito nisso.

Três dias depois, a maior parte da colônia se reuniu na casa dos Gugino e se despediu de Bruno e Natalie, Maria, Katharina e Enzo. Foram enterrados onde morreram – Jane e os outros removeram os escombros do míssil que caiu sobre eles, depois remodelaram a área com solo novo e colocaram um torrão fresco de grama em cima. Foi colocado algo para indicar que a família estava enterrada ali. Em algum momento no futuro, talvez houvesse uma lápide maior, mas por ora era algo pequeno e simples: o sobrenome da família, o nome dos membros e suas datas. Eu me lembrei da lápide da minha família, onde repousa minha mãe biológica. Por algum motivo, essa lembrança me reconfortou.

O pai do Magdy, o amigo mais próximo de Bruno Gugino, falava calorosamente da família toda. Um grupo de cantores veio e cantou dois dos hinos religiosos favoritos de Natalie, de Zhong Guo. Magdy fez um discurso, breve e com muita dificuldade, sobre o melhor amigo. Quando ele se sentou de novo, Gretchen estava lá para abraçá-lo enquanto ele chorava. Por fim, todos nos levantamos e alguns rezaram, enquanto outros ficaram em silêncio, com a cabeça baixa, pensando nos amigos e entes queridos que deixavam saudades. Depois as pessoas foram embora, até restarem apenas eu, Gretchen e Magdy, em pé e em silêncio, diante da lápide.

– Ele amava você, sabe disso né – Magdy me disse, de repente.

– Eu sei – respondi.

– *Não* – disse Magdy, e eu vi como ele tentava transmitir para mim que não estava apenas dizendo qualquer coisa para me reconfortar. – Não estou falando de como a gente diz que ama qualquer coisa ou ama as pessoas que a gente só gosta. Ele te amava de verdade. Estava pronto para passar a vida inteira com você. Eu queria conseguir fazer você acreditar nisso.

Peguei meu tablet, abri o poema do Enzo e o mostrei para Magdy.

— Eu acredito — falei.

Magdy leu o poema e assentiu. Depois me devolveu o tablet.

— Fico feliz — respondeu. — Fico feliz que ele mandou para você. Eu tirava sarro dele por escrever esses poemas. Dizia que ele estava só pagando mico — isso me fez dar um sorrisinho —, mas agora fico feliz que ele não me deu ouvidos. Fico feliz que tenha mandado os poemas. Porque agora você sabe. Sabe o quanto ele amava você.

Magdy caiu no choro enquanto tentava terminar essa frase. Eu fui até ele, o abracei e o deixei chorar.

— Ele também amava você, Magdy — eu lhe disse. — Tanto quanto a mim. Tanto quanto qualquer outra pessoa. Você foi o melhor amigo dele.

— Eu o amava também — disse Magdy. — Era meu irmão. Digo, não meu irmão *de verdade*. — Então ele começou a fazer uma expressão no rosto. Estava irritado consigo mesmo porque não conseguia se expressar como gostaria.

— Não, Magdy — falei. — Você foi o irmão dele de verdade. De todas as maneiras relevantes, foi o irmão dele. E Enzo sabia que você pensava nele desse jeito. E ele te amava por isso.

— Desculpa, Zoë — disse Magdy, olhando para os próprios pés. — Desculpa por eu sempre ter dado tanta dor de cabeça para você e para o Enzo. Sinto muito.

— Ei — falei, com delicadeza. — Para com isso. Dar de dor de cabeça para as pessoas é o seu dever, Magdy, é o que você faz. Pode perguntar para a Gretchen.

— É verdade — disse Gretchen, sem grosseria. — É isso mesmo.

— O Enzo pensava em você como um irmão — falei. — Você é meu irmão também. Sempre foi, o tempo todo. Eu amo você, Magdy.

— Eu amo você também, Zoë — disse Magdy, com uma voz baixa, depois olhando diretamente para mim. — Obrigado.

— De nada. — Então o abracei de novo. — Só se lembre de que, como sua mais nova parente, tenho direito de encher demais o seu saco.

– Mal posso esperar – disse Magdy, voltando-se para Gretchen. – Isso faz de você a minha irmã também?

– Considerando nosso histórico, acho melhor não – disse Gretchen. Magdy deu risada, o que era um bom sinal, depois apertou meu ombro e deu um abraço em Gretchen, então deixou para trás a sepultura do amigo e irmão.

– Você acha que ele vai ficar bem? – perguntei a Gretchen, enquanto o observamos ir embora.

– Não – disse Gretchen. – Vai demorar um tempão. Sei que você amava o Enzo, Zoë, de verdade, e não quero que pareça estar tentando diminuir isso. Mas o Enzo e o Magdy eram duas metades de um todo. – Ela gesticulou com a cabeça na direção do Magdy. – Você perdeu alguém que amava. *Ele* perdeu parte de si mesmo. Não sei se ele vai conseguir se recuperar disso.

– Você pode ajudá-lo – falei.

– Talvez – disse Gretchen. – Mas pensa só no que você está me pedindo.

Eu ri. Era por isso que eu a amava. Era a menina mais esperta que já conheci na vida, o suficiente para saber que ser esperta tinha também as próprias repercussões. Ela bem que podia ajudar mesmo o Magdy, ao se tornar parte do que lhe faltava. Mas a implicação disso era ser essa coisa, de um jeito ou de outro, para o resto da vida deles. Gretchen faria, porque, no fim das contas, de fato amava o Magdy. Porém, tinha razão em se preocupar com o que isso implicava para ela.

– Em todo caso – disse Gretchen –, ainda não parei de ajudar as pessoas. Isso me distraiu dos meus pensamentos.

– Ah – falei. – Bom. Você sabe. Estou bem.

– Eu sei – disse Gretchen. – Sei também que você é uma péssima mentirosa.

– Não consigo enganar você – respondi.

– Não – disse Gretchen. – Porque o que o Enzo era para o Magdy, eu sou para você.

Eu a abracei e disse:

– Eu sei.

– Que bom – disse Gretchen. – Sempre que você esquecer, eu vou lembrá-la.

– Beleza – concordei. Terminamos o abraço, Gretchen me deixou sozinha com o Enzo e a família dele, e ficamos lá por um bom tempo.

Quatro dias depois, recebo um bilhete do meu pai de um drone de salto da Estação Fênix.

Um milagre, dizia. *Não vou para a cadeia. Estamos voltando na próxima nave de carga. Diga a Hickory e Dickory que vou precisar falar com elus assim que voltar. Amo você.*

Havia outro bilhete para a Jane, mas ela não me disse o que havia nele.

– Por que será que o meu pai quer conversar com vocês? – perguntei para Hickory.

– Não sabemos – disse Hickory. – Da última vez que nos falamos sobre qualquer coisa importante foi, sinto muito, no dia que o seu amigo Enzo morreu. Algum tempo atrás, antes de sairmos de Huckleberry, mencionei ao major Perry que o governo e o povo obin estavam prontos para conferir assistência a você e sua família aqui em Roanoke, caso fosse necessário.

– Você acha que o meu pai vai pedir sua ajuda? – perguntei.

– Não sei – disse Hickory. – E desde a última vez que conversei com o major Perry, as circunstâncias se alteraram.

– O que você quer dizer? – perguntei.

– Dickory e eu enfim recebemos informações atualizadas e detalhadas do nosso governo, incluindo a análise do ataque da União Colonial contra a frota do Conclave – disse Hickory. – A notícia mais importante é que fomos informados de que, logo após o desaparecimento da *Magalhães*, a União Colonial procurou o governo obin e lhes solicitou que não procurassem a colônia de Roanoke, nem oferecessem assistência caso fosse localizada pelo Conclave ou qualquer outra raça.

– Eles sabiam que vocês viriam me procurar – concluí.

– Sim – confirmou Hickory.

– Mas por que diriam para vocês não nos ajudarem? – perguntei.

– Porque iria interferir com os planos da própria União Colonial em atrair a frota do Conclave a Roanoke – disse Hickory.

– Isso já aconteceu – falei. – Acabou. Os Obins podem ajudar agora.

– A União Colonial solicitou que continuemos sem prestar assistência ou auxílio a Roanoke – disse Hickory.

– Isso não faz sentido – protestei.

– Somos inclinades a concordar – disse Hickory.

– Mas isso significa que vocês não podem nem *me* ajudar – falei.

– Há uma diferença entre ajudarmos você e ajudarmos a colônia de Roanoke – explicou Hickory. – A União Colonial não pode nos pedir a interrupção da sua proteção ou proibir que prestemos assistência a você, pois violaria o tratado entre nossos povos, e a União Colonial não gostaria disso, especialmente agora. Mas podem optar por uma interpretação estreita do tratado, que foi o que fizeram. Nosso tratado diz respeito a você, Zoë. Em menor grau, diz respeito à sua família, o que significa o major Perry e a tenente Sagan. Não diz respeito de modo algum à Colônia de Roanoke.

– Diz sim quando é o lugar onde eu *moro* – rebati. – Esta colônia me diz respeito, para um caramba. Seu povo *me* diz respeito. Todo mundo de quem gosto no universo inteiro está aqui. Roanoke é importante para mim. Deveria ser importante para vocês também.

– Não dissemos que não *nos* é importante – falou Hickory, e reparei em algo na voz delu que nunca tinha ouvido antes: um tom de *reprimenda*. – Tampouco sugerimos que não seja importante para você, por muitas razões. Estamos contando como a União Colonial pediu ao governo obin que interpretasse seus direitos sob o tratado. Estamos lhe dizendo que o nosso governo, pelos próprios motivos, concordou.

– Por isso, se o meu pai pedir ajuda para vocês, vão dizer que não – concluí.

– Diremos a ele que, enquanto Roanoke pertencer à União Colonial, estamos impedides de oferecer ajuda.

– Então, *não* – repeti.

– Sim – disse Hickory. – Sentimos muito, Zoë.

– Eu quero que me deem as informações que o seu governo repassou a vocês – exigi.

– Assim faremos – disse Hickory. – Mas está em nosso idioma e em nossa formatação, vai demorar um tempo considerável para o tablet traduzi-las.

– Não me importo – insisti.

– Como quiser – disse Hickory.

Não demorou muito até eu estar encarando a tela do meu PDA, rangendo os dentes enquanto avançava devagar pelas conversões e traduções de arquivos. Percebi que seria mais fácil simplesmente perguntar a respeito para Hickory e Dickory, mas queria ver tudo com meus próprios olhos. Não importava o quanto demorasse.

Demorou tanto tempo que mal consegui penetrar a superfície quando meu pai e os outros chegaram em casa.

— Parece puro blablablá para mim – disse Gretchen, olhando para os documentos que eu lhe mostrei no tablet. — Parece que foi traduzido do macaquês ou coisa assim.

— Olha – falei, pegando um documento diferente. — De acordo com isso aqui, o plano de explodir a frota do Conclave saiu pela culatra. Era para levá-los a um colapso fazendo as raças todas começarem a atirar umas contra as outras. Bem, o Conclave está começando a entrar em colapso de fato, mas quase nenhuma das raças ali está lutando entre si. Estão todas atacando os planetas da União Colonial, em vez disso. Eles pisaram na bola bonito.

— Se você diz que é isso que está aí, eu acredito – disse Gretchen. — Não estou encontrando um único verbo aqui.

Abri outro documento.

— Aqui, este é sobre um líder do Conclave chamado Nerbros Eser. Agora é o principal rival para assumir a liderança do grupo. Gau ainda não quer fazer um ataque direto à União Colonial, embora tenhamos acabado de destruir a frota dele. Ainda acha que o Conclave tem força o bastante para continuar fazendo o que tem feito. Mas esse tal de Eser pensa que eles deveriam simplesmente nos aniquilar. A União Colonial toda. E em especial nós aqui em Roanoke. Só para deixar claro o argumento de que não é para mexer com o Conclave. Os dois estão brigando pelo poder, no momento.

— Certo – disse Gretchen. — Mas ainda não sei o que nada disso quer *dizer*, Zoë. Fala direito comigo. Não estou acompanhando.

Eu parei e respirei fundo. Gretchen tinha razão. Eu tinha passado a maior parte do dia anterior lendo esses documentos, tomando café e sem dormir. Não estava no auge das minhas capacidades de comunicação. Então fiz uma nova tentativa.

— O motivo todo para terem fundado a colônia de Roanoke foi para começar uma guerra – falei.

— Parece que deu certo — respondeu Gretchen.

— Não — rebati. — Era para começar uma guerra *dentro* do Conclave. Explodir a frota era para ter feito o Conclave sofrer com divisões internas e assim acabar com a ameaça dessa coalizão imensa de raças alienígenas, para as coisas voltarem a ser como eram antes, quando todas as raças se enfrentavam. A gente causa uma guerra civil, para aí chegarmos com tudo enquanto todos estão brigando entre si para tomarmos os mundos que quisermos, saindo disso mais fortes do que antes… Talvez fortes demais para que qualquer outra raça ou mesmo grupinho de raças pudesse nos confrontar. Era esse o plano.

— Mas você está me dizendo que não funcionou nesse sentido — disse Gretchen.

— Exato — respondi. — Explodimos a frota e botamos os membros do Conclave para brigar, mas eles estão brigando é com a *gente*. O motivo pelo qual não íamos com a cara do Conclave era por serem quatrocentos contra um, que éramos nós. Bem, agora continua sendo quatrocentos contra um, só que ninguém está dando ouvidos ao único sujeito ali que não quer que eles entrem em guerra conosco.

— Nós aqui em Roanoke — disse Gretchen.

— Em todos os lugares — falei. — A União Colonial. Humanos. *Nós*. Está acontecendo agora mesmo — complementei. — Os planetas da União Colonial estão sob ataque. Não apenas as novas colônias, que normalmente são atacadas. Mesmo as colônias já bem estabelecidas, que não sofriam ataques fazia décadas, estão tomando porrada. E, a não ser que o general Gau coloque todo mundo de volta na linha, os ataques não vão parar. Só vão piorar.

— Acho que você precisa de um novo hobby — disse Gretchen, me devolvendo o tablet. — Esse aqui é deprimente demais.

— Não estou tentando assustar você — eu me expliquei. — Achei que quisesse saber disso tudo.

— Você não precisa contar isso para mim — disse Gretchen —, tem que contar para os seus pais. Ou para o meu pai. Alguém que saiba o que fazer quanto a isso tudo.

— Eles já sabem — respondi. — Eu escutei uma conversa entre John e Jane sobre o assunto ontem à noite, assim que ele voltou da Estação Fênix. Todo mundo sabe que as colônias estão sob ataque. Ninguém está *notificando*, porque a União Colonial impôs censura na mídia, mas as pessoas só falam disso.

— E como fica Roanoke nisso tudo? — perguntou Gretchen.

— Sei lá — respondi. — Mas sei que não temos muito a nosso favor agora.

— Então é isso, vamos todos morrer — disse Gretchen. — Bem, nossa, obrigada, Zoë. Fico feliz demais em saber.

— Não chegou nesse ponto ainda — rebati. — Nossos pais estão trabalhando nisso. Vão dar um jeito. Não vamos todos morrer.

— Bem, *você* não vai morrer, pelo menos — disse Gretchen.

— O que quer dizer com isso? — perguntei.

— Se as coisas de fato forem pelo ralo, os Obins vão intervir e tirar você daqui — disse Gretchen. — Apesar de que, se a União Colonial de fato está sob ataque, não tenho certeza de onde é que você vai parar. A questão é que tem uma rota de fuga. O restante de nós, não.

Fiquei parada, encarando-a.

— Isso é incrivelmente injusto — falei. — Eu não vou a lugar algum, Gretchen.

— Por que não? — perguntou ela. — Não estou *brava* com você por ter uma saída, Zoë. Estou com *inveja*. Eu só passei por um ataque. Foi um míssil que escapou e nem chegou a explodir direito, mas ainda assim fez um estrago incrível e matou alguém de quem eu gostava e todo mundo na família dele. Quando vierem atrás de nós de verdade, a gente não vai ter a menor chance.

— Você ainda tem o seu treinamento — comentei.

— Zoë, eu não vou entrar em combate corpo a corpo com um *míssil* — disse Gretchen, irritada. — Sim, se alguém decidir marcar uma festinha e pousar por aqui, talvez eu consiga segurá-los por um tempo. Mas, depois do que fizemos com a frota do Conclave, você acha que alguém vai se dar ao trabalho? Eles vão é tentar nos explodir de lá de cima. Você mesma disse. Querem se livrar de nós. E você é a única que tem uma chance de ir embora daqui.

— Já disse que não vou a lugar algum — respondi.

— Meu Deus, Zoë — disse Gretchen. — Eu amo você, de verdade, mas não acredito que de fato seja tão burra assim. Se tiver a chance de ir embora, *vá*. Não quero que você morra. Seu pai e sua mãe também não querem isso.

Os Obins são capazes de mover montanhas para evitar a sua morte. Acho que você devia se ligar.

– Eu me liguei – rebati. – Mas é você que não entende. Eu já *fui* a única sobrevivente de um desastre, Gretchen. Já me aconteceu antes. Uma vez na vida é mais que o suficiente. Não vou a lugar algum.

– Hickory e Dickory querem que você saia de Roanoke – meu pai me disse, depois de me mandar mensagem pelo tablet. Hickory e Dickory estavam com ele na sala de estar. Eu claramente interrompi algum tipo de negociação entre eles. E era claramente sobre mim também. O tom na voz do meu pai era leve o suficiente para eu conseguir perceber que ele tinha esperanças de convencer os Obins, e tinha quase certeza de que sabia qual era o argumento dele.

– Você e minha mãe vêm junto? – perguntei.

– Não – respondeu meu pai.

Isso já era esperado. Não importava o que fosse acontecer com a colônia, John e Jane teriam que aguentar até o fim, mesmo que morressem junto com ela. Era o que se esperava deles enquanto líderes, ex-soldados e seres humanos.

– Então que se dane tudo – xinguei, olhando para Hickory e Dickory enquanto enunciava essas palavras.

– Falei para você – meu pai disse a Hickory.

– Você não disse para ela ir embora – comentou Hickory.

– Vai embora daqui, Zoë – disse meu pai, com um tom de voz tão sarcástico que nem Hickory e Dickory teriam dificuldade em captá-lo.

Dei uma resposta que não foi das mais educadas ao meu pai, depois a Hickory e Dickory e, por fim, a toda essa ideia de que eu era algo especial aos Obins. Eu estava também num humor meio atrevido e cansada disso tudo, foi por esse motivo.

– Se quiserem me proteger – eu disse a Hickory –, então protejam esta colônia. Protejam as pessoas de quem eu gosto.

– Não podemos – disse Hickory. – Fomos proibidos.

– Então têm um problema – respondi –, porque eu não vou a lugar algum. E não há nada que vocês ou qualquer outra pessoa possa fazer a respeito.

E com isso fiz a minha saída dramática, em parte porque imaginava que era o que meu pai estava esperando e em parte porque já havia terminado de dizer o que eu queria dizer a respeito.

Fui para o meu quarto e fiquei esperando meu pai me chamar de novo, porque, fosse lá o que estava acontecendo entre ele, Hickory e Dickory, ainda não havia terminado quando saí da sala. E, como dito, fosse o que fosse, era algo que me dizia respeito.

Cerca de dez minutos depois, meu pai me chamou de novo. Voltei à sala, e Hickory e Dickory não estavam mais lá.

– Por favor, sente-se, Zoë – meu pai me pediu. – Preciso que você faça algo por mim.

– Tem a ver com ir embora de Roanoke? – perguntei.

– Sim – respondeu ele.

– Não – respondi de volta.

– Zoë – disse meu pai.

– *Não* – respondi de novo. – Não entendo você. Dez minutos atrás estava feliz em me ver aqui na frente de Hickory e Dickory, dizendo a eles que não vou a lugar algum, e agora quer que eu vá? O que eles lhe disseram que o fez mudar de ideia?

– Foi o que eu disse para eles – falou meu pai. – E não mudei de ideia. Preciso que você vá, Zoë.

– Para quê? – retruquei. – Para continuar viva enquanto todo mundo que eu gosto morre? Você e a minha mãe e a Gretchen e o Magdy? Para eu ser salva enquanto Roanoke é destruída?

– Preciso que você vá para eu poder *salvar* Roanoke – disse meu pai.

– Não compreendo – falei.

– Provavelmente porque não me deixou *terminar* a minha fala antes de engrenar o seu discurso – disse ele.

– Não tire sarro de mim – falei.

Meu pai suspirou e explicou:

– Não estou tentando tirar sarro de você, Zoë. Mas o que preciso de verdade agora é que você fique em silêncio para eu poder contar como vai ser. Pode fazer isso, por favor? Assim já dá para agilizarmos tudo. Depois, se disser que não, pelo menos vai ser pelos motivos certos. Pode ser?

– Pode ser – respondi.

– Obrigado – agradeceu meu pai. – Olha. Neste momento, toda a União Colonial está sob ataque por termos destruído a frota do Conclave. Todos os planetas da UC foram atingidos. As Forças Coloniais de Defesa estão no limite, tal como as coisas estão, e vai piorar. Piorar demais. A União Colonial já está começando a tomar decisões quanto a quais colônias pode se dar ao luxo de abrir mão quando as coisas apertarem.

– E Roanoke é uma delas – concluí.

– Sim – concordou meu pai. – Definitivamente. Mas é mais do que isso, Zoë. Havia a possibilidade de eu pedir aos Obins que nos ajudassem aqui em Roanoke, por conta da sua presença. Mas a União Colonial mandou que eles não nos prestassem qualquer assistência. Podem levar você daqui, mas não podem ajudá-la, nem nos ajudar, a defender Roanoke. A União Colonial não quer que nos ajudem.

– Por que não? – perguntei. – Não faz sentido.

– Não faz sentido se você partir do pressuposto que a União Colonial quer que Roanoke *sobreviva* – explicou meu pai. – Mas olha de uma outra perspectiva, Zoë. Esta é a primeira colônia que tem colonos da UC em vez da Terra. Os colonos aqui vêm das dez colônias mais poderosas e populosas da União Colonial. Se Roanoke for destruída, então todas essas dez colônias serão afetadas pela perda. Roanoke vai se tornar um grito de guerra para esses mundos todos. E para toda a União Colonial.

– O que você está dizendo é que nós valemos mais à União Colonial mortos do que vivos – falei.

– Valemos mais como símbolo do que como colônia – disse meu pai –, o que é inconveniente para nós que moramos aqui e queremos continuar vivos. Mas, sim. É por isso que eles não vão deixar os Obins nos ajudarem. É por isso que nunca nos qualificamos para receber recursos.

– Você tem certeza disso? – perguntei. – Alguém contou isso para você na sua viagem de volta à Estação Fênix?

– Alguém me contou – respondeu meu pai. – Um homem chamado general Szilard. É o ex-comandante da Jane. Não foi nenhum comunicado oficial, mas bate com meus próprios cálculos.

– E você confia nesse homem? – perguntei. – Sem querer ofender, mas a União Colonial não anda sendo das mais transparentes conosco nos últimos tempos.

– Tenho minhas questões com Szilard – disse meu pai. – E sua mãe, idem. Mas, sim. Confio nele quanto a isso. Neste momento, ele é a única pessoa na União Colonial inteira em quem eu *de fato* confio.

– O que isso tem a ver com minha saída de Roanoke? – perguntei.

– O general Szilard compartilhou mais uma informação comigo quando eu o vi – continuou ele. – É extraoficial também, mas as fontes são confiáveis. Ele me disse que o general Gau, líder do Conclave...

– Sei quem ele é, pai – falei. – Estou a par dos eventos atuais.

– Desculpa – disse meu pai. – Ele contou que o general Gau está para ser o alvo de uma tentativa de assassinato político, planejada pelo próprio círculo interno de conselheiros, e que isso deverá acontecer em breve, provavelmente durante as próximas semanas.

– Por que ele contou isso para você? – indaguei.

– Para que eu pudesse fazer uso dessa informação – afirmou meu pai. – Mesmo que a União Colonial quisesse avisar o general Gau sobre essa tentativa, o que não vai acontecer, porque é do interesse da União que esse plano dê certo, não há motivo para acreditar que Gau o considerasse possível. A UC *acabou* de explodir a frota dele. Mas Gau talvez possa dar ouvidos a essa informação se vier da minha boca, porque já lidou comigo.

– E foi você quem implorou para que ele não convocasse a frota até Roanoke – complementei.

– Isso – concordou meu pai. – Foi por essa causa que até então nós não viemos sofrendo tantos ataques assim. O general Gau me disse que nem ele, nem o Conclave retaliariam contra Roanoke em si pelo que aconteceu à frota.

– Ainda assim fomos atacados – comentei.

– Só que não pelo próprio Conclave – disse meu pai. – Mas por algum outro grupo que está testando nossas defesas. No entanto, se Gau for assassinado, essa garantia morre com ele. Aí vai ser temporada de caça a Roanoke, e seremos atingidos logo, porque foi aqui que o Conclave sofreu sua maior derrota. Somos um símbolo para eles também. Por isso precisamos informar o general Gau de que está em perigo. Pelo nosso próprio bem.

– Se contar isso para ele, você vai estar dando informações para um inimigo da União Colonial – falei. – É traição.

Meu pai deu um sorrisinho malicioso e sarcástico.

– Confia em mim, Zoë – disse ele –, já estou enterrado até o pescoço em encrencas. – Seu sorriso desapareceu enquanto ele continuava. – E, sim, o general Gau é um inimigo da UC. Mas acho que ele pode ser um amigo para Roanoke. No momento, precisamos de todos os amigos que pudermos arranjar, em qualquer lugar que seja. Os que tínhamos nos viraram as costas. Nós vamos ter que tentar isso, bem de mansinho.

– E por "*nós*", você quer dizer "*eu*" – comentei.

– Sim – confirmou meu pai. – Preciso que você entregue essa mensagem por mim.

– Não precisa de mim para isso – falei. – Você mesmo pode fazer isso. Minha mãe pode fazer isso. Seria *até* melhor, vindo de vocês.

Meu pai negou com a cabeça.

– Nem eu, nem Jane podemos sair de Roanoke, Zoë. A União Colonial está de olho na gente. Não confiam em nós. E mesmo que pudéssemos, não dá para sairmos, porque nosso lugar é aqui com os colonos. Somos os líderes. Não podemos abandoná-los. O que quer que aconteça com eles, acontece conosco. Fizemos uma promessa e vamos ficar aqui e defender a colônia, não importa o que aconteça. Você entende isso? – Aqui eu fiz que sim com a cabeça. – Por isso não podemos sair.

Ele então retomou o raciocínio:

– Mas *você* pode, em segredo – continuou meu pai. – Os Obins já querem tirar você de Roanoke. A União Colonial permitiria, porque é parte do tratado e não vai levantar suspeita enquanto Jane e eu continuarmos aqui. Os Obins são neutros, tecnicamente, na luta entre o Conclave e a União Colonial, e uma nave obin consegue chegar à sede do general Gau, que é inacessível a qualquer nave da uc.

– Mandem Hickory e Dickory, então – falei. – Ou peçam aos Obins para mandarem um drone de salto para o general Gau.

– Não tem como – disse meu pai. – Os Obins não vão colocar em risco a relação com a União Colonial para repassar mensagens por *mim*. O único motivo de estarem fazendo isso para começo de conversa é porque estou concordando em tirar você de Roanoke. Estou usando a única vantagem que tenho com os Obins, Zoë. E essa vantagem é você.

Ele continuou:

– E tem mais outra coisa. O general Gau precisa saber que acredito na legitimidade das informações que estou repassando. Que não estou apenas sendo um peão num jogo maior da União Colonial. Preciso entregar a ele uma demonstração da minha sinceridade, Zoë. Algo que prove que tenho muito a perder em lhe enviar essa informação, tanto quanto ele ao recebê-la. Mesmo se eu ou Jane pudéssemos ir pessoalmente, o general Gau não teria o menor motivo para confiar no que temos a lhe dizer, porque sabe que eu e Jane fomos soldados e somos líderes. Ele sabe que estaríamos dispostos a nos sacrificar pela nossa colônia. Mas sabe também que eu *não* estou disposto a sacrificar minha única filha. E Jane, idem.

"Então, você entende, Zoë. Só pode ser você. Ninguém mais. Você é a única que pode chegar ao general Gau e entregar a mensagem sem causar suspeita. Nem eu, nem a Jane, nem Hickory, nem Dickory. Ninguém mais. Só você. Entregue a mensagem e talvez a gente dê um jeito de salvar Roanoke. É uma chance pequena, mas no momento é a única que temos."

Fiquei sentada ali por uns minutos, digerindo o que meu pai me pedia.

– Você sabe que, se Hickory e Dickory me tirarem de Roanoke, não vão querer me trazer de volta – falei, enfim. – Sabe disso.

– Tenho quase certeza – disse meu pai.

– Você está me pedindo para ir embora – afirmei. – Está me pedindo para aceitar o fato de que posso nunca mais rever nenhum de vocês. Porque, se o general Gau não acreditar em mim ou se ele morrer antes de eu conseguir falar com ele, ou pode acontecer até mesmo de ele acreditar, mas não conseguir fazer nada para nos ajudar... então essa viagem será em vão. Só vai servir para me tirar de Roanoke.

– Se for só isso, Zoë, ainda assim eu não reclamaria – disse meu pai, rapidamente erguendo a mão na sequência para evitar que eu comentasse. – Mas se *achasse* que ia ser só isso, não faria esse pedido a você. Não quero que nada de ruim lhe aconteça, Zoë. Mas você já tem idade o suficiente para tomar as próprias decisões. Se, no fim das contas, quisesse continuar em Roanoke para enfrentar o que vier ao nosso encontro, eu não tentaria impedi-la. A Jane também não. Ficaríamos com você até o fim. Você sabe disso.

– Sei sim – respondi.

– Há riscos para todo mundo – disse meu pai. – Quando Jane e eu contarmos sobre isso para o conselho colonial, o que vai acontecer depois que você for embora, tenho quase certeza de que vão nos expulsar dos cargos de liderança. Quando as notícias chegarem na União Colonial, é quase certo que Jane e eu seremos presos, acusados de traição. Mesmo que tudo corra perfeitamente, Zoë, e o general Gau aceite a sua mensagem, tome decisões com base nela e talvez até mesmo garanta que Roanoke continue intacta, ainda assim teremos que ser responsabilizados pelas nossas ações. Jane e eu aceitamos isso. Achamos que vale a pena pela chance de manter Roanoke a salvo. O risco para você aqui, Zoë, é que, se fizer isso, talvez demore muito tempo até conseguir nos rever ou rever seus amigos. Talvez nunca mais consiga. É um risco grande. É um risco real. Precisa decidir se vale a pena.

Pensei mais um pouco a respeito.

– Quanto tempo eu tenho para pensar nisso? – perguntei.

– Todo o tempo de que precisar – disse meu pai. – Mas aqueles assassinos não vão ficar lá sentados sem fazer nada.

Olhei para o ponto onde Hickory e Dickory estavam antes e perguntei:

– Quanto tempo você acha que demoraria para elus trazerem um transporte até aqui?

– Tá de brincadeira? – disse o meu pai. – Se não tiverem solicitado um no segundo em que terminei de falar com eles, eu juro que eu como o meu chapéu.

– Você não usa chapéu – rebati.

– Então vou comprar um só para comer – disse meu pai.

– Eu vou voltar – afirmei. – Vou mandar essa mensagem ao general Gau e depois vou voltar para cá. Não tenho certeza de como vou fazer para convencer os Obins disso, mas vou conseguir. Prometo para você, pai.

– Que ótimo – respondeu ele. – Traga um exército com você. E armas. E cruzadores de batalha.

– Armas, cruzadores, exército – repeti, repassando a lista de compras. – Mais alguma coisa? Digo, já que estou indo no *mercado*.

– Há boatos de que estou à procura de um chapéu – disse ele.

– Chapéu, beleza – respondi.

– Um chapéu bem espalhafatoso – complementou.

– Não prometo nada – falei.

– Tudo bem – disse meu pai. – Mas se tiver que escolher entre o chapéu e o exército, fique com o exército. E que venha caprichado. Vamos precisar.

– Cadê a Gretchen? – Jane me perguntou. Estávamos do lado de fora da pequena nave de transporte obin. Eu já havia me despedido do meu pai. Hickory e Dickory aguardavam por mim no interior da nave.

— Não contei para ela que estava indo embora – falei.

— Ela vai ficar bem chateada – disse minha mãe.

— Não pretendo ficar ausente tempo o bastante para ela sentir minha falta – respondi. Minha mãe não tinha nada a acrescentar a isso. – Escrevi um bilhete para ela – falei, enfim. – Está agendado para ser entregue amanhã de manhã. Contei o que achei que dava para contar sobre o motivo da minha partida. Disse que sobre o resto ela pode falar com você. Por isso é capaz que ela te faça uma visita.

— Vou falar com ela a respeito – afirmou Jane. – Vou tentar fazer com que compreenda.

— Obrigada – agradeci.

— E como você está? – perguntou Jane.

— Aterrorizada – admiti. – Tenho medo de que eu nunca mais veja você ou meu pai ou Gretchen de novo. Tenho medo de ferrar com tudo. Tenho medo de que, mesmo que eu não ferre com tudo, no fim das contas não importe. Sinto como se estivesse para desmaiar e estou assim desde que esse negócio aterrissou.

Jane me deu um abraço e então olhou para o meu pescoço, intrigada.

— Você não vai levar o seu pingente de elefante? – perguntou.

— Ah, é uma longa história. – falei. – Diga para Gretchen que eu mandei ela contar para você. Você precisa saber disso, em todo caso.

— Você o perdeu? – perguntou Jane.

— Não está perdido – comentei. – Só não está mais comigo.

— Ah – disse Jane.

— Não preciso mais dele – expliquei. – Eu sei quem me ama neste mundo e quem me amou.

— Que bom – disse Jane. – O que eu ia lhe dizer é que, além de lembrar quem ama você, é importante lembrar quem você é. E tudo a respeito de quem você é. E tudo a respeito do *que* você é.

— O que eu sou... – repeti, com um sorriso. – É por conta do *que* eu sou que estou indo embora. O *que* eu sou me deu mais ônus do que bônus, se quer saber.

— Isso não me surpreende – disse Jane. – Preciso lhe dizer, Zoë, que houve tempos em que fiquei com pena de você. Muito da sua vida esteve completamente fora do seu controle. Viveu sob o olhar de uma raça inteira de pessoas, que impôs demandas desde o começo. Sempre fico maravilhada por você ter conseguido manter a sanidade ao longo disso tudo.

— Bem, sabe como é — falei. — Ajuda muito ter bons pais.

— Obrigada — disse Jane. — Tentamos lhe dar a vida mais normal possível. E acho que conseguimos oferecer uma criação boa o suficiente para que eu possa dizer o seguinte e você compreender: ao longo de sua vida inteira, isso que você é sempre exigiu coisas de você. Agora é hora de exigir algo de volta. Entendeu?

— Não tenho certeza — admiti.

— *Quem* você é sempre precisou abrir espaço para o *que* você é — disse Jane. — Sabe disso.

Fiz que sim com a cabeça. Era verdade.

— Parte disso foi por conta da sua idade, por isso o que você é acaba sendo muito maior do que quem você é — explicou Jane. — Não dá para esperar que uma criança normal de oito ou até mesmo quatorze anos compreenda o que significa ser algo como aquilo que você é. Mas você agora tem idade o suficiente para entender. Para valorizar isso. Saber como usar a seu favor para algo que não seja só ficar acordada até tarde.

Eu sorri, maravilhada por Jane se lembrar da vez que tentei usar o tratado para ficar acordada até depois do meu horário de dormir.

— Fiquei observando você ao longo do ano passado — disse Jane. — Vi como interage com Hickory e Dickory. Eles fizeram muitas imposições sobre você por conta daquilo que você é. Tudo que vocês treinaram e praticaram. Mas você também começou a exigir mais deles. Todos aqueles documentos que os mandou liberarem.

— Eu não sabia que você sabia disso — comentei.

— Trabalhei como oficial de informações — disse Jane. — Esse tipo de coisa é o que faço. A questão é que você passou a estar mais disposta a usar esse poder. Está finalmente tomando as rédeas da sua vida. O *que* você é está começando a abrir espaço para *quem* você é.

— É um começo — falei.

— Continue assim — disse Jane. — Precisamos de *quem* você é, Zoë. Precisamos que tome isso que você é, *cada* parte do que você é, e use para nos salvar. Para salvar Roanoke. E depois voltar para nós.

— Como que eu faço isso? — perguntei.

Jane sorriu e disse:

— Como eu disse: exija algo de volta.

— Isso é meio vago e não me ajuda muito — respondi.

— Talvez não — disse Jane, me dando um beijo na bochecha. — Ou talvez eu apenas tenha fé de que você é esperta o bastante para descobrir tudo sozinha.

Minha mãe ganhou um abraço por isso.

Dez minutos depois, eu estava a quinze quilômetros acima do solo de Roanoke e subindo, na direção da nave de transporte obin, pensando no que Jane havia me dito.

— Você vai ver que as naves obins viajam com uma rapidez muito maior do que as da União Colonial — disse Hickory.

— Ah é? — respondi. Então fui até o lugar onde Hickory e Dickory colocaram a minha bagagem e peguei uma das valises.

— Sim — continuou Hickory. — Motores muito mais eficientes e melhor gerenciamento de gravidade artificial. Estaremos à distância necessária de Roanoke para fazer o salto espacial em pouco menos de dois dias. Demoraria de cinco a seis para que uma de suas naves chegasse a essa mesma distância.

— Que bom — falei. — Quanto antes chegarmos ao general Gau, melhor. — E fui abrindo o zíper da valise.

— Este é um momento emocionante para nós — disse Hickory. — É a primeira vez, desde que você começou a morar com o major Perry e a tenente Sagan, que vai conhecer outros Obins pessoalmente.

— Mas todos já sabem tudo sobre mim — comentei.

— Sim — disse Hickory. — As gravações do ano passado chegaram a todos os Obins, tanto no formato sem edição quanto em compilações. As versões sem edição demorarão mais para serem processadas.

— Aposto que sim — falei. — Aqui está.

Então encontrei o que estava procurando: a faca de pedra, que me foi dada pelo lobisomem. Eu a enfiei na mala com pressa, quando não tinha ninguém olhando. Só queria garantir que a havia trazido de verdade e não era só coisa da minha cabeça.

— Você trouxe sua faca de pedra — disse Hickory.

— Trouxe, sim — respondi. — Tenho planos para ela.

— Quais planos? — perguntou Hickory.

– Conto para vocês depois – falei. – Mas me diz aí, Hickory – continuei –, a nave para onde estamos indo. Tem alguém importante nela?

– Sim – disse Hickory. – Por ser a primeira vez que você estará na presença de outros Obins desde a sua infância, um dos membros do conselho regente estará lá para recebê-la. Está muito ansiose para se encontrar com você.

– Que bom – falei, olhando para minha faca. – Também quero muito encontrá-lo.

Acho que consegui deixar Hickory nervose nesse momento.

22

— Exigir algo de volta — falei a mim mesma, enquanto esperava o membro do conselho dos Obins me encontrar nos meus aposentos. — Exigir algo de volta. Exigir algo de volta.

Definitivamente vou vomitar, pensei.

Você não pode vomitar, respondi para mim mesma. *Ainda não descobriu como funciona o encanamento aqui. Não sabe nem onde vomitar.*

Essa parte era verdade, pelo menos. Os Obins não *excretam*, nem lidam com a higiene pessoal como os humanos. Também não têm os mesmos problemas de pudor que nós temos diante de outros membros da raça. No canto do quarto havia um arranjo interessante de buracos e válvulas que parecia algo que *provavelmente* serviria para propósitos de sanitário. Mas eu não fazia ideia do que era o quê, e não estava a fim de usar o que eu achava ser a pia para depois descobrir que era a privada. Babar tomar água da privada, tudo bem, mas gosto de pensar que tenho padrões mais altos.

Dentro de uma ou duas horas, essa com certeza passaria a ser uma questão de alguma urgência. Precisava perguntar a Hickory e Dickory.

Elus não estavam comigo, porque pedi para ser levada diretamente ao meu quarto quando chegamos e para ficar lá sozinha durante uma hora, quando então quis me encontrar com o membro do conselho. Acho que, com isso, devo ter dado uma bagunçada em algum tipo de cerimônia de recepção planejada pela equipe da nave de transporte obin (batizada de *Transporte Obin 8532*, como mais um exemplo típico da eficiência tediosa desse povo), mas não quis deixar isso me incomodar. Consegui sim causar o efeito que queria no momento: eu havia decidido ser um pouquinho difícil. Assim esperava que ficasse mais fácil fazer o que precisava fazer depois. Que era tentar salvar Roanoke.

Meu pai tinha seus planos de como fazer isso, e eu iria ajudá-lo. Mas eu também tinha um plano próprio. Só o que precisava era pedir algo de volta.

Algo muito, muito, muito *grande*.

Ah, bem, disse meu cérebro. *Se não der certo, pelo menos você pode perguntar a conselheire onde é para fazer xixi*. Sim, bem, isso já seria *alguma coisa*.

Houve uma batida na porta do meu quarto, a qual se abriu, deslizando. Não havia trancas nas portas entre os Obins, porque eles mesmos não possuíam lá grandes conceitos de privacidade (pelo mesmo motivo, a porta não fazia sinal algum antes de abrir). Três Obins entraram: Hickory e Dickory, além de ume terceire que era nove para mim.

— Bem-vinda, Zoë – disse ê terceire Obin. – Nós lhe damos boas-vindas e desejamos um bom início desse seu período conosco.

— Obrigada – respondi. – Você é o membro do conselho?

— Sim, sou eu – disse ê Obin. – Meu nome é Dock.

Eu me esforcei bastante para tirar o sorrisinho da cara, mas foi um fracasso completo. Comentei:

— Você disse que seu nome é Dock.

— Sim – respondeu ê Obin.

— Tipo, que nem em "Hickory, Dickory, Dock"?

— Correto – respondeu Dock.

— Que coincidência – comentei, depois que consegui controlar meu rosto.

— Não é coincidência – disse Dock. – Quando você deu nomes a Hickory e Dickory, nós tomamos ciência da cantiga infantil na qual se inspirou. Quando eu e muitos outros Obins escolhemos nossos nomes, eles vieram dessa cantiga.

— Eu sabia que havia outros Hickories e Dickories – falei –, mas você está me dizendo que há outros Obins chamados "Dock" também?

– Sim – confirmou Dock.

– E "Rato" e "Relógio"? – perguntei.

– Sim – confirmou Dock.

– E "Correu", "Subindo", "O"? – perguntei.

– Todas as palavras na cantiga são nomes populares – disse Dock.

– Espero que alguns dos Obins saibam que seus nomes vieram de um artigo definido – falei.

– Estamos todos cientes dos significados dos nomes – disse Dock. – O que é importante é a associação com você. Você batizou essus dues de "Hickory" e "Dickory". Todo o resto veio daí.

Eu já estava começando a me distrair com a ideia de toda uma raça temível de alienígenas com nomes bobos por conta dos nomes que eu mesma escolhi para dois deles, sem pensar, fazia mais de uma década. Esse comentário de Dock me trouxe de volta ao meu foco. Era um lembrete de que os Obins, com suas novas consciências, haviam se identificado tanto comigo desde minha infância, a ponto de *imprinting* que até uma cantiga infantil da qual eu gostava tinha peso.

Exigir algo de volta.

Meu estômago começou a doer. Mas eu o ignorei.

– Hickory – falei –, você e Dickory estão gravando agora?

– Sim – respondeu Hickory.

– Pare, por favor – solicitei. – Conselheire Dock, você está gravando agora?

– Sim, estou – confirmou Dock. – Mas apenas para lembranças pessoais.

– Por favor, pare também – pedi, e todos pararam de gravar.

– Por acaso, nós lhe ofendemos? – perguntou Dock.

– Não – falei. – Mas não acho que vocês vão querer que essa conversa entre para o registro permanente. – Então respirei fundo. – Preciso de algo dos Obins, conselheire.

– Diga-me o que é – respondeu Dock – e vou tentar arranjar para você.

– Exijo que os Obins me ajudem a defender Roanoke – falei.

– Receio que não possamos ajudá-la com esse pedido – disse Dock.

– Não é um pedido – esclareci.

– Não compreendo – disse Dock.

– Eu disse que não é um pedido. Não *pedi* a ajuda dos Obins, conselheire. Eu disse que *exijo*. Há uma diferença.

– Não podemos obedecer – disse Dock. – A União Colonial solicitou que nenhuma assistência seja prestada a Roanoke.

– Não me *importo* – falei. – O que a União Colonial quer a esta altura não significa absolutamente nada para mim. Eles planejam deixar todo mundo que importa para mim morrer, porque decidiram que Roanoke vale mais como símbolo do que como colônia. Estou cagando para o simbolismo. Ligo para as pessoas. Meus amigos e minha família, que precisam de ajuda. E exijo essa ajuda de vocês.

– Assisti-la acarretaria romper nosso tratado com a União Colonial – disse Dock.

– Esse tratado – respondi – é o que permite que vocês tenham acesso a mim.

– Sim – disse Dickory.

– Percebam que vocês *já me têm* – falei. – A bordo desta nave. Tecnicamente em território obin. Não precisam mais da permissão da União Colonial para me ver.

– Nosso tratado com a União Colonial não contempla apenas o acesso a você – disse Dock. – Ele cobre muitas questões, incluindo nosso acesso às máquinas de consciência que usamos. Não podemos ir contra o tratado, nem mesmo por você.

– Então não precisam rompê-lo – falei, e foi aqui que cruzei os dedos mentalmente. Sabia o que os Obins iriam dizer, que não podiam romper o tratado com a União Colonial. Hickory havia dito isso antes. Era aqui que as coisas estavam prestes a ficar *bem* complicadas. – Preciso que os Obins me ajudem a defender Roanoke, conselheire. Não quis dizer que precisariam fazê-lo em pessoa.

– Receio que eu não esteja compreendendo – disse Dock.

– Arranjem alguém para me ajudar – falei. – Sugiram que essa ajuda seria importante. Façam o que precisam fazer.

– Não seria possível ocultarmos nossa influência – disse Dock. – A União Colonial não seria convencida pelo argumento de que não constituiria uma interferência forçarmos outra raça a agir por nós.

– Então peçam a alguém que a União Colonial saiba que vocês não conseguiriam forçar – propus.

– Quem você sugere? – perguntou Dock.

Há uma velha expressão para quando você está fazendo uma maluquice completa. *Atirar na lua*, dizem.

E aqui eu estava levantando meu fuzil.

– Os Consus – respondi.

Bangue. Lá foi meu tiro contra uma lua *muito* distante.

Mas era um tiro que eu precisava disparar. Os Obins eram obcecados com os Consus por motivos perfeitamente razoáveis: como *não* ter uma obsessão com as criaturas que lhe deram inteligência e depois ignoraram sua existência para o resto da eternidade? Os Consus conversaram com os Obins uma única vez desde que eles ganharam consciência, e essa conversa saiu pelo custo elevadíssimo de metade das vidas de todos os Obins no universo inteiro. Eu me lembrava desse custo. Meu plano era usá-lo para minha vantagem naquele momento.

– Os Consus não falam conosco – disse Dock.

– Obriguem-nos – falei.

– Não sabemos como – disse Dock.

– Deem um jeito – respondi. – Eu *sei* como os Obins se sentem em relação aos Consus, conselheire. Eu estudei. Estudei vocês. Hickory e Dickory criaram uma história sobre eles. O primeiro mito de criação dos Obins, só que é de verdade. Sei como os fizeram falar com vocês. E sei que já tentaram fazer com que eles falassem com vocês de novo desde então. Diga-me se não é verdade.

– É verdade – confirmou Dock.

– Aposto que vocês ainda estão tentando até hoje – afirmei.

– Sim – disse Dock –, estamos, sim.

– Agora é hora de fazer acontecer – comentei.

– Não há garantia alguma de que os Consus estejam dispostos a ajudá-la, mesmo que conseguíssemos convencê-los a falar conosco e ouvir o nosso pedido em seu nome – disse Dock. – Os Consus são incognoscíveis.

– Eu compreendo isso – falei –, mas vale tentar, em todo caso.

– Mesmo que fosse possível isso que você nos pede, o custo seria altíssimo – disse Dock. – Se soubesse o que nos custou da última vez que falamos com os Consus...

– Eu sei *exatamente* o quanto lhes custou – falei. – Hickory e Dickory me contaram. E sei que os Obins estão acostumados a pagar pelo que recebem.

Deixe-me perguntar, conselheire. O que vocês ganharam do meu pai biológico? O que ganharam de Charles Boutin?

– Ele nos deu consciência – disse Dock. – Como você bem sabe. Mas veio a um alto custo. Seu pai pediu uma guerra.

– Uma guerra que vocês não travaram – falei. – Meu pai morreu antes do pagamento. Essa dádiva lhes veio de graça.

– A União Colonial pediu um pagamento para terminar o trabalho – disse Dock.

– Isso é entre vocês e a União Colonial – falei. – Não subtrai nada do trabalho que o meu pai fez ou do fato de que jamais pagaram por ele. Sou a filha dele. Sua herdeira. O fato de que você está aqui implica que os Obins prestam a mim a homenagem que prestariam a ele. Poderia dizer que me *devem* o que devem a ele: uma guerra, pelo menos.

– Não posso dizer que devemos a você o que devíamos a seu pai – disse Dock.

– Então, o que vocês *me* devem? – perguntei. – O que me devem pelo que *eu* fiz por vocês? Qual é o seu nome?

– Meu nome é Dock – disse ê conselheire.

– Um nome que você tem porque um dia eu batizei essus dues Obins de Hickory e Dickory – esclareci, apontando para minhes amigues. – Esse é apenas o exemplo mais óbvio do que vocês têm por minha causa. Meu pai lhes deu consciência, mas não sabiam o que *fazer com isso*, não é? Ninguém sabia. Tudo que aprenderam a fazer com ela foi me acompanhando, enquanto eu crescia e desenvolvia a minha, enquanto criança e enquanto quem sou hoje. Conselheire, quantos Obins já assistiram à minha vida? Viram como eu faço as coisas? Aprenderam comigo?

– Todos os Obins – disse Dock. – Todos aprendemos com você, Zoë.

– Qual foi o custo disso para sua raça? – perguntei. – Do momento em que Hickory e Dickory vieram morar comigo até o momento em que pisei nesta nave, o que isso lhes custou? O que foi que eu já pedi de qualquer Obin?

– Você nunca nos pediu nada – afirmou Dock.

Eu assenti e continuei:

– Então, vamos revisar tudo. Os Consus lhes deram inteligência ao custo de metade de todas as vidas dos Obins quando vocês foram lhes perguntar o porquê de terem feito isso. Meu pai lhes deu consciência e o custo disso era uma guerra, um preço que teriam pagado de bom grado caso ele tivesse sobrevivido. Eu lhes dei dez anos de lições sobre como ser um ser consciente, sobre como viver. Chegou a conta, conselheire. Qual o preço que eu exijo? Por acaso exijo a vida de metade dos Obins do universo? Não. Exijo que os Obins entrem em guerra contra uma outra raça inteira? Não. Apenas exijo ajuda para salvar minha família e meus amigos. Nem mesmo exijo que façam isso pessoalmente, apenas que encontrem um jeito de botar outra raça para fazer isso por eles. Conselheire, dado o histórico da relação custo-benefício dos negócios dos Obins, o que estou exigindo do seu povo agora vai sair bem *barato*.

Dock ficou me encarando, em silêncio. E eu encarei de volta, em parte porque, no meio disso tudo, havia esquecido como faz para piscar e então tinha medo de que, se eu tentasse, ia acabar gritando. Acho que esse contato visual constante deve ter transmitido o semblante de uma calma perturbadora. Não fazia mal.

— Estávamos para enviar um drone de salto assim que você chegasse — disse Dock. — Isso ainda não aconteceu. Vou informar o restante des Obins da sua exigência. Vou lhes dizer que você tem o meu apoio.

— Obrigada, conselheire — agradeci.

— Pode ser que demore um tempo para tomarmos uma decisão — disse Dock.

— Não temos tempo — falei. — Vou falar com o general Gau e entregar a mensagem do meu pai para ele. O conselho dos Obins tem até eu terminar de falar com o general para agir. Do contrário, ao se despedirem dele, estarão se despedindo de mim também.

— Você não estará a salvo com o Conclave — disse Dock.

— Você tem a impressão de que vou tolerar ficar em meio a Obins caso recusem minha exigência? — rebati. — Isto eu lhes digo: não estou *pedindo*. Estou *exigindo*. Se os Obins se recusarem, vão me perder.

— Isso seria dificílimo de aceitar para alguns de nós — afirmou Dock. — Nós já a perdemos durante um ano, Zoë, quando a União Colonial ocultou a sua colônia.

— Então, o que vão fazer? — perguntei. — Me arrastar de volta para a nave? Me manter em cativeiro? Gravar a minha vida contra a minha vontade?

Não imagino que isso seria muito *interessante*. Sei o que sou para os Obins, conselheire. Sei os usos que fazem de mim. Não acho que serei muito útil para vocês caso recusem.

– Compreendo – disse Dock. – E devo agora enviar essa mensagem. Zoë, é uma honra conhecê-la. Peço licença agora, por favor. – Eu assenti, e Dock saiu.

– Por favor, feche a porta – pedi a Hickory, que era quem estava mais perto e me obedeceu. – Obrigada – falei e vomitei em cima dos meus sapatos. Dickory já estava em cima de mim num instante e me pegou antes que eu pudesse desabar de vez.

– Você está doente – disse Hickory.

– Estou ótima – rebati e depois vomitei em cima de Dickory. – Ai, meu Deus, Dickory – falei –, me desculpa.

Hickory veio até mim, apanhou-me dos braços de Dickory e me orientou no uso daquela pia esquisita. Abri uma torneira e veio um jato de água borbulhante.

– O que é isso? – perguntei.

– É a pia – disse Hickory.

– Tem certeza? – perguntei de novo. Hickory fez que sim com a cabeça, então eu me inclinei, lavei o rosto e enxaguei a boca.

– Como você se sente? – perguntou Hickory, depois que terminei de me limpar do melhor jeito que consegui.

– Não acho que eu vá vomitar mais, se é isso que você quer saber – respondi. – Mesmo que eu quisesse, não tem mais nada.

– Você vomitou porque está doente – disse Hickory.

– Eu vomitei porque acabei de tratar um de seus líderes como se fosse meu mordomo – falei. – Isso é novidade para mim, Hickory, de verdade. – Então olhei para Dickory, que estava coberte do meu gorfo. – Espero que dê certo. Porque se eu precisar fazer isso de novo, meu estômago pode muito bem ir parar em cima da mesa.

Minhas tripas deram uma revirada depois que eu disse isso. Nota para mim mesma: cuidado com comentários muito detalhados depois de vomitar.

– Você acredita no que disse? – Hickory me perguntou. – No que disse para Dock?

— Em cada palavra — respondi, gesticulando para mim mesma. — Por favor, Hickory. Olha só para mim. Acha que eu iria me sujeitar a *isso* tudo se não estivesse falando sério?

— Só queria confirmar — disse Hickory.

— Pode ter certeza — falei.

— Zoë, nós ficaremos ao seu lado — disse Hickory. — Dickory e eu. Não importa o que o conselho decida. Se optar por não voltar depois de falar com o general Gau, ficaremos com você.

— Obrigada, Hickory — agradeci. — Mas vocês não precisam fazer isso.

— Precisamos, sim — disse Hickory. — Não iríamos embora sem você, Zoë. Nós passamos a maior parte da sua vida e toda a nossa vida enquanto seres conscientes com você. Com você e sua família. Antes se referiu a nós como parte da sua família, e agora você está longe dela. É possível que nunca mais os veja. Não queremos que fique só. Você é o lugar ao qual pertencemos.

— Não sei o que dizer — respondi.

— Diga que vai nos deixar ficar com você — disse Hickory.

— Sim — falei. — Fiquem, por favor. E obrigada. Obrigada a ambes.

— De nada — disse Hickory.

— E agora seu primeiro dever oficial é me arranjar uma muda de roupa — falei. — Estou começando a feder aqui. E aí depois me digam qual daquelas coisas ali é a privada. Porque agora preciso saber, de verdade.

23_

Alguma coisa veio me acordar aos cutucões. Por isso respondi com tabefes.

– Morre! – gritei.

– Zoë – chamou Hickory –, alguém veio lhe visitar.

Eu olhei, piscando, para Hickory, emoldurade como uma silhueta pela luz que vinha do corredor.

– Do que você está falando? – perguntei.

– O general Gau – disse Hickory. – Ele está aqui. Agora. E deseja falar com você.

Eu me sentei.

– Você está de brincadeira comigo – falei e apanhei o meu tablet para olhar as horas.

Havíamos chegado ao espaço do Conclave fazia quatorze horas, aparecendo a mil quilômetros da estação espacial que o general Gau elegeu como a sede administrativa. Ele disse que não queria favorecer um planeta no lugar de outro. A estação espacial estava apinhada com centenas de naves de todos os lugares do espaço que pertenciam ao Conclave, além de naves menores de transporte e carga, indo e voltando para a estação. A Estação Fênix, a maior estação espacial humana, tão grande que conseguia afetar as marés no planeta Fênix (em graus mensuráveis apenas por instrumentos sensíveis, mas ainda assim) caberia num canto da sede do Conclave.

Havíamos chegado e anunciado nossa presença, enviando uma mensagem criptografada ao general Gau e solicitando uma audiência. Recebemos as coordenadas para ancoragem, depois fomos deliberadamente ignorados. Após dez horas disso, enfim fui dormir.

— Você sabe que eu não faço brincadeiras — disse Hickory, andando de volta ao limiar da porta e acendendo as luzes do meu quarto. — Agora, por favor — pediu Hickory —, venha encontrá-lo.

Cinco minutos depois, estava vestida com algo que eu esperava que fosse apresentável, caminhando sem muita firmeza pelo corredor. Após um minuto andando, soltei um "Ai, merda" e corri de volta para o quarto, deixando Hickory só no corredor. Voltei um minuto depois, trazendo alguma coisa embrulhada numa camiseta.

— O que é isto? — Hickory me indagou.

— Um presente — respondi. Então continuamos nosso percurso até o fim do corredor.

Um minuto depois, eu estava numa sala de conferências arrumada às pressas na companhia do general Gau. Ele estava de um lado de uma mesa cercada por assentos em estilo obin, que não foram projetados nem para a fisiologia dele, nem para a minha. Eu estava do outro lado, com a camiseta nas mãos.

— Vou aguardar do lado de fora — disse Hickory, após me levar até ele.

— Obrigada, Hickory — agradeci. Hickory saiu e eu dei meia-volta para encarar o general. Falei um "oi" meio chocho.

— Você é Zoë — disse o general Gau. — A humana que tem os Obins ao seu dispor. — As palavras dele estavam num idioma que eu não compreendia, traduzidas por um aparelho comunicador pendurado em seu pescoço.

— Sou eu — respondi, ouvindo as minhas palavras serem traduzidas para o idioma dele.

— Estou interessado em saber como uma menina humana é capaz de comandar uma nave de transporte obin para trazê-la até mim — disse o general Gau.

— É uma longa história — falei.

— Conte-me a versão resumida — disse Gau.

— Meu pai criou máquinas especiais que conferem consciência aos Obins. Sou reverenciada como o único elo sobrevivente com ele. Por isso fazem o que eu lhes peço – expliquei.

— Deve ser bom ter uma raça inteira para fazer as suas vontades – comentou Gau.

— O senhor que o diga – falei. – Há quatrocentas raças ao seu dispor, senhor.

O general Gau fez alguma coisa com a cabeça que prefiro torcer para ter sido um sorriso.

— Receio que isso seja discutível a esta altura – disse ele. – Mas estou confuso. Estava sob a impressão de que você é a filha de John Perry, administrador da colônia de Roanoke.

— Sim, eu sou – respondi. – Ele e a esposa Jane Sagan me adotaram após a morte do meu pai. Minha mãe biológica morreu pouco tempo antes disso. É por conta do meu pai adotivo que estou aqui agora. Preciso, no entanto, pedir desculpas. – Aqui eu gesticulei na minha direção, apontando para o meu estado de despreparo. – Não esperava encontrá-lo aqui e agora. Imaginei que fosse eu a procurá-lo e assim teria tempo para me preparar.

— Quando ouvi que os Obins estavam trazendo um ser humano para me ver, um ser humano de Roanoke, fiquei curioso o suficiente para não querer esperar – disse Gau. – E valorizo o fato de os meus opositores se questionarem o que estou tramando. Vir visitar uma nave obin em vez de esperar para receber sua comitiva vai fazê-los se perguntarem quem você é, e o que sei que eles não sabem.

— Espero ser digna da visita – falei.

— Se não for, ainda assim eu os deixarei nervosos – disse Gau. – Mas considerando o quão longe você veio, espero que essa viagem tenha valido a pena para você também. Está completamente vestida?

— O quê? – perguntei. Eu esperava muitas perguntas, mas não essa.

O general apontou para a minha mão e disse:

— Você está segurando uma camiseta.

— Ah – falei, colocando a camiseta na mesa entre nós. – É um presente. Não a camiseta em si. Tem algo embrulhado nela. Esse é o presente. Eu esperava achar alguma outra coisa para embrulhá-lo antes de lhe dar, mas o senhor meio que me surpreendeu. Vou calar a boca agora e entregar logo.

O general me lançou o que achei ser um olhar de estranheza, depois se esticou e desembrulhou o que estava envolto na camiseta. Era a faca de pedra que o lobisomem tinha me dado. Ele a levantou e a examinou sob a luz.

— É um presente muito interessante — disse Gau, enquanto começava a pesá-la no ar, testando-a, imagino, a fim de analisar seu peso e equilíbrio. — É uma faca muito bem-feita.

— Obrigada — falei.

— Não é exatamente um armamento moderno — disse ele.

— Não — respondi.

— Imaginou que um general pudesse ter interesse em armas arcaicas? — perguntou Gau.

— Na verdade, há uma história por trás desta faca — expliquei. — Existe uma raça nativa de seres inteligentes em Roanoke. Não sabíamos de sua existência antes de aterrissarmos. Não faz muito tempo que nós os encontramos pela primeira vez, e a situação foi feia. Teve mortes de ambos os lados. Mas então eu e um deles nos encontramos e decidimos tentar não nos matar, trocando presentes em vez disso. Essa faca foi um desses presentes. Ela é sua agora.

— É uma história interessante — disse Gau. — E acredito estar correto em pressupor que essa história tem alguma implicação quanto ao motivo de sua presença aqui.

— Isso cabe ao senhor — respondi. — Pode simplesmente decidir que é apenas uma faca bonita de pedra.

— Creio que não — disse Gau. — O administrador Perry é um homem que entende de minúcias. Não pense que estou ignorando o significado de ele ter enviado sua filha para me trazer uma mensagem. Mas então oferecer esse presente em particular, com essa história em particular. É um homem de sutilezas.

— Eu também acho — respondi —, mas a faca não é um presente do meu pai. É um presente meu.

— De fato — disse Gau, surpreso. — É mais interessante ainda. Não foi sugestão do administrador Perry, então?

— Ele não sabe que eu tinha esta faca — confirmei. — E não sabe como eu a consegui.

– Mas você *de fato* pretende usá-la para transmitir uma mensagem? – disse Gau. – Que complementa a do seu pai adotivo.

– Esperava que o senhor tivesse essa perspectiva – falei.

Gau repousou a faca sobre a mesa.

– Diga-me o que o administrador Perry tem para me contar.

– O senhor está para ser assassinado – anunciei. – Ou, pelo menos, alguém vai tentar. Alguém que lhe é próximo. Alguém no seu círculo de conselheiros de confiança. Meu pai não sabe quando ou como, mas sabe que há planos para que isso ocorra em breve. E ele queria avisá-lo para que o senhor pudesse se proteger.

– Por quê? – perguntou o general Gau. – Seu pai adotivo é um oficial da União Colonial. Ele foi parte do plano que destruiu a frota do Conclave, ameaçando tudo pelo qual venho trabalhando desde antes de você nascer, jovem humana. Por que devo confiar na palavra do meu inimigo?

– O seu inimigo é a União Colonial, não o meu pai – falei.

– *Seu pai* ajudou a matar dezenas de milhares – disse Gau. – Todas as naves na minha frota foram destruídas, exceto a minha.

– Ele implorou que o senhor não convocasse suas naves para Roanoke – rebati.

– Foi um momento em que ele foi sutil demais – disse Gau. – Nunca me explicou como a cilada foi armada. Apenas me pediu para não convocar minha frota. Um pouco mais de informações teria salvado a vida de milhares.

– Ele fez o que pôde – falei. – O senhor estava lá para destruir nossa colônia. Meu pai não tinha permissão para entregá-la. O senhor sabe que ele não tinha muitas opções. O que fez já rendeu a ele uma convocação da União Colonial que o sujeitou a um inquérito só por lhe dar o menor indício de que algo poderia acontecer. Ele poderia ter sido preso pelo simples ato de conversar com o senhor, general. Meu pai fez o que pôde.

– Como posso saber que ele não está simplesmente sendo usado mais uma vez? – perguntou Gau.

– O senhor disse que entende o significado da minha vinda para lhe entregar esta mensagem – respondi. – Eu sou a prova de que ele diz a verdade.

– Você é a prova de que ele *acredita* dizer a verdade – corrigiu Gau. – Não quer dizer que *seja* a verdade. Seu pai adotivo já foi usado antes. Por que não poderia ser usado de novo?

Isso me irritou.

– Com todo respeito, general – falei –, mas o senhor deveria saber que, ao me enviarem aqui para repassar essa mensagem, é garantido que meus pais serão ambos considerados traidores pela União Colonial. Os dois serão presos. O senhor deveria saber que, como parte do acordo para fazer os Obins me trazerem, não posso voltar para Roanoke. Preciso ficar com eles. Porque acreditam que é apenas uma questão de tempo até a colônia ser destruída, se não pelo senhor, por alguma parte do Conclave sobre a qual não tem mais controle. Meus pais e eu arriscamos *tudo* para lhe entregar essa mensagem. É possível que eu jamais os reveja ou qualquer outra pessoa de Roanoke em minha vida, tudo para vir trazer esse recado. Agora, general, o senhor acha que qualquer um de nós faria *qualquer coisa* dessas se não estivéssemos absolutamente convencidos do que estamos lhe contando? Acha mesmo?

O general Gau ficou um momento sem dizer nada e depois me respondeu:

– Lamento que tenham tido que arriscar tanto.

– Então conceda ao meu pai a honra de *acreditar* nele – falei. – O senhor está em perigo, general. E esse perigo está mais perto do que o senhor imagina.

– Diga-me Zoë – disse Gau. – O que o administrador Perry espera obter com isso? O que ele quer de mim?

– Quer que o senhor continue vivo – falei. – O senhor prometeu a ele que, enquanto estiver encarregado do Conclave, não atacaria Roanoke de novo. Quanto mais tempo continuar vivo, mais tempo nós continuaremos vivos.

– Mas eis aí a ironia – disse Gau. – Graças ao que aconteceu em Roanoke, não tenho mais tanto controle. Passo a maior parte do tempo agora mantendo os outros na linha. E há aqueles que olham para sua colônia como um modo de roubar esse controle de mim. Tenho certeza de que a senhorita sabe de Nerbros Eser...

– Certamente que sei – respondi. – Sua principal oposição no momento. Ele está tentando convencer as pessoas de que devem segui-lo. Quer destruir a União Colonial.

– Peço desculpas – disse Gau. – Esqueci-me de que a senhorita não é apenas uma mensageira.

– Não faz mal – falei.

– Nerbros Eser tem planos para atacar Roanoke – disse Gau. – Venho conseguindo colocar o Conclave de volta sob o meu controle, muito lentamente, mas há bastante raças conferindo apoio a Eser, o suficiente para ele poder financiar uma expedição a fim de tomar Roanoke. Ele sabe que a União Colonial está enfraquecida demais para defender a colônia e sabe que, no momento, eu mesmo não estou em posição para impedi-lo. Se conseguir fazer o que não fiz e tomar o planeta, mais raças do Conclave devem se aliar a ele. O suficiente para fazerem um ataque direto à União Colonial.

– O senhor não pode nos ajudar, então – concluí.

– Além de contar o que lhe contei agora, não – disse Gau. – Eser vai fazer um ataque a Roanoke. Mas, em parte graças à ajuda do administrador Perry para destruir minha frota, não há muito que eu possa fazer para impedi-lo. E tenho sérias dúvidas de que a sua União Colonial fará algo para impedi-lo também.

– Por que o senhor diz isso? – perguntei.

– Porque você está *aqui* – disse o general Gau. – Não se engane, Zoë, fico feliz pelo aviso que a sua família me deu. Mas o administrador Perry não é bondoso a ponto de me dar esse alerta de bom coração. Como pode reparar, o custo é alto demais para isso. Você está aqui porque não tem mais ninguém a quem recorrer.

– Mas o senhor acredita no meu pai – afirmei.

– Sim – continuou Gau. – Infelizmente. Alguém com o meu cargo sempre será um alvo. Porém, neste momento, sei que até mesmo alguns daqueles em quem confiei minha vida e amizade estão recalculando os custos e decidindo se eu não valho mais morto do que vivo. E faria sentido alguém tentar me matar antes do ataque de Eser a Roanoke. Se eu estiver morto e Eser se vingar da sua colônia, ninguém sequer irá tentar desafiá-lo pelo controle do Conclave. O administrador Perry não está me dizendo algo que eu não saiba, apenas confirmando o que já sei.

– Então devo ter sido inútil para o senhor – falei. *E o senhor foi inútil para mim*, pensei, mas não falei.

– Eu não diria isso – afirmou Gau. – Um dos motivos pelos quais estou aqui é para poder ouvir o que tinha a me dizer sem que mais ninguém estivesse envolvido. Descobrir o que posso fazer com as informações que você poderia ter. Ver se me são úteis. Ver se *você* me é útil.

— O senhor já sabia o que eu lhe disse — respondi.

— É verdade — disse Gau. — No entanto, *ninguém mais* sabe o quanto você sabe. Não aqui, em todo caso. — Ele se esticou e apanhou a faca de pedra, admirando-a novamente. — E a verdade é que estou cansado de não saber, dentre aqueles em quem confio, quem está planejando me apunhalar bem no coração. Quem quer que esteja planejando meu assassinato deve estar associado a Nerbros Eser. É provável que saiba quando ele pretende atacar Roanoke e o tamanho da frota envolvida. Talvez, se trabalharmos juntos, possamos descobrir essas duas informações.

— Como? — perguntei.

O general Gau olhou para mim mais uma vez e fez de novo aquilo que espero ter sido um sorriso.

— Com um pouco de teatrinho político. Fazendo-os achar que a gente sabe o que eles sabem e obrigando-os a agir com base nisso.

Sorri de volta para Gau.

— "A peça usarei pra rápido enrascar a consciência do rei"[*] — comentei.

— Precisamente — disse Gau —, mas é um traidor que vamos enrascar, não um rei.

— Na obra que estou citando, era as duas coisas — expliquei.

— Interessante — disse Gau. — Receio não ter captado a referência.

— É de uma peça chamada *Hamlet* — falei. — Eu tinha um amigo que gostava do autor.

— Eu gostei da citação — disse Gau — e do seu amigo.

— Obrigada — agradeci. — Eu gosto também.

— Um de vocês nesta sala é um traidor — declarou o general Gau. — E eu sei quem é.

Nossa, pensei. *O general sabe muito bem como começar uma reunião.*

Estávamos na câmara do conselheiro oficial dele, uma sala bem decorada que, pelo que o general me disse antes, nunca era usada, exceto para receber dignatários estrangeiros com alguma aparência de pompa e circunstância. Considerando que, tecnicamente, ele estava me recebendo para esta reunião em particular, eu me senti especial. Mas, para chegar logo ao ponto,

---

[*] Versão extraída da edição brasileira do livro *Hamlet*, traduzida por Lawrence Flores Pereira (São Paulo: Companhia das Letras, 2015. p. 107). [N. de E.]

a sala contava com uma pequena plataforma elevada com degraus, sobre a qual se instalava uma grande cadeira. Os dignatários, conselheiros e sua equipe a tratavam como se fosse um trono, o que seria útil para o que o general Gau tinha em mente para aquele dia.

Em frente à plataforma, a sala se abria num semicírculo. Ao redor do perímetro, havia uma barra curvada, mais ou menos da altura média da maioria das espécies sencientes do Conclave. Era ali que ficavam os assessores dos conselheiros e dignatários, trazendo documentos e dados, conforme necessário, e sussurrando (ou algo assim) nos pequenos microfones que se comunicavam com os fones de ouvido (ou algo assim) usados por seus chefes.

Seus chefes – os conselheiros e dignatários – faziam fila na área entre a barra e a plataforma. Normalmente, pelo que me disseram, haveria bancos ou cadeiras (ou o que quer que melhor acomodasse o formato de seus corpos) para descansarem enquanto tratavam dos negócios. Hoje, todos estavam em pé.

Quanto a mim, eu estava em pé também, à esquerda, logo à frente do general, que se sentava na cadeirona. Do lado oposto da cadeira, havia uma pequena mesa, sobre a qual repousava a faca de pedra com a qual eu havia acabado de presenteá-lo (pela segunda vez). Desta vez ela foi entregue num invólucro mais formal do que uma camiseta. O general a retirou da caixa que encontrei, admirou e a colocou sobre a mesa.

Ali com os assessores estavam Hickory e Dickory, que não estavam felizes com o plano bolado pelo general. Com eles, havia três membros da equipe de segurança de Gau, igualmente descontentes.

Bem, uma vez que o estávamos colocando em prática, eu não tinha certeza se estava lá muito animada com o plano também.

– Imaginei que havíamos sido convocados para ouvir um pedido desta jovem humana – disse um dos conselheiros, uma Lalan bem alta (digo, alta até mesmo para alguém dos Lalans) chamada Hafte Sorvalh. Sua voz era traduzida pelo equipamento auditivo que me foi dado pelos Obins.

– Era uma desculpa – disse Gau. – A humana não tem petição alguma a apresentar, mas informações a respeito de qual de vocês pretende me assassinar.

Naturalmente houve um burburinho na sala.

— É uma humana! — disse Wert Ninung, da raça Dwaer. — Sem querer desrespeitar, general, mas os humanos recentemente destruíram toda a frota do Conclave. Qualquer informação que eles compartilhem com o senhor deve, no mínimo, ser considerada bastante suspeita.

— Concordo plenamente, Ninung — disse Gau. — E é por isso que, quando essa informação me foi apresentada, fiz o que qualquer pessoa sensata faria e mandei meus seguranças fazerem uma verificação minuciosa. Lamento dizer que a informação procede. E agora devo lidar com o fato de que um dos meus conselheiros, alguém íntimo a todos os meus planos para o Conclave, conspirou contra mim.

— Não compreendo — disse um Ghlagh cujo nome, se lembro direito, era Lernin Il. Eu mesma não tinha muita certeza, no entanto. A equipe de segurança de Gau me entregou dossiês sobre o círculo de conselheiros poucas horas antes da reunião, contendo tudo que eu precisava saber para me preparar. Mal tive tempo para uma leitura dinâmica.

— O que vossa excelência não compreende, Lernin? — perguntou o general Gau.

— Se o senhor sabe qual de nós é o traidor, por que não mandou a equipe de segurança lidar com ele? — perguntou Il. — Isso poderia ser feito sem expô-lo a um risco desnecessário. Dada sua posição, vossa excelência não precisava assumir mais riscos do que o absolutamente indispensável.

— Não estamos à procura de algum assassino aleatório, Il — disse o general. — Olhe ao redor. Há quanto tempo nos conhecemos? O tanto de trabalho duro que dedicamos para criar este grande Conclave de raças. Nós nos vemos com maior frequência do que vemos nossos cônjuges e filhos. Acaso qualquer um dos senhores aceitaria se eu fizesse alguém aqui desaparecer por conta de alguma vaga acusação de traição? Não lhes daria a impressão de que estou perdendo as estribeiras e criando bodes expiatórios? Não, Il. Chegamos ao ponto em que já fomos longe demais e nos esforçamos demais para isso. Mesmo esse pretenso assassino merece mais cortesia do que essa.

— O que vossa excelência pretende fazer, então? — perguntou Il.

— Vou pedir ao traidor aqui para que se manifeste — disse Gau. — Não é tarde demais para corrigir esse equívoco.

— Vossa excelência está oferecendo anistia ao assassino? — perguntou uma criatura cujo nome eu não lembro (ou que, então, considerando seu modo de falar, suspeito que eu sequer saberia pronunciá-lo, mesmo que me lembrasse).

– Não – disse Gau. – Essa pessoa não está agindo sozinha, mas como parte de uma conspiração que põe em risco tudo aquilo pelo qual trabalhamos. – Aqui Gau gesticulou na minha direção. – Minha amiga humana me repassou alguns nomes, mas isso não basta. Pela segurança do Conclave, precisamos saber mais. E, para demonstrar a todos os membros que não podemos tolerar traição, o meu assassino deverá responder pelo que fez até esse ponto. O que lhes ofereço é o seguinte: que essa pessoa será tratada de modo justo e digno. Que cumprirá sua punição com algum grau de conforto. Que sua família e seus entes queridos não serão punidos ou responsabilizados, a não ser que estejam envolvidos na conspiração de modo direto. E que o crime não será divulgado publicamente. Todo mundo que estiver do lado de fora desta sala saberá apenas que o conspirador se aposentou de seu serviço. Haverá punição. Precisa haver punição. Mas não será a maior punição da história.

– Quero saber onde essa humana adquiriu tais informações – exigiu Wert Ninung.

Gau acenou com a cabeça na minha direção e disse:

– Essas informações derivam da divisão das Forças Especiais da União Colonial.

– O mesmo grupo que encabeçou a destruição da frota do Conclave – disse Wert. – Não é dos mais confiáveis.

– Conselheiro Wert – falei –, como vossa excelência acredita que as Forças Especiais conseguiram localizar cada uma das naves da sua frota? Os únicos momentos em que a frota inteira é reunida se dão durante a remoção de uma colônia. Localizar quatrocentas naves em meio às dezenas de milhares que cada raça possui a seu dispor foi um feito sem precedentes de inteligência militar. Depois disso, vossa excelência duvida que as Forças Especiais teriam dificuldade em chegar a um único nome?

Wert chegou a rosnar para mim. Achei grosseiro.

– Eu já lhes disse que conferi as informações – afirmou o general Gau. – Não há dúvidas de que são precisas. Isso não está em questão. O que estamos discutindo é como o assassino deseja se entregar. Repito: a pessoa está nesta sala, neste momento, entre nós. Se ela se assumir agora e compartilhar informações sobre os outros conspiradores, seu tratamento será generoso, leve e secreto. A oferta está à sua frente. Eu lhe imploro, como um velho amigo, que a aceite. Manifeste-se já.

Ninguém na sala se mexeu. O general Gau encarou cada um de seus conselheiros, olhando-os diretamente nos olhos, durante vários segundos por vez. Nenhum deles sequer deu um passo à frente.

— Pois bem — disse o general Gau. — Vamos ter que fazer isso do jeito difícil, então.

— O que vossa excelência fará agora, general? — perguntou Sorvalh.

— É simples — respondeu Gau. — Vamos convocar cada um dos senhores, um por vez. Cada um vai se curvar e jurar lealdade a mim enquanto líder do Conclave. Àqueles dentre os senhores que sei serem verdadeiros, oferecerei minha gratidão. Aquele que sei ser o traidor será exposto aqui na frente de todos os senhores que há tanto tempo trabalham comigo e sairá daqui preso. Sua punição será severa e definitivamente pública. E terminará em morte.

— Isto não é do seu feitio, general — disse Sorvalh. — Vossa excelência criou o Conclave com base na ideia de que não haveria ditadores, nenhuma demanda de lealdade pessoal. Há apenas lealdade ao Conclave. Aos seus ideais.

— O Conclave está perto do colapso, Hafte — disse Gau. — E vossa excelência sabe, tão bem quanto eu, que Nerbros Eser e seus comparsas pretendem governá-lo como um feudo pessoal. Um dentre vocês já decidiu que a ditadura de Eser é preferível ao Conclave, no qual cada raça tem sua voz. É evidente para mim que devo pedir pela lealdade daqueles em quem outrora confiei. Sinto muito que tenha chegado a esse ponto, mas chegou.

— E quem não quiser jurar lealdade? — perguntou Sorvalh.

— Será preso por traição — respondeu Gau —, junto com aquele que sei ser o assassino.

— Isto é um erro — disse Sorvalh. — Vossa excelência está indo contra a própria visão para o Conclave ao exigir essa lealdade. Quero que saiba que eu acredito nisso do fundo da minha alma.

— Anotado — disse Gau.

— Muito bem — disse Sorvalh, avançando até a plataforma e se ajoelhando. — General Tarsem Gau, eu juro minha lealdade ao senhor como líder do Conclave.

Gau olhou para mim. Era a minha deixa. Eu balancei a cabeça, para que ficasse suficientemente claro para todo mundo ali que ele estava esperando a minha verificação.

– Obrigado, Hafte – disse Gau. – Pode retornar ao seu lugar. Wert Ninung, por favor venha até mim.

Ninung obedeceu, bem como os seis conselheiros seguintes. Faltavam três.

Eu estava começando a ficar muito nervosa. Gau e eu já havíamos combinado que não levaríamos o ato a ponto de acusar alguém que de fato não fosse culpado. Mas se chegássemos ao fim disso sem um traidor, aí teríamos muito a que responder.

– Lernin Il – chamou o general Gau. – Por favor, dê um passo adiante.

Il assentiu e se deslocou suavemente, mas, ao chegar onde eu estava, me derrubou com um empurrão truculento e saltou para cima da faca de pedra que Gau havia deixado na mesa próxima a ele. Eu caí com tanta força que bati minha cabeça no chão. Ouvi gritos e grasnados de alarme dos outros conselheiros. Rolei e olhei para cima enquanto Il erguia a faca, preparando-se para cravá-la no general.

A faca foi deixada à vista e ao alcance por um motivo. Gau já havia dito que pretendia revelar o traidor e sabia sem sombra de dúvida quem essa pessoa era, que o castigo seria a morte. O traidor já estaria convencido de que não teria nada a perder ao arriscar pôr em prática sua tentativa de homicídio ali mesmo. Mas os conselheiros de Gau não costumavam andar por aí carregando armas consigo. Eram burocratas e não manejavam nada mais perigoso do que uma caneta. Mas uma boa e afiada faca de pedra deixada descuidadamente à mostra podia muito bem ser o necessário para convencer um pretenso assassino desesperado a tentar a sorte. Foi esse também o motivo pelo qual os guardas do general (junto com Hickory e Dickory) ficaram posicionados no perímetro da sala, em vez de próximos ao general. Precisávamos dar ao assassino a ilusão de que conseguiria acertar uma ou duas facadas antes de os guardas chegarem.

Claro que o general não era burro e usava algo como um colete que protegia a maior parte do seu corpo suscetível a cortes. No entanto, a cabeça e o pescoço continuavam vulneráveis. O general considerou que valia a pena correr o risco, mas naquele momento, ao vê-lo tentando se proteger, eu chegava à conclusão de que o ponto mais fraco do nosso plano era a parte em que Gau presumivelmente evitava ser apunhalado até a morte.

Il estava prestes a cravar a faca. Nenhum dos guardas do general, nem Hickory ou Dickory iria chegar a tempo. Hickory e Dickory haviam me treinado para desarmar um oponente: o problema era que eu estava no chão, uma posição na qual ficaria muito difícil bloquear a facada. E, em todo caso, os Ghlaghs eram uma raça do Conclave. Eu não havia estudado seus pontos fracos.

Mas algo me ocorreu enquanto eu estava deitada ali de costas, encarando Il:

Posso não saber muito sobre os Glaghs, mas certamente sei distinguir uma *articulação*.

Eu me firmei no chão, dei um impulso e meti o meu calcanhar com força total contra a articulação mais próxima de Lernin Il. Seu joelho cedeu com uma torção asquerosa e fiquei com a impressão de ter sentido algo na perna dele se *romper*, o que me deixou enjoada. Il gemeu de dor e segurou a perna, deixando cair a faca. Eu me levantei, afastando-me com a maior rapidez que consegui. O general Gau se levantou da cadeira e terminou de imobilizá-lo.

Hickory e Dickory de repente estavam ao meu lado, retirando-me da plataforma. Gau gritou algo para os guardas, que estavam correndo na direção dele.

– Os assessores! – gritou Gau. – Parem os assessores!

Eu olhei para a barra e vi três dos Ghlaghs indo na direção de seus equipamentos. A equipe de Il estava claramente por dentro dos planos de assassinato e então tentava avisar os conspiradores de que haviam sido descobertos. Os homens de Gau derraparam no chão e deram meia-volta, saltando sobre a barra na direção dos assessores de Il. Conseguiram derrubar o equipamento, mas não antes de pelo menos um deles transmitir uma mensagem. Dava para saber isso porque, de repente, em toda a sede do Conclave, alarmes vacilantes começaram a soar.

A estação espacial estava sob ataque.

Cerca de um minuto após Il realizar sua tentativa desajeitada de atentado contra o general Gau, a *Farre*, um cruzador de batalha impo, lançou seis mísseis contra a porção da estação espacial do Conclave onde ficavam os gabinetes de Gau. A *Farre* era comandada por um Impo chamado

Ealt Ruml. Ruml, pelo visto, havia feito um acordo com Nesbros Eser e Lernin Il para assumir o controle de uma nova frota do Conclave assim que Gau fosse assassinado. Ele então conduziria toda a frota à Estação Fênix a fim de destruí-la e começar a dar cabo dos planetas humanos um por um. Em troca disso, tudo que Ruml precisaria fazer era estar preparado para lançar um pequeno bombardeio flagrante contra a nave e os gabinetes de Gau ao receber o aviso, como parte de uma tentativa maior e mais orquestrada de golpe, que teria o assassinato de Gau como principal evento, junto da destruição das principais naves de combate das raças ainda leais a ele.

Quando Gau revelou aos conselheiros que sabia da traição de um deles, um dos assessores de Il enviou uma mensagem codificada a Ruml, para informá-lo de que tudo estava prestes a ir pelos ares. Ruml, por sua vez, enviou mensagens em código para três outros cruzadores de batalha próximos à estação do Conclave, cada um capitaneado por alguém que Ruml havia convertido à causa. Todas as quatro naves começaram a aquecer seus sistemas e selecionar os alvos: Ruml mirou nos gabinetes de Gau enquanto outros traidores se voltaram à nave principal, a *Estrela Gentil*, e a outros veículos.

Se tudo tivesse transcorrido conforme planejado, Ruml e seus conspiradores teriam derrubado as naves que eram as mais prováveis de terem vindo ao socorro de Gau – não que elas pudessem ajudar muito, pois Ruml exporia os gabinetes do general ao vácuo gelado do espaço, tragando todo mundo ali (incluindo eu, na hora). Minutos depois, quando os assessores enviaram uma nota de confirmação pouco antes de terem os equipamentos removidos com um chute nas patas, Ruml lançou os mísseis e preparou uma nova rajada.

E deve ter ficado inteiramente surpreso, imagino, quando a *Farre* foi atingida pelos flancos, quase ao mesmo tempo, por três mísseis disparados da *Estrela Gentil*. A *Estrela* e seis outras naves de confiança já haviam sido alertadas por Gau para que ficassem de olho em quaisquer naves que começassem a aquecer seus sistemas de guerra. A *Estrela* identificou que a *Farre* estava inicializando as baterias de mísseis e furtivamente a colocou na mira, enquanto preparava também as próprias defesas.

Gau proibiu que quaisquer outras ações fossem tomadas até o primeiro míssil voar, mas no instante em que a *Farre* disparou, a *Estrela* fez o mesmo, armando então suas defesas antiaéreas contra os dois mísseis que a tinham na mira, disparados pelo cruzador arrisiano *Vut-Roy*.

A *Estrela* destruiu um dos mísseis e sofreu danos leves do segundo. A *Farre*, que não estava à espera de um contra-ataque, sofreu avarias severas dos mísseis da *Estrela* e estragos ainda maiores quando o motor foi atingido, destruindo metade da nave e matando centenas de tripulantes, incluindo Ealt Ruml e a equipe da ponte de comando. Cinco dos seis mísseis disparados pela *Farre* foram interceptados pelas defesas da estação espacial, mas o sexto a atingiu, abrindo um buraco no compartimento próximo aos gabinetes de Gau. O sistema de portas herméticas da estação deu conta de reparar os estragos em questão de minutos. Quarenta e quatro pessoas foram mortas.

Tudo aconteceu no intervalo de menos de dois minutos, porque foi uma batalha travada a uma distância incrivelmente curta. Diferente das batalhas espaciais em programas de entretenimento, as batalhas de verdade entre naves se dão ao longo de imensas distâncias. Nessa, no entanto, todas as naves estavam em órbita ao redor da estação. Algumas das envolvidas estavam a apenas uns poucos quilômetros uma da outra. Em termos espaciais, é o equivalente a ir atrás uma da outra com uma faca na mão.

Ou, pelo menos, foi o que me disseram. Estou me orientando pelos relatos alheios dessa batalha, porque, na hora, *eu* não pude fazer nada exceto ser arrastada por Hickory e Dickory para fora da câmara dos conselheiros do general Gau. A última coisa que vi foi Gau prensando Lernin Il no chão ao mesmo tempo que tentava impedir os outros conselheiros de o espancarem. Era muito barulho para que o meu aparelho tradutor funcionasse, mas suspeito que Gau estivesse tentando dizer aos demais que precisava de Il vivo. O que dizer, não é? Ninguém gosta de traidores.

Contaram-me também que a batalha que aconteceu do lado de fora da estação espacial teria se prolongado por mais tempo se não fosse pelo fato de que, pouco após a primeira rajada de mísseis, uma coisa engraçada aconteceu: um cruzador obin apareceu do nada, após um salto espacial, a uma distância perturbadora da estação do Conclave, disparando uma série de alarmes de proximidade que se somavam aos alarmes de ataque que já estavam soando. Isso já foi estranho, mas o que capturou a atenção *de verdade* de todo mundo foram as *outras* naves que apareceram cerca de trinta segundos depois. Demorou alguns minutos para a estação identificá-las.

A essa altura, todos que estavam em combate entre si se deram conta de que havia algo maior com o que se preocupar.

Eu não soube disso na hora. Hickory e Dickory me arrastaram até a sala de conferências a alguma distância da câmara dos conselheiros e estavam ocupades em garantir a segurança quando os alarmes pararam de repente.

– Bem, finalmente botei o meu treinamento em prática – eu disse a Hickory. Estava agitada por conta do que sobrou da descarga de adrenalina após a tentativa de assassinato e andava para lá e para cá na sala. Hickory não me respondeu e continuou a varredura pelo corredor, atrás de alguma ameaça. Eu suspirei e aguardei até que me desse o sinal de que era seguro sair de lá.

Dez minutos depois, Hickory disse algo, aos cliques, para Dickory, que foi até a porta. Hickory entrou no corredor e desapareceu. Pouco depois, ouvi o que parecia ser uma discussão entre Hickory e outra pessoa. Hickory retornou, seguido por seis guardas com expressões muito sérias, além do general Gau.

– O que aconteceu? – perguntei. – O senhor está bem?

– O que você tem com os Consus? – disparou o general Gau, ignorando minha pergunta.

– Com os Consus? – perguntei de volta. – Nada. Eu pedi aos Obins que tentassem contatá-los por mim, para ver se poderiam me ajudar a salvar Roanoke. Isso faz alguns dias. Ainda não ouvi resposta dos Obins até agora.

– Acho que sua resposta está aqui – disse Gau. – Eles chegaram. E estão pedindo para ver você.

– Tem uma nave consu aqui agora? – perguntei.

– Na verdade, o Consu que está pedindo para vê-la se encontra numa nave obin – disse Gau. – O que não faz sentido algum para mim, mas deixa isso para lá. Havia naves consus seguindo a nave obin.

– Naves? – perguntei. – Quantas?

– Até agora? – disse Gau. – Cerca de seiscentas.

– Como é que é? – disparei. Minha adrenalina deu um pico de novo.

– Tem outras chegando – informou Gau. – Por favor, não me leve a mal, Zoë, mas se fez algo para irritar os Consus, espero que eles optem por descontar em você e não em nós.

Eu me voltei para Hickory, descrente.

– Você exigiu ajuda – disse Hickory.

24

Eu entrei no convés de carga da outra nave obin.

– Então esta é a humana que tem uma raça inteira ao seu dispor – disse o Consu que estava me esperando. Imaginei que fosse o único lugar na nave obin onde ele caberia.

Dei um sorrisinho meio orgulhoso.

– Você ri de mim – disse o Consu. Ele falava o meu idioma com perfeição, em uma voz leve e suave, o que era esquisito, considerando o quanto se parecia com um inseto imenso e barbaramente furioso.

– Peço desculpas – falei. – É só que é a segunda vez que alguém me diz isso hoje.

– Bem – disse o Consu, abrindo-se de um modo que me fez querer sair correndo na direção oposta, e de algum lugar no interior de seu corpo um braço assustadoramente humano surgiu, cuja mão gesticulava na minha direção, me chamando –, vem cá. Deixe-me dar uma olhada em você.

Dei um passo à frente e tive uma imensa dificuldade com o passo seguinte.

– Você me chamou, humana – disse o Consu.

Criei coragem e fui até a criatura, que me tocou e me sondou com seus braços menores, enquanto os outros braços gigantescos e afiados, que eram usados em combate para decapitar os inimigos, pairavam um de cada lado, na altura da minha cabeça. Eu consegui não surtar.

– Sim, bem – disse o Consu, com um tom de decepção na voz. – Não há nada de particularmente *especial* em você, não é? No aspecto físico. Há algo de especial em você no aspecto mental?

– Não – respondi. – Sou só eu.

– Somos todos apenas nós mesmos – disse o Consu, fechando-se de volta ao arranjo original, para o meu alívio. – Isso é axiomático. O que há em você que faz com que centenas de Obins se permitam morrer para chegar a mim, é isso que pergunto.

Senti-me enjoada de novo.

– Você disse que centenas de Obins morreram para trazê-lo até mim?

– Ah, sim – respondeu o Consu. – Os seus animaizinhos de estimação cercaram minha nave com as próprias e tentaram invadi-la. Minha nave matou cada um deles que tentou. Eles permaneceram persistentes e, no fim, fiquei curioso. Permiti que um deles embarcasse e esse Obin me disse que você havia exigido que a raça convencesse os Consus a lhe prestarem assistência. Eu queria ver em pessoa que tipo de criatura era capaz de exigir uma coisa dessas tão casualmente e obrigar os Obins a cumprirem-na a um custo tão alto para si próprios.

Mais uma vez o Consu me olhou com curiosidade e disse:

– Você parece aborrecida.

– Estou pensando nos Obins que morreram – falei.

– Eles fizeram o que você lhes pediu – disse o Consu, com um tom de voz entediado.

– Não precisava ter matado tantos deles – rebati.

– Seus animaizinhos de estimação não precisavam oferecer tantos em sacrifício – disse o Consu. – E, no entanto, foi o que fizeram. Você me parece um tanto estúpida, por isso vou lhe explicar isto. Seus animaizinhos, na medida em que conseguem pensar, fizeram isso de modo inteligente. Os Consus se recusam a falar com os Obins por vontade própria. Nós respondemos às indagações deles há muito tempo e não é do nosso interesse dar continuidade ao assunto.

– Mas *você* falou com os Obins – afirmei.

– Eu estou para morrer – disse o Consu. – Estou numa... – e aqui a criatura fez um barulho que parecia um trator caindo de uma colina – ... numa jornada de morte, que é permitida aos Consus preparados para irem adiante caso tenham se provado dignos nesta vida. Aqueles nesta jornada podem fazer o que bem entenderem, incluindo conversar com criaturas proscritas, e podem conceder uma dádiva final se o pedido adequado lhes for feito. Seus animaizinhos de estimação espiam os Consus há décadas, e estávamos cientes disso, mas não fizemos nada a respeito, então conheciam o caminho da jornada de morte e conheciam as naves cerimoniais daqueles que embarcam nessa viagem. Seus animaizinhos compreendem que esse era o único modo de falar conosco. E sabiam que seria necessário interesse suficiente da minha parte ou de qualquer outro Consu. Você deveria saber disso quando fez sua exigência.

– Eu não sabia – admiti.

– Então, você é tola, humana – disse o Consu. – Se eu tivesse a menor inclinação a sentir pena dos Obins, sentiria, por terem desperdiçado seus esforços e me desviado de minha jornada em prol de alguém tão ignorante quanto a esses custos. Mas não sinto pena. Eles, ao menos, sabiam dos custos e pagaram de bom grado. Agora... ou você me diz como deseja que eu lhe ajude ou irei embora, e então a morte de seus animaizinhos terá realmente sido em vão.

– Preciso de ajuda para salvar minha colônia – falei, me obrigando a me concentrar. – Meus amigos e familiares estão lá, sob ameaça de ataque. É uma colônia pequena, incapaz de se defender. A União Colonial se recusa a nos ajudar. Os Obins não têm permissão para nos ajudar. Os Consus têm tecnologia para isso. Eu peço a sua ajuda.

– Você diz que "pede" – comentou o Consu. – Seus animaizinhos de estimação disseram que "exige".

– E exigi o auxílio dos Obins, porque sabia que eu podia – respondi. – Para você, estou pedindo.

– Eu não me importo nem com você, nem com a sua colônia – disse o Consu.

– Você acabou de afirmar que, como parte da sua jornada de morte, pode conferir uma dádiva – falei. – Podia ser isso.

– Pode ser que eu tenha concedido minha dádiva aos Obins, vindo falar com você – disse o Consu.

Isso me fez parar e piscar.

– Como você falar comigo seria uma dádiva para eles se não vai nem ao menos considerar me ajudar? – questionei. – Então ficaria na sua conta o desperdício dos sacrifícios e esforços deles.

– Essa é uma escolha minha – disse o Consu. – Os Obins compreenderam que, ao fazerem o sacrifício, a resposta poderia ser negativa. O que é outro ponto que eles compreendem, mas você não.

– Sei que há muito aqui que não compreendo – admiti. – Consigo enxergar isso. Sinto muito. Mas ainda preciso de ajuda para minha família e meus amigos.

– Quantas pessoas são sua família e seus amigos? – perguntou o Consu.

– Minha colônia conta com 2.500 pessoas – respondi.

– Um número semelhante ao de Obins que morreram para me trazer aqui – disse o Consu.

– Eu não sabia que isso iria acontecer – falei. – Não teria pedido uma coisa dessas.

– É mesmo? – disse o Consu, deslocando sua grande massa e se aproximando de mim, mas eu não recuei. – Não acredito em você, humana. Você é tola e ignorante, isso está claro. No entanto, é demais, até mesmo no seu caso, para mim acreditar que não compreendia o que estava pedindo aos Obins quando lhes exigiu que viessem a nós, por sua causa. Você exigiu auxílio dos Obins porque podia. E pelo fato de poder, nem sequer perguntou qual era o custo. Mas devia saber que seria alto.

Eu não sabia o que responder.

O Consu se afastou e parecia me olhar como se eu fosse um inseto interessante.

– Seu capricho e sua frieza quanto aos Obins me interessam – disse a criatura. – E também o fato de que os Obins estão dispostos a ceder às suas veleidades apesar da apatia que demonstra em relação a eles.

Então eu disse algo de que sabia que iria me arrepender, mas não consegui evitar. Aquele Consu estava fazendo um ótimo trabalho em mexer comigo.

– Engraçado ouvir isso de alguém que pertence a uma raça que concedeu aos Obins inteligência, mas não consciência – disparei. – Já que estamos falando em caprichos e frieza.

– Ah, sim. Correto – disse o Consu. – Os Obins me disseram isso. Que você é a filha do humano que criou as máquinas que os deixam brincar de consciência.

– Eles não brincam de consciência – respondi. – Eles *têm* consciência.

– E isso é terrível – falou o Consu. – A consciência é uma tragédia. É o que desvia uma raça inteira da perfeição, o que a leva a esbanjar sua energia em esforços individuais e pródigos. Nós, enquanto Consus, passamos nossas vidas aprendendo a liberar nossa raça da tirania do eu, a transcendermos a nós mesmos e, no processo, levarmos nossa raça adiante. É por isso que, no caminho, ajudamos vocês das raças inferiores, para que possam se libertar eventualmente.

Nisso eu mordi o interior da minha bochecha. Os Consus de vez em quando desciam até uma colônia humana, aniquilavam-na, varrendo todo mundo da face do planeta e depois esperavam até que as Forças Coloniais de Defesa chegassem para enfrentá-los. Era um jogo para eles, até onde podíamos compreender. Dizer que estavam fazendo isso pelo nosso bem era, no mínimo, perverso.

Mas eu estava ali para fazer um pedido de ajuda, não para um debate moral. Já havia caído na provocação da criatura uma vez. Não ousaria cair de novo.

Sem se dar conta da minha luta interior, o Consu continuou:

– O que vocês humanos fizeram com os Obins é uma zombaria do potencial deles – falou. – Nós os criamos para serem a melhor das raças, a única raça sem consciência, a única raça livre para seguir o seu destino desde os primeiros passos. Era para todos aspirarem a ser como os Obins. Vê-los aspirar à consciência é ver uma criatura capaz de voar ter desejos por chafurdar na lama. O seu pai não fez favor algum aos Obins, humana, ao lhes dar o fardo da consciência.

Eu fiquei ali por um minuto, deslumbrada em ouvir esse Consu me contar, numa conversa aparentemente casual, coisas pelas quais, tantos anos atrás, os Obins sacrificaram metade dos seus, mas nunca tiveram permissão de ouvir. O Consu aguardou a minha resposta, com paciência.

– Os Obins discordam – falei, enfim. – E eu também.

– Claro que você discorda – respondeu o Consu. – O amor que eles têm pela consciência é o que faz com que estejam dispostos a fazer coisas ridículas por você. Isso e o fato de que optam por lhe honrar por algo que o seu pai fez, embora você não tenha tido o menor envolvimento nisso. Essa cegueira e honra são convenientes para você. É o que usa para obrigá-los a fazer o que quer. Não valoriza a consciência deles pelo que ela lhes dá. Você a valoriza pelo que ela permite que faça com eles.

— Não é verdade – protestei.

— De fato – disse o Consu, e eu pude discernir o tom de escárnio em sua voz.

A criatura reposicionou a grande massa do corpo mais uma vez e concluiu:

— Muito bem, humana. Você me pediu que eu a ajudasse. Talvez eu ajude. Posso lhe conceder uma dádiva, que os Consus não poderão recusar. Mas essa dádiva não é gratuita. Ela vem com um preço.

— Qual o preço? – perguntei.

— Quero ser entretido antes de mais nada – disse o Consu. – Por isso, ofereço a seguinte barganha. Você tem consigo várias centenas de Obins. Selecione uma centena de Obins do modo como quiser. Pedirei aos Consus que me enviem uma centena de nossa raça... entre prisioneiros, pecadores e outros que se desviaram do caminho e estejam dispostos a conquistar redenção. Colocaremos os dois grupos para uma luta até a morte.

"No fim, um dos lados obterá a vitória. Se ela for sua, eu prestarei meu auxílio. Se for minha, então não. E depois, tendo tido minha cota de divertimento, seguirei meu caminho, continuando minha jornada de morte. Chamarei os Consus agora. Digamos que esse entretenimento começará dentro de oito das suas horas. Confio que será tempo o bastante para você preparar seus animaizinhos."

— Não teremos problemas para encontrar uma centena de voluntários em meio aos Obins – disse-me Dock. Nós estávamos na sala de conferência que o general Gau me emprestou. Hickory e Dickory permaneciam em pé do lado de fora da porta para garantir que ninguém nos perturbasse. – Garantirei que os voluntários estejam prontos para você dentro de uma hora.

— Por que você não me disse como os Obins planejavam chamar a atenção dos Consus por mim? – perguntei. – O Consu que veio aqui me falou que centenas morreram para que viesse para cá. Por que não me avisou que isso ia acontecer?

— Eu não sabia qual seria o modo pelo qual tentaríamos chamar a atenção dos Consus – disse Dock. – Repassei a sua solicitação, junto com o meu consentimento. Não tive participação na tomada de decisões.

– Mas você sabia que isso poderia acontecer – apontei.

– Enquanto membro do conselho, estou ciente de que tínhamos os Consus sob observação e havia planos para encontrar maneiras de conversar com eles outra vez – afirmou Dock. – Eu sabia que esse era um dos modos possíveis.

– Por que não me contou? – perguntei.

– Eu lhe disse que uma tentativa de contatar os Consus teria um preço altíssimo – disse Dock. – Esse foi o preço. Ao mesmo tempo, esse preço não lhe pareceu alto demais naquela hora.

– Eu não sabia que isso implicaria a *morte* de centenas de Obins – rebati. – Nem que continuariam se atirando contra a artilharia consu até despertarem curiosidade o suficiente para fazê-los pararem de atirar. Se eu soubesse, teria pedido que tentassem alguma outra coisa.

– Considerando o que você nos exigiu e o prazo que tínhamos para isso, não havia alternativa – disse Dock, aproximando-se de mim e abrindo as mãos, como se estivesse tentando me fazer enxergar algo importante. – Por favor, compreenda, Zoë. Vínhamos planejando fazer uma petição a um Consu em jornada de morte fazia muito tempo, por motivos próprios. Foi uma das razões de termos conseguido dar conta da sua solicitação. Tudo já estava preparado.

– Mas foi a minha ordem que os matou – falei.

– Não é culpa sua se os Consus exigiram tantas mortes – disse Dock. – Os Obins que foram parte da missão já sabiam o que era necessário para obter a atenção dos Consus. Já estavam comprometidos com essa tarefa. O seu pedido só alterou o cronograma e o propósito da missão. Mas os participantes se voluntariaram de bom grado e compreendiam o motivo de o terem feito. Foram eles que escolheram.

– Ainda assim, só fizeram porque não pensei direito no que eu estava pedindo.

– Fizeram porque exigiu nossa ajuda – disse Dock. – Para eles teria sido uma honra fazer isso por você. Assim como aqueles que vão lutar agora também o considerarão uma honra.

Eu olhei para minhas mãos, envergonhada demais para encarar Dock.

– Você disse que já vinham planejando levar uma petição a um Consu em jornada de morte – falei. – O que vocês iam pedir?

– Compreensão – disse Dock. – Saber o porquê de os Consus terem nos privado da consciência. Saber por que optaram por nos castigar com essa falta.

Isso me fez parar de olhar minhas mãos.

— Eu sei a resposta — falei e contei a Dock o que o Consu tinha me dito acerca da consciência e dos motivos para não a terem concedido aos Obins. — Não sei se isso é o que vocês queriam ouvir — comentei —, mas é o que o Consu me relatou.

Dock não me disse nada em resposta. Olhei mais de perto e reparei que estava tremendo.

— Ei — falei, levantando-me da cadeira. — Não foi minha intenção aborrecer você.

— Não estou aborrecide — disse Dock. — Estou feliz. Você nos deu respostas a questões que viemos perguntando desde que a nossa raça surgiu. Respostas que os próprios Consus não nos dariam diretamente. Respostas pelas quais muitos de nós dariam a própria vida.

— Muitos de vocês de fato *deram* a própria vida por elas — comentei.

— Não — respondeu Dock. — Elus deram a vida para ajudar *você*. Não havia a menor expectativa de qualquer compensação pelo sacrifício. Fizeram porque você o exigiu. Não precisava nos dar nada em troca. Mas nos deu isso.

— De nada — falei, começando a ficar constrangida. — Não é nada demais. O Consu simplesmente me contou. Só achei que vocês devessem saber.

— Considere, Zoë, que essa coisa que você só achou que devíamos saber era algo que outros poderiam ver como algo para tirar vantagem de nós — disse Dock. — Que tentariam nos vender ou nos negar. Você o deu de graça.

— Depois de eu lhes dizer que precisava de ajuda e de ter destinado centenas de Obins à morte — complementei, me sentando de novo. — Não me pinte aqui como heroína, Dock. Não é como me sinto agora.

— Sinto muito, Zoë — disse Dock. — Mas se não quer ser uma heroína, pelo menos saiba que não é uma vilã. Você é nossa amiga.

— Obrigada, Dock — respondi. — Isso ajuda um pouco.

Dock assentiu.

— Agora preciso encontrar os cem voluntários que procura — falou — e compartilhar com o conselho o que você compartilhou comigo. Não se preocupe, Zoë. Não vamos decepcioná-la.

— Isto foi o que consegui arranjar para você em tão pouco tempo — disse o general Gau, abrindo o braço e gesticulando na direção das imensas docas de carga da estação espacial. – Esta parte da estação foi recém-construída. Até agora nem sequer chegamos a usá-la como depósito. Acredito que deverá servir aos seus propósitos.

Fiquei encarando a imensidão do espaço.

– Eu acho que sim – respondi. – Obrigada, general.

– É o mínimo que eu poderia fazer – disse o general Gau –, considerando o quanto você me ajudou há pouco.

– Obrigada por não usar a invasão consu contra mim – falei.

– Pelo contrário, foi um benefício – disse Gau. – Fez cessar a batalha em torno da estação espacial antes que ficasse sangrenta de verdade. As tripulações traidoras imaginaram que eu mesmo havia convocado aquelas naves para o meu auxílio e se renderam antes que eu pudesse desmentir. Você me ajudou a esmagar a rebelião antes que ela começasse.

– De nada – falei.

– Obrigado – disse Gau. – Agora, claro, eu gostaria que elas fossem embora. Porém, compreendo que estão aqui para garantir que não vamos fazer nenhuma besteira com o nosso convidado Consu durante a sua estadia. São drones de batalha, nem sequer são naves tripuladas, mas é uma tecnologia consu. Imagino que, se abrissem fogo contra nós, não teríamos muita chance. Por isso, por ora temos uma trégua obrigatória. Já que essa trégua funciona a meu favor e não contra mim, não posso reclamar.

– O senhor descobriu mais alguma coisa sobre Nerbros Eser e os planos dele? – perguntei. Não queria mais pensar nos Consus.

– Sim – respondeu Gau. – Lernin está sendo bastante honesto agora que tenta não ser executado por traição. É uma motivação maravilhosa. Ele me disse que Eser planeja enfrentar Roanoke com uma pequena força de soldados. A ideia é mostrar que pode dar conta, com uma centena de guerreiros, do que eu não consegui com quatrocentos cruzadores de batalha. Mas receio que "dar conta" aqui seja um eufemismo. Eser planeja destruir a colônia e todos nela.

– Esse era o seu plano também – lembrei o general.

Ele mexeu a cabeça num gesto que presumi ser de reconhecimento.

– A esta altura espero que você já saiba que eu preferia não matar os colonos – disse ele. – Mas Eser não pretende oferecer essa opção.

Optei por passar por cima dessas informações na minha cabeça. Então perguntei:

– Quando vai ser o ataque?

– Logo, acredito – disse Gau. – Lernin não acha que Eser já tenha reunido tropas, mas essa tentativa fracassada de assassinato vai forçá-lo a agir.

– Que ótimo – respondi.

– Ainda há tempo – disse Gau. – Não desista da esperança ainda, Zoë.

– Não desisti – falei. – Mas ainda estou com muita coisa na cabeça.

– Vocês já encontraram voluntários o suficiente? – perguntou Gau.

– Sim – respondi, e meu rosto se contorceu enquanto eu falava.

– Qual o problema? – perguntou Gau.

– Um dos voluntários... – comecei e me calei. Então, tentei de novo: – Um dos voluntários é ume Obin chamade Dickory – falei –, minhe amigue e guarda-costas. Quando Dickory se voluntariou, eu disse que não. Exigi que retirasse a sua candidatura. Mas elu se recusou.

– É um gesto poderoso sue amigue se voluntariar – disse Gau. – Provavelmente encorajou outros Obins a darem um passo à frente também.

Assenti.

– Mas Dickory ainda é minhe amigue – falei. – Ainda é parte da minha família. Talvez isso não devesse fazer diferença, mas faz.

– Claro que faz diferença – disse Gau. – É o motivo de você estar aqui tentando evitar que as pessoas que ama saiam feridas.

– Estou pedindo a pessoas que não conheço para que se sacrifiquem pelas pessoas que eu conheço – respondi.

– É por isso que você pede voluntários – disse Gau. – Parece-me, no entanto, que o motivo de estarem se voluntariando é você.

Concordei com a cabeça e olhei para as docas, imaginando a luta que estava por vir.

– Tenho uma proposta para você – disse-me o Consu.

Estávamos os dois sentados na sala de operações das docas de carga, a dez metros acima do assoalho. Lá embaixo, havia dois grupos de seres. No primeiro, havia uma centena de Obins que se voluntariaram para lutar por mim. No outro, havia uma centena de criminosos Consus que seriam obrigados a lutar contra os Obins por uma chance de reconquistar sua honra. Os Consus pareciam grandes e assustadores perto dos Obins. O desafio seria um duelo modificado: aos Obins seria permitido lutar com uma faca de combate, enquanto os Consus, com seus braços cortantes, lutariam desarmados – se é que dá para chamar de "desarmado" alguém que tem dois membros afiados que nem uma navalha.

Eu estava ficando muito nervosa quanto às chances dos Obins.

– Uma proposta – repetiu o Consu.

Lancei um olhar de relance para a criatura, que quase preenchia sozinha toda a sala de operações. Já estava lá quando eu cheguei, e não tenho muita certeza de como passou pela porta. Nós dois estávamos ao lado de Hickory, Dock e do general Gau, que assumiu o papel de árbitro oficial do desafio.

Dickory estava lá embaixo, preparando-se para lutar.

– Tem interesse em ouvi-la? – perguntou o Consu.

– Está prestes a começar – comentei.

– É sobre o desafio – disse o Consu. – Tenho um modo de lhe dar o que você quer sem que esse desafio sequer precise ocorrer.

Fechei meus olhos e respondi:

– Diga-me.

– Posso ajudar a manter sua colônia a salvo lhes fornecendo uma tecnologia nossa – disse o Consu. – Uma máquina que produz um campo de força capaz de privar os projéteis de seu momento. Um campo de sapa. Ele faz as balas caírem em pleno ar e tira a força dos mísseis antes de chegarem ao alvo. Se forem inteligentes, sua colônia poderá usá-lo para derrotar quem vier atacá-la. É o que me permitem dar e o que estou preparado para ceder a vocês.

– E o que quer em troca? – perguntei.

– Uma simples demonstração – disse o Consu, abrindo-se e apontando para os Obins lá embaixo. – Uma demanda da sua parte foi o suficiente para fazer com que centenas deles se sacrificassem de bom grado pelo mero propósito de chamar a minha atenção. Interessa-me esse poder que você possui. Gostaria de vê-lo. Mande esta centena de Obins se sacrificarem aqui e agora que lhe darei o que você precisa para salvar sua colônia.

– Não posso fazer isso – respondi.

– Não é uma questão de possibilidade – disse o Consu, inclinando sua massa toda e se dirigindo a Dock. – Será que os Obins aqui estariam prontos para se matar caso esta humana o solicitasse?

— Sem dúvidas — respondeu Dock.

— Sequer hesitariam? — perguntou o Consu.

— Não — respondeu Dock.

O Consu se voltou a mim de novo:

— Então tudo que você precisa fazer é dar a ordem.

— Não — falei.

— Não seja estúpida, humana — disse o Consu. — Você tem a minha palavra de que eu irei ajudá-la. Tem a palavra deste Obin de que os seus animaizinhos de estimação estariam contentes em se sacrificarem para o seu benefício, sem atrasos ou protestos. Tem a garantia de que terá auxílio para que seus amigos e familiares sobrevivam a um ataque iminente. E você já o fez antes. Em nada lhe afetou enviar centenas de Obins à morte para me contatar. Não deveria ser uma decisão difícil agora.

A criatura gesticulou na direção do andar inferior.

— Diga-me com honestidade, humana. Olhe para os seus animaizinhos de estimação e depois para os Consus. Acaso pensa que os seus estarão em pé quando isto terminar? Quer apostar a segurança dos seus amigos e parentes nisso?

"Estou oferecendo uma alternativa. Sem qualquer risco. Não lhe custará nada, exceto o seu consentimento. Seus animaizinhos não terão a menor objeção. Ficarão felizes em fazer isso por você. Basta dizer o que exige delus. O que demanda delus. E, se ajudar, pode mandá-les desligar suas consciências antes de se matarem. Então não terão medo do sacrifício. Simplesmente irão cumpri-lo. Por você. Farão isso pelo que você é para elus."

Pesei o que o Consu estava me dizendo. Então, me voltei para Dock e perguntei:

— Você não tem a menor dúvida de que os Obins farão isso por mim?

— Não há dúvida — disse Dock. — Elus estão aqui para lutar sob a sua convocação, Zoë. Sabem que poderão morrer. Já aceitaram essa possibilidade, assim como os Obins que se sacrificaram para trazer este Consu aqui sabiam o que foi exigido deles.

— E quanto a você? — perguntei a Hickory. — É ume amigue e parceire que está lá embaixo, Hickory. Há dez anos, pelo menos, você convive com Dickory. O que me diz?

Hickory tremia, mas tão pouco que quase duvidei do que via.

– Dickory cumprirá o que você pedir, Zoë – disse Hickory. – Já sabe disso. – Hickory me deu as costas depois disso.

Voltei-me para o general Gau.

– Não tenho conselho algum para lhe dar – disse ele. – Mas estou interessadíssimo em saber o que você vai escolher.

Fechei meus olhos e pensei na minha família. Em John e Jane. Em Savitri, que viajou até um novo planeta conosco. Pensei em Gretchen, em Magdy e no futuro que poderiam ter juntos. Pensei em Enzo e sua família, e em tudo que foi tirado deles. Pensei em Roanoke, meu lar.

E então soube o que precisava fazer.

Abri meus olhos.

– A escolha é óbvia – disse o Consu.

Olhei para a criatura e assenti.

– Acho que você tem razão – respondi. – E acho que preciso descer lá e contar isso para elus.

Caminhei até a porta da sala de operações. Enquanto isso, o general Gau tomou o meu braço com delicadeza.

– Pense bem no que está fazendo, Zoë – disse Gau. – Sua escolha aqui importa.

Olhei para cima, para o general.

– Sei que sim – respondi. – E é minha escolha.

O general soltou meu braço e disse:

– Faça o que tiver que fazer.

– Obrigada – respondi. – Assim será.

Saí da sala e tentei bastante não cair das escadas ao longo do minuto seguinte, enquanto descia. Fico feliz em dizer que consegui evitar uma queda. Mas foi por pouco.

Caminhei até o grupo dos Obins, que estavam zanzando para lá e para cá, se exercitando, algumes tendo conversas silenciosas umes com ês outres ou em grupos pequenos. No que me aproximei, tentei localizar Dickory, mas não consegui. Havia Obins demais, e Dickory não estava num lugar onde eu pudesse vê-le com facilidade.

Uma hora repararam que eu estava indo na sua direção. Calaram-se e, igualmente calades, formaram fileiras.

Parei na frente delus por alguns segundos, tentando olhar para cada um dos Obins e reconhecê-les por quem eram, e não apenas procurar um dentre centenas. Abri a boca para falar. Não saía nada. Ela estava tão seca que eu não conseguia formar palavras. Fechei-a, engoli algumas vezes e tentei de novo.

– Vocês sabem quem eu sou – pronunciei. – Disso tenho bastante certeza. Conheço apenas ume de vocês pessoalmente e por isso peço desculpas. Gostaria de poder conhecer cada ume, antes de ter pedido a vocês que... antes de ter pedido a vocês...

Parei. Estava dizendo idiotices. Não era o que eu queria fazer. Não agora.

– Olhem – falei. – Vou lhes dizer algumas coisas e não posso prometer que vão fazer qualquer sentido. Mas preciso dizer antes de... – aqui gesticulei para as docas de carga – ... antes *disso* tudo.

Os Obins todos olharam para mim, não sei dizer se com educação ou paciência.

– Vocês sabem o porquê de estarem aqui – continuei. – Estão aqui para lutar contra aqueles Consus do outro lado, porque quero tentar proteger minha família e meus amigos em Roanoke. Disseram a vocês que, se os vencerem, eu terei a ajuda de que preciso. Mas algo mudou.

Então apontei para a sala de operações.

– Tem um Consu lá em cima – falei – que afirmou me dar o que preciso para salvar Roanoke sem que vocês precisem lutar e arriscar perder. Tudo que tenho que lhes dizer é para pegarem essas facas que vocês iriam usar contra aqueles Consus e as voltarem para si mesmos. Tudo que tenho que lhes dizer é que precisam se matar. Todo mundo me diz que vão obedecer, por conta do que sou para vocês.

"E eles têm razão. Disso tenho quase certeza também. Estou certa de que, se eu pedir a todos vocês que se matem, vão se matar. Porque sou a sua Zoë. Porque, ao longo de suas vidas inteiras, me acompanharam nas gravações feitas por Hickory e Dickory. Porque estou aqui na frente de vocês agora, pedindo isso.

"Sei que fariam isso por mim. Sei que sim."

Parei por um minuto, tentando me concentrar.

E então tive que encarar algo que passei muito tempo evitando.

Meu próprio passado.

Ergui a cabeça mais uma vez e olhei diretamente para os Obins.

– Quando eu tinha cinco anos, morava numa estação espacial. Covell. Lá morei com o meu papai, mas, um dia, enquanto ele não estava, a estação foi atacada. Primeiro pelos Rraeys, que atacaram e depois chegaram para render todo mundo que morava na estação e por fim começaram a nos matar. Eu me lembro...

Fechei os olhos outra vez.

– Eu me lembro de ver maridos sendo separados das esposas e depois fuzilados nos salões, onde todo mundo poderia ouvir – continuei. – Me lembro de ver pais implorando aos Rraeys para que poupassem seus filhos. Me lembro de ter sido empurrada para trás de um estranho quando uma mulher que cuidava de mim, a mãe de uma amiga, foi levada embora. Ela tentou empurrar a filha também, mas a menina se agarrou a ela e no fim as duas foram levadas. Se os Rraeys tivessem continuado, cedo ou tarde, teriam me encontrado e me matado também.

Abri os olhos.

– Mas então os Obins atacaram a estação para tirá-la da posse dos Rraeys, que não estavam preparados para outra batalha. E quando foram bem-sucedidos, pegaram os humanos sobreviventes e nos colocaram numa área comum. Eu me lembro de estar lá sem ninguém para cuidar de mim. Meu pai não estava lá. Minha amiga e sua mãe tinham morrido. Eu estava sozinha.

"Aquela estação espacial era uma estação científica, por isso os Obins inspecionaram as pesquisas e encontraram a obra do meu papai. Sua pesquisa sobre a consciência. Queriam que ele trabalhasse para os Obins. Por isso voltaram até onde estávamos, na área comum, e chamaram o nome dele. Mas meu papai não estava na estação. Chamaram seu nome mais uma vez, e fui eu que respondi. Disse que era sua filha e que ele em breve voltaria para me encontrar.

"Eu me lembro de ouvir os Obins conversando entre si e então me dizendo para que fosse com eles. E me lembro de dizer não, porque não queria abandonar os outros humanos. E me lembro do que um dos Obins me disse então: 'Você deve vir conosco. Foi escolhida e ficará a salvo'.

"E me lembrei de tudo que tinha acabado de acontecer. Acho que, mesmo aos cinco anos, alguma parte de mim sabia o que aconteceria ao restante daquelas pessoas em Covell. E ali havia um Obin, dizendo que eu estaria a salvo. Porque fui escolhida. E me lembro de pegar na mão daquele Obin e ser levada embora, olhando para trás, para ver os humanos que ficaram. E depois eles desapareceram. Nunca mais os vi.

"Mas *eu* sobrevivi. Não por conta de quem eu era. Era só uma garotinha. Mas por conta do *que* eu era: a filha do homem capaz de lhes dar consciência. Foi a primeira vez que isso foi mais importante do que quem eu era. No entanto, não seria a última."

Eu olhei para cima, para a sala de operações, me perguntando o que eles estavam pensando. Perguntando-me o que se passava pela cabeça de Hickory. E do general Gau. Depois me voltei de novo para os Obins:

– O que sou *ainda* tem mais importância do que quem eu sou – continuei. – Essa importância transparece mesmo agora. Neste exato minuto. Por conta do que sou, centenas de vocês morreram só para trazerem um Consu para me ver. Por conta do que sou, se eu lhes pedir que tomem essas facas e as cravem em seus corpos, vocês obedecerão. Por conta do que sou. Por conta do que fui para vocês.

Balancei a cabeça e olhei para o chão.

– Ao longo da minha vida inteira, precisei aceitar que o que sou tem importância – falei. – Que eu precisava lidar com isso. Abrir espaço para esse fato. Às vezes acreditei que seria capaz de manipulá-lo, mas acabei de descobrir o preço dessa crença. Houve vezes em que cheguei até a tentar combatê-lo. Mas nem mesmo *uma única vez* pensei que seria possível deixar para trás o que sou. Porque eu lembrava o que isso havia me trazido. Como isso me salvou. Nunca sequer pensei em abrir mão.

Aqui apontei para a sala de operações.

– Há um Consu naquela sala que deseja que eu mate todos vocês, só para lhe mostrar que posso. Quer que eu faça isso para enfatizar um argumento para mim também... Que, no final, quando a situação exige, estou disposta a sacrificar todos vocês só para conseguir o que quero. Porque, no fim, vocês não importam. São apenas algo que posso usar, um meio para um fim, uma ferramenta para um outro propósito. O Consu quer que eu mate vocês só para esfregar minha cara no fato de que eu não ligo.

Então concluí:

– E ele tem razão.

Olhei nos rostos dos Obins:

– Não conheço nenhume de vocês, exceto ume – falei. – Dentro de alguns dias, não vou conseguir me lembrar dos seus rostos, não importa o que aconteça aqui. Por outro lado, todas as pessoas que amo e com as quais me importo, essas consigo ver assim que fecho os olhos. Seus rostos aparecem nitidamente para mim. Como se estivessem aqui comigo. Porque estão. Eu os trago dentro de mim. Como trazem dentro de vocês aqueles que lhes são queridos.

"O Consu tem razão em dizer que seria fácil lhes pedir que se sacrifiquem por mim. Mandar fazerem isso só para eu salvar minha família e meus amigos. É verdade, porque sei que vocês fariam sem nem pensar. Fariam isso felizes porque sabem que ia *me* fazer feliz... porque o que sou lhes é importante. O Consu sabe que estar ciente disso faz com que eu me sinta menos culpada pelo que estou lhes pedindo.

"E mais uma vez tem razão. Tem razão quanto a mim. Eu admito. E peço desculpas."

Mais uma vez eu parei e precisei de outro momento para me recompor. Limpei meu rosto.

A próxima parte seria a mais difícil.

– O Consu tem razão – falei. – Mas não sabe de uma coisa sobre mim que é a mais importante neste momento: estou *cansada* de ser o que sou. Estou cansada de ter sido escolhida. Não quero ser aquela por quem vocês vão se sacrificar, por ser a filha de quem sou ou porque aceitaram que posso exigir coisas de vocês. Não quero isso. E não quero que morram por mim.

"Por isso, esqueçam. Esqueçam tudo isso. Eu os liberto de suas obrigações comigo. Qualquer obrigação comigo. Agradeço por se voluntariarem, mas não deveriam ter que lutar por minha causa. Nem sequer deveria ter pedido.

"Vocês já fizeram tanto por mim. Trouxeram-me aqui para que eu pudesse passar uma mensagem ao general Gau. Ele me contou dos planos contra Roanoke. Já deveria ser o suficiente para nos defendermos. Não posso lhes pedir mais nada. Com certeza não posso lhes pedir que lutem contra estes Consus e possivelmente morram. Quero que vivam.

"Acabou isso de ser o *que* sou. De agora em diante, sou apenas *quem* sou. E quem sou é a Zoë. Só a Zoë. Alguém que não tem poder algum sobre vocês. Que não exige, nem cobra nada de vocês. E que deseja que tomem as próprias decisões e não que elas sejam tomadas por vocês. Especialmente não por mim.

"E isso é tudo que tenho a dizer".

Os Obins ficaram parados, em silêncio, na minha frente, e após um minuto disso percebi que não sabia de verdade se esperava por uma resposta. E por um momento de loucura cheguei a me perguntar se de fato sequer compreendiam o que eu dizia. Hickory e Dickory falavam meu idioma, e eu simplesmente presumi que todos os Obins falassem também. Então me dei conta de que foi uma presunção das mais arrogantes.

Por isso só meio que fiz um aceno com a cabeça e dei meia-volta para voltar à sala de operações, onde só Deus sabe o que eu iria dizer ao Consu.

E então ouvi alguém cantar.

Era uma única voz, de algum lugar no meio da multidão de Obins. Reconheci as primeiras palavras de "Delhi Morning" e percebi que era a parte que eu sempre cantava. Não tive a menor dificuldade em distinguir a voz.

Era Dickory.

Eu me virei para encarar os Obins na hora em que uma segunda voz começou a fazer o contraponto, e uma outra voz apareceu, e outra e mais outra, e logo toda aquela centena de Obins estava cantando, criando uma versão da música que era muito diferente de qualquer coisa que eu tivesse ouvido antes, tão magnífica, que só fui capaz de ficar ali parada e absorver, deixar que essa onda se abatesse sobre mim e me atravessasse.

Era um daqueles momentos que não dá para descrever, por isso não vou nem tentar.

Mas posso dizer que fiquei impressionada. Fazia apenas algumas semanas que os Obins conheciam "Delhi Morning". O fato de não só conhecerem a música, como ainda conseguirem executá-la impecavelmente não era nada menos que extraordinário.

Precisava trazer esse pessoal para a próxima patuscada.

Quando acabou, não consegui fazer mais nada além de cobrir meu rosto com as mãos e agradecer aos Obins. E então Dickory passou pelo meio das fileiras até parar na minha frente.

– Ei, você – disse a Dickory.

– Zoë Boutin-Perry – disse Dickory –, eu sou Dickory.

Eu quase disse *eu sei*, mas Dickory continuou.

– Conheço você desde que era criança – falou. – Sempre a observei crescendo e vivendo sua vida. Por meio de você, aprendi a viver a vida também.

Sempre lhe conheci pelo que você era. Eu lhe digo, de coração, que é *quem* você é que importa para mim, agora e sempre.

"É por você, Zoë Boutin-Perry, que me ofereço para lutar pela sua família e por Roanoke. Não o faço porque o tenha exigido ou cobrado de nós, mas porque você me é querida e sempre foi. Será uma honra para mim se aceitar minha assistência."

Dickory então se curvou, o que é uma cena bem interessante de se ver protagonizada por um Obin.

E aqui estava a ironia: isso foi o máximo que já ouvi Dickory dizer, *na vida*, e eu não conseguia falar nada em resposta.

Por isso apenas agradeci com um "Obrigada, Dickory. Eu aceito". Dickory se curvou de novo e retornou às fileiras.

Mais um Obin deu um passo à frente e parou diante de mim.

– Sou Bateu – disse o Obin. – Nunca nos conhecemos antes. Venho observando você crescer por meio de tudo que Hickory e Dickory compartilharam com todos os Obins. Eu também sempre soube o que você era. O que aprendi com você, no entanto, veio de quem você é. É uma honra tê-la conhecido. Será uma honra lutar por você, sua família e Roanoke. Eu lhe ofereço minha assistência, Zoë Boutin-Perry, livremente e sem ressalvas. – Bateu então se curvou.

– Obrigada, Bateu – respondi. – Eu aceito.

Então o abracei, por impulso. Bateu chegou a dar um chiado de surpresa. Terminei o abraço e ê Obin se curvou de novo, depois retornou às fileiras, no que outre veio à frente.

E mais outre. E mais outre.

Demorou muito tempo para ouvir e aceitar cada saudação e oferta de assistência. Mas posso honestamente dizer que nunca passei tão bem o meu tempo. Quando acabou, parei de novo à frente daquelus cem Obins – cada um dos quais era então ume amigue. E abaixei a cabeça para eles, lhes dei meus votos e disse que nos veríamos de novo mais tarde.

Então retornei à sala de operações. O general Gau estava na base da escada, me esperando.

– Tenho um cargo para você na minha equipe, Zoë, se um dia quiser.

Eu ri e respondi:

– Só quero ir para casa, general. Obrigada, ainda assim.

— Em algum outro momento, então – disse Gau. – Agora vou presidir este desafio. Serei imparcial enquanto observador. Mas você deve saber que, por dentro, estou torcendo pelos Obins. E isso é algo que nunca achei que fosse dizer.

— Eu agradeço – falei, subindo as escadas.

Hickory me encontrou na porta da sala.

— Você fez o que eu esperava que fizesse – disse Hickory. – Estou arrependide de não ter me voluntariado.

— Eu não – falei e abracei Hickory. Dock se curvou para mim e eu respondi com um aceno de cabeça. Depois me aproximei do Consu.

— Esta é a minha resposta – declarei.

— De fato – respondeu o Consu. – E fui surpreendido, humana.

— Que bom – falei. – E o meu nome é Zoë. Zoë Boutin-Perry.

— De fato – disse o Consu. Parecia estar se divertindo com o meu deboche. – Eu me lembrarei do nome. E farei com que outros se lembrem também... Embora, caso os seus Obins não vençam este desafio, imagino que não terei de lembrá-lo por muito tempo.

— Ah, você vai se lembrar dele por bastante tempo, sim – respondi. – Porque meus amigos ali vão acabar com a sua raça.

E foi o que aconteceu.

Eles não tiveram nem chance.

25

E assim eu fui para casa, com o presentinho dos Consus a reboque.

John e Jane me receberam assim que saltei da nave de transporte obin, e viramos todos uma pilha de corpos no que corri até a minha mãe a toda velocidade e depois derrubamos meu pai também. Então lhes mostrei meu novo brinquedinho: um gerador de campo de sapa, projetado especialmente pelos Consus para nos dar uma vantagem tática quando Nerbros Eser e seus amigos viessem bater à nossa porta. Jane o pegou na mesma hora e começou a mexer nele. Era o que ela fazia de melhor.

Hickory, Dickory e eu decidimos que nem John, nem Jane precisavam saber o que foi preciso para consegui-lo. Quanto menos eles soubessem, menos coisas a União Colonial teria para acusá-los no julgamento por traição. Apesar de que isso talvez não acontecesse – o conselho de Roanoke removeu John e Jane dos cargos depois que revelaram aonde fui enviada e quem eu iria ver, tendo designado Manfred, o pai de Gretchen, no lugar. Mas foram dados dez dias à minha mãe e ao meu pai para receberem notícias minhas antes de a União Colonial ser informada do que haviam feito. Eu voltei na risca e, depois que eles viram o que eu trouxe comigo, de repente perderam a inclinação de entregar os meus pais aos cuidados do sistema judiciário da UC. Disso eu não ia reclamar.

Depois que minha mãe e meu pai se familiarizaram com o gerador de campo de sapa, fui passear e encontrei Gretchen, lendo um livro na sua varanda.

– Voltei – falei.

– Ah – respondeu ela, casualmente virando a página. – Você tinha saído?

Eu abri um sorriso. Gretchen atirou o livro em mim e disse que ia me estrangular se eu fizesse uma coisa dessas de novo, o que ela conseguiria, porque sempre foi a melhor de nós nos cursos de autodefesa. Bem, era verdade. Ela era melhor mesmo. Depois nos abraçamos, fizemos as pazes e fomos encontrar o Magdy, a fim de o pentelharmos em dose dupla.

Dez dias depois, Roanoke foi atacada por Nerbros Eser e cerca de uma centena de soldados Arrisianos, a raça de Eser. Ele e seus soldados vieram marchando direto na direção de Croatoan, exigindo falar com os líderes. Em vez disso, quem os recebeu foi Savitri, a assistente administrativa, que sugeriu o retorno para suas naves além de fingirem que a invasão nunca aconteceu. Eser deu ordens aos soldados para que atirassem em Savitri, e foi então que descobriram como um campo de sapa é capaz de avacalhar para valer suas armas. Jane ligou o campo para que ele desacelerasse as balas, mas não projéteis mais lentos. E foi por isso que os fuzis dos soldados arrisianos pararam de funcionar, mas o lança-chamas de Jane não. Nem o arco de caça do meu pai. Ou as facas de Hickory e Dickory. E o caminhão de Manfred Trujillo. E assim por diante.

No fim disso tudo, Nerbros Eser já não tinha mais nenhum dos soldados que vieram com ele e também ficou surpreso ao descobrir que sua nave, deixada estacionada em órbita, também não estava mais lá. Para sermos justos, o campo de sapa não se estendia até o espaço... Nós recebemos uma ajudinha aqui de um benfeitor que prefere continuar anônimo. Mas, não importa de que ângulo você olhe, a jogadinha de Nerbros Eser para conquistar a liderança do Conclave teve um final muito triste e constrangedor.

Onde eu estava em meio a isso tudo? Oras, enfurnada em segurança num abrigo antibombas, ao lado de Gretchen e Magdy e um bando de outros adolescentes, claro. Apesar de todos os acontecimentos do mês anterior (ou talvez por causa deles), foi tomada a decisão executiva de que eu já tinha me aventurado demais por enquanto. Não posso dizer que discordo dessa resolução.

Para ser bem sincera, eu estava ansiosa para voltar à minha vidinha em Roanoke com meus amigos, sem nada com que me preocupar além da escola e dos ensaios para a próxima patuscada. Era bem isso que eu queria.

Mas o general Gau decidiu fazer uma visitinha.

Ele apareceu por lá para encontrar Nerbros Eser e levá-lo sob custódia, o que fez com grande satisfação pessoal. Entretanto também apareceu por lá por outros dois motivos.

O primeiro era informar os cidadãos de Roanoke que havia dado uma ordem permanente de que nenhum membro do Conclave poderia jamais atacar a nossa colônia e deixou bem claro às raças fora dele em nossa região do espaço que, se alguma delas encasquetasse com a ideia de vir atrás do nosso planetinha, o general pessoalmente ficaria muito decepcionado. Não foi dito qual nível de retaliação era esperado dessa "decepção pessoal". Era mais eficaz assim.

Os roanokeranos ficaram divididos quanto a essas notícias. Por um lado, Roanoke estava praticamente livre de qualquer ataque. Por outro, a declaração do general Gau só deixou claro o fato de que a própria União Colonial não havia feito muita coisa por Roanoke, não apenas nos últimos tempos, mas em toda sua história. O sentimento generalizado era de que a União Colonial tinha muito pelo que responder – e até que respondesse, os roanokeranos se sentiam perfeitamente justificados em não prestar lá muita atenção aos ditames da UC. Por exemplo, como o que determinava que Manfred Trujillo deveria prender meus pais e os levar em custódia sob acusação de traição. Aparentemente, Trujillo não conseguiu encontrar nem o John, nem a Jane depois que essa ordem veio. Foi um truque bem bacana, considerando a frequência que eles se falavam.

Mas isso desembocava no outro motivo para a vinda de Gau.

— O general Gau nos oferece asilo político — disse meu pai. — Ele sabe que a sua mãe e eu seremos acusados de traição... e diversas acusações, aliás... e não é absurdo pressupor que você será acusada também.

— Bem, eu *de fato* cometi traição — falei. — Nisso de estar em conluio com o líder do Conclave e tudo mais.

Meu pai ignorou essa parte.

— A questão é que, mesmo que as pessoas aqui não estejam com pressa para nos entregarem, é só uma questão de tempo até a UC enviar uma equipe real de aplicação da lei para nos buscar. Não podemos pedir às pessoas aqui que se enrasquem ainda mais por nossa conta. Precisamos ir, Zoë.

– Quando? – perguntei.

– Amanhã – disse meu pai. – A nave de Gau está aqui agora, mas não é como se a UC fosse ignorar esse fato por muito tempo.

– Então vamos ter que nos tornar cidadãos do Conclave? – perguntei.

– Acho que não – disse meu pai. – Vamos ficar com eles um tempo, sim. Mas tenho um plano para nos levar a um lugar onde acho que você vai ser feliz.

– E onde seria isso? – perguntei.

– Bem... – disse meu pai – já ouviu falar de um lugarzinho chamado Terra?

Nós conversamos mais uns minutos, então fui até a casa de Gretchen, onde cheguei a conseguir dar oi antes de me acabar em choro. Gretchen me envolveu com os braços e ficou me segurando, dizendo que estava tudo bem.

– Eu sabia que isso ia acontecer – ela me disse. – Não dá para você fazer o que fez, aí voltar e fingir que nada aconteceu.

– Achei que valia a pena tentar – respondi.

– Isso é porque você é uma idiota – disse Gretchen, e eu ri. – Você é uma idiota e é minha irmã, e eu amo você, Zoë.

Ficamos abraçadas mais um pouco. E então ela veio até a minha casa e me ajudou a fazer as malas, junto com a minha família, para a nossa fuga às pressas.

A fofoca se espalhou, como acontece numa colônia pequena. Vieram os amigos, meus e dos meus pais, sozinhos e em duplas e trios. Nós nos abraçamos e demos risada e choramos e nos despedimos e tentamos ir embora em bons termos. No que o sol começou a se por, Magdy chegou, e ele, Gretchen e eu fomos dar uma volta, até a casa dos Gugino, onde me ajoelhei e deixei um beijo na lápide do Enzo, me despedi dele pela última vez, embora ainda o carregue comigo em meu coração. Caminhamos de volta até minha casa e Magdy se despediu ali, com um abraço tão feroz que achei que fosse trincar minhas costelas. E aí ele fez algo que nunca havia feito antes: me deu um beijo na bochecha.

– Tchau, Zoë – disse ele.

– Tchau, Magdy – respondi. – Cuida bem da Gretchen por mim.

– Vou tentar – disse Magdy. – Mas você sabe como ela é.

Isso me arrancou um sorrisinho. Então ele foi até Gretchen, lhe deu um abraço e um beijo, depois foi embora.

E aí éramos só a Gretchen e eu, fazendo as malas e conversando e arrancando gargalhadas uma da outra a noite toda. Uma hora, minha mãe e meu pai foram dormir, mas não pareciam se importar que a Gretchen e eu tivéssemos continuado acordadas a madrugada inteira, até de manhã.

Um grupo de amigos chegou numa charrete menonita puxada por cavalos para nos levar, junto com nossas coisas, até o transporte do Conclave. Começamos nossa breve jornada aos risos, mas fomos nos calando ao nos aproximar da nave. Não era um silêncio triste; era o silêncio que você faz quando já disse tudo que tem a dizer à outra pessoa.

Nossos amigos levaram o que trazíamos conosco até a nave de transporte. Havia muita coisa que estávamos deixando para trás, volumosas demais para levarmos conosco e que precisamos dar para os amigos. Um por um, todos nos deram abraços e se despediram, depois foram embora, e no fim era apenas Gretchen e eu de novo.

– Quer vir comigo? – perguntei.

Gretchen riu.

– Alguém precisa cuidar do Magdy – disse ela. – e do meu pai. E de Roanoke.

– Você sempre foi a mais organizada – comentei.

– E você sempre foi *você* – respondeu Gretchen.

– Alguém precisava ser – falei. – Qualquer outra pessoa teria pisado na bola.

Gretchen me deu outro abraço, depois se afastou.

– Sem despedidas – disse ela. – Você está no meu coração. O que significa que não vai a lugar algum.

– Beleza – falei –, sem despedidas. Eu amo você, Gretchen.

– Eu também amo você – disse ela. Então se virou para ir embora, sem olhar para trás, embora tivesse parado para dar um abraço em Babar. Ele babou nela toda.

E aí veio até mim e eu o guiei para o compartimento dos passageiros da nave de transporte. Devagar, todos os outros vieram também. John. Jane. Savitri. Hickory. Dickory.

Minha família.

Olhei pela janela da nave para Roanoke, meu mundo, meu lar. Nosso lar. Mas não era mais. Olhei para o planeta e todas as pessoas nele, algumas as quais eu amava e algumas que havia perdido. Tentava trazer tudo aquilo comigo, tornar parte de mim. Fazer de tudo uma parte do meu relato. Minha história. Lembrar-me dele para que eu possa contar a história do tempo que passei por lá, real, ainda que não completo, para que qualquer um que me pergunte possa sentir o que senti sobre o meu tempo, no meu mundo.

Eu me sentei e olhei, lembrando no tempo presente.

E então, quando tive certeza de que havia terminado, beijei a janela e puxei a cortina.

Os motores da nave foram acionados.

– Lá vamos nós – disse meu pai.

Sorri e fechei os olhos, fazendo a contagem regressiva dos segundos até a decolagem.

Cinco. Quatro. Três. Dois.

Um.

AGRADECIMENTOS ___

No final do meu livro *A última colônia*, eu mencionei que talvez me afastasse por um tempo do universo de Guerra do Velho e desse um descanso, em particular, para os personagens de John Perry e Jane Sagan, deixá-los terem o seu "e foram felizes para sempre". Por isso, não é absurdo perguntarem: o que é que *O conto de Zoë* faz aqui, então?

    Há uma série de motivos, mas os dois maiores têm a ver com a resposta dos leitores. O primeiro é que recebi muitos contatos dizendo: "Ei, *A última colônia* foi ótimo. Agora escreva mais um. E que seja sobre a Zoë. Além disso, também quero um pônei". Bem, sobre o pônei, não tem muito o que eu possa fazer (lamento), mas quanto mais fui pensando, mais percebi que também tinha interesse em descobrir mais sobre ela. Zoë teve um papel crucial como coadjuvante em *As brigadas fantasma* e *A última colônia*, e já lhe aconteceu tanta coisa ao longo dos livros que imaginei ser o suficiente para contar a história dela e torná-la interessante. Agora cabe a vocês me dizer se tenho razão quanto a isso ou não, mas vou admitir que eu mesmo estou bem contente.

    O outro caso de resposta dos leitores envolveu duas críticas a *A última colônia*. Nesse livro, os "lobisomens", a espécie nativa inteligente de Roanoke, tiveram um papel crucial no enredo, depois sumiram durante o restante do volume. Pensei que eu já havia explicado o bastante quanto ao seu sumiço, mas não foram poucos os leitores que ficaram insatisfeitos com a explicação ou nem sequer a perceberam, por isso recebi um monte de cartas dizendo "onde foram parar os lobisomens?". Isso me irritou, não porque os leitores estivessem reclamando, mas porque claramente não fui tão esperto assim em explicar a sua saída da história como gostaria.

Junto a isso, vieram mais críticas (totalmente justificadas) de *A última colônia*, sobre a parte em que Zoë vai para o espaço e de algum modo volta com um "campo de sapa", que era meio que exatamente o que os defensores de Roanoke precisavam para derrotar os invasores. Segundo as críticas, isso representava um completo *deus ex machina* da parte de um escritor preguiço. Pois bem, sim. Esse é o problema de saber mais do que os leitores. Sendo o autor, eu sabia toda a história de fundo, mas não tinha como incluí-la no livro sem mergulhar numa tangente de 30 mil palavras. Por isso fiz um pequeno ato de ilusionismo com a esperança de que não me pegassem no pulo. Surpresa! Aparentemente, meus leitores são espertos.

Por isso, em ambos os casos de insatisfação, escrever *O conto de Zoë* me permitiu ter mais uma chance, e no processo me ajudou a aprimorar a compreensão e consistência interna dos eventos que se dão no universo de Guerra do Velho. O que aprendemos aqui? Principalmente que eu de fato dou ouvidos aos meus leitores, tanto às críticas positivas ("escreve mais aí!") quanto negativas ("conserta isto aqui!"). Por ambas sou grato.

Porque eu queria tratar da dúvida dos leitores e porque achei que seria divertido e interessante fazer isso, escrevi *O conto de Zoë* de modo que sua história se passasse em paralelo com os eventos de *A última colônia*, contados a partir de um ponto de vista inteiramente diferente. Como era de se esperar, não sou o primeiro autor a pensar nesse truque sagaz (aqui tiro meu chapéu para as minhas inspirações em particular, Orson Scott Card com *Ender's Shadow* e Tom Stoppard com *Rosencrantz e Guilderstern estão mortos*), mas, que burrice a minha... achei mesmo que fosse ser *fácil*.

Realmente, me lembro de ter dito isso ao meu editor, Patrick Nielsen Hayden: "Eu já conheço o enredo e os personagens; qual vai ser a dificuldade?". Patrick não fez o que devia ter feito, que era me segurar pelos ombros, me sacudir feito uma maraca e dizer: "Meu Deus, homem, você está *louco*?!?". Porque segue aqui um segredinho: escrever um romance em tempo paralelo que não é, na verdade, apenas uma recontagem preguiçosa da história do livro anterior é *difícil*. Tipo, a coisa mais difícil que já fiz como escritor até agora. E, caramba, o trabalho do Patrick como meu editor é *facilitar* as coisas para mim. Por isso, sinto que ele tem um pouco de responsabilidade pelos meus meses de completo friascasso para acertar o livro (sim, friascasso: fracasso + fiasco = friascasso. Pode ir conferir). Por isso, sim, ponho a culpa no Patrick. *Por tudo*. Pronto, já me sinto melhor.

(Atenção: o parágrafo acima foi uma completa mentira. A paciência e a compreensão de Patrick e seus conselhos durante esse processo de escrita foram inestimáveis. Mas não contem para ele. Xiu. É nosso segredinho.)

A outra coisa que foi difícil de verdade a respeito de *O conto de Zoë* foi o fato de eu escrever da perspectiva de uma menina adolescente, que é uma coisa que eu mesmo pessoalmente nunca fui, e uma espécie de criatura que não posso dizer ter *compreendido* de fato quando estava naquela fase (o que não deve ser novidade alguma para as adolescentes que foram minhas contemporâneas no ensino médio).

Durante muito tempo, fiquei desesperado com a questão de como faria para acertar por escrito o tom aproximado ao de uma adolescente verdadeira. E meus amigos homens também não me deram conselhos particularmente bons nesse quesito. "Então é só ir lá andar com umas adolescentes" – juro por Deus que isso foi uma fala real de um amigo meu, que ao que parece não percebeu as implicações sociais e jurídicas de um homem de 38 anos, que claramente não tem nada de Brad Pitt em si, andando atrás de meninas do segundo ano do colegial.

Por isso, fiz algo que acho ter sido mais inteligente e menos provável de me render uma ordem de restrição: mostrei parte do trabalho em andamento para mulheres em quem confio – todas as quais, me disseram, já foram adolescentes em algum ponto da vida. Essas mulheres – Karen Meisner, Regan Avery, Mary Robinette Kowal e especialmente minha esposa, Kristine Blauser Scalzi – tiveram um papel instrumental em me auxiliar para encontrar uma voz que funcionasse para Zoë, sendo também inclementes sempre que eu exagerava na minha própria (suposta) sagacidade com a personagem. Na medida em que a Zoë funciona enquanto personagem, vocês podem dar os créditos a elas. Quando não funciona, podem pôr a culpa em mim.

Já mencionei o nome de Patrick Nielsen Hayden como meu editor, mas há outros na Tor Books que também trabalharam no livro e eu gostaria de oferecer meus agradecimentos públicos a essas pessoas pelo seu trabalho. Esses nomes incluem John Harris, responsável pela excelente capa [estadunidense] do livro, Irene Gallo, a melhor diretora de arte do mundo, a copidesque Nancy Wiesenfeld, de quem tenho pena por ter tido que pegar todas as minhas pisadas na bola e a minha agente publicitária na Tor, Dot Lin. Agradeço ainda, como sempre, ao meu agente Ethan Ellenberg e a Tom Doherty.

Amigos! Sim, eu tenho amigos, não preciso pagar por eles, e me ajudaram a aguentar firme sempre que me senti perto de explodir completamente. Agradeço, em particular, a Anne KG Murphy, Bill Schafer, Yanni Kuznia e Justine Larbalestier – pessoas com quem provavelmente passei mais tempo papeando online por mensagem do que devia, mas não faz mal. Devin Desai me ligou com frequência e me ajudou a evitar subir pelas paredes, como se diz. Agradeço ainda a Scott Westerfeld, Doselle Young, Kevin Stampfl, Shara Zoll, Daniel Mainz, Mykal Burns, Wil Wheaton, Tobias Buckell, Jay Lake, Elizabeth Bear, Sarah Monette, Nick Sagan, Charlie Stross, Teresa Nielsen Hayden, Liz Gorinski, Karl Schroeder, Cory Doctorow, Joe Hill, minha irmã Heather Doan e muitos outros cujos nomes me fugiram no momento, porque sempre me dá um branco quando começo a listar pessoas.

Além disso, dou meus agradecimentos especiais aos leitores do meu blog *Whatever*, que precisaram lidar com um monte de perturbações ao longo deste ano até eu terminar este livro. Por sorte, eles são bons em se manter entretidos enquanto sigo martelando o teclado feito um macaco. E dou meu adeus, com carinho, aos leitores do *By the Way* e *Ficlets*.

Certos nomes neste livro peguei emprestado de pessoas que conheço, porque sou péssimo em inventar nomes. Por isso, tiro meu chapéu aos amigos, em ordem, Gretchen Schafer, Magdy Tawadrous, Joe Rybicki, Jeff Hentosz e Joe Loong, que desfruta da distinção especial de ter sido assassinado em dois dos meus livros até agora. Não é uma tendência, Joe. Eu *juro*.

Um último motivo pelo qual quis escrever *O conto de Zoë* é porque tenho uma filha também, Athena, e queria que ela tivesse um personagem meu com quem pudesse se identificar. Enquanto escrevo estas palavras, minha filha tem nove anos, o que é um tanto mais nova do que Zoë neste livro, por isso não dá para dizer que a personagem se baseia nela. Em todo caso, muitas das qualidades de Athena são evidenciadas em Zoë, incluindo parte do seu senso de humor e sua percepção de quem ela é neste mundo. Por isso, deixo meus agradecimentos e meu amor para ela, por ser uma inspiração para este livro e minha vida no geral. Este é o livro dela.

A LEITURA CONTINUA NA ÓRBITA.

TIPOGRAFIA: Caslon - texto
Arca Majora - entretítulos
PAPEL: Pólen Natural 70 g/m² - miolo
Cartão Supremo 250 g/m² - capa
IMPRESSÃO: Gráfica Santa Marta
Agosto/2023